NEUN JAHRE LANG

DER KREDITHAI: BUCH 1

CHARMAINE PAULS

Aus dem Amerikanischen von
GRIT SCHELLENBERG

GREY EAGLE PUBLICATIONS

Die amerikanische Originalausgabe *Dubious* erschien 2017 im Verlag Charmaine Pauls

greyeaglepublications.com

Covergestaltung: Najla Qamber Designs
najlaqamberdesigns.com

ISBN: 978-1-64366-000-4
Print ISBN-13: 978-1-64366-006-6

1

Valentina

Ich nehme das gelbe Glühen einer Glühbirne oder das blaue Stakkato-Flackern des Fernsehbildschirms nie als selbstverständlich hin. Die Suche nach Lebenszeichen ist eine tief verwurzelte Gewohnheit für Menschen wie mich, Menschen, die in Angst leben. Schon von der Ecke aus verbiege ich meinen Hals, um auf unsere Etage zu schauen. Dann bleibe ich abrupt stehen. Das Rechteck unseres Fensters starrt mich an. Schwarz. Dunkel.

Oh mein Gott.

Charlie!

Meine Handflächen werden feucht. Ich wische sie an meiner Tunika ab und sprinte die restlichen Stufen in den zweiten Stock hoch, wobei ich auf der letzten Stufe fast stolpere. Ein kurzes Ruckeln am Türknauf bestätigt, dass die Tür verriegelt ist. Zum Glück.

Niemand ist eingebrochen, hat Charlie angegriffen und ihn zum Sterben zurückgelassen. Ich lasse meinen Schlüssel zweimal fallen, bevor ich ihn ins Schloss stecke. Von innen beginnt Puff zu bellen.

Das verdammte Schloss weigert sich. Eines Tages wird der altersschwache Knauf von der Tür abbrechen. Ich versuche es so lange, bis der Schlüssel sich endlich dreht. In meiner Eile, ins Haus zu kommen, stolpere ich über Puff, der herausläuft, um mich zu begrüßen. Er jault auf und rennt mit seinem Schwanz zwischen den Beinen davon.

Die Dunkelheit ist bedrohlich. Das Aufblitzen der Lichter vertreibt weder die Leere noch die Übelkeit, die in mir aufsteigt. Meine Brust zieht sich zusammen, als ich die Schüssel mit halb gegessenen Rice Krispies und das Glas Milch vom Tisch nehme.

»Charlie!«

Selbst wenn ich weiß, was ich vorfinden werde, renne ich zum Badezimmer.

Niemand.

»Verdammt.«

Ich lehne mich an die Wand, bedecke meine Augen und nehme mir eine Sekunde Zeit, um Kraft zu sammeln. Etwas Nasses und Warmes berührt meine Wade. Puff starrt mich mit seinen hoffnungsvollen, traurigen Augen an, und sein Schwanz wedelt in seliger Unwissenheit.

»Es ist alles in Ordnung, Baby.« Ich streichele sein raues Haar, weil ich die Berührung seines warmen kleinen Körpers mehr brauche, als er meine Liebkosung.

Ein Blitzschlag reißt den Himmel auf, und das Donnergrollen ertönt einen Moment später. Ich ziehe die Vorhänge zu. Puff hasst Gewitter. Nachdem ich ihn gefüttert habe, schließe ich ab und klopfe nebenan, aber wie unsere ist auch Jerrys Wohnung dunkel.

Verdammt noch mal. Jerry hat es mir versprochen.

Es ist nur eine vage Vermutung, aber ich tippe auf das Napoli's, Jerrys Lieblingsort. Es ist der einzige Ort, zu dem er überhaupt geht.

Das klapprige Gerüst scheppert unter meinen Turnschuhen, während ich die zwei Treppenabsätze hinunterstürze. Es ist nach acht. Einen Autodieb als Nachbar zu haben schützt mich bis zu einem gewissen Grad, aber nur vor den Kriminellen, die in der Hierarchie unter Jerry stehen. Es gibt die Drogendealer, die Mafia und die Banden, mit denen man rechnen muss. Ich bleibe wachsam und beobachte aufmerksam die verlassenen Häuser, geparkten Autos und Gassen. Wie meine Mutter es mir beigebracht hat, bleibe ich unter den Straßenlaternen, zumindest denen, die nicht kaputt sind – so als sei ich kein Opfer.

Der tobende Sturm löst sich auf und nimmt den Regen mit sich, der den Gestank und den Ruß der Nachbarschaft weggespült hätte. Es ist Sommer, aber der Rauch von den Kochfeuern gibt der Johannesburger Luft einen dicken, winterlichen Geruch, als ich von Berea nach Hillbrow fahre. Die meisten Gebäude in

Hillbrow haben keinen Strom mehr. Als die Kriminalität sich ausbreitete, zogen Leute, die sich städtische Dienstleistungen leisten konnten, in die Vororte und verwandelten das Stadtzentrum in eine Geisterstadt. Kurze Zeit später drangen Obdachlose und andere düstere Gestalten in die verlassenen Wolkenkratzer ein. Die tür- und fensterlosen Gebäude sehen aus wie Schädel mit leeren Augenhöhlen und klaffenden Mündern. Die Türen wurden längst als Brennholz verwendet. Was übrigbleibt, ist der Kadaver einer Stadt. Die Geier haben das Fleisch von den Knochen gepflückt, und jetzt gibt es nur noch die Aasfresser, die sich gegenseitig jagen – und mit etwas Glück heute Nacht nicht mich.

Der Weg zu Fuß zum Napoli's dauert fast 45 Minuten. Ich habe Angst, und meine Beine schmerzen vom Stehen in der Tierklinik den ganzen Tag, aber die Sorge um meinen Bruder überwiegt Angst und Erschöpfung. Als ich am Club ankomme, bin ich kurz davor, zusammenzubrechen. Es ist nicht das erste Mal, dass Charlie verschwunden ist. Aus Erfahrung weiß ich, dass die Polizei nicht helfen wird. Sie hat mit Mordfällen und vielen vermissten Personen alle Hände voll zu tun, so viel, dass nicht einmal genug Platz auf den Milchkartons ist, um alle abzudrucken. Die meisten von ihnen sind sowieso korrupt. Ich werde von den Beamten eher in einer Polizeizelle vergewaltigt, als Hilfe zu bekommen. Ich muss meinen Bruder selbst finden.

Eine Gruppe von Teenagern in schmutzigen

Westen, die Kleber an einer Ecke schnüffeln, brüllen Beleidigungen.

Der größte stellt sich hin, seine Haut glänzt schweißig, und seine Augen sind weit aufgerissen. »Yo, weiße Schlampe. Was hast du in meinem Viertel zu suchen?«

»Hey!« Ein fleischiger Türsteher in einem T-Shirt mit dem Logo vom Napoli's lässt sie mit seinem Blick verstummen.

Der Türsteher hält mich nicht auf, als ich mich durch den Eingang schiebe, aber ich spüre seine Augen an meinem Hinterkopf brennen, während ich den schwarz gestrichenen Gang hinunter in das hell erleuchtete Innere gehe. Ein Song einer lokalen Rave-Rock-Band ertönt aus überdimensionalen Lautsprechern. Die Wände sind mit Street-Art bedeckt, und fluoreszierende Farben leuchten knallig auf den Ziegelsteinen unter den Leuchtstofflampen. Der Club riecht nach Poppers und Nebelmaschine. Im Inneren gibt es jede Art von Gestalten, vom dunkel gekleideten Portugiesen bis zu den mit Goldketten behangenen Nigerianern. Halbnackte Frauen machen die Runde, die meisten von ihnen sehen high aus.

Bitte lass sie hier sein.

Ich lasse meinen Blick über die Bar und die Roulette-Tische im hinteren Bereich wandern. Links gilt lautstarkes Jubeln dem Flachbildschirm, auf dem ein Pferderennen stattfindet. Die Zuschauer verstummen, als sie mich bemerken. Einer der Männer berührt seine Gürtelschnalle und stellt sich breitbeinig hin. Auf einem Schild steht, dass der Geldverleih oben ist. Vor der Tür steht eine Schlange. Das ist der Ort, wo Spieler und Leute, die die Miete oder die Mafia nicht zahlen können, ihre Leben mit einer Unterschrift verkaufen und Zinsen von bis zu hundertfünfzig Prozent auf Darlehen zahlen, die sie buchstäblich einen Arm und ein Bein kosten.

Die Männer, die Darts spielen, verdrehen ihre Köpfe nach mir, als ich vorbeigehe. Scheiße. Ich bekomme immer mehr Angst. Als die Panik mich zu überkommen droht, sehe ich Jerrys orangefarbenen Afro in einem Kreis von Köpfen an einem der Kartentische. Charlie sitzt auf dem Stuhl neben ihm. Fast vor Erleichterung weinend, schiebe ich Menschen mit Plastikbechern in den Händen aus dem Weg, um zu meinem Bruder zu gelangen. Charlies Locken fallen über seine Stirn, und seine Augen sind konzentriert zusammengekniffen. Er trägt ein Spiderman-T-Shirt und seine Flanell-Pyjamahose. Die Kleidung lässt ihn trotz seines Alters und seines bulligen Körpers verletzlich aussehen. Jeder kann sehen, dass er nicht hierhin gehört. Wie kann der kranke Mistkerl, der diese Jauchegrube betreibt, es wagen, meinen Bruder hereinzulassen?

»Wie konntest du nur?«, sage ich in Jerrys Ohr.

Er zuckt zusammen und schaut mich erschrocken an. »Was machst du hier?«

Charlie betrachtet eindringlich die Karten in seiner Hand. Er hat mich noch nicht bemerkt.

Ich drücke eine Hand gegen meine Stirn und zähle bis fünf. »Du hast gesagt, dass du auf ihn aufpassen würdest.«

»Ich *passe* auf ihn auf.«

»Er sollte nicht hier sein.«

»Er ist ein erwachsener Mann.«

»Mein Bruder ist nicht für das verantwortlich, was er tut, und das weißt du auch.«

Charlie schaut auf. »Va-Val! Ich ge-gewinne.«

Im Moment konzentriere ich mich noch auf Jerry. Alkohol und Glücksspiel sind nicht seine einzigen Süchte. »Was hast du ihm gegeben?«

»Entspann dich.« Er zuckt verärgert mit den Achseln. »Orangensaft, das ist alles.«

»Komm, Charlie.«

Ich nehme den Arm meines Bruders, aber der Croupier schnappt sich mein Handgelenk.

»Er geht nirgendwohin, bis seine Schulden beglichen sind.«

Meine Kinnlade klappt nach unten. Wie konnte Jerry das geschehen lassen? Er weiß, dass ich kaum über die Runden komme. Ich drehe ruckartig meinen Arm aus dem Griff des Dealers. »Wie viel?«

»Vierhundert.«

»400 Rand!« Das ist fast die Hälfte meines Wochenlohns.

»Vierhundert*tausend*.«

Meine Beine geben nach. Ich lasse Charlie los und stütze mich mit meinen Handflächen auf der Tischplatte ab. Wir können uns genauso gut *tot* auf die Stirn schnitzen.

»Das ist unmöglich.« Ich kann diesen Betrag nicht

verarbeiten. »In einer Nacht?«

Der Croupier schaut mich eigenartig an. »Charlie ist ein Stammgast. Er hat immer anschreiben lassen, und jetzt ist seine Zeit abgelaufen.«

»Jerry?« Ich schaue ihn an, weil ich auf eine Erklärung warte, eine Lösung, oder einfach nur darauf, dass er mir sagt, dass es ein Scherz ist, einfach irgendetwas, aber er kaut auf seiner Unterlippe herum und schaut weg.

Ich haue mit der Faust auf den Tisch, und die Plastikchips klappern. »Schau mich an!«

Alle am Tisch verstummen, aber nicht wegen meines Ausbruchs. Die Köpfe der Männer sind auf den Treppenabsatz im Obergeschoss gerichtet. Als ich ihren Blicken folge, kann ich den Mann nicht übersehen, der unter dem Licht steht und sich mit seinen Händen auf das Geländer stützt. Er trägt einen dunklen Anzug, wie die Portugiesen, aber er ist alles andere als eine von vielen Gestalten. Er ist nichts weniger als ein Monster.

Sein Körper ist muskulös. Zu groß. Es ist nicht genug Platz für ihn im Raum. Er erstickt alles mit seiner Macht und Dominanz. Er ist nicht jung, aber er ist auch nicht alt. Anstatt sein Alter zu verraten, gibt seine Reife ihm die besondere Ausstrahlung von Männern mit Erfahrung. Dickes, schwarzes Haar fällt unordentlich über seine Stirn, die Strähnen streifen seine Ohren. Seine Gesichtszüge sind abgebrüht, wild und kompromisslos. Die Linien, die von der Nase bis zum Mund verlaufen, sind tief eingebrannt. Sie sind die Art von Linien, die Männer mit harten, rauen Leben tragen. Ein grässliches Netz aus Narben zieht sich von seiner linken Augenbraue bis zu seiner Wange. Unter dem entstellten Patchwork ist sein Teint gebräunt. Die Unebenheit seiner Haut erweckt den Eindruck, als ob sie von Kugeln zerfressen wurde. Ein kurz geschnittener Bart und Schnurrbart bedecken einige seiner Unvollkommenheiten, aber der Schaden ist zu groß, um ihn zu verbergen. Es ist ein Gesicht, das du nicht im Dunkeln sehen willst, und schon gar nicht in deinen Träumen. Es ist ein Gesicht, das mich direkt anstarrt.

Durch Angst ausgelöste Hitze kriecht über meine Haut. Als ich in seine Augen schaue, ist es, als ob ein Eimer Eis unter meinem Shirt ausgeleert wird. Ein unwillkommener Schauer zieht meine Haut zusammen, und mein Angstgefühl wechselt von heiß zu kalt. Seine Iris sind blau wie die fernen Gletscher, die ich nur auf Bildern gesehen habe. Alles an ihm wirkt fremdartig. Fehl am Platz. Gefährlich. Er ist die Art von Bösem, die sogar außerhalb von Napoli's Liga liegt.

»Beschissene Scheiße«, murmelt Jerry, als er seine Stimme wiederfindet. »Gabriel Louw.«

Ich habe lange genug hier gelebt, um den Namen zu erkennen. Seine Familie betreibt das Napoli's. Wenn Hillbrow die Hauptstadt des Verbrechens ist, ist Gabriel Louw der König der Geldverleiher. Sie nennen ihn den Brecher. Er ist ein Kredithai, und ich habe Geschichten über ihn gehört, die mit ihrer Brutalität mein Blut gefrieren ließen.

Die beste Zeit zum Weglaufen ist, wenn der Gegner abgelenkt ist. Wenn wir eine Chance haben, hier lebend herauszukommen, dann jetzt, während Gabriel die Aufmerksamkeit des Raumes mit unnachgiebigem Verlangen auf sich zieht. Charlie gegen seinen Willen mitzunehmen wird nicht funktionieren. Er wiegt doppelt so viel wie ich, und wenn er stur wird, ist er ein unbewegliches, totes Gewicht.

»Lass uns ein Eis essen gehen«, flüstere ich ihm ins Ohr, »aber du musst leise mitkommen.«

Charlie weiß, wie man ruhig ist. Wir üben es oft genug, wenn wir uns vor der Mafia verstecken und so tun, als seien wir nicht zu Hause.

Charlie steht auf, wie ich insgeheim gebetet habe, und lässt sich von mir zur Tür führen. Ich kneife die Augen zu und warte darauf, dass jemand schreit, uns packt, schießt oder alle drei Dinge auf einmal geschehen, aber als ich zurückblicke, hebt Gabriel Louw eine Handfläche, und der Türsteher tritt zur Seite, um uns hinauszulassen.

Draußen sauge ich die verschmutzte Luft ein. Ich halte den Arm meines Bruders fest und begleite ihn zurück auf unsere Seite der Gleise, was nicht viel besser ist, aber das ist alles, was wir haben. Er redet, und ich lasse mich von seiner Stimme beruhigen und versuche, nicht nachzudenken. Wenn wir zu Hause sind, werde ich das Geschehene noch einmal durchgehen. Im Moment bin ich zu sehr mit lauernden Gefahren beschäftigt.

Bei Three Sisters kaufe ich Charlie eine Waffel mit

Vanilleeis, eingetaucht in Karamell, sein Lieblingseis. Erst als wir um die Ecke unseres Gebäudes gehen, gibt es erneut Ärger. Tiny lehnt am Eingang und raucht einen Joint. Als er uns sieht, richtet er sich auf, nimmt einen letzten Zug und schnippt den Rest in die Gosse.

»Sieh an, sieh an.« Er wischt sich mit den Händen über die Dreadlocks und schlendert zu uns hinüber. »Hallo, Sonnenschein. Tiny hat nach dir gesucht.« Seine Stimme hat eine gewisse Schärfe. »Wo warst du?«

»Ei-Eiscreme«, sagt Charlie.

»Ist das so?« Tiny bleibt kurz vor mir stehen. Er ist kein Nigerianer oder Simbabwer wie die meisten Leute in unserem Block, sondern Sambier. Seine knochige Gestalt überragt mich, und seine schwarze Haut vermischt sich bis auf das Weiß seiner Augen und Zähne mit der Dunkelheit der Nacht. »Also hast du Geld, um deinen Bruder zu verwöhnen, aber nicht für Tinys Steuern?«

Er nennt sich selbst Steuereintreiber. Er ist nicht der Hauswirt, aber er sammelt die »Steuern« auf die Miete von jedem, der in unserem Gebäude wohnt. Er ist eine Mini-Mafia innerhalb einer größeren Mafia, aber mit ihm zu tun zu haben bedeutet, dass ich mich nicht mit der größeren Mafia befassen muss, und er ist das kleinere von zwei Übeln.

Er hält seine Nase in meine Haare und riecht. »Du riechst nach Rauch. Nach Nebelmaschine. Mit wem warst du aus?«

Tiny tut so, als gehörte ich ihm. Vor allem tut er so,

als ob ich ihn mag. In Wirklichkeit ist er ein Feigling, aber er hat trotzdem die Macht, mich zu verletzen. Ich weiß das von einer aufgeplatzten Lippe und einem blauen Auge.

»Du verabredest dich jetzt?«

»Das geht dich nichts an.« Charlies Schlüssel hängt nicht an der Schnur um seinen Hals. Ich muss Jerry später danach fragen. Ich fische meinen Schlüssel aus meiner Tasche und gebe ihn Charlie. »Geh nach oben und verschließe die Tür.«

Charlie nimmt den Schlüssel, aber bewegt sich nicht.

»Los, weiter«, dränge ich. »Ich komme sofort.«

»O-Okay.« Charlie macht zwei Schritte, bevor er wieder stehen bleibt.

Ich lächele ihn ermutigend an. »Schnell. Ich möchte nicht, dass du dich erkältest.«

Tiny ergreift meine Haare und hält sie fest. Ich schließe meine Augen. *Bitte, Charlie. Hör auf mich.* Ich will nicht, dass er das sieht. Als ich meine Lider öffne, steigt mein Bruder gerade die Treppe an der Seite des Gebäudes hinauf.

»Hast du das Geld?« Tiny zieht an meinem Pferdeschwanz.

Unserer Wohnung ist voll bezahlt. Meine Eltern zahlten schon vor Jahren bar für das Eigentum, bevor jemand vorhersagen konnte, wie Verbrechen und Verfall ihre Investition wertlos machen würden.

»Wir zahlen keine Miete«, sagte ich wütend. Das ist

Tiny egal, aber ich muss es versuchen. Gott weiß, warum, aber ich versuche es jedes Mal.

»Du bist sie mir trotzdem schuldig.« Er grinst und eine Reihe von geraden Zähnen blitzt auf. »Tiny kann dich nicht bleiben lassen, wenn du keine Steuern zahlst. Was für ein Beispiel wäre das für die anderen? Gib es auf, Valentina.«

Ich erstarre. »Wage es nicht, meinen Namen zu sagen.«

Er lacht spöttisch. »Das stimmt, weil du meine Schlampe bist.« Er zieht an meinen Haaren. »Ist es nicht so, *Schlampe?*«

»Fahr zur Hölle.«

»Na, na, na. So spricht man nicht mit Tiny.« Er schnalzt mit der Zunge. »Wer beschützt dich, wenn Tiny nicht da ist?« Er neigt den Kopf. »Ich werde dich nicht noch einmal fragen. Wo ist Tinys Geld?«

Ich schlucke schwer. »Ich werde es am Ende des Monats haben.«

»Du kennst die Regeln. Der Fünfzehnte ist Zahltag.«

»Bitte, Tiny.« Tränen brennen in meinen Augen. Ein kaltes Gewicht drückt auf mein Herz.

Mitten auf der schmutzigen Straße zwingt er mich nach unten, bis meine Knie den Kies berühren und die Steine sich in meine Haut drücken. Seine Augen bekommen einen fiebrigen Schimmer, als er die Schnur seiner Jogginghose löst und sie bis zu seinen Knöcheln fallen lässt.

»Wenn du wieder beißt, wirst du mit mehr als nur

einem Veilchen nach Hause gehen. Diesmal werde ich dir den Arm brechen.«

Er nimmt den Ansatz seines Schwanzes in eine Hand, packt meine Haare mit der anderen und führt meinen Mund zwischen seine Beine. Ekel steigt in meinem Hals auf.

Er drückt gegen meine Lippen. »Blas mir einen, weiße Schlampe!«

Ich mache nichts dergleichen. Ich blende diesen Moment aus und werde zu einer leeren Hülle. Das ist eine Routine, die er gut kennt. Er lässt seinen Penis los, um meinen Kiefer zu ergreifen, und drückt schmerzhaft auf die Gelenke, bis sich mein Mund von selbst öffnet. Dann benutzt er mich einfach, pumpt und schiebt, bis ich würge. Tränen rollen über meine Wangen. Die Salzigkeit breitet sich in meinem Mund aus und vermischt sich mit dem Geschmack von Schweiß und Schmutz. Zum Glück kommt Tiny wie immer schnell. Keine Minute später ejakuliert er mit einem Grunzen und schießt seine Ladung in meinen Mund. Als er ihn keuchend wie ein Schwein wieder herauszieht, drehe ich meinen Kopf zur Seite und spucke aus.

Er lacht auf. »Eines Tages wirst du schlucken.«

Ich wische meinen Mund mit dem Handrücken ab. »Wenn du hübsch bist und deine Eltern reich sind.«

»Komm schon, Baby.« Er zieht mich am Arm hoch, und sein Schwanz hängt schlaff zwischen uns. »Gib Tiny einen Kuss. Lass Tiny sich selbst auf deinem nutzlosen Mund schmecken, denn du weißt definitiv nicht, wie man Schwänze lutscht.«

»Lass mich los.« Ich winde mich heraus und schnappe mir meine Tasche von dort, wo sie auf den Boden gefallen ist.

Sein Lachen folgt mir die Straße hinunter, während ich zu unserer Wohnung laufe und mich selbst so sehr hasse, wie ich ihn hasse.

Jerry lehnt an unserer Tür, als ich die Treppe hochkomme. Er sieht weg und vermeidet Augenkontakt mit mir. Er muss das Napoli's kurz nach uns verlassen haben. Das bedeutet, dass er auf der Straße an mir vorbeigeschlichen ist, während Tiny meinen Mund benutzt hat.

»Du bist ein Drecksack.« Ich versuche, ihn zur Seite zu schieben, aber er bewegt sich nicht.

»Val …«

»Hat es dir Spaß gemacht, zuzusehen?«

Er schiebt seine Hände in die Taschen. »Es tut mir leid.«

»Was? Dass du ein Spanner bist oder Charlie zu Napoli's schleppst?«

»Ich konnte der Versuchung nicht widerstehen. Einen Napoli's-VIP-Pass bekommt man nicht jeden Tag.«

»Vierhunderttausend Rand, Jerry.«

»Wir werden eine Lösung finden. Reg dich nicht auf.«

»Genau.« Die einzige *Lösung* ist, zu verschwinden,

aber wir haben keinen Ort, an den wir gehen können.

»Wie lange geht das schon so?«

Er kratzt sich am Kopf und hat den Anstand, so auszusehen, als fühle er sich schuldig. »Ein paar Monate.«

»Du hast Charlie nachts ohne meine Erlaubnis dahin geschleppt?«

»Komm schon, Val.« Jerry lehnt seine Schulter gegen die Tür. »Ich habe gesagt, dass es mir leidtut.«

Ich klopfe, damit Charlie die Tür aufmacht. Ich bin körperlich und geistig zu erschöpft, um jetzt zu kämpfen. »Was auch immer.«

Ich koche und putze für Jerry, damit er ein Auge auf Charlie hat, während ich arbeite, und obwohl Jerry ein Dieb ist, ist er nicht gewalttätig, zumindest nicht zu Charlie.

Nach einer Weile, als Charlie nicht öffnet, nimmt Jerry Charlies Schlüssel aus seiner Tasche und reicht ihn mir. Puff bellt, als ich die Tür aufschließe. Er wartet mit wedelndem Schwanz.

»Gute Nacht, Jerry.«

»Darf ich mit reinkommen?«

»Es ist spät. Ich muss lernen.« Ich benutze diese Ausrede, auch wenn ich weiß, dass ich mich heute Abend nicht auf ein Lehrbuch konzentrieren kann, aber es ist der schnellste Weg, Jerry loszuwerden. Andernfalls wird er bis vier Uhr morgens bleiben.

»Ach, komm schon. Nur eine Stunde.«

Ich schließe die Tür, verschließe sie trotz seiner Bitte und warte, bis seine Schuhe den Treppenabsatz hinunterschlurfen. Ich putze meine Zähne dreimal, bevor ich Charlie Rührei und Toast zum Abendessen zubereite, ihn ins Bett bringe und mich mit Puff auf der Schlafcouch niederlasse.

Der Schlaf kommt nicht. Ich denke an Charlie und den gutaussehenden fünfzehnjährigen Jungen, der er gewesen war. Er gehörte zu den Allroundern, war gut in Sport und Klassenbester. Er war mein großer Bruder. Mein Held. Ich war zwei Jahre jünger als Charlie und in der Primary School, als er zur Highschool ging. Er holte mich ab, als die Glocke am Ende des Tages ertönte, trug meine Schultasche, nahm meine Hand und brachte mich zum Ballett. Wir haben meinen Eltern nicht gesagt, dass er einen Deal mit Miss Paula gemacht hatte und in ihrem Garten arbeitete, damit ich weiterhin tanzen konnte. Wenn sie es gewusst hätten, hätte mein Vater von ihm verlangt, dass er für Geld arbeitete, um *Notwendiges* zu kaufen, wobei diese notwendigen Dinge Alkohol und Zigaretten waren. Charlie half mir, die Ballettschuhe anzuziehen, die Miss Paula mir geliehen hatte, und wartete die Stunde, die die Tanzstunde dauerte, bevor er mich nach Hause begleitete, um mir ein Sandwich zu machen. Er hätte mit seinen Freunden rumhängen können, aber er tat es nicht. Er hat für mich gesorgt.

Wenn der Unfall nicht passiert wäre, wenn ich an diesem Abend kein dummes Stück Schokoladenkuchen gewollt hätte, wäre aus Charlie Charles geworden. Mein Bruder wäre zu dem Mann herangewachsen, zu dem er geboren worden war. Wie jede Nacht weine ich in mein Kopfkissen und vergieße bittere Tränen, die nichts nützen. Hirnschäden sind irreparabel.

Puff jault an der Tür und lässt mich wissen, dass er raus muss. Die Sonne ist aufgegangen, aber es ist noch nicht ganz fünf. Ich warte unten auf dem rissigen Beton, während er sein Geschäft an einem toten Baum erledigt, und werfe einige Male einen Stock, den er holen kann. Außer sich vor Freude stolpert er über seine Pfoten, um mir den abgebrochenen Ast zu Füßen zu legen. Puff ist immer ein glücklicher Hund. Eines Morgens alarmierte mich ein Kläffen aus dem Abfalleimer eines Gartens. Ich habe einen ausgehungerten, schmutzigen und von Flöhen geplagten Welpen herausgeholt. Bis heute hat Puff Angst vor Mülltonnen.

Er ist noch nicht fertig mit dem Spielen, aber ich muss Kris anrufen und ihr sagen, dass ich es heute nicht zur Arbeit schaffe. Ich hasse es, sie im Stich zu lassen, aber ich muss mir überlegen, was ich tun soll. 400 000 Rand verschwinden nicht einfach. Vielleicht kann ich das mit Charlies Zustand im Napoli's erklären. Wenn Jerry mich unterstützt, haben wir vielleicht eine Chance. Napoli's gehört zu den großen Fischen. Sie machen Hackfleisch aus Kleinkriminellen wie Jerry, aber er ist ein Stammgast, sogar mit einem VIP-Pass. Sie leben von Süchtigen wie ihm. Sie brauchen sein Geschäft.

Als ich wieder in die Wohnung zurückkomme, ist

Charlie bereits wach. Er schenkt mir ein Lächeln, das mir das Herz bricht, denn es ist ein Lächeln, das nicht älter als fünfzehn Jahre ist. Ich zerzause seine Haare, bevor ich mich der Küchenzeile zuwende, damit er die Tränen in meinen Augen nicht sieht.

Ich rufe Kris an, aber lande direkt auf der Mailbox. Vielleicht ist sie unter der Dusche. Ich hinterlasse eine kurze Nachricht, in der ich ihr sage, dass ich nicht kommen werde und dass ich später noch einmal anrufe, um es ihr zu erklären.

»Gehst du nicht zur Ar-Arbeit?«

»Nicht heute.« Ich öffne die Schränke und betrachte den Inhalt. Da ist nicht viel. Charlie isst wie ein Scheunendrescher.

»Was gibt es zum Früh-Frühstück?«

Ich kann ihm nicht sagen, wie leid es mir tut. Wir können keine reifen Diskussionen über Schuld und Buße führen. »Wie wäre es mit Keksen?« Die einfachen Leckereien, die ihn glücklich machen, sind alles, was ich ihm anbieten kann.

»Scho-Schokolade?«

Ich habe Mehl, Milchpulver, ein Ei und Kakao. Ich kann was daraus zaubern. Wenn ich könnte, würde ich ihm die Welt zu Füßen legen.

Ich erhitze den tragbaren Backofen mit den zwei Herdplatten und lasse Charlie den Teig mischen. Während die Kekse backen, dusche ich und ziehe mich an, bevor ich ihn ins Badezimmer schicke. Gleichzeitig mit dem Timer meines Telefons für den Ofen klingelt eine SMS von Jerry.

Lauft weg.

Ein Zittern erschüttert meine Knochen. Ich erschaudere, auch wenn es wegen des Ofens hier drinnen heiß ist. Ich eile ans Fenster und schaue nach draußen. Auf der anderen Straßenseite parkt ein schwarzer Mercedes. Eine Frau sitzt vorne, aber mit dem grellen Sonnenlicht, das durch das Fenster scheint, kann ich nichts anderes als ihr schwarzes Haar erkennen. Ein Mann im Anzug steigt auf der Fahrerseite vorn und ein anderer hinten aus. Letzterer hält die Tür auf. Ein dritter Mann beugt sich zum Aussteigen nach vorn, bevor er seine Jackenärmel richtet, während er die Straße hinauf und hinunter schaut, und schließlich seinen Kopf in Richtung unseres Fensters dreht.

Gabriel Louw.

Ich halte die Luft an. Ich springe zurück, bevor er mich sieht. Charlie kommt aus dem Badezimmer und beginnt, sein Bett zu machen, so wie ich es ihm beigebracht habe.

»Die Ke-Kekse.«

Sie verbrennen gerade. Ich schalte den Backofen aus, benutze ein Geschirrtuch, um das Backblech auf eine Korkplatte zu stellen, und versuche, nicht in Panik zu geraten.

Es gibt keine Hintertür und kein Fenster hinten. Der einzige Weg nach draußen ist über die Vorderseite. Wir sitzen in der Falle. Ich lehne mich an die Wand, zittere, und mir ist schlecht.

Bitte lass nicht zu, dass er uns umbringt. Vergiss es. Lass lieber zu, dass er uns umbringt, als dass er uns foltert.

Jeder vom Aucklandpark bis zum Bez Valley weiß, was der Brecher mit Schuldnern macht, die nicht zahlen. Er hat einen Ruf, der auf einer Spur von gebrochenen Körpern und verbrannten Häusern aufgebaut ist. Puff, der Angst immer spüren kann, leckt mir die Knöchel.

Schritte ertönen auf dem Treppenabsatz. Es ist zu spät. Kampfinstinkt flackert in mir auf. Mein Bedürfnis, meinen Bruder zu beschützen, gewinnt die Oberhand.

Ich schnappe mir Charlies Hand. »Hör mir zu.« Meine Stimme ist eindringlich, aber ruhig. »Kannst du stark sein?«

»Sta-stark.«

Puff bellt einmal.

Das Klopfen an der Tür erschreckt mich, auch wenn ich es erwartet habe. Ich kann mich nicht bewegen. Ich hätte Charlie letzte Nacht nehmen und abhauen sollen. Nein, sie hätten uns genauso gefunden. Dann wäre es schlimmer gewesen. Man kann dem Brecher nicht entkommen.

Ein weiteres Klopfen, diesmal stärker. Der Klang klingt auf dem Holzimitat hohl.

»Stell dich gerade hin.« Zeig deine Angst nicht, möchte ich sagen, aber Charlie würde es nicht verstehen.

Es wird kein drittes Mal geklopft.

Die Tür fällt nach innen, als gepresstes Holz mit einem trockenen, spröden Klang zersplittert. Drei Männer kommen durch den Rahmen, und lassen meinen schlimmsten Albtraum wahr werden. Sie sind bewaffnet. Sie haben einen dunklen Teint und sind Portugiesen, mit Ausnahme des Mannes in der Mitte. Er ist Südafrikaner. Er bewegt sich humpelnd, weil sein rechtes Bein steif ist. Gabriel Louw ist aus nächster Nähe noch hässlicher. Bei Tageslicht sieht das Blau seiner Augen eingefroren aus. Sie haben die Wärme eines Eisbergs, als sein kreisender Blick den Raum aufnimmt und er die Situation in einem kurzen Augenblick bis ins kleinste Detail erfasst.

Er weiß, dass wir ungeschützt sind. Er weiß, wir haben Angst, und er mag es. Er ernährt sich davon. Seine Brust schwillt an, dehnt die Jacke über seine breiten Schultern aus. Er klopft mit der Waffe gegen seinen Oberschenkel, während sich seine freie Hand in der Luft schließt und öffnet.

Tock, tock. Tock, tock.

Diese Hände. Mein Gott, sie sind riesig. Die Haut ist dunkel und rau mit starken Adern und einigen dunklen Haaren. Das sind Hände, die keine Angst haben, sich schmutzig zu machen. Das sind Hände, die sich um einen Hals legen und eine Luftröhre mit einem einzigen Zusammenziehen zerquetschen können.

Ich schlucke und wende meinen Blick auf sein Gesicht. Er macht keine Bestandsaufnahme des Raumes mehr. Er betrachtet mich. Seine Augen wandern über meinen Körper, als ob er nach Sünden in meiner Seele sucht. Es fühlt sich an, als ob er mich aufschneidet und meine Geheimnisse ausströmen lässt. Ich fühle mich entblößt. Verletzlich. Seine Präsenz ist so intensiv, dass wir allein mit der Energie kommunizieren, die um uns herum schwingt. Sein Blick dringt tief in mich ein und durchwühlt meine privaten Gedanken, bis er die Wahrheit sieht: sein grausames Selbstbewusstsein ruft in mir sowohl Hass als auch Ehrfurcht hervor.

Ehrfurcht vor seiner Macht, meine intimen Gefühle zu erforschen, als hätte er das Recht dazu, aber die Invasion ist vorsichtig, fast zärtlich und respektvoll.

Dann verliert er das Interesse. Sobald er mich ausgesaugt hat, höre ich auf zu existieren. Ich bin der Teppich, auf dem er sich die Schuhe abtritt. Sein Gesichtsausdruck wirkt gelangweilt, als er seine Aufmerksamkeit auf Charlie richtet.

Ich sammele ein wenig Kraft und frage: »Was wollen Sie?«

Seine Lippen zucken. Er weiß, dass ich bluffe. »Du weißt, warum ich hier bin.«

Seine Stimme ist tief. Der raue, dunkle Ton schwingt voller Autorität und etwas Beunruhigenderem – Sinnlichkeit. Er spricht ruhig und betont deutlich jedes Wort. Aus irgendeinem Grund lassen der musikalische Tonfall und die kontrollierte Lautstärke seiner Stimme die Aussage zehnmal bedrohlicher klingen, als wenn er sie geschrien hätte. Unter anderen Umständen hätte mich das reiche Timbre verzaubert. Alles, was ich jetzt fühle, ist Angst, und sie spiegelt sich auf Charlies Gesicht wider. Ich hasse es, dass ich sie ihm nicht nehmen kann.

»Ich werde dich nur einmal fragen«, sagt Gabriel, »und ich will eine einfache Ja-oder-nein-Antwort.« *Tock, tock. Tock, tock.* »Hast du mein Geld?«

Worte träufeln von Charlies Lippen. »I-Ich ma-mag sie ni-nicht. Keine ne-netten Mä-Männer.«

Der Mann auf der linken Seite, der mit den hellgrünen Augen, hebt seine Waffe und zielt auf Charlies Füße. Es passiert zu schnell. Bevor ich reagieren kann, drückt er ab. Der Schalldämpfer dämpft den Schuss. Ich warte auf die Verletzung, darauf, dass Blut die weißen Tennisschuhe von Charlie einfärbt, aber stattdessen ertönt ein Jaulen, und Puff fällt um.

Oh nein. Bitte. Nein. Um Gottes willen. Nein, nein, nein.

Das muss ein Horrorfilm sein, aber das Loch zwischen Puffs Augen ist sehr real. Genauso wie das Blut auf dem Linoleum. Der leblose Körper auf dem Boden entfacht meine Wut. Er war nur ein wehrloses Tier. Die Ungerechtigkeit, die Grausamkeit und meine eigene Hilflosigkeit sind wie Treibstoff für meine entsetzten Sinne.

In einem Anfall von blinder Wut stürme ich auf den Mann mit der Pistole zu. »Sie Arschloch!«

Er duckt sich und ergreift leicht meine beiden Handgelenke mit einer Hand. Als er mit der Waffe auf meinen Kopf zielt, sagt Gabriel: »Lass sie gehen«, wobei seine wunderschöne Stimme vibriert wie eine stark gespannte Gitarrensaite.

Der Mann gehorcht und gibt mir einen Schubs, der

mich zum Stolpern bringt. Sobald ich mich gefangen habe, gehe ich auf Gabriel Louw los und schlage meine Fäuste in seinen Bauch und auf seine Brust. Je länger er dasteht und mein Hämmern bewegungslos hinnimmt, weil mein Angriff keine Wirkung auf ihn hat, desto mehr nähere ich mich den Tränen.

Gabriel lässt mich weitermachen, zweifellos, um mich zum Narren zu machen, aber ich kann nichts dagegen tun. Ich mache weiter, bis meine Energie verbraucht ist, und ich mit einer schmerzhaften Niederlage aufhören muss. Ich gehe auf die Knie und untersuche Puffs winzige Brust. Sein Herzschlag ist verstummt. Ich möchte ihn an meinen Körper ziehen, aber Charlie hat sich in einer Ecke zusammengekauert und reißt an seinen Haaren.

Ich ignoriere die Männer, richte mich auf, bedecke Charlies Hände mit meinen und ziehe sie von seinem Kopf weg. »Erinnerst du dich daran, was ich darüber gesagt habe, stark zu sein?«

»Sta-stark.«

Mich erfüllt so viel Hass auf Gabriel und seine Gefolgschaft, dass mein Herz so schwarz ist wie ein ausgebrannter Vulkan. Darin ist kein Platz mehr für etwas Gutes. Ich weiß, dass ich der Dunkelheit der Empfindungen, die durch meine Seele strömen, nicht nachgeben sollte, aber es ist, als ob die Schwärze ein Tintenfleck ist, der über die Ränder eines Blattes läuft. Ich umarme die Wut. Wenn ich das nicht tue, wird die Angst mich auffressen.

Gabriel wirft mir einen seltsam mitfühlenden Blick zu. »Du schuldest mir eine Antwort.«

»Schauen Sie sich um.« Ich deute auf unsere Wohnung. »Sieht es so aus, als könnten wir so viel Geld auftreiben? Sie sind ein perverser Mann, weil Sie einem geistig Behinderten einen Kredit gegeben haben.«

Seine Augen verengen sich, und in den Ecken bilden sich Fältchen. »Du hast keine Ahnung, wie pervers ich gern werden möchte.« Gabriel packt Charlie am Kragen seines T-Shirts und zieht ihn näher an sich heran. »Nur fürs Protokoll: Wenn du nicht gewollt hättest, dass dein Bruder Schulden macht, hättest du ihn für unzurechnungsfähig erklären und seine finanzielle Unterschriftsbefugnis widerrufen sollen.«

»Lassen Sie ihn in Ruhe!«

Ich fasse Gabriels Arm und hänge mich mit meinem vollen Gewicht an ihn, aber das macht keinen Unterschied. Ich baumele an ihm wie ein Stück Wäsche an der Leine. Er schüttelt mich ab, wobei ich zu Boden falle, und drückt den Lauf seiner Pistole gegen die weiche Schläfe meines Bruders, wo eine Ader voller unschuldigem Leben pulsiert, das noch nicht gelebt hat.

»Va-Val!«

Er entsichert die Pistole. »Ja oder nein?«

»Ja!« Ich benutze die Wand an meinem Rücken als Stütze und krabble auf meine Füße. »Ich werde es bezahlen.«

Charlie weint leise. Gabriel sieht mich an, als ob er sonst nichts bemerkt. Seine Augen fixieren mich an Ort und Stelle. Unter seinem Blick bin ich ein gespreizter und an ein Brett genagelter Frosch, und er hält das Skalpell in der Hand.

Er senkt die Waffe nicht. »Weißt du, wie viel?«

»Ja.« Meine Stimme zittert nicht.

»Sag es.«

»Vierhunderttausend.«

»Wo ist das Geld?«

Der Hauch eines Lächelns ist zurück auf seinem Gesicht. Hinter der Narbenmaske verbirgt sich ein Mann, der weiß, wie man Menschen verletzt, um das zu bekommen, was er will, aber im Moment fühlt er sich ausreichend unterhalten. Der Bastard findet die Situation amüsant.

»Ich werde es abbezahlen.«

Er neigt seinen Kopf. »Du wirst es abbezahlen.« Bei ihm hört sich das so an, als ob ich verrückt wäre.

»Mit Zinsen.«

»Miss Haynes, nehme ich an.« Trotz seiner erklärten Vermutung sagt er es so, als sei es eine Tatsache. Alles an ihm strahlt Selbstvertrauen und Arroganz aus. »Nenne mir deinen Namen.«

»Sie kennen meinen Namen.« Männer wie er kennen die Namen aller Familienmitglieder, die sie töten wollen.

»Ich will ihn von dir hören.«

Ich befeuchte meine trockenen Lippen. »Valentina.«

Er scheint sich den Klang auf der Zunge zergehen

zu lassen, so wie eine andere Person Wein probiert. »Wie viel verdienst du, Valentina?«

Ich weigere mich, mich einschüchtern zu lassen. »Sechzigtausend.«

Er senkt die Waffe. Es ist jetzt ein Spiel für ihn. »Pro Monat?«

»Pro Jahr.«

Er lacht leise. »Was machst du?«

»Ich bin eine Assistentin.« Mehr sage ich nicht dazu. Es reicht schon, dass er meinen Namen kennt.

Er betrachtet mich, wobei seine Arme locker an seinen Seiten hängen. »Neun Jahre.«

Das klingt lächerlich, aber die schnelle Berechnung, die ich in meinem Kopf mache, bestätigt mir, dass es das nicht ist. Das sind fast fünftausend pro Monat, einschließlich dreißig Prozent Zinsen auf die Pauschale. Ich kann ihn nicht unfair nennen. Kredithaie in dieser Gegend verlangen zwischen fünfzig und hundertfünfzig Prozent Zinsen.

»Neun Jahre, wenn man es mit den niedrigsten Zinsen zurückzahlt«, fährt er fort und untermauert meine Rechnung.

Natürlich habe ich nicht vor, für immer eine Tierarzthelferin zu bleiben. Nur so lange, bis ich mich in vier Jahren als Tierarzt qualifiziert habe. Dann werde ich mehr verdienen. »Ich werde es schneller abbezahlen, wenn ich einen besseren Job bekomme.«

Er schließt den Abstand zwischen uns mit zwei ungleichmäßigen Schritten. Er steht so nah bei mir, dass ich das Waschmittel seines Hemdes und den schwachen, würzigen Duft seiner Haut riechen kann.

»Du hast mein Angebot missverstanden.« Seine Augen bohren sich in meine. »Du wirst neun Jahre lang für *mich* arbeiten.«

Ich halte die Luft an. »Für Sie?«

Er schaut mich nur an.

»Was werde ich machen?«, frage ich flüsternd.

Die Intensität in den vereisten, blauen Tiefen nimmt zu. »Alles, was ich für richtig halte. Überlege es dir gut, Valentina. Wenn du akzeptierst, wird es eine Anstellung in meinem Haus sein, für die du einziehen wirst.«

Ich weiß, was *alles* bedeutet. Er ist nicht anders als Tiny. Abscheu erfüllt mich.

Gabriel betrachtet mich, als würde er eine Wette mit sich selbst abgeschlossen haben. »Entweder erschieße ich deinen Bruder und du gehst weg, oder er ist frei und du arbeitest seine Schulden ab.«

»Geben Sie mir den Vertrag, den ich unterschreiben muss, und ich werde meinen eigenen Weg finden, Sie zu bezahlen.«

Er lacht auf. »Das sind meine Bedingungen und keine anderen.«

Was bleibt mir anderes übrig? Meine Knie zittern, aber jetzt ist nicht der Zeitpunkt, schwach zu werden.

»Ich werde es tun.« Während ich die Worte sage, verwandelt sich mein Magen in einen Eisklumpen.

Einen Augenblick lang sieht er überrascht aus, doch

dann wird sein Ausdruck verschlossen. »Du hast fünf Minuten, um zu packen.«

»Ich habe eine Bedingung.«

Die Belustigung kehrt wieder in seinem Gesicht zurück. Er klopft mit der Waffe auf seinen Oberschenkel und wartet.

»Ich will, dass die Sicherheit meines Bruders garantiert ist.« Wenn ich nicht da bin, braucht Charlie Schutz. Ich will keine Wiederholung dessen, was uns in diesen Schlamassel gebracht hat.

»In Ordnung. Er wird unter meinem Schutz stehen.«

»Ich muss jemanden anrufen, der ihn abholt. Er kann nicht allein bleiben.«

Er nimmt sein Handy aus der Tasche, gibt einen Code ein und drückt es mir in die Hand. »Du wirst meins benutzen, bis wir sichergestellt haben, dass deins nicht gefährdet ist.«

Ich drehe ihnen den Rücken zu und gebe die Nummer meiner einzigen Freundin ein. Während ich Kris' Nummer wähle, durchsucht der Mann mit den dunklen Augen meine Handtasche, die über einem Stuhl in der Küche hängt. Ich beobachte die Männer aus dem Augenwinkel, und meine Hand zittert, während ich darauf warte, dass Kris den Anruf annimmt.

»Ich bin's, Valentina«, sage ich, als sie antwortet.

Im Hintergrund bellen Hunde. »Ich habe diese Nummer nicht erkannt. Hast du ein neues Telefon? Ich habe gesehen, dass du vorhin angerufen hast, aber ich habe deine Nachricht noch nicht gehört.«

»Kris, hör mir zu. Du musst Charlie hier abholen. Kann er eine Weile bei dir bleiben?«

»Was ist passiert?«

»Charlie hat Schulden im Napoli's gemacht. Ich rede gerade mit dem Gläubiger.«

»Was?«, ruft sie entsetzt. »Du redest gerade mit einem Kredithai? Wo?«

»Bei mir zu Hause. Dinge haben sich geändert. Ich werde Charlies Schulden abarbeiten, aber er kann nicht allein bleiben.« Meine Wangen werden heiß, als ich sage: »Es ist eine Stelle, für die ich dort wohnen werde.«

»Was ist mit deinem Job hier?«

»Es tut mir leid. Ich weiß, wie sehr du mich brauchst.«

Es ist immer hektisch in der Klinik, und ich fühle mich schlecht wegen dem, was ich tun muss. Kris ist eine der besten Tierärzte, die ich kenne. Sie hat mir einen Job gegeben, als niemand sonst es getan hätte, und ich hasse es, sie im Stich zu lassen.

Gabriel schaut auf seine Uhr. »Du hast drei Minuten.«

»Ich muss los. Rufst du mich an, wenn du Charlie hast?«

»Ich bin unterwegs.«

»Danke, Kris.« Ich schaue auf Puffs Körper und unterdrücke meine Tränen. »Du musst …«

Gabriel nimmt mir das Telefon aus der Hand. »Hallo, Kris.« Er hält seinen durchdringenden Blick weiterhin auf mich gerichtet. »Die Tür zu Valentinas Wohnung ist kaputt, aber mach dir keine Sorgen. Ich werde sie ersetzen lassen.« Damit beendet er das Gespräch. »Zwei Minuten. Ich nehme an, du wirst leichtes Gepäck mitnehmen.«

Ich bin nervös, als ich die wenigen Outfits und Toilettenartikel, die ich besitze, in unsere einzige Reisetasche stopfe. Was wird aus Charlie werden? Im Moment ist er am Leben. Ich bin am Leben. Darauf muss ich mich konzentrieren.

Gabriels Männer bedienen sich an den Keksen, die auf dem Tisch abkühlen. Gabriel sagt nichts. Allein sein verstörender Blick folgt mir, als ich mich durch den Raum bewege.

Ich habe kaum meine Tasche zugemacht, als er sagt: »Gehen wir.«

Das Adrenalin des Schocks macht mich stark, stark genug, um mit selbstbewussten Schritten zu meinem Bruder zu gehen und sein tränenüberströmtes Gesicht in die Hände zu nehmen.

Ich gehe auf Zehenspitzen und küsse seine Stirn. »Denk daran, was ich über Starksein gesagt habe. Du schaffst das.« Ich will ihm sagen, dass ich ihn anrufen werde, aber ich will nicht lügen. »Warte auf Kris. Sie wird bald hier sein.«

Gabriel nimmt meine Tasche, schiebt mich zur Tür und hält im Rahmen an, um zu dem Mann, der Puff erschossen hat, zu sagen: »Bleib bei ihrem Bruder, bis die Frau kommt, und begrabe den Hund. Lass die Tür reparieren, bevor du gehst.«

Der Mann nickt. Er ist kleiner als Gabriel, aber nicht weniger muskulös.

Ich schaue über meine Schulter und nehme alles auf, was ich kann – Charlies zerzaustes Haar, seine weichen haselnussbraunen Augen und das ausgewaschene Spiderman-T-Shirt – weil ich nicht weiß, ob ich ihn jemals wiedersehen werde.

2

Gabriel

Die zierliche Brünette erstarrt, als ich ihren Ellbogen nehme, um sie die Treppe hinunterzuführen. Ihr Gesicht ist furchtbar weiß, und ihr ganzer Körper zittert, aber sie geht mit geradem Rücken. Ich habe tretende und schreiende Männer hinter mir her geschleift, die dreimal so groß waren wie sie und die ein harmloseres Schicksal erwartete. Sie hat Mut, aber das weiß ich schon seit gestern Abend.

Auf dem Bürgersteig nehme ich ihre Hand und helfe ihr den Bordstein hinunter. Ihr zarter Körper wird noch steifer, aber sie wehrt sich nicht dagegen. Magda dreht ihren Kopf zum Autofenster, als wir uns nähern. Zuerst ist sie irritiert, als sie die Frau erblickt, die ich im eisernen Griff meiner Finger habe, aber dann wird ihr Ausdruck stoisch. Meine Mutter ist nicht glücklich.

Das ist nicht das, was sie befohlen hat. Pech gehabt. Es wird heute nicht so geschehen, wie sie es sich wünscht, aber ich werde mich rechtfertigen müssen.

Magda steigt aus, und wenn Blicke töten könnten, wäre mein Leben jetzt zu Ende.

»Setze sie nach hinten«, sage ich zu Quincy, dem ich Valentina wie ein Paket aushändige.

Magda wartet, bis Quincy die Tür schließt, und geht dorthin, wo wir außer Hörweite sind. »Sie sollte tot sein.«

»Ich habe einen Deal gemacht.«

»Was für einen Deal?«

»Neun Jahre für Charlies Schulden.«

Sie blinzelt. »Du nimmst sie mit?«

Ich verschränke meine Arme. »Ja.«

»Du willst sie ficken.«

Ich leugne es nicht. Das hätte keinen Sinn.

»So einfach ist das nicht, Gabriel.«

Ich habe sie gesehen. Ich wollte sie. Ich habe sie mir genommen. Ja, so einfach ist das.

»Das war nicht der Plan«, beharrt Magda.

»Der Plan hat sich geändert.«

Sie wirft ihre Hände in die Luft und beginnt, auf dem Bürgersteig hin und her zu gehen. »Der Preis war der Tod.«

»Charlie hat Hirnschäden.« Das ist ein härterer Preis als der Tod. Für mich zumindest. »Wir hätten ihm keinen Kredit gewähren sollen.«

»Das haben wir aber. Zurückgeblieben oder nicht,

Barmherzigkeit zeigen ist unseren Feinden zeigen, dass wir weich werden.«

»Neun Jahre sind nicht gerade barmherzig.« Nicht bei dem, was ich für Valentina plane.

»Sie muss sterben.«

»Ich halte mein Wort immer. Die Menschen in unserem Geschäft vertrauen uns, weil ich mein Wort halte. Rhett und Quincy haben gehört, wie ich den Deal gemacht habe.«

Ihr Lidstrich legt sich in Falten. »Was hast du versprochen?«

»Ein Arrangement mit Unterkunft im Haus.«

»Arrangement?«

»Ich habe ihr gesagt, dass sie die Schulden abarbeiten kann.«

Unter Magdas kontrolliertem Äußeren kocht es. Eine Ader schwillt an ihrer Schläfe an. »Schön. Du willst mit einer Puppe spielen? Viel Spaß, aber wir bringen sie dazu, zu versagen. Wenn sie das tut, ist sie tot, und ihr Bruder auch.«

Ein stechender Schmerz zieht in meiner kaputten Hüfte. Ich bemühe mich ganz bewusst, meinen Körper zu entspannen, Muskel für Muskel.

»Komm schon.« Magda ist bereits auf dem Weg zurück zum Auto. »Ich werde es auf dem Weg nach Hause austüfteln.«

Zum ersten Mal bedauere ich es, dass ich mich nie um den Aufbau professioneller Beziehungen gekümmert habe. Ich kümmere mich nicht darum, was die Leute denken, und überhaupt sind mir die Leute, abgesehen von meiner Tochter, egal, aber Magda hat das Netz immer weit ausgeworfen und jeden gefangen, den sie in ihre Tasche stecken konnte. Ihr Netzwerk und ihr Einfluss reichen viel weiter als bei mir. Sie ist die Autoritätsperson in dieser Organisation. Manchmal habe ich den hässlichen Verdacht, dass das Geschäft der einzige Grund ist, warum sie meinen Vater geheiratet hat – damit sie es übernehmen konnte. Sie ist ein verdammt härterer Kredithai, als er es jemals war, und er war ein furchterregender Bastard.

Ich steige hinten bei Valentina ein, während Magda vorne bei Quincy sitzt.

»Fahr«, sagt sie zu meinem Leibwächter.

Quincy und Magda schweigen, ich schätze wegen des Mädchens. Ein intensives Bewusstsein für die Frau neben mir und meine Macht über sie breitet sich durch meinen Körper aus, und ich werde hart.

Leck mich am Arsch. Ich besitze sie.

Sie gehört mir.

Von dem Gedanken wird mir schwindelig. Sie ist so klein, dass sie aussieht wie die Puppe, mit der ich laut Magda spielen will. Stehend geht mir Valentina kaum bis zur Brust. Ihre Knochen sind zerbrechlich genug, um unter dem leichtesten Druck nachzugeben. Wenn ich sie zu fest umarme, könnten ihre Rippen brechen. Ich kann eine Hand um ihren schlanken Hals legen. Es entscheidet über Leben und Tod, wie fest ich meine Finger schließe. Dennoch hat sie mich angegriffen, als Rhett ihren Hund erschossen hat. Sie gab *mir* einen

Befehl, als sie mir sagte, ich solle Charlie Haynes gehen lassen. Sie ist stark und loyal.

Ich bin fasziniert und eifersüchtig auf ihre Liebe zu ihrem Bruder. Niemand hat je so für mich gekämpft, und ich bezweifle, dass es jemals jemand tun wird. Ihr das *alles, was ich für richtig halte* hinzuwerfen war ein Test. Ich wollte sehen, wie weit sie für Charlie zu gehen bereit war – nicht, dass ihre Entscheidung etwas verändert hätte. Ich habe sie in dem Moment in Besitz genommen, als ich sie sah. Gestern Abend wusste ich bereits, dass ich sie mir nehmen würde. Egal, was passiert.

Als der Clubmanager vom Napoli's anrief, um mich wissen zu lassen, dass die Zielperson meiner Mutter, Charlie, da war, war mein Plan gewesen, hinzugehen, Charlie auszuschalten, und danach seine Schwester, die allein zu Hause sein sollte. Exempel an Leuten zu statuieren, die nicht zahlen, ist eine Standardprozedur. Manche Menschen fürchten nicht um sich selbst, aber sie fürchten immer um ihre Familien. Bei Magdas Plan wäre Valentina das Opfer gewesen, um unsere Schuldner daran zu erinnern, dass ihre Familien nicht sicher sind, solange sie uns etwas schulden.

Dann trat ich aus dem Büro, und da stand sie in ihrer vollen Pracht. Keine Frau, außer den Prostituierten, geht freiwillig ins Napoli's. Ein Nerv zuckt zwischen meinen Schulterblättern, als ich daran denke, was hätte passieren können, wenn ich nicht da gewesen wäre. Sie ist entweder extrem naiv oder idiotisch mutig. Nach diesem Morgen vermute ich letzteres.

Wenn ich darüber nachdenke, verstehe ich auch nicht, wie sie hier so lange überlebt hat. Jerry zufolge wohnt sie seit sechs Jahren in Berea. Das Drecksloch, in dem sie lebte, liegt im Drug Valley. Es ist eine Überraschung, dass die Drogen- und Sex-Lords sie nicht entführt und verkauft haben oder eine Straßengang sie noch nicht vergewaltigt und getötet hat. Es gibt unendlich viele dunkle Dinge, die einem ungeschützten schönen Mädchen in dieser Gegend passieren können.

Ich beobachte sie aus dem Augenwinkel. In den zwanzig Minuten, die wir fahren, hat sie kein Wort gesagt. Ihr braunes Haar ist lang und wellig und fällt in Locken über ihre Schultern. An ihr haftet ein sauberer Geruch, wie der von Shampoo oder Bodylotion. Ich mag ihn. Von schweren Parfüms bekomme ich Kopfschmerzen. In den weißen Shorts und dem gelben Tanktop sind ihre getönten Beine und ihre gerundeten Brüste deutlich zu sehen. Genauso wie die Vene, die unter der goldenen Haut an ihrem Hals pulsiert. Ihre Angst erregt mich. Ihr Mut fasziniert mich. Lange, dunkle Wimpern verstecken den Ausdruck in ihren braunen Augen vor mir. Sie tut so, als würde sie aus dem Fenster schauen, aber ich weiß, dass sie sich meiner Person und der Waffe, die auf meinem Schoß liegt, bewusst ist.

Die Waffe liegt kühl in meiner Hand. Ich bin längst über die Phase hinaus, in der meine Handflächen vor einem Job verschwitzt werden. Mir macht das Töten nichts aus. Ich lebe in einer gewalttätigen Stadt. Nur die Härtesten überleben, und ich bin ein Survivor. Ich würde nicht zögern, den Abzug zu betätigen, wenn jemand meine Familie bedroht oder ihr Schaden zufügt. Leg einen Finger auf meinen Besitz, und ich breche ihn ab. Ich war die Art von Kind, das Freude daran hatte, das Spielzeug anderer Jungen zu zertrümmern. Ich zerbreche immer noch Dinge. Heutzutage sind es vor allem Knochen. Wenn es um Herzen geht, breche ich nur das, was bereits gebrochen ist. Auf diese Weise muss ich keine Verantwortung für die Gefühle von jemandem übernehmen. Jetzt habe ich die Verantwortung für eine Person auf einer ganz anderen Ebene übernommen. Wenigstens besteht kein Risiko, Valentinas Herz zu brechen. Sie hasst mich bereits, und durch das, was ich mit ihrem Körper vorhabe, wird sie mich nur noch mehr hassen, aber sie wird mich genauso intensiv brauchen. Dafür werde ich sorgen.

Ihre Augen weiten sich kaum merklich, als wir auf unser Anwesen einbiegen. Es ist ein zweistöckiges Herrenhaus auf einem großen Grundstück, umgeben von einer zwei Meter hohen Mauer, die mit elektrischem Stacheldraht und bewaffneten Wachen gesichert ist. In dieser Stadt sind nur Leute mit Geld sicher. Ihr Gesicht bleibt vollkommen ausdruckslos, als wir die Tore passieren. Das ursprüngliche Frank-Emley-Design stammt aus den frühen 1900er Jahren und verbindet verschiedene Stile mit einem starken viktorianischen Einfluss, Eisenarbeiten, Steinmauern und Jugendstil-Fenster. Es liegt mitten im Herzen von

Parktown, mitten zwischen den Häusern der Bankiers, Diamantenhändler, Politiker und aller anderen, die man kaufen kann.

Quincy parkt und öffnet die Tür zuerst für Magda und dann für mich. Während ich mein steifes Bein strecke, lässt er Valentina heraus und wartet mit ihrer Handtasche und Reisetasche vor dem Brunnen.

»Ich nehme das.« Ich ergreife ihre Besitztümer und ihren Arm, um sie die Stufen zur Veranda hinaufzuführen. Meine Finger überlappen sich beim Umfassen ihres schlanken Oberarms. Dies ist der Punkt, an dem ich von ihr erwarte, dass sie mit ihren Absätzen treten und schreien wird, aber sie bleibt unheimlich ruhig.

Magda überholt uns auf der Treppe. »Eine falsche Bewegung, ein falsches Wort zu irgendjemandem, und Charlie ist tot. Verstanden?«

Valentina neigt ihren Kopf von meiner Mutter weg, und ein Zittern läuft durch ihren Körper.

Marie, unsere treue, alte Köchin, öffnet die Tür. Ihr Gesicht erstarrt, als ihre Augen auf die junge Frau fallen.

»Bereite das Zimmer des Dienstmädchens vor«, sagt Magda. »Ich informiere dich später.« Sie tritt vor uns ein. »Gabriel, bring das Mädchen in mein Arbeitszimmer.«

Bevor ich widersprechen kann, ist Magda weg. Maries Blick bleibt auf die Frau an meiner Seite gerichtet. Ich kann die Vorstellung auch gleich hinter mich bringen.

»Das ist Valentina«, sage ich. »Sie ist Eigentum.«

Sie hat in ihrem Leben viel gesehen. Sie huscht davon, ohne mir meinen üblichen Drink anzubieten.

Ich führe Valentina zum Arbeitszimmer meiner Mutter und schließe die Tür. Was auch immer Magda ausheckt, es gefällt mir nicht. Der Anblick des persönlichen Leibwächters meiner Mutter, Scott, der hinter ihrem Stuhl mit einer Pistole in seiner Hand steht, lässt mich meine Hand auf meine eigene Waffe legen, die in meinem Hosenbund steckt. Die Drohung ist eindeutig. Widersetze dich Magda, und Valentina wird wie ihr Hund enden – mit einer Kugel zwischen ihren weichen braunen Augen.

Magda spricht meine kleine Beute an. »Ich verstehe, dass du für uns *arbeiten* wirst.« Sie zeigt auf den Stuhl, der ihrem Schreibtisch zugewandt ist. »Setz dich hin.«

Ich lasse Valentina los. Sie gehorcht und setzt sich auf die Kante des Stuhls. Ich nehme die gleiche Haltung wie Scott ein und bleibe stehen, nur für alle Fälle.

»Was sind deine Stärken?«, fragt Magda.

Valentinas Wimpern bewegen sich, als sie ihre Augen zu mir hebt. Sie sind groß für ihr kleines Gesicht und eindringlich traurig, aber auch stolz.

»Antworte, wenn du angesprochen wirst«, sagt Magda mit derselben Stimme einer Schulleiterin, mit der sie mich als Kind gescholten hat.

»Ich bin eine Assistentin.«

Magdas Mundwinkel verziehen sich nach unten. »Das ist alles?«

»Außerdem koche und putze ich für meinen Nachbarn.«

Magda klopft mit ihren Fingernägeln auf den Schreibtisch. Nach einiger Zeit sagt sie: »Du wirst für uns als Dienstmädchen arbeiten und was Gabriel sonst noch von dir erwartet.« Meine Mutter wirft mir einen sauren Blick zu, so als ob ihr mein Anblick Verdauungsstörungen verursacht. »Du wirst von Montag bis Freitag arbeiten, bis das Abendessen serviert und die Küche sauber ist. Am Samstag hast du ab fünf Uhr nachmittags frei. Du wirst am Montagmorgen um acht Uhr zurückerwartet. Wenn wir Veranstaltungen zu Hause haben, erwarten wir von dir, dass du arbeitest, unabhängig von den Überstunden.«

Die Idee des Dienstmädchens kotzt mich einfach an, aber ihre freie Zeit macht mich unglaublich wütend, auch wenn ich keine Möglichkeit habe, etwas dagegen zu tun. Es ist Magdas Geschäft und es sind ihre Schulden, die sie eintreibt. Ich mache nur die Deals. Mein neues Spielzeug sollte besser nicht versuchen, zu fliehen. Ich wette, das ist es, worauf Magda setzt. Es wird ihr den Grund geben, um Valentina zu eliminieren und meinen *idiotischen* Deal zu beenden, wie sie es formuliert hat.

»Du wirst das Haus sauber halten«, fährt Magda fort, »und mit sauber meine ich makellos. Alles, was sich im Inneren des Gebäudes befindet, unterliegt deiner Verantwortung, außer dem Kochen. Marie kümmert sich darum. Wenn du kochen musst, sag' ich dir Bescheid. Solltest du jemanden von uns vergiften, werden du und dein Bruder langsam und schmerzhaft sterben. Verstanden?«

Ihre Kehle bewegt sich, als sie schluckt. »Ja.«

»›Ja, Mrs. Louw‹ oder ›Ma'am‹.«

Diese dunklen Augen blinken trotzig, aber sie wendet sie schnell ab. »Ja, Ma'am.«

»Wenn du bei einer deiner Aufgaben versagst, ist der Deal geplatzt und du bist tot.« Ein sadistisches Leuchten funkelt in Magdas Augen. »Arbeite gut für …« Sie schaut mich an und wartet.

»Neun Jahre«, sage ich.

»Arbeite neun Jahre lang gut«, fährt Magda fort, »und Charlies Schulden werden beglichen sein. Wir werden dir kein Gehalt zahlen. Das Geld, das wir dir gegeben hätten, wird für die Begleichung deiner Schulden verwendet. Ich erlaube es den Bediensteten nicht, von unserem Tisch zu essen, aber du kannst die Kücheneinrichtungen benutzen, um deine Mahlzeiten zuzubereiten. Da du kein Bargeld verdienen wirst, zahlt dir mein Sohn einen Zuschuss für Essen und persönliche Güter. Fragen?«

»Gibt es eine Routine, der ich folgen muss? Was genau muss ich tun?«

Magda steht auf. »Das findest du schon heraus. Du fängst sofort an.«

Valentina folgt Magda und steht mit betroffenem Gesicht von ihrem Stuhl auf.

Bevor sie geht, muss sie eine Sache verstehen. Ich umfasse ihr Gesicht mit einer Hand und grabe meine Finger in ihre Wangen. »Lauf vor mir weg – und du wirst dir wünschen, ich hätte dich heute erschossen.«

Ihr Körper ist nahe bei mir, und ich kann ihren

Duft riechen. Endlich weiß ich, was der Geruch ist, den ich im Auto nicht zuordnen konnte – Himbeere. Sie sieht aus wie eine Taube mit gefesselten Flügeln, aber sie schwankt nicht unter meinem Blick.

»Haben wir uns verstanden?«, frage ich leise. Ich erhebe niemals meine Stimme. Das muss ich auch nicht.

»Ja.«

»Gut.« Ich lasse sie gehen.

Ihre Hand bewegt sich zu ihrem Kiefer und berührt den Abdruck, den meine Finger hinterlassen haben.

»Marie wird dir dein Zimmer zeigen«, sagt Magda. »Du findest sie in der Küche.«

Ich reiche Valentina ihre Reisetasche, aber halte mich an der Handtasche fest und bleibe stehen, da ich nicht entlassen wurde.

Sobald Valentina weg ist, sage ich: »Sie kennt den Weg nicht.«

Magda geht zur Bar und gießt sich einen Wodka ein, den sie mit Orangensaft verdünnt. »Sie ihren eigenen Weg finden zu lassen, ist ihr erster Test.«

»Was meinst du damit?«

»Die versteckten Kameras werden alle verräterischen Dinge aufzeichnen, die ihr in ihren dummen Kopf kommen könnten, und du wirst das zu deinem Vorteil nutzen, um sie zu brechen.« Magda nimmt einen Schluck von ihrem Getränk und geht zurück zu ihrem Schreibtisch, um das interne Telefon zu nehmen, das mit der Küche verbunden ist.

Marie antwortet beim ersten Klingelton mit einem

professionellen »Mrs. Louw?«, das über den Lautsprecher ertönt.

»Bestelle Dienstmädchenuniformen für Valentina und Bettwäsche für ihr Zimmer.«

»Irgendwelche Vorlieben, Ma'am?«

»Schwarz.«

»Die Uniform oder die Bettwäsche?«

»Die Uniform. Die Bettwäsche ...«, sie denkt eine Sekunde lang nach und lächelt mich an, »... weiß.« Sie legt auf und fährt fort: »Schwarz und Weiß. Hört sich gut an, nicht wahr? Es wird sie daran erinnern, was aus ihr geworden ist – unser Dienstmädchen und dein Spielzeug.«

»Sie wird nicht weglaufen«, sage ich mit herausfordernder Stimme. Ich habe Valentina gerade erst gefunden. Ich werde sie nicht am Sonntag töten.

Magda schmunzelt und schwenkt ihr Glas. »Das ist nicht der Grund dafür, dass ich ihr die Sonntage freigegeben habe.«

»Warum hast du es dann getan?«

»Um ihr die Illusion von Freiheit zu geben. Von Fairness. Für den Moment lasse ich sie glauben, dass sie eine Chance hat. Menschen ohne Hoffnung können nicht gebrochen werden.« Meine Mutter hebt das Glas zu ihren Lippen. »Verstehst du? Ich gebe uns beiden, was wir wollen. Du kannst sie brechen, und ich kann sie töten.«

Hass macht Magdas Worte schneidend. Die Tatsache, dass ich diese Frau genug möchte, um meiner Mutter zu trotzen, macht Magda wütend. Ich habe keinen Zweifel, daran dass sie Valentina dafür bezahlen lassen wird, dass sie mich von dem nicht so geraden und schmalen Pfad, der für mich zugeschnitten wurde, abgebracht hat.

Als ich schweige, fährt Magda fort: »Du verstehst doch, dass wir sie nicht ihren Teil der Abmachung erfüllen lassen können? Das wäre schwach.«

»Ich habe ihr neun Jahre versprochen.«

»Ich habe nicht die Absicht, sie so lange leben zu lassen.« Ihr Lächeln breitet sich aus, bis es ihr ganzes Gesicht erleuchtet. »Sie wird früher oder später versagen.«

Eine plötzliche Erkenntnis beunruhigt mich. Magda ist mit dem Verlauf der Ereignisse zufrieden. Sie will, dass Valentina leidet, und sie verlässt sich auf meine natürliche Veranlagung, um genau das geschehen zu lassen.

Valentina

MEINE KEHLE SCHMERZT DURCH DIE AUFGESTAUTEN Tränen, als ich Mrs. Louws Arbeitszimmer verlasse. Wenn ich irgendeine Hoffnung hatte, dass Gabriels Mutter Mitleid haben und mir helfen würde, dann wurde sie in diesem Raum ausgerottet. Sie ist schlimmer als ihr Sohn, ihre Schwärze ist viel kälter.

Ich bin krank vor Sorge um Charlie. Ich muss Kris anrufen und mich versichern, dass es ihm gut geht, aber Gabriel hat mir nur meine Kleider gegeben und meine Handtasche mit meinem Handy behalten. Ich kann es mir nicht erlauben, an diesen Morgen oder an Puff zu denken. Noch nicht. Im Augenblick muss ich stark sein.

Jetzt, da die akute Bedrohung unseres Lebens vorbei ist, stürzt die Realität auf mich ein. Verzweiflung sickert durch meine Poren in mich hinein. Meine Berechnung ist erschütternd. Ich werde 32 Jahre alt sein, wenn ich wieder frei bin. *Wenn* ich jemals frei sein werde. Ich habe keinen Zweifel daran, dass Gabriel mich töten wird, ohne mit der Wimper zu zucken. Ich kenne Männer wie ihn. Mein Vater war einer von ihnen. Die Dienerrolle besteht nicht nur darin, eine Schuld zu begleichen. Sie ist ein Mittel, um mich zu erniedrigen. Ich habe kein Problem damit, die Haare aus Gabriels Dusche zu entfernen oder seine Toilette zu schrubben. Was mich umbringt, ist, unter seinem Dach zu schlafen und Essen zu essen, für das er bezahlt. Ich bin gezwungen, meinem Feind zu erlauben, für mich zu sorgen. Das fühlt sich persönlich und falsch an. Das Letzte, was ich von Gabriel will, ist irgendeine Art von Fürsorge. Ich werde mit Kris reden, um sonntags zu arbeiten. Auf diese Weise kann ich mein Studium weiterhin finanzieren. Egal was passiert, ich gebe es nicht auf. Das ist meine einzige Hoffnung, unsere Fahrkarte raus aus Berea. Ich werde meine Pläne einfach für neun Jahre auf Eis legen müssen.

Nachdem ich mich in den Korridoren und zu vielen Zimmern mit Sofas und Stühlen verirrt habe – wie viele Wohnzimmer kann eine Familie brauchen? –, habe ich endlich die Küche am östlichen Ende der Villa gefunden. Die Größe des Hauses überwältigt mich. Es wird ein Höllenjob sein, den Ort makellos zu halten.

Marie wartet mit einem feindlichen Gesichtsausdruck in einer steril aussehenden Küche auf mich. »Ich zeige dir besser alles.«

Wortlos folge ich ihr. Wir gehen durch das Erdgeschoss mit seinen Lese-, Sitz-, Fernseh-, Unterhaltungs- und Speisesälen und danach eine Treppe hinauf. Die Schlafzimmer und Bäder in der ersten Etage sind luxuriös und komfortabel. Während wir weitergehen, sinkt mein Herz immer tiefer und tiefer. Das ist zu viel.

»Wer putzt im Moment das Haus?«

Marie sieht mich an, als hätte ich sie um eine Goldmünze gebeten. »Ein Reinigungsdienst. Ich nehme an, da du hier bist, wird er gekündigt.«

Die armen Angestellten. Sie werden einen großen Auftrag verlieren, aber wenigstens sind sie frei.

An einer Holztür mit aufwendiger Schnitzerei hält sie an. »Das ist sein Schlafzimmer. Nebenan ist Miss Carlys. Mr. Louws Mutter ist am anderen Ende.«

Sie klopft an Miss Carlys Tür und öffnet sie, ohne eine Antwort abzuwarten.

Ein etwa sechzehnjähriges Mädchen liegt auf dem Bauch auf dem Bett. Der Raum ist einer der schönsten, den ich je gesehen habe. Es ist in Blau mit weiß getünchten Möbeln eingerichtet.

»Carly«, sagt Marie, »das ist Valentina. Sie ist die neue Angestellte, die hier lebt.«

Carly hebt ihren Kopf, um mich von oben bis unten zu betrachten, bevor sie ihr Gesicht wieder zu ihrem iPad dreht.

»Seine Tochter«, sagt Marie und schließt die Tür. Sie senkt ihre Stimme. »Sie wohnt manchmal bei ihrer Mutter, aber meistens ist sie hier.«

Also sind Gabriel und Carlys Mutter getrennt oder geschieden.

Wir erkunden das Haus, bis wir wieder in der Küche landen. Nur die Küche ist chirurgisch weiß. Es ist kein Raum, in dem die Bewohner des Hauses *wohnen*. Es gibt keine Frühstücksecke, keine Bücher, keine Blumen, keine Spur von Wärme. Es ist ein funktioneller Raum, der für das Personal eingerichtet ist. Hier verweilt Marie am längsten, um mir die angrenzende Spülküche zu zeigen, in der die Haushaltsgeräte und ein Kühlschrank für das Personal untergebracht sind.

»Du kannst dein Essen hier aufbewahren«, sagt Marie. »Der Kühlschrank in der Vorratskammer ist nur für die Familie.«

Die Reinigungsprodukte sind sauber in den Regalen an der Wand untergebracht. Alles ist aufgeräumt und hat seinen Platz. Wenigstens gibt es einen hochmodernen Staubsauger und eine Waschmaschine, mit denen ich arbeiten kann.

»Weißt du, wie man damit umgeht?« Marie zeigt auf die Waschmaschine und den Wäschetrockner.

Ich nicke, auch wenn ich es nicht tue. Ich habe unsere Kleider in der Badewanne gewaschen, aber wie schwierig kann es sein, eine Waschmaschine zu bedienen?

»Die Wäsche muss sonnengetrocknet werden«, erklärt Marie, »es sei denn, es regnet. Mrs. Louw mag es nicht, Strom zu verschwenden.«

Von der Spülküche führt eine Tür zu den Dienstmädchenquartieren. Hier werde ich die nächsten neun Jahre schlafen. Ich stecke meinen Kopf durch den Rahmen. Das Zimmer ist klein, das Doppelbett nimmt den größten Teil des Raumes ein, aber der cremefarbene Teppichboden ist sauber, und die Matratze sieht neu aus. Es ist weiß gestrichen, und weder riecht es muffig noch ist es feucht mit dunklen Flecken an den Wänden. Durch eine Verbindungstür gelangt man zu einem kleinen Badezimmer mit einer Dusche, einem Waschbecken und einer Toilette. Es ist viel besser als das, was ich gewohnt bin. Es gibt keine Bettwäsche und keine Handtücher, und ich habe keine mitgebracht, aber ich frage nicht danach.

»Nun«, meint Marie am Ende, »lasse ich dich allein weitermachen. Deine Uniformen werden später eintreffen. Fürs Erste musst du so arbeiten.« Sie wirft einen missbilligenden Blick auf meine Beine.

»Kann ich mein Telefon haben?«

»Das musst du Mr. Louw fragen.«

Sobald sie weg ist, benutze ich das Badezimmer, um mir Wasser ins Gesicht zu spritzen. Die Tragweite der Situation liegt mir schwer auf der Brust. Ich kann nicht atmen. Da ich Luft brauche, öffne ich das Fenster und lasse die Brise meine nassen Wangen kühlen. Von hier aus habe ich einen Blick auf den geschlossenen Innenhof. Es gibt eine kreisförmige Wäscheleine in der Mitte und eine Schubkarre, die gegen die Wand gelehnt ist. Durch die offene Tür, die den Zugang zum Hinterhof ermöglicht, kann ich das blaue Wasser eines Pools sehen.

Da ich nicht weiß, wie ich meinen neuen Job bei der gewaltigen Größe des Hauses angehen soll, beschließe ich, einfach ins kalte Wasser zu springen. Das ist ein Ansatz, der bei mir immer funktioniert hat. In den nächsten Stunden erarbeite ich einen Plan für die weitere Vorgehensweise, angefangen bei der Wäsche und dem Staubwischen über das Staubsaugen bis hin zum Waschen der Böden und Fenster. Meine Gedanken kreisen um Charlie und Puff, und auch wenn ich nicht gegen meine Tränen ankämpfen kann, kann ich sie zumindest verstecken, während ich meinen Kopf über den Mopp gebeugt habe. Während ich um Puff trauere, lasse ich meinen Hass auf Gabriel und den Kerl, der ihn erschossen hat, reifen. Der einzige Lichtblick in diesem Albtraum ist, dass heute Mittwoch ist. Am Sonntag werde ich Charlie sehen.

Am späten Nachmittag ruft mich Gabriel in den Lesesaal. Als ich eintrete, bin ich erstaunt über die Anwesenheit eines älteren Mannes, der ein Hemd im Mandela-Stil und Chinos trägt.

Gabriel dreht sich zu mir. »Das ist Dr. Samuel

Engelbrecht. Er wird eine Blutprobe nehmen und dich untersuchen.«

Ich blicke zwischen den Männern hin und her. »Wozu?«

Gabriel ignoriert meine Frage. »Nimmst du Verhütungsmittel?«

Die Implikation der Frage nimmt mir den Wind aus den Segeln, auch wenn ich es als unvermeidlichen Teil des abgeschlossenen Deals erwartet hatte. Falls der Arzt den Schock in meinem Gesicht sieht, lässt er es sich nicht anmerken.

»Nein«, zwinge ich durch trockene Lippen.

Der Arzt schenkt mir ein unpersönliches Lächeln. »Ziehen Sie sich aus und legen Sie sich auf die Couch, meine Liebe.«

Ich kann mich nicht bewegen. Ich bin wie am Teppich festgewachsen.

»Wie lange brauchen Sie?«, fragt Gabriel.

»Zwanzig Minuten.«

»Ich werde dann wiederkommen.«

Auf dem Weg zur Tür bleibt er vor mir stehen. »Wenn er dir wehtut, bringe ich ihn um.«

Dr. Engelbrecht lacht über seinem offenen Arztkoffer auf. »Es ist nicht nett, solche Witze zu machen.«

»Das ist kein Witz.«

Gabriel sagt es mit einem Lächeln, aber seine Worte lassen mir einen Schauer über den Rücken laufen. Er geht aus dem Zimmer und lässt mich mit dem Arzt allein.

»Fangen wir an«, sagt der Arzt, »Ich habe nicht den ganzen Tag Zeit.«

Es ist unangenehm, sich vor einem Fremden auszuziehen, der weiß, dass mein Arbeitgeber mich ficken wird. Mein ganzer Körper errötet, als ich meine Turnschuhe ablege, meine Shorts herunterschiebe und mein Oberteil ausziehe.

Er muss viele Patienten zu Hause besuchen, weil er gut vorbereitet ist. Auf dem Sofa ist bereits ein Einwegtuch ausgebreitet. Ich richte meine Augen auf die Decke, während ich mich hinlege und versuche, mich in meinen Kopf zurückzuziehen und die Außenwelt auszublenden.

Er zieht sich ein Paar OP-Handschuhe an. »Beugen Sie Ihre Knie.«

»Was werden Sie tun?«

»Keine Sorge, meine Liebe, nur einen Abstrich. Den sollten Sie jedes Jahr machen. Ist das das erste Mal?«

Ich nicke. Es ist ja nicht so, dass ich Geld für Arztbesuche hätte.

Während der Untersuchung redet er, um mich zu beruhigen, aber ich bin angespannt, und als er die Probe nimmt, tut es weh. Ich darf mich anziehen, bevor er mir Blut abnimmt. Er ist fast fertig, als Gabriel in den Raum zurückkommt.

Er geht zur Couch, wo ich sitze und meinen Arm auf der Armlehne ablege, während mein Blut in eine Ampulle fließt. »Wie ist es gelaufen?«

Es ist der Arzt, der antwortet. »Sehr gut. Ich werde die Ergebnisse morgen haben.«

Ich schätze, Gabriel will sichergehen, dass ich gesund bin. Ich kann es ihm nicht verübeln, wenn man bedenkt, wo ich herkomme.

»Abhängig von den Ergebnissen des Hormonspiegels«, fährt Dr. Engelbrecht fort, »werde ich ein orales Verhütungsmittel vorbeibringen.« Er entfernt die Nadel und gibt mir ein Wattepad, das ich mir auf die Wunde drücken soll. Nachdem er die Proben in seine Tasche gepackt hat, zieht er die Handschuhe aus, schüttelt Gabriels Hand und verabschiedet sich.

Als wir allein sind, starre ich Gabriel an, und die Hitze brennt unter meinem Dekolletee. »Sie hätten mich warnen können.«

»Es hätte dich unnötig gestresst.«

»Ich kann das selbst beurteilen«, sage ich und springe auf die Füße. »Ich arbeite vielleicht für Sie, aber es ist immer noch mein Körper.«

»Nein, meine Schöne.« Er schaut mich berechnend an. »Ich bin da anderer Meinung.«

Ich habe keine Antwort. Alles, was ich tun kann, ist, an ihm vorbeizueilen, um der beunruhigenden Situation zu entkommen, und in diesem Moment lässt er das zu.

Die harte körperliche Arbeit ist ein Ventil für meine Wut, Frustration und sogar ein bisschen für meine Angst. Da ich beim Putzen auf niemanden stoße, setzt ein falsches Gefühl von Ruhe ein, aber als ich merke, dass ich in der restlichen Zeit heute nur noch das Erdgeschoss schaffe, werde ich wieder nervös. Wenigstens ist das Haus makellos. Ich kann morgen mit der ersten Etage anfangen. Ich werde nicht alles schaffen, es sei denn, ich arbeite auf Rotationsbasis und reinige einige Räume nur jeden zweiten oder dritten Tag gründlich.

Ich mache keine Mittagspause, und das, obwohl ich schon kein Frühstück hatte. Als ich bei Sonnenuntergang in die Küche gehe, bin ich ausgehungert, verschwitzt und müde, aber unten ist alles blitzsauber. Marie rührt in einem Topf auf dem Herd. Der köstliche Duft von Tomaten- und Rindfleisch-Eintopf füllt meine Nasenlöcher. Mein verräterischer Magen knurrt. Mein Körper versteht weder Stolz noch Ehre. Er wird von den einfachen Bedürfnissen zum Überleben, Hunger und Durst, beherrscht. Ich nehme ein Glas aus dem Schrank, fülle es unter dem Wasserhahn und trinke in großen Zügen.

Marie wischt sich ihre Hände an der Schürze ab. »Ich habe dir ein Sandwich aufgehoben.« Sie zeigt auf einen Teller unter einem Fliegennetz auf dem Tresen mit einem weißen Umschlag daneben. »Mr. Louw hat deine Essenszulage dagelassen. Er sagte, dass du das Anwesen nicht vor Samstag verlassen wirst, aber wenn du aufschreibst, was du brauchst, werde ich es für dich bestellen. Wir haben einen Lieferservice, der jeden Tag kommt.«

Natürlich haben sie den.

Mit einem Blick auf die Wanduhr fährt die Haushälterin fort: »Ich bin jetzt weg. Das Abendessen ist fertig. Mrs. Louw geht heute Abend aus. Deck den Tisch für Mr. Louw und Miss Carly im informellen Speisesaal. Stelle sicher, dass die Küche sauber ist und der Tisch für das Frühstück gedeckt ist, bevor du ins Bett gehst. Mr. Louw kümmert sich normalerweise um sein eigenes Frühstück, da er isst, bevor ich meinen Dienst beginne. Ich komme um acht.«

Ein leises Miau ertönt von der Tür. Ich schaue hinunter in ein Paar gelber Augen, die grün gesprenkelt sind. Eine graue Katze, deren Schwanz und Pfoten weiß getupft sind, kommt herein und reibt sich an meinem Bein.

Ich beuge mich hinunter, um sie zu streicheln. »Hallo, du. Wer bist du denn?«

»Das ist Oscar«, antwortet Marie.

Aus ihrem Tonfall schließe ich, dass sie ihn nicht besonders mag.

»Er ist der Kater von Mr. Louws verstorbener Großmutter.«

Erfreut über die Aufmerksamkeit, rollt sich der getigerte Kater auf die Seite und streckt sich, als ich sein Kinn kratze.

»Nichts als ein Quälgeist«, sagt Marie und schnalzt mit der Zunge.

Dadurch mag ich sie noch weniger. Ich vertraue keinen Menschen, die keine Tiere mögen. »Er wirkt doch ruhig.«

Sie schnaubt. »Er pisst überall hin. Du wirst sehen,

wie sehr du ihn magst, wenn du hinter ihm herputzen musst.«

»Ist er kastriert?« Ich hebe ein Hinterbein für einen besseren Blick. Ja.

Ein Hauch von Luft entweicht ihren Lippen. »Als ob ich das wüsste.« Marie nimmt ihre Jacke und Handtasche von einem Haken hinter der Tür. »Wir sehen uns morgen um acht.« Sie schließt die Hintertür mit einem festen Klick hinter sich.

Neugierig reiße ich den Umschlag mit meinem Namen auf und schaue hinein. Ich bin überrascht, elf Fünfhundert-Rand-Noten herauszuziehen, fünfhundert mehr als mein Monatslohn. Es ist viel großzügiger, als ich erwartet hatte. Ich erwäge, das Geld prinzipiell abzulehnen, aber ich habe keine andere Wahl. Ohne Einkommen kann ich mich nicht um Charlie kümmern und mein Studium bezahlen. Oder essen. Ich spüre meinen Hunger mit voller Kraft und fülle mein Glas mit Wasser auf.

Beim Geräusch des laufenden Wasserhahns zuckt Oscar mit den Ohren.

»Hast du Durst? Wo ist deine Schüssel?«

Als ich mich auf die Tür zubewege, springt er auf seine Füße und rennt an mir vorbei zur Spülküche. Neben der Geschirrspülmaschine befinden sich zwei Porzellanschüsseln, eine mit Wasser und die andere mit Trockenfutter gefüllt. Es dauert nicht lange, bis ich den Beutel mit dem Tierfutter unter der Spüle gefunden habe. Es ist eine billige Marke, eine mit mehr Ballaststoffen als Nährwert. Gewöhnlich wird es hergestellt, um den Magen zu füllen, nicht, um vollwertig zu ernähren. Ich gebe mehr Futter in eine der Schüsseln und spüle die andere aus, bevor ich sie mit frischem Wasser auffülle und es mir auf dem Boden neben Oscar bequem mache, wo ich ihm Stücke des Schinkens und Käses füttere, die ich aus meinem Sandwich pule. Es ist auch nicht die gesündeste Mahlzeit für ihn, aber zumindest schmeckt sie besser als die Pappe, die sie ihm füttern. Das Essen macht Oscar zu meinem neuen besten Freund. Als ich den Tisch decke und die Wäsche von draußen hereinbringe, bleibt er an meiner Seite und wirft mir hoffnungsvolle Blicke zu, die ich nur mit Liebkosungen belohnen kann, zumindest so lange, bis ich meine eigenen Lebensmittel habe.

Es ist spät, aber ich mache mir Sorgen, dass ich morgen keine Zeit haben werde, um all die ausstehende Arbeit nachzuholen, also falte ich die Wäsche und lege die Hemden und Kleider zum Bügeln beiseite. Während ich darauf warte, dass sich das Bügeleisen in der Spülküche erhitzt, höre ich Geräusche in der Küche. Sofort zieht sich mein Magen zusammen. Ich weiß nicht, wie, aber ich weiß, dass *er* es ist. Es ist, als ob sich die Luft verdichtet und das Atmen erschwert. Ich kneife meine Augen zu und halte den Atem an, in der Hoffnung, dass er gehen wird, aber das Bügeleisen zischt und spuckt und verrät mein Versteck.

Bei dem Geräusch steckt Gabriel seinen Kopf um die Ecke. Seine Augen richten sich auf mich, und dann auf Oscar zu meinen Füßen. Es ist schwer, ihn zu lesen. Er sieht mich an, als würde er mich begutachten oder versuchen, Fehler zu finden. Ich hasse es, dass er mir Angst macht. Ich hasse es noch mehr, dass er mich neugierig macht. Ich versuche, nicht zu starren, aber die Narben auf seinem Gesicht haben eine magnetische Anziehungskraft auf meine Augen. Welche Art von Waffe erzeugt solche Narben? Was für ein Mann überlebt das? Ich kann mich der Herausforderung in seinem Blick nicht entziehen.

Schließlich werden die harten Linien seines Mundes ein wenig weicher. »Du servierst das Abendessen besser, solange es warm ist.« Er dreht sich unvermittelt um und geht.

Ich lasse den Atem, den ich angehalten habe, heraus, und meine Brust entleert sich, als seine Anwesenheit verblasst und die Luft wieder dünner wird.

Carly sitzt ihrem Vater gegenüber am Tisch und hält ein Smartphone in der Hand, als ich mit einem Tablett voller Geschirr hereinkomme. Sie schaut nicht auf, sondern schreibt weiter Nachrichten, als ich alles in der Mitte auf den Tisch stelle. Im Gegensatz dazu folgen mir Gabriels Augen durch den Raum. Ich werde mir deutlich meiner Kleidung und des Zustands meines Körpers bewusst. Meine Haut glänzt schweißig. Ich muss duschen. Um mein Unwohlsein zu verstärken, atmet er hörbar ein, während ich an ihm vorbeilaufe.

Als das Tablett leer ist, nickt er mir zu. »Serviere uns das Essen, dann geh.«

Ich hebe den Deckel der Reisschüssel hoch und trage sie zu Carly. »Reis, Miss?« Ich versuche, mein

Unwohlsein zu verbergen, während ich gezwungen bin, vor dem Feind meines Bruders zu kriechen und mich zu verbeugen.

Keine Antwort. Ihr Kopf bleibt über ihr Telefon gebeugt, so dass ihr weizenfarbenes Haar wie ein Schleier um ihr Gesicht fällt. Ich warte, bis der Knall von Gabriels Handfläche auf dem Tisch Carly und mich zusammenzucken lässt. Das Besteck und die Gläser klappern durch die Kraft.

»Leg dein Handy weg, Carly. Wenn ich es noch einmal am Esstisch sehe, nehme ich es dir weg.«

Sie sieht ihn mit einem kühlen, blauen Blick an. »Dann werde ich bei Mama abendessen.«

Ein Muskel zuckt unter einem seiner Augen, bevor er beide verengt. »Das kannst du gerne tun, aber da *ich* deinen Unterhalt bezahle, bleibt dein Telefon hier.«

Sie wirft das Telefon auf den Tisch, und das Handy schlägt mit einem lauten Knall auf das Holz. »Gut.«

»Valentina hat dir eine Frage gestellt.«

Sie sieht mich an, als ob ich der Grund für ihre Auseinandersetzung wäre. »Was?«

»Reis, Miss?«, wiederhole ich mit einem ausdruckslosen Gesicht.

»Um Himmels willen.« Sie seufzt und rollt übertrieben mit den Augen. »Nenn mich Carly. Ich hasse es, Miss genannt zu werden.«

»Reis, Carly?«, erwidere ich einfach.

Sie wirft einen Blick auf ihren Vater und murmelt: »Von mir aus.«

Gabriels Knöchel am Stiel seines Glases werden

weiß. Ich kann nicht schnell genug hier herauskommen. Die Atmosphäre ist so spannungsgeladen, dass ich gleich ersticke. Ich kehre zu meinem Bügeleisen zurück und lausche, aber ich höre nichts anderes als das Klappern ihres Besteckes und das Klirren ihrer Gläser, während sie schweigend essen.

Als sie fertig sind, bin ich es auch. Alle Hemden sind perfekt gefaltet, mit penetrant sauberen Linien. Das Esszimmer ist leer, als ich den Tisch abräume. Laute Musik kommt von oben. Ich möchte nicht über die Schwierigkeiten von Gabriels Beziehung zu seiner Tochter nachdenken. Sie sind mir egal.

Als ich in mein Zimmer komme, liegen Handtücher und ein Haufen Bettwäsche auf dem Bett, zusammen mit meiner Handtasche. Im Schrank finde ich drei schwarze Dienstmädchenkleider in meiner Größe. Es gibt keinen Schlüssel im Schloss und keinen Stuhl oder ein anderes Möbelstück, das ich gegen die Tür drücken kann. Nicht, dass es mir etwas nützen würde. Ich habe einen Deal mit einem Monster gemacht, und der einzige Weg, zu überleben, ist, ihn einzuhalten.

Das Erste, was ich tue, ist, mein Telefon herauszunehmen und Kris anzurufen.

Sie antwortet sofort. »Sag mir, dass es dir gut geht.«

»Mir geht es gut.«

»Wo bist du?«

»In Gabriel Louws Haus.«

»Hat er …?«

Ich beginne, vom Hals an zu erröten. Das wird er,

aber das kann ich Kris nicht sagen. Sie hat genug um die Ohren. »Nein. Wie geht es Charlie?«

»Er war aufgeregt, als ich ihn geholt habe, aber er ist jetzt ruhig. Er schaut fern.«

»Danke, Kris.« Ich blinzele die Feuchtigkeit in meinen Augen weg. »Ich wusste nicht, wen ich sonst anrufen sollte.«

»Es war richtig, mich anzurufen. Ich war krank vor Sorge um dich.«

»Es tut mir leid.«

»Ich habe es mehrmals auf deinem Handy versucht. Warum hast du nicht geantwortet?«

»Ich habe gearbeitet.«

»Als was?«

Ich räuspere mich. »Dienstmädchen.«

»Dienstmädchen oder Nutte?«

»Kris, bitte.«

»Val, du bist mehr wert als das.«

»Ich tue, was ich tun muss.« Eine plötzliche Welle von Müdigkeit schwappt über mich hinweg. »Kannst du Charlie bitte bis zum Wochenende behalten? Es ist viel verlangt, aber ich habe keine andere Wahl. Ich komme am Samstag zu Besuch, und wir können reden.«

»Okay.« Sie lacht erleichtert. »Ich dachte schon, du wärst eine Gefangene oder so.«

»Darf ich Charlie Hallo sagen?«

»Natürlich. Moment.«

Sie ruft den Namen meines Bruders. Eine Sekunde später ertönt seine süße Stimme in der Leitung.

»Va-Val?«

»Hey, wie geht es dir?«

»Bu--Burgers.«

»Kris hat Burger gemacht?«

»J-ja.«

»Du wirst eine Weile bei Kris bleiben. Ich habe einen neuen Arbeitsplatz und muss dort wohnen.«

»Wi-wirst du mi-mich besuchen?«

»Jede Woche.«

»Wa-wann?«

»Samstag.«

»Sa-Samstag.«

»Mach dir keine Gedanken. Ich werde mich um dich kümmern.«

»Kü-kümmern.«

»Wir sehen uns am Samstag, okay?«

»Sa-Samstag.«

»Ich liebe dich, und denk daran, stark zu sein.«

»Li-liebe dich a-auch.«

Ich lege auf, starre das Telefon für einige Sekunden an und versuche zu begreifen, wie schnell sich unsere Leben verändert haben. Es ist sinnlos, über Dinge zu weinen, die ich nicht ändern kann. Ich habe schon häufig schlechte Situationen durchlebt. Ich kann auch das durchstehen.

Erschöpft mache ich das Bett und dusche schnell. Ich versuche, nicht an die Tatsache zu denken, dass es *sein* Wasser ist oder dass ich in einem Bett schlafen muss, das ihm gehört, zwischen seinen Laken, unter seinem Dach. Zu müde, um meine Haare zu trocknen, ziehe ich nur mein Nachthemd an und gehe ins Bett. Meine Gedanken sind bei Charlie und Puff, als mein Kopf das Kissen berührt. Ich möchte ein Gebet für sie sprechen, aber ich bin so müde, dass ich auf halbem Wege einschlafe, nur um dann plötzlich durch eine vertraute und bedrohliche Präsenz im Raum wachgerüttelt zu werden.

3

Gabriel

MEIN NEUES SPIELZEUG ERWACHT MIT EINEM LAUTLOSEN Keuchen. Ich habe sie bewusst zuerst einschlafen lassen. Wenn sie desorientiert ist, wird ihre Verteidigung nicht mehr funktionieren. Das macht es einfacher, die Wahrheit zu erkennen. Im Moment ist die einzige Wahrheit die Angst in ihren Augen.

Es ist nicht so einfach, die Wahrheit in mir selbst zu sehen, denn ich weiß nicht, was ich fühle, abgesehen vom körperlichen Teil. Ihr berauschender Geruch erfüllte das Esszimmer und verhärtete meinen Schwanz. Ich weiß nicht, was an ihr es ist, das meine Lust hervorruft. Ich weiß nur, dass ich sie will, wie ich nie eine Frau gewollt habe.

Ich richte mich vom Türrahmen auf und gehe langsam zu ihrem Bett. Sie beobachtet mich mit ihren großen, dunklen Augen, und ihre Brust hebt und senkt sich im Rhythmus meiner Schritte. Ich ergreife die Decke und ziehe sie langsam herunter. Sie klammert sich an den Stoff, aber nach einer Sekunde lässt sie los und gibt sich dem Unvermeidlichen hin.

Es ist die Jagd. Das ist es, was ich mir einreden will. Es ist nicht so, dass ich mich selbst belügen müsste. Es ist nur schwer, die Wahrheit in dem beschissenen Morast zu finden, den ich mein Herz nenne. Vielleicht will ich einfach nur die Dinge, die ich in ihr gesehen habe, die Tapferkeit und die Liebe, die sie stark genug gemacht haben, um für ihren Bruder das zu akzeptieren, was jetzt gerade geschieht – und neun weitere Jahre lang geschehen wird.

Mein Kopf neigt dazu, überaktiv zu sein. Er schaltet selten ab, nicht einmal im Schlaf, aber alle meine logischen Gedanken gefrieren, als ich auf ihren Körper starre. Sie liegt steif und gerade auf dem weißen Laken, ihr Haar breitet sich wie ein Fächer über dem Kissen aus. Ich greife nach dem Knopf meines Kragens. Als er durch das Knopfloch springt, schluckt sie. Ihre Finger graben sich in das Laken. Wenn sich ihr Körper noch mehr anspannt, wird sie wie ein Zweig zerbrechen.

Ich bin vieles, einschließlich eines Mörders. Ich weiß, dass ich ein furchteinflößender Mistkerl bin. Ich besitze Spiegel, und ich habe keine Angst, in sie hineinzuschauen. Ich sehe in ihren Augen, was sie sieht. Sie sind groß und feucht im Licht, das von der Spülküche hereinfällt. Der Raum ist nicht kalt, aber sie zittert in ihrem Nachthemd. Unerklärlicherweise berührt mich das. Die Frauen, die ich normalerweise ficke, zittern nicht. Um es für sie leichter zu machen, drehe ich die vernarbte Seite meines Gesichts weg, als ich das Licht ihres Zimmers einschalte.

Da das Laken zu ihren Füßen nicht mehr im Weg ist, nehme ich den Saum ihres Nachthemdes und schiebe ihn über ihren Körper, wobei ich ihre Schenkel, ihr Baumwollhöschen und ihre vollen Brüste, die wie ihre Augen zu groß für ihren Körper sind, freilege. Sie ist perfekt. Ihre Waden sind straff, und ihre Knöchel schmal. Ich kann ihr Schambein unter dem dünnen Stoff ihrer Unterwäsche sehen, und sogar der Anblick der einfachen Baumwolle verhärtet meinen Schwanz. Darauf bedacht, meine Lust einen Gang nach unten zu schalten, nehme ich mir Zeit, um die Wölbung ihres Bauches zu betrachten und die Art und Weise, wie ihre Brüste leicht zur Seite abflachen. Ihre Brustwarzen sind dunkelrosa, genau wie ich sie mag. Im Moment sind diese Spitzen noch nicht hart, aber ich weiß, wie man das trotz ihrer Angst erreichen kann. Ich habe genügend Erfahrung mit Frauen, um ihre Körper genau lesen und ihnen das geben zu können, was sie brauchen.

Um die Enge in meiner Brust zu erleichtern, öffne ich zwei weitere Knöpfe und lasse die kühle Luft meinen Oberkörper hinunterfahren. Als ich auf den unteren Teil des Bettes steige, entweicht der erste Ton Valentinas Lippen. Er ist etwas zwischen einem Schluchzen und einem Keuchen. Ich hätte lieber ein Stöhnen. Ich lege meine Hände um ihre schmalen Füße, und sie zuckt, als hätte ich sie mit einem Elektroschocker berührt. Langsam fahre ich mit meinen Händen über ihre Beine, über ihre Hüften und ihre Rippen. Gänsehaut breitet sich auf ihrer Haut aus. Sorgfältig darauf bedacht, keine erogenen Zonen zu berühren, nehme ich den gleichen Weg zurück und halte die Berührung leicht. Mein Schwanz zuckt in der Enge meiner Hose und drückt schmerzhaft gegen meinen Reißverschluss, aber hier geht es nicht um mich. Es geht darum, sie zu beruhigen und ihre Lust zu entfachen. Nach einer langen Zeit des Streichelns ist sie immer noch unwillig, aber ihre Muskeln sind weniger angespannt. Mit jeder Liebkosung bewege ich mich näher an ihre Brüste heran, bis meine Fingerkuppen nur wenige Zentimeter neben ihren Brustwarzen entlanggleiten. Selbst als sie sich schließlich für mich zusammenziehen und sich ihre Spitzen in kleine Kieselsteine verwandeln, kämpft sie dagegen an, indem sie ihre Lippen fast so fest wie ihre Knie zusammendrückt. Sie hält sich zurück, beobachtet jede meiner Aktionen und versucht, meinen nächsten Schritt vorauszusehen, anstatt dem Gefühl nachzugeben.

»Schließ deine Augen, Valentina.«

»Werden Sie mich vergewaltigen?«

Ich lache in mich hinein. »Nein.«

»Was machen Sie dann?«

»Ich lerne deinen Körper kennen.«

»Sie werden mich nicht ficken?«

»Irgendwann, ja. Wenn du mich anflehst.«

Ihre Augen glitzern wie kalte Tigeraugen-Edelsteine. »Das wird niemals passieren.«

»Du redest zu viel. Schließe deine Augen und deinen Mund, sonst muss ich dir die Augen verbinden und dich knebeln.«

Meine Worte haben die gewünschte Wirkung. Sie versiegelt ihre Lippen und kneift ihre Augen zu. Ich nehme meine Bewegungen wieder auf und beginne eine langsame Massage, angefangen von ihren Füßen bis zur Unterseite ihrer Arme. Nach einigen Minuten breitet sich Röte auf ihrer Haut aus, die ihren Hals und die obere Krümmung ihrer Brüste überzieht. Die erogenen Zonen ihres Körpers füllen sich mit Blut, ihre Brüste werden schwer und ihr Geschlecht schwillt an und bereitet sie auf die Penetration vor. Darauf habe ich gewartet. Ich zeichne Kreise um ihre verhärteten Brüste und verjünge die spiralförmige Spur meiner Finger, bis ich ihre Warzenhöfe umkreise. Ich beobachte, wie sich ihre Brustwarzen stärker zusammenziehen und zu küssbaren, harten Nippeln werden, die ich auf meiner Zunge spüren möchte. Ich ignoriere den Hunger, durch den sich meine Eier zusammenziehen, rolle ihre Brustwarzen zwischen Daumen und Zeigefinger und werde mit einem Keuchen belohnt, das jetzt ganz anders klingt. Es gibt ein Crescendo der Lust und einen Unterton voller Scham. Die Mischung ist ein berauschender Klang, an dem ich eine perverse Freude habe. Ich möchte ihre Gefühle, ihr Wimmern, ihre Lust und ihren Atem besitzen. Wie ein Signal hebt sich ihre Hüfte. Ich weiß, was ihr Körper verlangt, und ich weiß, dass sie dagegen ankämpfen wird. Ich brauche die totale Unterwerfung.

Ich lasse ihre hübschen Titten los und lege eine Hand um ihren Hals, wobei ich sanften Druck ausübe. Die Berührung ist sowohl dominierend als auch beschützend, und die Art und Weise, wie sie darauf reagiert, wird mir alles sagen, was ich wissen muss, um sie im Bett glücklich machen zu können. Zu meiner Überraschung hebt sie ihren Kopf leicht an und drückt ihren Hals fester in meine Handfläche. Valentina ist von Natur aus devot. Meine liebsten Eroberungen.

Ich halte meine Hand an Ort und Stelle und belohne sie mit einem Kuss auf jeden Nippel. Ihre Lippen teilen sich mit einem lautlosen Stöhnen, und ihre Augen fliegen auf. Sie blinzelt mich überrascht an. Entweder hatte sie erwartet, dass ich sie beißen würde, oder sie kämpft, um diese Empfindungen zu verarbeiten. Ich erwidere ihren Blick, lecke mit meiner Zunge über ihre rechte Brust und sauge die köstliche Brustwarze tief in meinen Mund. Ihr Rücken biegt sich vom Bett nach oben, und ein sanfter Schrei ertönt von ihren Lippen. Als sie ihn hört, wird sie bewegungslos. Anstatt ihre Erregung zu bekämpfen, legt sie sich wie eine Leiche zurück, und ihre Augen sind irgendwo an die Decke geheftet. Ihre Muskeln erschlaffen, werden locker in meinen Händen. Das geht nicht. Ich lasse nicht zu, dass sie sich in ihren Kopf zurückzieht und sich so vor mir versteckt.

»Schau mich an.«

Der Befehl steht in direktem Widerspruch zu meinem früheren, aber ich lerne, ihre Reaktionen zu lesen und zu verstehen. Natürlich ignoriert sie mich und wandert durch die Leere, die sie sich in ihrem Kopf geschaffen hat.

»Wenn du mich jetzt nicht ansiehst, fangen wir von vorne an. Diesmal werden wir vor dem Spiegel üben.«

Langsam dreht sie ihren Blick zurück in meine Richtung, bis sie mich unter ihren Wimpern heraus beobachtet.

»Braves Mädchen. Sieh mich weiter an und sag mir, was du fühlst. Wenn du aufhörst zu reden, fangen wir wieder von vorn an.«

»Was?«

Sie zieht ihre Augenbrauen zusammen, aber ich gebe ihr keine Zeit für weitere Fragen. Ich fahre damit fort, ihre Brustwarze zu lecken, als wäre sie meine Lieblingssüßigkeit. Als von ihren Lippen ein unterdrücktes Stöhnen ertönt, hebe ich meinen Kopf, um ihr einen harten Blick zuzuwerfen.

»Valentina, ich werde es dich nicht noch einmal fragen. Wie fühlt es sich an?«

Sie leckt ihre Lippen und schaut mir dabei zu, wie ich ihre Brust mit meiner Zunge umspiele.

»Es fühlt sich … heiß an.« Sie wird knallrot. »Nass. Ich meine …«

»Gut?«

Sie kaut auf ihrer Unterlippe.

»Weitermachen.« Ich bewege mich zu ihrer anderen Brust.

»Ähm … weich. Ah! Hart.«

Sie schreit auf, als ich sie leicht mit den Zähnen beiße. »Sag es mir.«

»Wund. Nein. Anders. Ich weiß es nicht!«

Ich sauge sie unerbittlich, umfasse ihre Brust mit meiner Hand und drückte die harte Spitze mit meinen Lippen zusammen. »Sei deutlicher.«

»Gut! Oh Gott. Das tut weh … gut weh.«

Sie keucht und windet sich. Es ist gut, sie in diesem Moment vollständig bei mir zu haben. Ich will, dass sie mich fühlt, weil ich auf ihre Lust stehe. Ich küsse ihre Brüste und liebkose ihre Nippel, bis sie fast hyperventiliert und mir unzusammenhängende Wörter und Sätze zuwirft.

»Ich werde dich kommen lassen«, sage ich, »und du wirst es nicht verhindern können.«

Sie spannt sich wieder an, und ihr Gesicht ist eine Maske gequälter Lust.

»Sag es«, dränge ich und drücke ihre Brustwarze fest zusammen.

Sie schreit auf. »Ich kann es nicht … verhindern.«

»Das ist es.« Ich sauge an ihrem Nippel. »Lass es raus.«

Sie windet sich. »Ich-ich kann nicht.«

»Ich werde nicht aufhören, Valentina. Wir machen das die ganze Nacht lang, wenn es sein muss, aber du wirst für mich kommen.«

Sie greift nach meinen Schultern, ihre Nägel graben sich in meine Haut, und sie schluchzt frustriert. »Ich verstehe nicht, was Sie von mir wollen.«

»Leg dich einfach auf den Rücken, und ich zeige es dir.«

Ihr Griff an mir strafft sich, und ihr Nacken spannt

sich an, während die Angst die Erregung in ihren Augen dämpft.

»Mein Schwanz wird in meiner Hose bleiben. Leg dich zurück.«

Langsam entspannen sich die Muskeln in ihrem Nacken, während sie ihren Kopf wieder auf das Kissen legt. Wieder einmal wird ihr Körper unter mir weich, aber diesmal ist sie anwesend. Es gibt kein Zurück mehr. Ihre Beine werden schlaff, ihre Oberschenkel gehen einige Zentimeter auseinander. Das langsame, raue Lecken meiner Zunge über ihre Brustwarze ist eine weitere Belohnung, die ihr gutes Benehmen stärkt. Als sie ihre Schultern von der Matratze hebt, verliere ich fast die Kontrolle. Ich sauge ihre Brustwarze in den hinteren Teil meines Mundes und esse ihre Brust wie ein Stück Kuchen, und sie wirft die Belohnung direkt auf mich zurück, indem sie tiefer drückt, mich zwingt, mehr zu nehmen und mir damit das gibt, worauf ich gewartet habe. Das süßeste Wimmern ertönt in meinen Ohren.

So verdammt heiß. Meine Finger straffen sich unwillkürlich um ihren Hals, üben mehr Druck aus und zeigen uns beiden, zu wem sie gehört. Ich habe nicht die Absicht, sie zu verletzen, und ihr Unterbewusstsein weiß das. Ich umkreise ihre andere Brust mit meiner feuchten Zunge und widme der prallen Kurve die gleiche akribische Aufmerksamkeit wie ihrem Zwilling, bis sie sich in meinem Griff zusammenzieht. Ich lockere meine Hand an ihrem Hals und lasse sie über ihren Hals zwischen ihren Brüsten entlang über ihren Bauch gleiten. Ihre Haut ist feucht von meinen Küssen, und die nasse Spur lässt ihren Bauch zittern. Ich lasse meine Hand auf ihrem Bauch liegen und küsse einen Weg zu ihrem Schambein, während ich ihre Haut mit meiner Nase streichele. Der Geruch ihres Begehrens macht mich wahnsinnig. Sie ist nass, und die besitzergreifende Seite von mir schwelgt in dem Wissen, dass ich die Ursache dafür bin. Ich kontrolliere ihre Lust. Ich habe sie so weit gebracht. Ich werde sie noch weiter führen.

Sie scheint kaum mitzubekommen, dass meine Finger sich unter das Gummiband ihrer Unterwäsche schieben und diese über ihre Hüften und Beine nach unten ziehen. Schließlich befreie ich ihre Knöchel von dem Slip und werfe ihn auf den Boden. Sie ist erregt genug, um einen Schritt weiterzugehen. Ich drücke ihre Beine weit auf und gebe allen meinen Sinnen Zugang zu ihrem tiefsten Kern.

Es ist kein Geheimnis, dass ich es liebe, zu ficken. Die Muschi ist der Teil der Frauen, den ich mit Ehrfurcht liebe. Ich liebe ihre zarten Falten, ihren Geschmack, ihren Geruch und die Geräusche, die sie machen, wenn ich in ihre Körper eindringe. Valentinas Muschi ist wunderschön. Ihre Lippen sind rosa und prall, glitzernd vor Erregung. Ihr Kitzler schaut zwischen ihren geschwollenen Schamlippen wie eine Perle hervor. Ihr Poloch ist eine Rosenknospe, und die Enge sagt mir, dass kein Mann sie dort jemals genommen hat. Ich habe nichts gegen ihr dunkles, seidiges Schamhaar, aber es muss weg. Ich will ihre nackte Haut sehen, wenn ich sie mit meinem Schwanz auseinanderschiebe. Ich möchte sehen, wie ihre pfirsichfarbenen Lippen sich so weit wie möglich ausdehnen, wenn ich sie tief nehme, aber daran zu denken fickt nur meinen Kopf und quält meinen schmerzenden Schwanz. Ich schließe meine Augen und konzentriere mich stattdessen auf ihren Geschmack. Meine Zunge streicht über ihren Schlitz bis zur Spitze ihrer Klitoris. Sie zuckt heftig, und ein süßer Schrei wird von den Wänden zurückgeworfen. Ihre Hände graben sich in meine Schultern, schieben und ziehen gleichzeitig. Sie hat aufgehört zu reden. Das einzige Geräusch, das von ihren Lippen kommt, ist das Stöhnen, dem ich nachgejagt bin.

»Fühl einfach nur«, flüstere ich über ihre Haut. »Du hast keine Kontrolle, keine Wahl.«

Sie entspannt sich und öffnet sich weiter, was mir einen besseren Zugang ermöglicht. Ich spieße meine Zunge in ihre Pussy und stöhne, als ihre Schenkel mein Gesicht wie ein weicher Schraubstock umarmen. Ihr Honig umhüllt meine Zunge, und der Geschmack ist ein starkes Aphrodisiakum. Ich könnte für immer mit dem Kopf zwischen ihren Beinen vergraben bleiben, aber auch meine Geduld, Entschlossenheit und Kontrolle, auf die ich so stolz bin, hat Grenzen. Ich esse sie wie ein verhungernder Mann, meine Zähne nagen und knabbern, während meine Lippen zupfen und saugen. Ihre Nägel graben sich in meine Haut, und ihre Fersen treten in die Matratze. Als ich meine Augen anhebe, bin ich schockiert, zu sehen, dass sie mich anstarrt, ihre braunen Augen mit Sehnsucht getränkt sind. Weiches, feminines Keuchen und Stöhnen peitscht mich an, während ich sie fester sauge und meine Sucht damit füttere, mit allem, was sie mir gibt.

Ein überraschter Schrei erfüllt die Luft, und ihre Hüften schließen sich. Ich weiß, was das bedeutet. Ich drücke mit meiner Handfläche auf ihren Bauch, um die Reaktion ihres Körpers zu messen, aber das ist nicht nötig. Ich weiß genau, wann sie kommt. Sie gibt einen hohen Laut von sich und zieht sich mit einer Explosion von aromatischer Feuchtigkeit um meine Zunge zusammen. Ich möchte ihren Orgasmus dazu benutzen, meinen Schwanz zu tränken und ihn anzufeuchten, damit ich ihn tief in ihrem Körper versenken kann, so tief, wie sie mich aufnehmen kann, aber jetzt küsse und lecke ich nur ihren Kitzler, verlängere die Schockwellen und genieße ihre Entladung. Trotz meiner Entschlossenheit bin ich mehr als bereit, sie zu ficken, aber irgendetwas hält mich zurück. Aus irgendeinem Grund habe ich das Gefühl, dass sie zum ersten Mal kommt. Eine heiße Welle von Befriedigung und immenser Vorfreude rollt über mich hinweg, während ich das Unmögliche in Betracht ziehe.

Valentina ist eine Jungfrau.

Und es bringt mich verdammt noch mal um.

Ich kann nicht etwas brechen, was ganz *und* rein ist.

Valentina

ICH BIN UNERFAHREN, NICHT DUMM. ICH WEIß, DASS ICH einen Orgasmus hatte, aber es war mein erster, und ich bin unendlich traurig. Beschämt. Ich habe dem Mann nachgegeben, der meinen Bruder töten wollte, aber diese Hände an meinem Körper … Ich erwartete Gewalt und Rauheit. Stattdessen hat er mich sanft berührt. Das hat mich völlig durcheinandergebracht. Die Art und Weise, wie seine Finger meine Haut erforscht haben, hat mich beruhigt, und als ich meine Angst überwunden habe, hat er mich entzündet. Er wusste genau, was er tun musste, zweifellos ist er ein begabter und intuitiver Liebhaber. Er hat mich berührt wie kein Mann jemals zuvor, auf eine Art und Weise, die meine Haut lebendig werden ließ. Er hat meinen Körper bearbeitet und vorbereitet, hat ihn wie ein Instrument gespielt, bis er die Melodie bekam, die er wollte. Ich dachte, er würde mich vergewaltigen. Auf gewisse Weise hat er das auch getan. Auf gewisse Weise ist das hier schlimmer. Er hat meine Sinne vergewaltigt, meine Verteidigung eingenommen und mich verletzlich zurückgelassen, aber noch nicht kalt. Seine Arme legen sich um mich und ziehen mich nackt an seine bekleidete Brust. Heiße, ungewollte Tränen tropfen auf das Kissen.

Ich habe nachgegeben.

Ich habe verloren.

Mein Körper hat mich verraten.

Große, harte Hände, Hände, die meine Brustwarzen in vor Bedürfnis schmerzende Nippel verwandelten, streichen über meine Hüfte. Ein Arm schiebt sich unter mich, kräftige Finger legen sich auf meine Brust, während die andere Hand meinen Oberschenkel sanft streichelt und ich darum kämpfe, mein Schluchzen unter Kontrolle zu bekommen.

»Schscht«, flüstert er in mein Ohr. Er wiederholt das gleiche Mantra von vorhin und erteilt mir die Absolution. »Du hattest keine Wahl.«

Es gibt viele Dinge, die ich ertragen kann, aber nicht seine Sanftmut. Ich muss ihn hassen. Ich drücke seine Finger auseinander, rolle mich an den Rand des Bettes und springe auf meine Füße.

»Gehen Sie weg von mir.« Ich ziehe mir ruckartig mein Nachthemd herunter.

Seine Augen verhärten sich, aber er greift nicht nach mir. Mit seinem dunklen Gesichtsausdruck zusätzlich zu den Narben sieht er erschreckender aus als jeder andere Mann, den ich je gesehen habe.

Er stützt sich auf einen Ellbogen und sagt: »Du hättest mir sagen sollen, dass es dein erstes Mal war.«

Warum kann es mir nicht gleichgültig sein? Gleichgültigkeit tut nicht weh und schneidet nicht so tief ein. Mein Schmerz und der Verrat meines Körpers lassen mich nicht los. Ich benutze diesen Schmerz und forme ihn zu einem Schild des Hasses.

Abscheu erfüllt meinen Ton. »Welchen Unterschied hätte das gemacht?«

In seiner Stimme ist ein warnender Unterton. »Valentina, ich habe nichts genommen, was du mir nicht versprochen hast.«

»Genau«, schnappe ich. »Ich hatte versprochen, zu geben, nicht zu nehmen.«

Seine Lippen heben sich in einer Ecke und geben ihm den gleichen amüsierten Ausdruck von heute Morgen, als er Charlies Leben bedrohte. »Geben und Nehmen, das ist ein strittiges Thema. So wie ich das sehe, warst du diejenige, die alles gegeben hat. Ich habe alles genommen.«

Ich schäume vor Wut. Ich hatte erwartet, dass er mich benutzt, allerdings so wie Tiny. Stattdessen hat er es irgendwie geschafft, mich zu seinem Partner bei dem zu machen, was er getan hat.

»Bist du wütend, weil du gekommen bist oder weil es dir Spaß gemacht hat?«, fragt er und trifft damit den Nagel auf den Kopf.

Zitternd vor Wut, vor allem auf mich selbst, schlinge ich meine Arme um meinen Körper. »Gibt es noch etwas anderes, was Sie wollen? Irgendwelche anderen *Dienstleistungen*, die Sie wünschen?«

Er schmunzelt. »Alles zu seiner Zeit.« Ein Zusammenzucken lässt sein amüsiertes Lächeln verschwinden, als er sich hinstellt. »Ich werde um fünf frühstücken. Grapefruit, Orangensaft, Kaffee und Omelette mit Chili. Stell sicher, dass es fertig ist.«

Er richtet seine Hose über seinem steifen Schwanz, den man nicht übersehen kann, und humpelt aus dem Zimmer. Ich warte gut fünf Minuten, nachdem das Klappern seiner Absätze auf den Küchenfliesen verstummt ist, bevor ich die Tür schließe und mich auf wackeligen Beinen dagegen lehne. Meine Schultern zittern durch noch mehr unwillkommenes Schluchzen, aber ich kann es nicht aufhalten. Ich brauche einige Minuten, um meine Kontrolle wiederzufinden. Ich möchte noch einmal duschen, um die Reste von Gabriels Berührung wegzuwaschen, aber ein Blick auf mein Telefon sagt mir, dass es nach Mitternacht ist. Ich muss in vier Stunden aufstehen, also schlüpfe ich ins Bett und flüchte in einen leichten und unruhigen Schlaf.

Es ist eine Qual, als mein Alarm um vier losgeht. Oscar liegt ausgestreckt am Fußende des Bettes und schnurrt wie ein Motor. Er muss in der Nacht durchs Fenster hereingesprungen sein. Ich kann nur kurz mit ihm kuscheln, sonst komme ich zu spät. Ich habe die letzte Nacht aus meinem Gedächtnis verdrängt und die bewusste Entscheidung getroffen, mich nicht mit der beschämenden Erinnerung zu beschäftigen. Mich mit den Details zu quälen wird auch nichts an ihnen ändern. Ich würde es mir nur schwerer machen.

Nach einer Dusche kleide ich mich in das trübselige, schwarze Kleid und binde meine Haare zu einem Pferdeschwanz zusammen. Da ich weiß, dass ich den ganzen Tag auf den Beinen sein werde, schlüpfe ich in meine Turnschuhe. Eine halbe Stunde später bin ich in der Küche und hacke Chili für Gabriels Omelett, während der Kaffee durchläuft. Kochen fällt mir leicht. Ich habe für Charlie und mich gekocht, seit ich vierzehn war. Ich vermisse meinen Bruder so sehr. Wir waren nie getrennt. Es fühlt sich an, als sei mein Anker entfernt worden, und ich triebe ziellos in einem dunklen und verräterischen Meer.

Mein Rücken ist der Tür zugewandt, aber ich weiß genau, wann Gabriel die Küche betritt. Zuerst fühle und dann rieche ich ihn. Hitze kriecht meine Wirbelsäule hoch und lässt kalten Schweiß ausbrechen. Die Luft wird dick wie schwer zu atmender Rauch. Mein Körper nimmt seinen Duft von dort aus wahr, wo ich ihn in meinem Gehirn abgespeichert habe, und verbindet ihn mit dem sinnlichen Erlebnis von gestern Abend, einem Erlebnis, das ich lieber vergessen würde. Aber ich kann nichts gegen die starke Assoziation tun. Der saubere, würzige Duft seiner Haut löst eine unerwünschte Reaktion in meinem Unterleib aus, der sich mit einem vagen Echo meines ersten Orgasmus um meine Gebärmutter zusammenzieht. Meine Wangen brennen bei dem Gedanken. Ich hoffe, er denkt, dass es von der heißen Herdplatte kommt.

»Guten Morgen, Valentina.«

Diese Stimme wieder. Jetzt, da ich weniger ängstlich bin, hinterlässt sie eine komplexe Mischung von Sinneseindrücken in mir – dunkel, weich, bittersüß und tief. Wie gebrannter Zucker. Ich blicke über meine Schulter. Er trägt einen dunklen Anzug mit weißem Hemd und roter Krawatte. Seine Haare sind feucht, und sein Bart frisch geschnitten.

Ich klappe sein Omelett zusammen und gebe mein

Bestes, um die Nerven nicht zu verlieren. »Guten Morgen.«

Er kommt, stellt sich so dicht neben mich, dass sich unsere Hüften fast berühren, und greift nach zwei Bechern im Schrank über uns. Als er den Kaffee mit einer ruhigen Hand eingießt, beginnt die meine, die den Pfannenwender hält, zu zittern.

»Gut geschlafen?« Er schiebt einen der Becher zu mir und dreht die vernarbte Seite seines Gesichts weg.

Natürlich nicht. »Ja, danke.«

»Hast du schon gegessen?«

»Später.«

»Wir können das Omelett teilen.«

»Ich kann so früh nichts essen.«

Lieber sterbe ich vor Hunger, als sein Omelett mit ihm zu teilen. Es ist ein unlogischer Gedanke, da er mir das Taschengeld gibt, mit dem ich für mein Essen bezahle, aber ich muss mich an den Rest Stolz klammern, den ich noch habe.

»Der Arzt hat deine Ergebnisse der Blutuntersuchung per E-Mail geschickt. Du bist gesund.«

Unsere Blicke treffen sich, als ich meinen Kopf ruckartig in seine Richtung drehe. Wir wissen beide, was das bedeutet. Sobald die Empfängnisverhütung wirkt, wird er mich ficken. Es sei denn, er benutzt ein Kondom, um es früher zu tun. Bevor er noch etwas anderes sagen kann, lege ich sein Omelett auf den Teller, den ich im Geschirrwärmer erhitzt habe, und trage ihn in das Esszimmer. Dann verschwinde ich, um mit meinen Aufgaben für den Tag zu beginnen, und versuche, nicht darüber nachzudenken, was er in der Küche gesagt hat oder dass ich ein Dienstmädchen mit »Benefits« werde. Eine Hure.

ICH BEKOMME DIE HAUSROUTINE SCHNELL IN DEN GRIFF. Carly steht um sechs Uhr auf und verlässt das Haus um sieben Uhr ohne Frühstück. Marie kommt um acht Uhr, gibt die Lebensmittelbestellungen für den Tag auf und beginnt mit der Zubereitung des Mittagessens. Ich gebe ihr meine übliche Einkaufsliste. Ich ernähre mich hauptsächlich von Instant-Nudeln und Äpfeln. Äpfel sind billig, sättigend und nahrhaft. Die Nudeln geben mir einen Energieschub, wenn mein Blutzuckerspiegel zu tief absinkt. Ich brauche den Großteil des Geldes, das ich spare, für Charlie und mein Studium.

Als ich das Bett in Gabriels Zimmer mache, versuche ich, seinen privaten Raum nicht zu inspizieren, aber meine Neugierde ist stärker als meine gute Erziehung. Wie er ist auch der Raum ausgesprochen männlich. Schwere, silbergraue Vorhänge bedecken die Fenster, und seine Möbel sind klobig, modern und quadratisch. Das Bett ist größer und länger als Kingsize. Das Monogramm auf den Laken deutet darauf hin, dass es sich um eine Sonderanfertigung handelt. Der Stoff fühlt sich weich auf meiner Haut an, und ein Blick auf das Etikett sagt mir, dass es sich um hochwertige ägyptische Baumwolle handelt. An den Wänden hängen viele Schwarz-Weiß-Fotos von Landschaften und Gebäuden. Die Bilder zeigen fremde Orte und Städte, vielleicht welche, die er besucht hat.

Ein begehbarer Kleiderschrank verbindet sein Schlafzimmer mit seinem privaten Badezimmer. Der Schrank ist größer als mein Zimmer und voller nach Farben geordneter Anzüge und Regalen für Schuhe und Krawatten. Gabriel ist akribisch ordentlich. Es liegen keine schmutzigen Kleidungsstücke oder Handtücher auf dem Boden. Die Toilettenartikel, die er benutzt, befinden sich in den Schränken. Nichts steht auf den Regalen, nicht einmal eine Zahnbürste. Seine Badezimmerfliesen sind schwarz und weiß mit einem grauen Rand, der über das Doppelwaschbecken verläuft. Die Wasserhähne und Armaturen sind aus Messing, und es ist eine Drecksarbeit, sie auf Hochglanz zu polieren. Ich schrubbe, bis meine Nägel abgebrochen sind, aber das ist der einfache Teil. Der nicht ganz einfache Teil ist der Versuch, die Scham meiner Reaktion auf ihn nicht zu spüren, denn selbst in seiner körperlichen Abwesenheit verspottet und quält mich seine unterschwellige Präsenz, die mich zwingt, mich zu erinnern.

Oscar folgt mir und leistet mir Gesellschaft. Als die morgendlichen Lieferungen ankommen, zittere ich vor Hunger. Nachdem ich eine Schüssel Nudeln und einen Apfel zum Frühstück hinuntergeschlungen habe, fühle ich mich besser. Als ich in mein Zimmer gehe, um kurz das Badezimmer aufzusuchen, fällt mein Blick auf eine Schachtel am Rand des Beckens. Ich nehme sie hoch, um das Etikett zu lesen. Antibabypillen. Mein Gesicht brennt vor Hitze, auch wenn sich mein Magen in einen Eisklumpen verwandelt. Ich habe noch nie verhütet. Ich habe es nie gebraucht. Mit zitternder Hand nehme ich die Packungsbeilage heraus und lese die Anweisungen. Es fühlt sich an, als würde ich die letzte Grenze überschreiten, indem ich die Pillen akzeptiere, aber schwanger zu werden wäre eine Katastrophe, und so verrückt es auch klingt, dass ich eine Geste meines Entführers zu schätzen weiß, ich bin Gabriel für seine Umsicht in diesem Punkt dankbar.

ALS ICH MICH IN DER WÄSCHEREI AUFHALTE, HÖRE ICH ein Pfeifen. Der Fahrer von gestern tritt durch die Hoftür ein.

»Morgen.« Er schenkt mir ein unsicheres Lächeln, während er meine Uniform betrachtet. »Wie geht es dir?«

Ich weiß nicht, was ich von seiner Begrüßung halten soll, also sage ich einfach: »Gut, danke.«

»Ich bin Quincy.«

Ich streiche eine lose Haarsträhne hinter mein Ohr. »Hallo.«

Als ich weiter Wäsche aufhänge, beendet er den Small Talk. »Ich bin gekommen, um dich zu warnen, nicht nach draußen zu gehen, ohne es mit dem Haus der Wächter abgeklärt zu haben.«

»Dem Haus der Wächter?«

»Wir leben in einem Personalhaus auf der Rückseite des Anwesens. In der Küche ist ein Telefon. Wenn du den Knopf ›Haus der Wächter‹ wählst, wird einer von uns dich abholen.«

»Oh.«

»Nächstes Mal, wenn die Tür offen ist«, er zeigt auf den Zugang zum Garten, »ruf an, bevor du rausgehst.«

»Warum?«

»Gabriel hat einen Wachhund. Er patrouilliert im Garten, und wir hatten schon einmal einen Unfall.«

»Okay.«

»Na dann, einen schönen Tag noch.« Ihm muss klar werden, wie dumm das ist, was er gerade gesagt hat, denn seine Wangenknochen werden dunkler. »Bis später.« Mit einem unbeholfenen Winken eilt er davon.

Als ich den leeren Korb aufhebe, bemerke ich, dass Marie hinter dem Küchenfenster steht und mich beobachtet.

Irgendwann im Laufe des Tages müssen Gabriel und Magda das Haus verlassen haben, denn sie sind weg, als Carly um fünf Uhr nach Hause kommt. Ihrer lässigen Kleidung und ihrer späten Rückkehr nach zu urteilen besucht sie eine Privatschule. Öffentliche Schulen verlangen Uniformen und enden vor dem Mittagessen. Marie ist schon weg, als Carly mich beim Bügeln in der Spülküche findet.

»Valentina, richtig?« Sie lehnt sich an die Wand und beißt in einen Pfirsich.

»Das stimmt.«

»Mein Dad hat nicht gesagt, dass er ein Dienstmädchen einstellen will.« Sie sieht mich durch ihre Wimpern an. »Kannst du backen?«

»Ja.«

»Backst du mir zum Nachtisch einen Kuchen? Marie hat Flan gemacht. Ich hasse Flan.«

Ich verrenke meinen Hals, um die Uhrzeit auf der Wanduhr in der Küche abzulesen. Ich muss heute Abend früher fertig werden, damit ich meine Hausaufgaben machen kann, aber ich kann etwas einbauen, wenn es nicht zu kompliziert ist.

»Was magst du denn?«

Sie lässt die Frucht am Stiel baumeln. »Alles mit Kokosnuss.«

Ich kenne ein einfaches Rezept für einen Honig-und-Kokosnuss-Kuchen, das nicht lange dauert. Die Zutaten sind einfach. Die Chancen stehen gut, dass ich alles, was ich brauche, in der Speisekammer finden werde. Ich schalte das Bügeleisen aus. »In Ordnung.«

Als der einfache Kuchen aus dem Ofen kommt, gieße ich die geschmolzene Butter, Honig und Kokosraspeln über die Oberseite und karamellisiere sie unter dem Grill zu einem knusprigen Braun. Carly lehnt sich auf die Küchentheke, als ich den Kuchen herausnehme, und ihr blondes Haar baumelt zu einem Zopf geflochten auf ihrem Rücken. Sie ist ein atemberaubend hübsches Mädchen. Sie kommt nicht nach ihrem Vater. Ihre Mutter muss umwerfend gut aussehen.

Carly schnuppert anerkennend. »Das riecht gut. Ich nehme jetzt schon ein Stück.«

Sie ist kein Kind, aber ich sage ihr das Gleiche, was ich auch Charlie sagen würde. »Dann hast du zum Abendessen keinen Hunger mehr.«

»Komm schon, Valentina.« Sie zieht einen Schmollmund. »Meine Mutter lässt mich nie Süßigkeiten essen. Das ist schlecht für meine Figur.« Sie zeigt auf ihren Körper, an dem kein Gramm Fett ist. »Daddy wird jede Minute zu Hause sein, und ich will nicht, dass er weiß, dass ich vor den Mahlzeiten nasche. Das würde er mir ewig vorhalten.«

»Du bist ein großes Mädchen.« Ich schiebe den Kuchen zu ihr. »Aber sag nicht, dass es meine Schuld ist, wenn du später keinen Hunger auf ordentliches Essen hast.«

»Okay«, meint sie mit einem Zwinkern, »das werde ich nicht.« Sie schneidet eine großzügige Scheibe ab, beißt in den warmen Kuchen und gibt ein anerkennendes Geräusch von sich. »Oh, mein Gott, der ist so gut.«

»Schön, dass er dir schmeckt.« Ich kehre zu meiner Arbeit zurück und freue mich, dass ich ihr eine Freude gemacht habe. Mein Instinkt sagt mir, dass es kein Kinderspiel sein wird, mit Carly zurechtzukommen.

Zwanzig Minuten später lege ich das letzte der gebügelten Hemden zusammen, als Gabriels donnernde Stimme durch das Haus dröhnt.

»Valentina!«

Oscar springt von der Oberseite des Wäschetrockners, wo er geschlafen hatte, und flieht in mein Zimmer. Ich zucke zusammen und verbrenne mir den Arm an dem noch heißen Bügeleisen. Eine Sekunde später stürmt Gabriel in die Küche und wirft mich beinahe um, als er durch die Tür der Spülküche kommt.

Er packt meinen Arm, und seine Finger graben sich in mein Fleisch. Sein Gesicht ist blass, so dass die roten Narben stärker hervorstechen. »Es gibt einen Erste-Hilfe-Kasten in der Speisekammer. Oberstes Regal ganz links. Hole ihn und bringe ihn ins Fernsehzimmer.«

4

Valentina

ICH BEEILE MICH, DEN BEFEHL AUSZUFÜHREN, UND LAUFE durch jede Lounge im Erdgeschoss mit einem großen Fernseher, bis ich Gabriel auf den Knien vor dem Sofa im Fernsehzimmer finde. Carly liegt auf der Couch und keucht mit offenem Mund. Ihre Haut ist fleckig und aufgedunsen, und die Drüsen in ihrem Hals sind geschwollen. Der Anblick schockiert mich derart, dass ich stehen bleibe, aber Gabriels ruhige, starke Stimme gibt mir Anweisungen.

»Gib mir den Adrenalin-Autoinjektor. Es ist eine gelb-weiße Schachtel.« Er löst seine Krawatte und schiebt ein Kissen unter Carlys Kopf.

Ich finde die Schachtel und gebe sie ihm mit zittrigen Fingern. Im Gegensatz zu meinen Händen sind seine Hände ruhig, als er die Kiste öffnet und den

Injektor herausholt. Er entfernt die graue Kappe und drückt die rote Spitze gegen Carlys Oberschenkel, dann zählt er laut bis zehn. Als er fertig ist, prüft er, ob die Nadel ausgefahren ist, und verschließt sie mit der Schutzkappe. Ich bin eine Studentin, keine Ärztin, aber ich weiß, wofür Adrenalin ist, und ich erkenne eine schwere allergische Reaktion, wenn ich eine sehe.

In Gabriels ruhiger Stimme verbirgt sich Panik. »Der Krankenwagen ist unterwegs, Schatz.«

»Allergie?«, zwinge ich aus einem engen Hals heraus.

Die einzige Antwort, die ich bekomme, ist ein kalter, angsteinflößender böser Blick. Ich will gerade fragen, worauf sie allergisch ist, als der Klingelton eines Telefons mich unterbricht. Ein Handy vibriert auf dem Couchtisch. Gabriel streckt seine Hand in einem wortlosen Befehl aus, während seine Augen weiterhin auf seine Tochter gerichtet sind.

Als ich das Telefon in seine Hand lege, blickt er auf den Bildschirm und antwortet in einem ruhigen Ton. »Der Krankenwagen ist unterwegs.« Sein Gesichtsausdruck wird hart, als er einer Antwort zuhört. »Ja, ich übernehme die volle Verantwortung, wenn ihr etwas zustößt, und nein, jetzt ist nicht die Zeit, mir mit dem alleinigen Sorgerecht zu drohen. Komm vorbei, wenn du selbst sehen willst, wie es ihr geht, oder warte im Krankenhaus auf uns, aber hör auf, alle zwei Minuten anzurufen. Das hilft auch nicht.« Er legt auf und wirft das Telefon auf das Sofa.

Bevor ich verstehen kann, was gerade passiert, klingelt es an der Tür. Ich laufe, um nachzuschauen, aber die Tür öffnet sich bereits, und einer der Männer von gestern erscheint, derjenige, der Puff erschossen hat. Er begleitet zwei Sanitäter, die eine Bahre hineinschieben. Ein privater Krankenwagen steht in der kreisförmigen Einfahrt.

»Wo?«, fragt einer der Männer knapp.

»Folgen Sie mir.«

Ich führe sie zum Fernsehraum. Die Sanitäter gehen hinein und schließen die Tür vor mir. Puffs Mörder schaut mich scharf an, bevor er das Haus verlässt. Während ich auf dem Flur hin und her gehe, kommt eine Frau, die ein Model sein könnte, um die Ecke und auf mich zu. Ihr blondes Haar ist zu einer Banane eingedreht. Ein weißer, zweiteiliger Anzug schmiegt sich an ihren Körper und definiert ihre Rundungen. Sie und Carly haben eine verblüffende Ähnlichkeit.

»Wo sind sie?«, fragt sie mit herrschaftlicher Gelassenheit.

Ich deute auf die Tür. »Da drin.«

Sie öffnet die Tür und knallt sie hinter sich zu, so dass der Rahmen wackelt. Durch die Tür höre ich die erhitzten Stimmen eines Streits, aber ich kann die Worte nicht verstehen. Carlys Mutter muss in der Nähe wohnen, um so schnell hierherkommen zu können.

Da ich mir nicht sicher bin, ob ich warten oder gehen soll, entscheide ich mich dafür, zu warten, falls sie mich brauchen. Warum hat Carly nicht nach mir gerufen? Vielleicht hat sie das, und ich habe sie nicht gehört. Der Kuchen kann es nicht sein. Carly hätte es mir gesagt, wenn sie allergisch auf Eier oder Honig reagiert. Es könnte ein Bienenstich sein. Die Schiebetüren zur Terrasse mit dem Pool sind offen.

Sekunden später verlassen die Sanitäter den Raum und schieben Carly auf der Bahre heraus. Gabriel und die blonde Frau gehen neben der Bahre, und Gabriels Gesicht ist angespannt.

An der Haustür halten die Sanitäter an.

»Nur einer von Ihnen kann uns im Krankenwagen begleiten«, sagt der ältere Mann.

»Du gehst.« Gabriel streicht sich mit einer Hand durch sein Haar. »Wir treffen uns im Krankenhaus.«

Als Gabriels Wachmann den Männern hilft, die Bahre die Treppe hinunterzuheben, wendet sich die Frau, von der ich annehme, dass sie Carlys Mutter ist, an Gabriel. »Ich erwarte, dass du diese Angelegenheit klärst.«

»Das werde ich«, sagt er angespannt.

Sie schaut auf mich herab, bevor sie mit dem Absatz klappernd die Treppe hinunter zum wartenden Krankenwagen geht. Unten angekommen, wirft sie ihre Schlüssel Puffs Mörder zu. »Rhett, bring mein Auto zum Krankenhaus.«

Rhett blickt auf Gabriel, der kurz nickt. Carlys Mutter steigt hinten in den Krankenwagen, und die Tür wird von innen zugezogen. Als das Fahrzeug mit eingeschalteten Sirenen abfährt, steigt Rhett in einen Mercedes-Sportwagen und folgt ihm.

Gabriel und ich stehen jetzt allein am Eingang, und die Wut ersetzt die Kälte in seinen Augen.

»Du hast eine Menge zu erklären.«

Panik beschleunigt meine Atmung. »Was?«

»Der Kuchen.«

Zu sagen, dass ich am ganzen Körper zittere, ist eine Untertreibung. »Oh, nein, Gabriel.« Das kann nicht wahr sein. »Es tut mir so leid.«

Seine Augen bohren sich in meine. »Warum hast du das getan?«

»Ich wollte ihr nur etwas Leckeres zum Nachtisch machen.«

»*Lecker*? Er hätte sie umbringen können. Oder wusstest du es die ganze Zeit über? Wie hast du das rausgefunden?«

»Ich schwöre, dass ich es nicht wusste. Ich weiß es immer noch nicht! War es der Honig? Die Eier?«

»Carly reagiert allergisch auf Kokosnuss.«

»Was?« Mein Kopf dreht sich. »Sie hat ausdrücklich darum gebeten.«

Er schaut mich mit einem Ausdruck an, der mein Herz aussetzen lässt, bevor es sich überschlägt und in meinen Ohren dröhnt.

»Wenn du lügst, wirst du teuer dafür bezahlen.« Er packt meinen Arm mit einem so starken Griff, dass er bis auf die Knochen schmerzt. »Du willst nicht wissen, was ich mit Leuten mache, die meine Familie bedrohen geschweige denn versuchen, sie zu töten.« Er schüttelt mich heftig. »Nächstes Mal bleib bei dem, was man von dir erwartet, und überlasse die Menüplanung

Marie.« Er schiebt mich beiseite und nimmt sein Handy aus seiner Tasche.

Ich umarme mich selbst, während er einen Befehl ins Telefon bellt.

Es gibt eine dunkle Drohung in seinen Worten. »Bleib bei Valentina, bis ich zurückkomme.« Nachdem er sein Telefon weggelegt hat, zischt er: »Sei froh, dass sie nicht tot ist, und sei froh, dass Magda heute Abend auf einer Dinnerparty ist.« Ein Wächter mit einem automatischen Gewehr in der Hand kommt den Weg hinaufgelaufen.

Er nickt und nimmt seine Stellung neben der Tür ein.

Ich versuche, meine Atmung zu beruhigen, als ich Gabriels wütendem Blick begegne. Er hat allen Grund der Welt, wütend zu sein, und die Tatsache, dass er mich nicht schlägt, lässt mich ihn noch mehr fürchten. Das heißt, er kontrolliert sich, und Männer, die sich kontrollieren können, sind am gefährlichsten.

»Geh rein.« Die Worte klingen wie ein knackender Eissee. »Denk nicht mal dran, wegzulaufen. Die Fenster und Türen sind alarmgeschützt.«

Ich beiße mir in die Wange, um meine klappernden Zähne zu beruhigen, und tue, was mir gesagt wurde. Ich bin kaum im Haus, als ich die Reifen eines Autos höre, das auf dem Schotter losfährt, und als ich durch das Wohnzimmerfenster sehe, fährt gerade ein Jaguar-Cabriolet durch das Tor.

Ich zittere am ganzen Körper, als ich in meinem

Zimmer ankomme. Oscar ist mein Trost, indem er mir Zuneigung anbietet, während ich auf dem Bett versinke und im Dunkeln sitze, bis sich meine Atmung normalisiert. Während aus Minuten Stunden werden, versuche ich, mich zu beruhigen, indem ich studiere, aber ich kann mich nicht auf das konzentrieren, was ich lese. Aus einer Stunde werden zwei, dann drei, vier und fünf. Ich habe nicht den Mut, zu duschen oder mich umzuziehen. Alles, was ich tun kann, ist, auf Gabriels und Carlys Rückkehr zu warten. Da ich die Anspannung nicht mehr ertragen kann, stelle ich mich vor das Fenster im Speisesaal, das auf die Straßenseite des Grundstücks zeigt.

Es ist fast elf Uhr, als die Scheinwerfer eines Autos die Tore erhellen. Es kann Magda sein, die von ihrer Dinnerparty zurückkehrt. Erleichterung überkommt mich, als der Jaguar die Einfahrt hochfährt. Ein müde aussehender Gabriel steigt aus und humpelt um das Auto herum, um Carly von der Beifahrerseite aus zu helfen. Mit dem Arm um ihre Schultern führt er sie die Stufen hinauf.

Ich beeile mich, um sie am Eingang zu treffen. »Carly! Geht es dir gut?«

»Sie wird wieder«, sagt Gabriel und zieht sie an mir vorbei.

»Ich habe das Essen warmgehalten.«

»Ich habe keinen Hunger«, sagt Carly.

»Du brauchst deine Kraft, Schatz. Bring es in Carlys Zimmer.«

Er schaut mich nicht an, während sie nach oben

gehen. Ich bereite ein Tablett vor und klopfe an Carlys Tür, bevor ich eintrete.

Gabriel sitzt auf einem Stuhl neben dem Bett und hält Carlys Hand. Er wendet seine Narben von mir ab. »Stell es auf den Tisch. Wir nehmen es uns selbst.«

Ich gehorche und fliehe in die falsche Sicherheit meines Zimmers. Ich bin wie versteinert vor Angst, dass Gabriel mir nicht glauben wird, aber ich bin noch erschrockener darüber, dass mein Fehler Charlies Leben kosten wird. »Eine falsche Bewegung«, hat Magda gesagt. Ich verstehe nicht, warum Carly so etwas tun sollte.

Eine weitere Stunde lang passiert nichts. Irgendwann gewinnt meine Müdigkeit über meine Angst. Ich dusche schnell und gehe ins Bett.

Gabriel

In der Einsamkeit meines Arbeitszimmers setze ich mich an meinen Schreibtisch, um über meine Möglichkeiten nachzudenken. Es ist eine schwierige Entscheidung. Ich habe mir eine Aufzeichnung der Sicherheitskameras in der Küche angesehen. Carlys Stimme war klar und deutlich, als sie um einen Kuchen mit Kokosnuss gebeten hat. Valentina hat die Wahrheit gesagt. Mit einem Seufzer, den ich bis zu meinen Knochen spüre, schenke ich mir einen Whiskey ein und schlucke ihn in einem Zug hinunter.

Ich verstehe meine Tochter nicht. Ich habe sie enttäuscht. Es gibt eine so breite Schlucht zwischen uns, dass ich befürchte, sie nie überbrücken zu können. Ich kann nicht sagen, wann der Riss anfing. War es während Carlys Kleinkindjahren, als ich nie zu Hause war, da das Familienunternehmen meine Tage und Nächte in Anspruch nahm? Ist es, weil Sylvia und ich nicht funktioniert haben? Wenn ich genau bestimmen kann, wann es angefangen hat, werde ich vielleicht den Grund dafür finden. Carly und ich wissen beide, dass es ein Problem gibt. Wir gestehen es uns nicht ein, weil es einfacher ist, über das Problem hinwegzusehen. Wenn ich glauben würde, dass Carly eine bessere Beziehung zu ihrer Mutter hat, würde ich sie ermutigen, bei Sylvia zu bleiben, aber sie ist alt genug, um zu wählen, und die Tatsache, dass sie hier lebt, sagt mir genug.

Obwohl ich Abschaum bin, versuche ich, fair zu sein. Es ist der einzige Fetzen Menschlichkeit, der zwischen Mensch und Monster steht, aber in meinem Geschäft gilt Fairness nur für die Familie. Es wird nicht toleriert, dass ein Mitarbeiter über die Familie gestellt wird, egal ob richtig oder falsch. Solch eine Handlung könnte dazu führen, dass dieser Mitarbeiter getötet wird. Ob unschuldig oder nicht, Handlungen haben Konsequenzen, und Valentina kann sich der Verantwortung für ihre nicht entziehen. Sylvia erwartet von mir eine angemessene Vergeltung. Sie wird es nicht vergessen oder vergeben. Wenn ich es nicht tue, bevor Magda nach Hause kommt, wird

Valentina für das, was heute Nacht passiert ist, sterben. Ich habe keine Lust, Valentina für etwas zu bestrafen, wofür Carly bezahlen sollte, aber ich habe keine Wahl.

Ich fülle mein Glas erneut auf und trinke es wieder mit einem Zug aus, bevor ich mein Telefon nehme und Rhetts Nummer wähle. »Komm in mein Arbeitszimmer«, sage ich, als er antwortet.

Die Tatsache, dass sich in mir etwas entzündet und mich hart macht, wenn ich darüber nachdenke, was ich gleich tun werde, ist ein Beweis dafür, wie verloren ich bin. Es könnte sein, dass der Alkohol Treibstoff für meine eingerostete Zurückhaltung ist. Vielleicht ist es Vererbung und es liegt in meinen Genen. Ich wurde nicht zu einem Monster gemacht. Ich wurde als eines geboren.

Die Tür öffnet sich, und Rhett tritt ein. »Sie haben nach mir gerufen, Boss?«

»Bring Valentina ins Fitnessstudio.«

Wegen der Zuckung, die seine Lippen zu einem Lächeln kräuselt, würde ich ihm am liebsten die Nase brechen. Ich addiere es zu dem Fehler, den er gemacht hat, als er den Hund erschossen hat. Tief in meinem Inneren weiß ich, dass es nicht Rhetts Schuld ist. Er hätte nie erwartet, dass ich die Haynes am Leben lasse. Er tat, was er für richtig hielt, aber er hat Valentina dadurch Leid zugefügt, und dafür wird er bezahlen müssen. Zu seinem Glück geht er ohne weitere Fragen. Ich könnte noch einen Drink gebrauchen, aber ich riskiere es nicht. Ich muss nüchtern sein. Ich brauche absolute Kontrolle.

Das Haus ist dunkel und ruhig, als ich mich auf den Weg nach unten in den Keller mache. Es ist ein fensterloser Raum, in dem meine Wachen und ich trainieren, aber er dient auch als Verhörraum, wenn es nötig ist. Aus diesem Grund ist er auch schalldicht. Carly darf nie erfahren, was in den Tiefen des Hauses passiert, wenn sie oben im Haus fest eingeschlafen ist.

5

Gabriel

Ich knipse die Lichter an und laufe durch den Raum, weil ich versuche, das aufsteigende Bedauern zu stoppen, das nicht stark genug ist, um meine Aufregung zu überspielen. Die Gymnastikmatte dämpft meine Schritte, weil sie das Geräusch der ungleichen Härte meiner Sohlen nicht wiedergibt.

Bedauern macht mich schwach. Aufregung macht mich grausam. Wut macht mich gefährlich. Ich untersuche meinen Zustand sorgfältig. Wut gehört heute Abend nicht zu meinem Repertoire. Das ist eine gute Sache, sonst wäre ich nicht in der Lage, das zu tun. Das wäre viel zu gefährlich.

Rhett betritt den Raum mit Valentina und hat seine Hand um ihren Oberarm gelegt. Sie trägt ihr Nachthemd, das ihre straffen Beine freilegt. Rhetts Finger hinterlassen weiße Abdrücke auf ihrer Haut. Das weckt alle Arten von Gefühlen in mir, aber sie sind wie zerfetzte Papierstücke. Ich kann nichts begreifen, außer, dass ich ihm die Hand abhacken und die Augen ausstechen will.

Mit einem Nicken dirigiere ich ihn zur Rückwand. Er weiß, was er zu tun hat. Sie schaut mir in die Augen, als er sie vorbeischleift. Die stille Art von Wut, die ich oft bei mir selbst erkenne, lässt das Braun ihrer Iris mit Funken knistern. Innerhalb von Sekunden ist Valentina zur Wand gedreht und an ihren Armen an einem Seil aufgehängt, das mit ihren gefesselten Handgelenken an der Wand befestigt ist.

»Geh«, sage ich zu Rhett.

Er schaut mich fragend an. Die Überraschung und Enttäuschung auf seinem Gesicht drohen meine Wut zu entfesseln. Ich habe ihn nie entlassen, wenn Bestrafungen oder Verhöre ausgeführt werden, aber dies ist kein gottverdammter Film zu seiner Unterhaltung. Rhett kennt mich gut genug, um die Zeichen zu lesen. Mit einem letzten verwirrten Blick in Richtung Valentina geht er aus dem Zimmer und schließt die Tür hinter sich.

Als wir nur noch zu zweit sind, atme ich leichter. Die Gewalt verflüchtigt sich. Aus ihr wird etwas anderes, etwas, was meinen bereits aufgerichteten Schwanz in eine wütende, harte Stahlstange verwandelt. Ich stelle das Seil ein, spanne es sanft durch die Öse an der Decke, bis Valentina die Matte mit ihren Zehen kaum noch berührt, und befestige die Schnur am Haken an der Wand. Ich will nicht, dass sie sich wehrt oder bewegt. So ist es sicherer.

Sie schaut mich über ihre Schulter an, ihre Augen sind groß und ihre Wangen blass. »Was hast du vor?«

Das ist keine einfache Frage. Es gibt viele Ebenen. Ich öffne zuerst den einen und dann den anderen Knopf meiner Hemdsärmel, bevor ich sie hochrolle und über die Antwort nachdenke. Ich lüge nicht, wenn ich es verhindern kann. Ich beschließe, ihr die einfache Wahrheit zu sagen.

»Bestrafung, Valentina.« Ich lasse ihren Namen über meine Zunge rollen und liebe den Klang. So ein schöner Name. *Valens*. Stark. Er passt zu ihr.

Sie windet sich in ihren Fesseln. »Ich habe es nicht absichtlich getan.«

Ich greife von hinten nach oben zu ihren Armen, um sie zu beruhigen. »Ich weiß.«

Sie hört auf, sich zu wehren, und ihr Körper versteinert. »Warum tust du es dann?«

Ich streiche ihr seidiges Haar über ihre Schulter und fahre mit meinen Lippen die Krümmung ihres Halses entlang. »Weil es mich anmacht.« Eine weitere Schicht Wahrheit.

Ein Schluchzen entweicht ihrer Kehle. »Bitte.«

Mein Schwanz zuckt. Es liegt ein Betteln in diesem Wort, aber auch Akzeptanz. Sie weiß, dass es kein Zurück mehr gibt. Selbst wenn es nicht Sylvias Erwartungen oder die Drohung meiner Mutter gäbe, ich kann mich nicht zurückhalten. Nicht mehr.

Ich küsse ihre Ohrmuschel.

»Gabriel …«

Sie sollte mich Sir oder Mr. Louw nennen, aber der Klang meines Namens auf ihren Lippen ist ein Genuss, den ich mir nicht versagen werde. Sie kämpft bereits darum, ihr Gewicht zu tragen, und kippt nach hinten. Ich fange sie um ihre Taille. Meine Hände tauchen unter den Saum ihres Nachthemdes und gleiten über ihre weichen Oberschenkel. Ich schiebe meine Daumen in das Gummiband ihrer Unterwäsche, ziehe sie über ihre Hüften und Waden und lasse sie um ihre Knöchel liegen.

Sie zittert unter meinen Händen, sagt aber weise nichts. Es gibt nichts, was sie sagen kann, um das aufzuhalten. Als ich weggehe, schwankt ihr Körper rückwärts. Wie eine Ballerina tanzt sie auf den Zehen, um ihr Gleichgewicht wiederzuerlangen. Ein Schrei verlässt ihre Lippen, als ich den Kragen des Nachthemdes ergreife und das Kleidungsstück in der Mitte auseinanderreiße. Der Stoff hängt locker an ihrem Körper und gibt mir einen freien Blick auf ihren glatten Rücken und die Rundung ihres Arsches, aber ich bin gierig. Um Zeit zu sparen, benutze ich eines der Kampfmesser aus dem Waffenschrank, um die Arme aufzuschneiden und sie von der einschränkenden Kleidung zu befreien.

Ich trete zurück, um den Anblick zu bewundern. Verdammte Scheiße. Festgebunden, mit nur ihrem Höschen um die Knöchel, ist sie ein erotisches Bild, das meine Träume verfolgen wird. Ihr Körper ist ein Porträt aus fließenden S-Linien, von der schlanken Krümmung ihres Halses über die Seiten ihrer prallen Brüste und dem schmalen Umfang ihrer Taille bis hin zur Schwellung ihrer Hüften und der Rundung ihres festen Arsches. Meine Augen folgen der Spur ihrer Beine, von ihren zitternden Oberschenkeln bis zu ihrer Kniekehle und von der sanften Ausdehnung ihrer Waden bis hin zu ihren zarten Knöcheln. Meine Finger sehnen sich danach, sich in den Backen ihres Gesäßes und in der warmen, feuchten Tiefe ihrer Muschi zu vergraben. Ich vertreibe diese Gedanken fast gewaltsam, da ich weiß, dass ich dort noch nicht in sie eindringen kann. Fürs Erste bin ich damit zufrieden, sie nackt und gefesselt vor mir zu haben, und wenn ich ehrlich bin, gebe ich zu, dass es hier nicht um Vergeltung oder den Beweis für meine Mutter geht, dass ich nicht schwach bin. Es geht nicht einmal darum, Valentinas Leben zu retten. Das ist alles für mich.

Ich umfasse ihre Brüste von hinten und suche die weiche Süße ihrer Haut, indem ich mit meinen Lippen die elegante Krümmung ihres Halses nachziehe. »Wenn ich das nicht tue, wird Magda dich töten.«

Sie dreht ihren Kopf zur Seite, weg von meiner Liebkosung und meiner Stimme.

Dann sei es so. Sie wird sich mir nicht mehr lange widersetzen. Ich kann nie genug davon haben, sie so anzuschauen, aber ihre Arme können ihr Gewicht nicht viel länger so halten, ohne dass ich riskiere, sie aus ihren Gelenken zu reißen. Ich schüttele meine Finger, um sie zu lockern, und atme ein paarmal ein und aus, um meine Kontrolle wiederzufinden. Es wird leicht sein, mit ihr zu genießen. Zu einfach. Es gibt etwas an ihr, das jedes Gramm Willenskraft, das ich besitze, zerschmettert, eine neue Erfahrung, von der ich mir nicht sicher bin, ob ich sie mag.

Ich löse die Schnalle und ziehe meinen Gürtel aus den Schlaufen meines Hosenbundes. Erst dann schaut sie mich wieder an. Schließlich versteht sie meine Absicht. Ihre Augen werden groß, und ihre Lippen teilen sich.

»Augen nach vorn.« Es macht mir nichts aus, ihre Tränen oder ihren Hass zu sehen, aber ich will nicht, dass sie die Lust in mir sieht, die Dunkelheit, die mich zum Monster macht.

Ich gehe so nah heran, dass ich den Himbeerduft ihrer Haut riechen kann, und streiche mit meiner Hand über ihren Arsch. Als sie ihre Muskeln anspannt, drückt mein Schwanz schmerzhaft gegen meinen Reißverschluss. Ich knete ihre Pobacken und spiele mit der festen Weichheit ihres Fleisches. Als ich sie auseinanderziehe, kann ich ihr hübsches Poloch sehen. Ich fahre mit einem Finger ihre Spalte entlang und reize den dunklen Eingang, bevor ich die Fingerkuppe nach unten ziehe, um ihre Muschi zu testen. Sie ist trocken. Gut. Ich liebe die Herausforderung.

Ich gehe einen Schritt zurück, stelle meine Füße weiter auseinander und finde eine stabile Haltung. Ich ziehe meinen Arm zurück und übe eine sorgfältige Kontrolle über meine Kraft aus, damit das Leder hart genug auf ihrem Arsch aufkommt, um zu brennen, aber nicht kräftig genug, um blaue Flecken zu hinterlassen.

Schlag.

Die rote Linie, die sich über ihre goldene Haut zieht, lässt meinen Schwanz zucken. Ein Lusttropfen erwärmt meine Eichel.

Schlag.

Sie schreit leise auf und zieht an ihren Fesseln. Sie hält sich zurück.

Schlag.

»Ich will dich hören, Valentina.«

Das Feuer lodert mit Tränen in ihren braunen Augen, als sie nach hinten auf mich blickt. »Leck mich am Arsch.«

»Sehr gut.«

Der nächste Hieb landet auf ihrem Oberschenkel, genau unter der Kurve ihres Arsches. Sie windet sich und wimmert, knirscht so stark mit den Zähnen, dass ich es hören kann. Der nächste Schlag ist sanfter und höher gerichtet, um ihre Muschi zu erhitzen.

Ihr Schrei kommt ungewollt. Sie spannt sich an, als ihr der Ton entweicht. Ich lasse die Hiebe höherwandern und hinterlasse ein Kreuzmuster über ihrem Rücken und ihren Schultern. Meine Schläge sind nicht hart genug, um Blut zu entlocken oder ihre Haut zu verletzen, aber schon bald kämpft sie um Luft und bewegt sich so weit weg, wie es ihre Position erlaubt, was nicht viel ist. Ich lasse den Gürtel um ihre Taille schwingen, lasse sie den Schmerz auf ihrem Bauch spüren und bewege mich zurück zu ihrem Arsch und ihren Oberschenkeln.

Ich gebe ihr eine Pause, um Luft zu holen, und nutze die Zeit, um ihre Unterwäsche zu entfernen, ihre Beine zu spreizen und jeden Knöchel mit einer Schelle an einer Kette festzumachen, die mit der Wand verbunden ist. Sie kann ihre Beine vorwärts oder rückwärts bewegen, aber sie kann sie nicht schließen.

Ich gehe um sie herum, um ihr ins Gesicht zu sehen. Ich ergreife ihren Kiefer und küsse sie hart. Sie weint in meinen Mund, und ihre Lippen sind wehrlos, als ich mit meiner Zunge über ihre fahre und sie verschlinge wie ein verhungernder Mann. Ich zwinge mich, mich zurückzuziehen, und stehle einen letzten keuschen Kuss, bevor ich meinen Platz hinter ihr wieder einnehme.

»Bereit?«

Ich teste meine Kraft, indem ich das Leder unter der Kurve ihres Pos schwinge. Als ihre goldene Haut unversehrt bleibt, drehe ich den Gürtel noch einmal um meine Hand und lasse am Ende ein kürzeres Stückchen zurück, um eine Folge von weichen, aber schnellen Schlägen zwischen ihre Beine regnen zu lassen, wobei ich das Leder darauf ausrichte, sowohl ihre Schamlippen als auch ihre Klitoris zu erhitzen. Zuerst kämpft sie dagegen an, wirft ihren Kopf zurück und schiebt ihre Brüste nach vorne.

»Ich will dich hören.«

Ich höre nicht auf, bis sie endlich für mich schreit. Der Atem, den sie angehalten hatte, entweicht und lässt ihre Schultern mit heftigem Schluchzen beben. Bei ihrer Kapitulation werfe ich den Gürtel zur Seite und ziehe sie an meinen Körper.

Ich will sie. Ich will sie so sehr, dass ich nicht denken kann. Trotz meiner Absicht, sanft zu sein, kann ich nichts dagegen tun, dass sich meine Finger rau zwischen ihren Beinen bewegen. Ein Stöhnen fängt sich in meiner Brust, als ich fühle, dass sie nass ist. Ich muss in ihr sein. Jetzt.

Meine Hände zittern, während ich meine Hose öffne und sie zu meinen Knöcheln fallen lasse, um meinen Schwanz zu befreien. Mein Schaft schmerzt vor Verlangen, und die Wurzel pulsiert, als ich sie in meine Hand nehme, um sie zu Valentinas nasser Muschi zu führen. Ich beuge meine Knie, stoße zwischen ihre Schenkel und schiebe meine Eichel durch ihre Falten. Ich zittere vor Lust, als ihre Feuchtigkeit mich überzieht, und die Hitze, die von ihrem Unterleib ausgeht, mich tiefer hinein einlädt. Angetrieben von primitivem Hunger lege ich meine sensible Spitze gegen ihre Öffnung. Mein einziger Instinkt ist es, sie aufzuspießen, sie so tief wie möglich zu nehmen, aber es ist ihr ängstliches Wimmern, das mich von meiner dunklen Lust zurückzieht.

Da ich kaum noch vernünftig denken kann, befeuchte ich meinen Schwanz noch mehr mit ihrer Erregung, bevor ich mich zwischen ihren Beinen zurückziehe. Ich bin zu weit gegangen, um mich komplett zurückzuziehen, und für meinen Verstand und ihre Keuschheit öffne ich vorsichtig ihre Pobacken und klemme meinen befeuchteten Schwanz zwischen sie.

»Bitte«, bettelt sie und biegt ihren Rücken von mir weg.

Meine Stimme ist kehlig. Ich erkenne den Klang nicht. »Entspanne dich. Ich werde dich nicht ficken.«

Bei diesen Worten wird sie ruhig, aber nur bis ich anfange, auf und ab zu gleiten und ihre Arschbacken mit meinen Händen fest um meinen Schwanz zu legen. Ich muss ihren Körper gegen die Wand vor ihr drücken, um sie besser ruhig zu halten. Als ich mich schneller bewege, beginnt sie, sich ernsthaft zu winden und sich nach links und rechts zu drehen.

»Halt still«, zische ich, »oder ich ficke aus Versehen dein Arschloch.«

Sie macht sich wieder locker und erlaubt es mir, mich zu erleichtern, indem ich meinen Schwanz zwischen ihren Pobacken auf und ab bewege. Ich finde ihre Brüste und halte sie an mich gedrückt, während ich komme, meinen Samen ihre Wirbelsäule entlangschieße und die Hitze meiner Entladung zwischen unseren Körpern hinunterläuft. Als ich alles gegeben habe, lasse ich los und stolpere einen Schritt zurück, um sie anzusehen. Sie ist mit dem Abdruck meines Gürtels markiert, und mein Sperma läuft zwischen ihren Arschbacken über ihre Muschi und ihre Oberschenkel. Intensive Befriedigung steigt in mir auf, die sogar das körperliche Hochgefühl meines Orgasmus auf ihrer Haut übersteigt. Das ist der schönste Anblick, den ich jemals gesehen habe, und das macht mir Angst.

Als ich zur Vernunft komme, ziehe ich meine Hose hoch und öffne die Fußschellen. Ich löse das Seil vom Haken an der Wand und befreie ihre Arme. Valentina fällt nach hinten, aber bevor sie auf den Boden trifft, fange ich sie an der Taille auf und benutze das gleiche Messer, mit dem ich ihre Kleidung abgeschnitten habe, um das Seil um ihre Handgelenke zu durchtrennen. Sie weint und zittert, und ihr Körper hängt schlaff in meinen Armen. Ich benutze ihr Nachthemd, um ihren Rücken und sie zwischen ihren Beinen zu säubern und den größten Teil des Samens zu entfernen, bevor ich sie in meine Arme hebe und sie in ihr Zimmer trage.

Ich setze sie in die Wanne, lasse eine kühle Dusche an und wasche sie mit einem Schwamm. Sie sagt zu alledem nichts. Ihre hübschen Augen sind geschlossen, aber unter ihren langen Wimpern laufen Tränen hervor, und ich muss wegschauen. Ich finde sie viel zu reizvoll. Als ich sie abtrockne und darauf achte, dass sie nicht auf die Markierungen meines Gürtels drückt, ist sie wie eine Stoffpuppe in meinen Armen. Sie werden in einem Tag verschwunden sein, aber sie wird mich noch viel länger hassen. Auf ihrem Körper werden keine Spuren zu sehen sein, aber nicht jeder trägt seine Narben nach außen.

Ich lege sie nackt auf den Bauch und ziehe das Laken nicht über sie. Sie wird eine Weile nicht wollen, dass irgendetwas ihre Haut berührt. Ich knie mich zwischen ihre Beine und lasse sie mit meinem Mund immer wieder kommen, bis sie mich anfleht, aufzuhören. Während sie bettelt, ringe ich ihr noch einen

Orgasmus ab, bevor ich zufrieden bin. Dann steige ich auf das Bett neben ihr und ziehe sie auf meine Brust, so dass sie ausgestreckt auf mir liegt. Ich küsse ihren Kopf, streichele über ihr Haar und halte sie, bis ihre Atmung den gleichmäßigen Rhythmus des Schlafes annimmt.

Es ist nach Mitternacht. Magda wird jeden Moment zu Hause sein. Valentina wacht nicht auf, als ich mich unter ihr wegbewege. Als ich auf ihren schlanken Rücken schaue, der von roten Striemen überzogen ist, werde ich erfüllt von der verheerenden Bestätigung, dass ich mit einem perfekten neuen Spielzeug nicht spielen kann, ohne es zu brechen.

Ich warte im Arbeitszimmer darauf, dass Magda zurückkommt. Ich ziehe es vor, ihr selbst die Ereignisse des heutigen Abends mitzuteilen, bevor sie die Nachrichten von Sylvia oder Carly hört. Ich kann Valentina immer noch auf meinen Lippen schmecken. Ihre Erregung ist ein starkes Aphrodisiakum, das meine Eier in steinharte Knoten verwandelt und meine Lust nährt. Es stimmt mich friedlich, dass ich ihre Freude und ihren Unmut dadurch hervorrufe, sie nicht nehmen zu können. Solange sie noch eine Jungfrau ist, kann ich meinen Schwanz nicht in ihrem weichen Körper vergraben, und ich will nichts mehr, als ihr mit meinem Schwanz anzutrainieren, zu kommen, bis sie von meinem bloßen Anblick feucht wird. Ich muss meine ganze Willensstärke aufwenden, um nicht wieder in ihr Zimmer zu gehen und sie zu ficken, bis sie wund ist. Ich fahre mit der Zunge über meine Unterlippe. Ich genieße Valentinas weiblichen Duft ein letztes Mal, gieße einen Drink ein und trinke ihn in einem Zug, um den Duft ihrer Haut im Alkohol zu ertränken.

Magda ist stinksauer, als ich ihr eine kurze Zusammenfassung der Ereignisse der Nacht gebe. Sie beruhigt sich erst, als ich ihr versichere, dass Valentina bestraft wurde, und sie sich das Video von Carly anschaut, in dem sie um einen Kokoskuchen bittet.

»Du hast Arbeit mit Carly vor dir«, meint sie. »Dieses Mädchen hat Probleme.«

»Ich weiß.« Ich reibe mir die Augen.

»Tu etwas dagegen, bevor es zu einer Katastrophe kommt, die wir nicht beheben können.« Sie verlässt mein Arbeitszimmer, ohne gute Nacht zu sagen.

Ich berührte das Foto von Carly auf meinem Schreibtisch und habe viele Fragen, aber keine Antworten.

Valentina

ES FÜHLT SICH AN, ALS HÄTTE GABRIEL MIR ETWAS genommen. Ich wusste, dass er gefährlich ist, aber ich hatte keine Ahnung, wie düster er ist. Was Tiny mir angetan hat, war fast erträglicher, weil es mich nie anmachte. Von dem, was Gabriel gestern Abend mit mir getan hat, bin ich feucht geworden, und von dem Gedanken wird mir schlecht. Ausgerechnet ich sollte von der Gewalt angewidert sein. Es waren nicht die Hiebe auf meinem Rücken. Es war der intensive Rhythmus des Leders zwischen meinen Beinen. Ich nahm es ihm übel, und gleichzeitig schätzte ich es, dass er sich danach um mich kümmerte – sowohl emotional als auch sexuell. Es war etwas, was ich dringend brauchte, und dafür hasse ich mich selbst.

Um eine freundliche, ungefährliche Stimme zu hören, rufe ich Kris an, bevor sie in die Praxis muss, und spreche mit Charlie, der so glücklich klingt, wie es nur Charlie kann. Es beruhigt mich genug, um mich durch meine Arbeit am Freitagmorgen zu bringen. Mein Körper ist empfindlich durch Gabriels Peitschenhiebe, und jede Berührung des rauen Stoffes meines Kleides scheuert auf meiner Haut. Carly ist, um sich zu erholen, heute zu Hause und nicht in der Schule, und ich tue mein Bestes, um nicht auf sie zu treffen. Ich putze ihr Zimmer erst, als sie draußen am Pool ist.

Marie vermeidet Augenkontakt. Wenn sie über gestern Abend Bescheid weiß, sagt sie das nicht. Sie kommt zu mir in den Eingangsbereich, wo ich wische, und schaut angestrengt auf eine Stelle hinter mir. »Mr. Louw sagt, die Handtücher im Fitnessstudio müssen gewaschen werden.«

»Okay.« Ich wische an ihren Füßen vorbei.

»Du sollst saubere mitnehmen. Jetzt.«

Sie geht steif weg und versteckt ihr Unwohlsein hinter ihrer brüsken Art.

Ich hole einen sauberen Stapel Handtücher aus dem Wäscheschrank und mache mich auf den Weg den Flur hinunter. Als ich die Treppe zum Fitnessstudio hinabsteige, verkrampft sich mein Magen, und meine Kehle verengt sich. Ich zwinge meine Füße, sich zu bewegen, aber bleibe abrupt stehen, als sich die Tür öffnet und Rhett mit Blut auf seiner nackten Brust heraustritt. Er drückt sich die Handfläche gegen seine Nase, hat seinen Kopf nach hinten gebeugt, und er läuft beinahe in mich hinein, bevor ich Zeit habe, aus dem Weg zu springen. Der Grund für das Blut scheint eine gebrochene Nase zu sein. Der Nasensteg ist geschwollen, und der Knorpel sitzt schief. Sein rechtes Auge ist blau, und die Haut an seinem Wangenknochen ist aufgeplatzt. Als er mich bemerkt, blickt er mich wütend an und schiebt sich auf dem Weg zur Treppe an mir vorbei. Ich starre immer noch hinter ihm her, als Gabriel nur in Jogginghosen gekleidet aus der Tür kommt und die Enden eines Handtuchs, das er um seinen Hals gelegt hat, umfasst. Sein Gesicht und seine Brust glänzen vor Schweiß.

Mein Gesicht errötet bei der Erinnerung an letzte Nacht, und mein Mund wird trocken. Wo ich herkomme, habe ich schon viele Gangster gesehen, die den ganzen Tag über im Fitnessstudio Gewichte stemmen, aber niemanden, der so hart oder perfekt geschnitten war wie Gabriel. Seine Oberarme haben den gleichen Umfang wie meine Taille. Tiefe Linien definieren seine Brust- und Bauchmuskeln. Eine Spur dunkler Haare beginnt unter seinem Nabel und verschwindet in der Hose, das V seiner Hüften schneidet scharf bis zur Leiste. Es ist nicht die Schönheit seines Körpers, die mich sprachlos macht, sondern seine Kraft. Trotz seiner Behinderung hat er Rhett übel zugerichtet, und Rhett ist ein Koloss. Als er sich vorwärtsbewegt, stehe ich mit den Handtüchern in meinen Armen da wie ein Idiot und weiß nicht, was ich sagen soll.

Ein Lächeln schleicht sich auf seine Lippen. »Training«, sagt er mit einem Achselzucken und nimmt sich eines der sauberen Handtücher vom Stapel, um sich das Gesicht abzuwischen. Er starrt mich intensiv an und untersucht mein Gesicht. »Wie geht es dir?«

»Gut.«

»Gut.« Er wirft das Handtuch in den Korb bei der Tür und humpelt davon.

Es ist das erste Mal, dass ich ihn in etwas anderem sehe als in einem Hemd und Anzughosen. Die Breite seiner Schultern und die Festigkeit seines Hinterns überraschen mich nicht so sehr wie die Art und Weise, wie der Anblick von ihm, halbnackt, Schmetterlinge in meinem Unterleib flattern lässt. Ich kann kein Verlangen nach einem Mann verspüren, der mich gefoltert hat. Das würde mich genauso krank machen wie ihn. Es wird mich an einen Ort bringen, von dem ich nicht mehr zurückkommen kann.

Ich bin verärgert über meine unwillkommene Reaktion, als ich ins Fitnessstudio gehe und die sauberen Handtücher ins Regal packe, bevor ich die schmutzigen vom Boden aufhebe. Ich nehme mir die Zeit, das zu tun, was ich letzte Nacht noch nicht gemacht habe: eine Bestandsaufnahme des Zimmers. Es gibt einen Abschnitt mit freien Gewichten in der Ecke und ein kleines Badezimmer auf einer Seite. Den verschraubten Metallringen an der Decke und den Haken an den Wänden nach zu urteilen, foltert Gabriel hier seine Feinde. Kälte füllt meine Adern, und ich kann nicht mehr länger hinschauen.

Ich eile wieder nach oben und verbanne meine Erinnerungen an die letzte Nacht in die Tiefen des Fitnessstudios. Im Wohnzimmer treffe ich auf Carly.

Sie stützt eine Hand auf ihre Hüfte. »Hey, Valentina.«

Ich kann sie nicht ignorieren, ohne unhöflich zu sein. »Wie fühlst du dich?«

Sie zieht eine Schulter in die Höhe. »Ich komme hier allein zurecht.«

»Warum hast du das getan?«

»Damit du gefeuert wirst.«

Ich weiß nicht, ob sie weiß, was ihr Vater für seinen Lebensunterhalt tut, aber wenn nicht, ist es nicht meine Aufgabe, sie zu desillusionieren. Ich kann ihr nicht sagen, dass ich gegen meinen Willen hier bin, besonders nicht nach Magdas Drohung, Charlie und mich für ein falsches Wort zu töten. Alles, was ich fragen kann, ist: »Warum?«

»Ich sah, wie mein Vater dich beim Essen angeschaut hat.«

»Wie?«

»So, wie er meine Mutter nie angesehen hat. Es ist das Geld, nicht wahr?« Sie schenkt mir ein schiefes Lächeln. »Es ist immer das Geld. Nun, viele andere haben es schon vor dir versucht, und es endet immer auf die gleiche Weise. Er wird dich nicht heiraten, und du bekommst keinen Cent, also erspare uns den Ärger und packe jetzt deine Sachen.«

»Ja, es ist das Geld, aber nicht so, wie du denkst. Ich kann diesen Job nicht aufgeben, selbst wenn ich will.«

»Du gehörst nicht hierher. Ich will, dass du gehst.«

»So sehr, dass du dein Leben gefährdest?«, frage ich mit einem Hauch von Wut.

»Ach, komm schon. Warum regst du dich so auf? Es hat nicht funktioniert, oder doch? Du bist immer noch hier.«

»Ich habe allen Grund, verärgert zu sein. Was du getan hast, war dumm und unverantwortlich.«

»Was hast du für ein Problem? Du tust so, als wärst du derjenige, der fast gestorben wäre.«

»Mein Problem ist, dass, wenn du gestorben *wärst*, ich deinen Tod für den Rest meines Lebens auf dem Gewissen gehabt hätte. Hast du das bedacht?«

»Was glaubst du, wer du bist, dass du so mit mir redest?«

»Ist es die Aufmerksamkeit? Ist das der einzige Weg, wie du deine Eltern dazu bringen kannst, dir zu zeigen, dass sie sich um dich sorgen?«

Sie zieht ihren Arm zurück und schlägt zu. Ihre Handfläche kommt auf meiner Wange auf und hinterlässt einen brennenden Schmerz. »Du weißt nichts über mich.«

In diesem Moment ist ihre Deckung unten, und ein verwundbarer Teil schaut unter ihrer zickigen Fassade hervor.

Ich lege meine Hand auf meine Wange und drücke eine kühle Handfläche auf meine erhitzte Haut. Meine Kampfeslust verpufft, denn ich habe nur Mitleid mit dem armen, reichen Mädchen, das unter all dem nur ein Mädchen ist.

Ich seufze. »Hör mir zu, Carly. Du bist jung, schön, privilegiert und gesund. Du hast deine ganze Zukunft vor dir. Du kannst alles haben, was du willst. Es ist mehr, als die meisten Leute bekommen. Verschwende es nicht. Selbst wenn du es jetzt nicht siehst, wären deine Eltern am Boden zerstört gewesen, wenn dir etwas passiert wäre, und ich hätte mir nie vergeben.«

»Ach ja?« Tränen glitzern in ihren Augen. »Als ob du mich oder meine Familie kennst. Wage es nicht, mir eine Predigt zu halten. Vielleicht wolltest du gern Psychologin werden, aber das bist du nicht. Du bist ein *Hausmädchen,* also bleib bei deinen Leisten.« Ihre Augen werden hart. »Ich werde draußen sein. Bring mir ein Truthahn-Sandwich und Limonade. Viel Eis. Wenn du fertig bist, kannst du mein Badezimmer noch einmal sauber machen. Du hast eine Stelle ausgelassen. Dann kannst du mein neues blaues Kleid bügeln. Ich will es morgen in der Schule tragen.«

Ich will sagen, dass sie mir nichts zu befehlen hat,

aber das stimmt nicht. Nach unseren Regeln bin ich in der Hierarchie niedriger als die Katze.

An diesem Nachmittag rührt Carly ihr Mittagessen nicht an. Es ist eine köstlich aussehende Lasagne, aber sie ist nicht dazu zu überreden, einen Bissen zu nehmen. Magda und Gabriel behandeln sie mit Samthandschuhen. Gabriel unternimmt alles, um ein Gespräch aus ihr herauszukitzeln, gibt aber nach einer Weile auf.

Nachdem ich den Tisch abgeräumt habe, nehme ich den Teil von Carlys Teller und lege ihn beiseite, um ihn später zu essen. Den Rest kratze ich in einen Plastikbehälter, den ich im Personal-Kühlschrank für die Straßenhunde lagere. Ich hasse Verschwendung, und ich bin ausgehungert, hungrig nach etwas anderem als Äpfeln und Nudeln. Ich bin mir sicher, dass es niemanden stört, wenn ich eine übriggebliebene Portion esse, die für den Mülleimer bestimmt ist.

Während meiner Mittagspause lege ich ein Kissen von einem Terrassenstuhl auf die Treppe und mache es mir auf meinem geprellten Hintern so bequem wie möglich. Dann esse ich. Die Lasagne ist reich an weißer Sauce und Käse, das Fleisch mit frischen Tomaten und Oregano. Ich schließe beim Kauen meine Augen und genieße jeden Bissen. Marie weiß, wie man kocht.

Ich bin fast fertig, als Bellen meine Aufmerksamkeit auf sich zieht. Quincy steht am Rande des Pools mit einem bösartig aussehenden Boerboel. Das Ungeheuer zieht an der Leine und fletscht die Zähne.

Quincy ruckelt an der Kette. »Aus!«

Das Bellen hört auf, aber der Hund knurrt mich immer noch an, und seine Lippen ziehen sich bis über die Zähne.

»Was zum Teufel machst du draußen? Ich habe dir gesagt, vorher anzurufen. Du solltest nicht im Garten sein, wenn der Hund draußen ist.« Quincy geht ein paar Schritte auf mich zu, hält aber einen sicheren Abstand. »Ich habe Marie gesagt, dass ich gleich mit ihm spazieren gehen würde.«

»Ich schätze, sie hat vergessen, es mir zu sagen.«

»Ich werde mit ihr reden.« Mit einem kurzen Nicken setzt er seinen Weg fort, und der Hund hüpft auf drei Beinen mit.

»Was ist mit seiner Pfote los?«, rufe ich ihnen nach.

Er hält inne. »Ich weiß es nicht. Ich bringe ihn morgen zum Tierarzt.«

Es sieht schmerzhaft aus. Ich lasse den Teller auf der Treppe stehen und stelle mich hin.

Quincy sieht leicht überrascht aus, als ich mich nähere, aber als ich fast in Reichweite der Leine bin, hält er eine Handfläche hoch. »Komm nicht näher.«

Der Hund dreht durch, bellt und zerrt in meine Richtung.

»Sitz!«, sage ich mit strenger Stimme.

Der Hund reagiert sofort. Er hört auf zu bellen und macht Sitz.

»Das ist besser.«

Als ich nach dem Hund greife, sieht Quincy aus, als würde er einen Herzinfarkt bekommen. »Valentina! Bleib …«

Seine Worte brechen ab, als sich das Tier erst auf die Seite legt und sich dann mit allen vier Beinen in der Luft auf den Rücken dreht.

Ich knie mich hin und streichele seinen Bauch. »Guter Junge. Es ist nicht nett, so viel Lärm um nichts machen.«

Quincy starrt mich mit offenem Mund an. »Wie hast du das gemacht? Niemand außer mir ist in der Lage, ihn zu berühren, und ich hab' ein Jahr lang mit ihm trainiert.«

»Ich habe eine besondere Verbindung zu Tieren.«

»Was du nicht sagst.«

Ich lächele über seinen überraschten Ton und schaue ihn an. »Wie heißt er?«

»Bruno.«

»Natürlich heißt er so. Kann ich einen Blick auf seine Pfote werfen?«

Er blinzelt mich an. »Wenn er dich lässt.«

Ich nehme die verletzte Pfote in die Hand und betrachte die Sohle. Ein abgebrochener Dorn steckt im Fleisch. Das arme Baby muss leiden.

»Es ist ein Dorn«, sage ich zu Quincy. »Hast du eine Pinzette?«

»Nein.« Er denkt einen Moment nach. »Warte. Vielleicht geht das hier.« Er zieht ein Schweizer Offiziersmesser aus der Tasche und entfaltet eine kleine Pinzette.

»Perfekt.« Ich nehme das Messer und kraule Brunos Ohr. »Gleich geht es dir besser.«

Es dauert eine Sekunde, den Dorn zu entfernen. Der Bereich um die Wunde herum ist entzündet. Als ich Quincy das Messer zurückgebe, frage ich: »Wie lange ist er schon so?«

»Er humpelt schon die ganze Woche. Ich konnte keinen früheren Termin beim Tierarzt bekommen.«

»Du musst trotzdem noch mit ihm da hin.« Ich stelle mich wieder hin. »Er braucht eine antibakterielle und entzündungshemmende Creme.«

Er neigt seinen Kopf. »Woher weißt du das alles?«

»Interesse.«

Bruno rollt sich wieder auf seine Pfoten und leckt meine Zehen.

»Ach was.« Quincy lächelt mich an. »Danke für deine Hilfe. Er hat mich die Pfote nicht anfassen lassen.«

»Keine Ursache.«

»Ich bin mir nicht sicher, ob Gabriel glücklich sein wird, wenn er erfährt, dass du seinen Wachhund in einen sabbernden Welpen verwandelt hast.«

»Das wird unser Geheimnis sein. Was den Rest der Welt betrifft, ist Bruno ein bösartiger Wachhund.«

Er pfeift durch die Zähne. »Komm, Bruno. Zeit, um den Spaziergang zu beenden.« Er verabschiedet sich und geht mit Bruno weg in Richtung Obstgarten.

Ich komme in Verzug mit meinen Hausaufgaben. Vor Freitag nächster Woche muss ich einen Aufsatz fertigstellen, aber ich bin zu erschöpft, um mehr als eine Seite zu lesen. Nach dem, was gestern Abend passiert ist, habe ich nicht viel geschlafen. Ich *muss*, um meine Studienfristen einzuhalten. Ich werde nicht aufgeben. Ich kann nicht. Es ist nicht nur mein Traum, der mich motiviert, sondern auch das Wissen, dass ich etwas haben werde, auf das ich zurückgreifen kann, wenn ich frei bin. Charlie und ich werden ein Einkommen brauchen. Wir werden nicht zurück nach Berea gehen. Ich muss eine bessere Zukunft für uns aufbauen, und Gabriel Louw wird uns das nicht wegnehmen.

Ich dusche kalt und spüre immer noch ein Brennen dort, wo das Wasser meinem Rücken und Po berührt. Da das einzige Nachthemd, das ich besaß, zerrissen wurde, ziehe ich ein T-Shirt und ein Unterhöschen an, bevor ich ins Bett schlüpfe.

Wie in der ersten Nacht kommt Gabriel zu mir, als ich schlafe. Ich bin mir nicht sicher, ob es die Art und Weise ist, wie er meine Brüste sanft mit seinen Händen bedeckt oder das Geräusch meines Stöhnens, das mich weckt, aber ich bin zu müde, um es zu bekämpfen. Ich lasse ihn einfach hören, was seine Berührung mit mir macht. Ich werde mit einem Kuss auf den Mund belohnt, der mich in einen völlig wachen Zustand versetzt. Es ist nichts weiter als ein Streicheln seiner Lippen über die meinen, aber die Intensität brennt wie ein Feuer, und ich finde es … angenehm. Sein Mund ist kühl und trocken, und sein Atem riecht nach Minze und Alkohol, wie nach Whiskey.

Warme Luft bläst über mein Ohr, während seine Lippen die Muschel berühren. »Dreh dich für mich um, Valentina.«

Er hebt die Decke für mich an, um es mir leichter zu machen, aber meine Füße verfangen sich am Fußende. Vorsichtig befreit er jeden Fuß und hält an, um den Rücken zu streicheln, bevor er einen Kuss auf die Sohle setzt. Diese zärtliche Handlung verwirrt mich. Ich hatte erwartet, dass er mir wie gestern Abend wehtun würde, aber nicht, dass er sanft mit seinen Händen über meinen Körper streicht und mein Haar zu einem Pferdeschwanz eindreht, bevor er es auf dem Kissen neben mir ablegt. Vielleicht wird er es später tun. Mein Körper spannt sich an. Gabriel ist alles andere als vorhersehbar. Er hebt meine Arme, beugt sie an den Ellenbogen und platziert meine Hände über meinem Kopf. Ein Klopfen auf meinen inneren Oberschenkel lässt mich meinen Kopf heben, um ihn anzusehen, aber er legt eine Hand auf meinen Hals und schiebt mit leichtem Druck mein Gesicht zurück ins Kissen. Er klopft wieder auf meinen Oberschenkel. Als ich das Stichwort verstehe, öffne ich meine Beine. Die Matratze sinkt ein, als er hinter mir auf das Bett steigt. Er zieht mich nicht aus, sondern schiebt das T-Shirt bis zu meinen Schultern hoch und zieht das Höschen bis zur unteren Kurve meines Hinterns herunter.

Hitze durchtränkt meine Haut, als er sich auf mir ausstreckt, ohne dass sich unsere Körper berühren. Er hält sein Gewicht auf seinen Armen, fährt mit der Zunge über eine Vertiefung auf meiner Schulter, und meine Nervenenden sind wie elektrisiert. Meine Haut überzieht sich mit Gänsehaut, als er Luft über die nasse Spur seiner Zunge bläst. Er fährt an meinen Körper hinunter und behandelt jeden Millimeter meiner Haut mit der gleichen Sorgfalt, bis er die Grübchen über meinem Hintern erreicht. Während er über meine Pobacken leckt und bläst, sammelt sich Feuchtigkeit zwischen meinen Beinen. Das geht so lange weiter, bis meine Klitoris geschwollen ist und vor Verlangen pulsiert.

Das erste Mal, dass er seine Hände auf mich legt, nachdem er meine Prellungen geküsst hat, ist, um mir die Unterwäsche auszuziehen. Er packt meine Hüften und hebt meinen Arsch an. Er nimmt sich die Zeit, mich so zu positionieren, wie er will, kniend mit gespreizten Beinen, und meiner Stirn auf dem Kissen. Als mein Arsch und meine Muschi für ihn offenliegen, setzt er sich zurück und betrachtet alles. Ich kann sie nicht sehen, aber ich spüre seine Augen auf meinem Körper, spüre, wie sie auf meiner nackten Haut brennen. Seine Handflächen gleiten über mein Gesäß, bevor er eine Backe in jede Hand nimmt und mich wie eine Frucht trennt, während er seine Nase von meinem Steißbein bis zu meiner Öffnung führt. Ein Schauer läuft durch meinen Körper. Mein verdorbener Körper weiß, was kommt, und will es. Seine Zunge drückt sich auf meine Klitoris, warm und nass. Ich schreie auf, als die raue, heiße Oberfläche über meinen Schlitz fährt, bis hin zu meinem Poloch. Irgendwo in meinem Hinterkopf gibt es einen Schrei aus Verlegenheit, aber es ist sinnlos, dem Gefühl einen Riegel vorzuschieben. Gabriel wird tun, was er will.

Er fährt fort, mich so zu streicheln, bis ich verzweifelt kommen will. Da ich die langsame Folter nicht mehr ertragen kann, stöhne ich laut ins Kissen. Er gibt einen Laut von sich, der seine Zufriedenheit signalisiert, und gibt mir endlich, was ich will. Er fängt meinen Kitzler sanft zwischen seinen Zähnen und schlägt mit der Zunge über den Knubbel – schnell, aber zu leicht.

Meine Hände krallen sich in die Laken. »Oh Gott. Bitte.«

»Bitte was?«

»Bitte lass mich kommen.«

Sobald ich mein Bedürfnis ausspreche, öffnet er mich weiter mit seinen Händen und knabbert an meinen Falten und wechselt die sanften Bisse mit dem Saugen an meiner Klitoris ab. Es dauert nur Sekunden, bis ich mit einem heftigen Krampf im Unterleib komme. Mein Geschlecht kribbelt. Meine Zehen ziehen sich zusammen. Ich kann nicht mehr ertragen.

»Halt. Bitte.«

Betteln hilft nicht. Er melkt mich so lange, bis ich ein bebendes Häufchen bin, und erst dann drückt er auf meinen Rücken, um mein Becken auf das Bett hinabzusenken. Ich zittere und habe Knochen aus Gummi. Ich hätte nie gedacht, dass es so sein könnte. Er beugt sich über mich herab und drückt endlich unsere Körper zusammen, bis ich aufhöre zu zittern. Er gibt mir einen Kuss auf den Hals und steht vom Bett auf. Ich drehe mich auf die Seite, um ihn anzublicken, da ein Teil von mir unbedingt seinen Gesichtsausdruck sehen will, aber er wendet sich ab.

Er klopft mit seinen Fingern auf meinen unteren Rücken. »Schlaf weiter.«

Dann ist er weg.

Ich liege lange Zeit im Dunkeln und versuche, Gabriel zu verstehen. Ich begreife das nicht. Was macht er mit mir?

Gabriel

Es hilft nicht, dass Valentina ständig in meiner Nähe ist. Ich bin eine wandelnde Erektion und leide ständig unter dicken Eiern. Egal wie oft ich wichse, es mindert mein Verlangen nicht. Ich will in sie. Tief. Tief genug, um ihr Schmerzen zuzufügen. Das einzige Problem ist ihre Jungfräulichkeit. Es ist eine Barriere für mich, buchstäblich und psychologisch. Ich möchte nicht derjenige sein, der sie so bricht. Ihr erstes Mal muss besonders sein, nicht monströs. Selbst ich bin nicht so grausam. Sie verdient ein hübsches Gesicht und sanfte Küsse, nicht ein Narbengesicht, das es liebt, grob zu ficken.

Darin liegt das Problem. Ich kann ihre Jungfräulichkeit nicht wegnehmen, und ich kann den Gedanken nicht ertragen, dass jemand anderes es tut. Ich werde es nicht viel länger aushalten, ohne mich richtig zu erleichtern. Ich überlege, Helga anzurufen, aber wenn ich an eine andere Frau denke, kriege ich keinen hoch. Der Anblick von Valentinas gestrecktem Körper mit ihrer Unterwäsche um ihre Knöchel verfolgt meine Nächte. Ich wünschte, ich hätte ein Foto gemacht, damit ich eine Wichsvorlage hätte.

Der Notfall mit Carly ist ein weiterer Zündstoff für meine Nerven. Ich bin mir nicht sicher, ob ich sie bestrafen oder professionelle Hilfe anfordern soll. Ich bin kein gutes Vorbild, was Moralvorstellungen anbelangt. Ich benehme mich selbst nicht korrekt genug, um sie zu verurteilen und zu bestrafen. Wenn es eine Sache gibt, der ich mir sicher bin, ist es, dass Carly nicht das Leben leben wird, das ich führe. Meine Mutter hat mir nie die Wahl gelassen. Als ich zwölf war, legte sie mir eine Waffe in die Hand und sagte mir, ich solle den Abzug betätigen. Als ich es nicht konnte, schoss sie mir in den Fuß.

Es hat keinen Sinn, mit Sylvia zu reden. Sylvia ist viel zu sehr wie Magda. Gott weiß, warum ich jemals dachte, wir hätten eine Chance. Ich habe sie geliebt. Das habe ich wirklich. Ich glaubte, dass sie lernen würde, mich mit der Zeit zu lieben, aber das Einzige, was mit der Zeit klar wurde, war ihr Ehrgeiz. Was sie wollte, waren mein Geld und Schutz, nicht meine Liebe. Sie heiratete mich auf Befehl ihres Vaters und stieg so schnell wie möglich aus, sobald sie den von ihr erwarteten Erben produziert hatte. Ihr Opfer hat ihr das gebracht, was sie wollte. Als Mutter meines Kindes wird sie immer mein Geld und meinen Schutz bekommen. Nach Carly bestand sie auf einer Hysterektomie, die sicherstellte, dass sie mir keine Kinder mehr gebären würde. Sylvia hasste jede Minute ihrer Schwangerschaft. Sie war am Boden zerstört, als der Arzt das Ergebnis des Schwangerschaftstests bestätigte. Carly dehnte und vernarbte ihren Körper. Sylvia hat mir das nie verziehen. Sobald Carly geboren wurde, begann Sylvia eine Diät, unterzog sich einer Menge Schönheitsoperationen und ließ das Kindermädchen sich um unser Kind kümmern. Vielleicht spürte Carly unbewusst die Ablehnung. Sie war ein Baby mit vielen Koliken. Sie war nie ein einfaches Kind, aber sie ist meine Tochter und der einzige Mensch, den ich auf dieser Welt liebe. Ich wünschte, ich wüsste, wie man das in Ordnung bringt.

Magdas hohe Stimme und schnell schlagende Absätze auf dem Marmorboden im Foyer lenken mich von meinen Problemen ab. Ein Kribbeln durchzieht meine Schulterblätter.

»Das reicht! Ich habe genug.«

Ich öffne die Tür und sehe, wie Magda mit Oscar den Flur hinunterstürmt. Sie hält ihn im Nacken fest.

»Was ist los?« Ich verstecke die Irritation in meiner Stimme kaum.

Sie bleibt nicht stehen, sondern ruft über ihre Schulter: »Er hat auf mein Louis-Vuitton-Sofa gepinkelt. Quincy! Beweg deinen Arsch hierher.«

Quincy kommt mit einem fragenden Gesichtsausdruck um die Ecke.

»Hier.« Magda schiebt die kratzende Katze in seine Arme. »Bring ihn zum Tierarzt und lass ihn einschläfern.«

Ich will meiner Mutter gerade sagen, dass sie überreagiert, als Valentina mit einem Tuch und einer Sprühflasche in den Händen aus der Lounge stürmt.

»Oh nein, bitte, Mrs. Louw, Sie müssen das nicht tun. Es ist nicht seine Schuld. Es kann eine Harnwegsinfektion sein. Ich bin mir sicher, dass Antibiotika das Problem in kürzester Zeit beheben werden.«

Magda dreht sich zu Valentina um. »Was macht dich zu einem verdammten Experten?«

»Sie hat recht«, sagt Quincy.

Die Tatsache, dass er sich zwischen Valentina und meine Mutter stellt, ist mir nicht entgangen. Ich mag es nicht. Nicht ein verdammtes bisschen.

»Ich gehe sowieso gerade mit Bruno zum Tierarzt«, fährt Quincy fort. »Ich kann Oscar mitnehmen.«

»Ich gebe keinen Cent mehr für diesen dreckigen Fellball aus. Er hat gerade sein Todesurteil unterschrieben.«

Das passt. Meine Mutter hat die übergewichtige Katze meiner verstorbenen Großmutter nie gemocht. Wenn es nach ihr ginge, hätte sie sie nach der Beerdigung im Haus meiner Großmutter zurückgelassen, aber Carly bestand darauf, dass wir sie hierherbringen.

»Ich nehme den Kater«, sagt Valentina schnell. »Ich

meine, ich bringe ihn zum Tierarzt. Sie müssen nichts bezahlen, das verspreche ich.«

Ich lehne im Türrahmen und genieße Magdas Irritation. »Es war immerhin Großmutters Katze«, setze ich nach.

Meine Mutter wirft mir einen bösen Blick zu. »Gut«, sagt sie zu Valentina. »Wenn du Geld übrighast, tu, was du willst, aber wenn er noch einmal ins Haus pinkelt, ist er tot.«

»Ich kann ihn am Sonntag mitnehmen, wenn ich frei habe.«

»Heute oder nie«, sagt Magda, marschiert zu ihrem Arbeitszimmer und knallt die Tür zu.

Valentina sieht mich an. Auf ihrem Gesicht liegt ein Bitten. Mir ist nicht entgangen, wie Oscar ihr folgt oder dass er in ihrem Bett schläft. Sie liebt den Fellball.

»Du kannst dir heute Nachmittag eine Stunde Zeit nehmen«, sage ich.

Ihr Gesicht leuchtet auf, und ein Lächeln verwandelt ihre Gesichtszüge in etwas Engelhaftes, etwas, was zu gut für mich ist. Ich nehme es trotzdem, genieße das Wissen, dass ich diesen Ausdruck auf ihrem Gesicht hervorgerufen habe und ihr etwas mehr gebe als nur körperliches Vergnügen.

»Ich werde dich fahren«, meint Quincy.

Sofort verdampft meine gute Laune. Dunkle, erstickende Eifersucht benebelt meinen Verstand. Mein Bodyguard mag die Geste auf die platonischste Art und Weise meinen, aber ich möchte jede einzelne seiner Rippen brechen. Das Einzige, was mich daran hindert, ihm das Leben aus dem Leib zu treten, ist, dass Valentina nicht sieht, wie seine Augen weicher werden, als er sie anblickt, weil sie mich gerade anschaut. Sie sieht mich um Erlaubnis fragend an. Diese unterwürfige Handlung beruhigt mich etwas, aber ich schaffe nicht mehr als ein Nicken.

»Danke«, sagt sie mit vorsichtigem Blick, als würde sie die Veränderung in meiner Laune bemerken.

Ich werde Quincy ab jetzt beobachten.

Valentina

DIE TIERARZTRECHNUNG FRISST EIN LOCH IN MEIN Taschengeld, Geld, das ich für mein Studium verwenden wollte, aber die Tests sind gemacht, und Oscar hat seine Medizin. Es ist eine Harnwegsinfektion, so wie ich dachte. Der Tierarzt hat mir versichert, dass er in ein paar Tagen wieder gesund sein wird. Es war mein Plan, ihn am Wochenende zu Kris zu bringen. Sie hätte ihn umsonst behandelt, aber ich konnte sein Leben nicht riskieren, und ich bezweifle nicht eine Sekunde lang, dass Magda ihn einschläfern lassen hätte. Um auf Nummer sicher zu gehen, schließe ich ihn mit seinem Katzenklo und seinem Essen in meinem Zimmer ein und warte darauf, dass das häufige Wasserlassen aufhört.

Als ich in dieser Nacht in meinem Zimmer ankomme, liegt ein Bündel bunter Seide mit einer

Schleife und einer Nachricht auf meinem Bett. Neugierig hebe ich das Stück Papier auf. Die Handschrift ist ordentlich und kantig.

Rasier dir deine Muschi.

Gabriel ist der verdrehteste Mann, den ich kenne. Ich lege den Zettel beiseite und entferne das Band, um sieben Nachthemden in Rot, Marine, Weiß, Pink, Babyblau, Schwarz und Kirschpflaume zu enthüllen, alle mit Spitze und Schleifen besetzt. Hat er mir neue Nachthemden besorgt, weil er meins zerstört hat, oder ist die sündhaft sexy Nachtwäsche etwas, was ihn anmacht?

Ich sollte eigentlich lernen, aber ich kann nicht aufhören, an den Zettel zu denken. Es wird Konsequenzen haben, wenn ich nicht gehorche. Unter der Dusche kürze und rasiere ich meine Schamhaare. Es ist eine überraschend langwierige Aufgabe. Nachdem ich meinen Körper eingecremt habe, ziehe ich das marineblaue Nachthemd an, das am geschlossensten ist, und setze mich auf das Bett, um zu warten.

Es dauert nicht lange, bis ich Schritte in der Küche höre. Oscar, der auf meinem Bett schläft, zuckt mit den Ohren, aber er bewegt sich nicht. Gabriels großer Körper erscheint in der Türöffnung. Durch die Hintergrundbeleuchtung aus der Spülküche liegt sein Gesicht im Dunkeln, und ich kann seinen Ausdruck nicht sehen. Er macht das Licht an und betritt den Raum mit langsamen, aber zielgerichteten Schritten. Er ist ein Mann, der immer weiß, was er tut, und der immer einen Grund für sein Handeln hat. Sein Blick gleitet von oben nach unten über mich, aber es gibt nichts von Tinys lüsternem Bedürfnis nach einer schnellen Befriedigung in seinen Augen. Sie sind voller Fragen, als er mit seinen Fingerkuppen meinen Arm von meiner Schulter bis zu meiner Hand hinunterfährt. Es gibt einen verrückten Moment, in dem ich ihm fast meinen Körper anvertraue, in dem ich mich beinahe mit meinem Verstand ergebe. Es ist wie in einem Auto mit einem guten Fahrer, bei dem man weiß, dass man sicher am Ziel ankommen wird. Ich muss verrückt werden. Es sind die Endorphine, die mein Körper freisetzt, wenn er mich berührt. Rein hormonell. Biologisch ist Gabriel ein Sadist, und er hat aus mir eine Hure gemacht. Ich kann ihm niemals vertrauen.

Er schiebt einen Finger unter das Bündchen des Nachthemdes. »Es steht dir gut.«

»Danke«, sage ich unbeholfen. »Das hättest du nicht tun müssen.«

»Doch, das musste ich.« Er hebt Oscar von der Decke und legt ihn in sein Katzenbett in der Ecke. »Das hier ist nichts für ihn.«

Ich bin mir nicht sicher, ob er einen Witz macht oder es ernst meint, aber durch die Andeutung hinter seinen Worten wird meine Unterwäsche feucht. Ich will diese Reaktion nicht, aber ich schaffe es nicht, meinen Körper davon abzuhalten, das zu wollen, was er gibt.

Er trommelt mit seinen Fingern auf mein Handgelenk. Was auch immer ihm durch den Kopf geht, er denkt gründlich darüber nach. Schließlich bricht er die Stille mit einem einzigen Befehl.

»Zieh dich aus.«

Ich kann kämpfen und mich wehren, weinen und flehen, aber das macht keinen Unterschied. Das tut es bei Männern wie ihm nie. Ich setze mich auf, nehme den Saum des Nachthemdes und ziehe es über meinen Kopf. Als Nächstes folgt meine Unterwäsche. Ich will es nicht hinauszögern. Je schneller wir das hinter uns bringen, desto schneller kann ich wieder so tun, als ob ich nicht will, dass er mich so anfasst.

Gabriel verheimlicht seine Erregung nicht vor mir. Er fühlt sich wohl damit, so wie mit seinem Körper und seiner Kleidung. Die Erektion drückt sich unter dem Stoff seiner Hose hervor, aber er berührt sie nicht und fasst auch nicht an seinen Reißverschluss. Er streicht mir sanft die Haare über die Schultern und setzt seine Befehle fort.

»Auf die Knie, und öffne deine Beine.«

Hitze kriecht meinen Nacken hoch, als ich die Haltung einnehme, die mich für seinen Blick öffnet, aber ich hebe mein Kinn und schaue ihm direkt ins Gesicht. Ich ergebe mich nicht meiner Schwäche, nicht, wenn er im Zimmer ist. Für einen langen Moment halten sich seine Augen zwischen meinen Oberschenkeln auf, scheinbar erfreut darüber, dass ich seinem Befehl zur Rasur nachgekommen bin.

Er testet das Gewicht meiner Brüste und sendet einen unerträglichen Schauer über meine Haut. Ich kann nicht verhindern, dass sich meine Brustwarzen verhärten.

»Schultern zurück, Titten raus.«

Ich gebe ihm, was er will, und warte.

Ein seltenes Lächeln umspielt seine Lippen. »Du bist so tapfer, Valentina.« Ohne Vorwarnung schiebt sich seine Hand zwischen meine Beine. Er bedeckt mein Geschlecht mit einer breiten Handfläche. »Ich liebe deine Fotze so nackt. Weißt du, was ich mit dir machen will?«

Er wartet nicht auf meine Antwort, sondern schlägt den Zeigefinger seiner freien Hand über meine Brustwarze. Die Bewegung ist fest und schnell, und sie lässt meine ohnehin schon schwere Brust noch stärker anschwellen. Während er mit meinem Nippel spielt, drückt er seinen Mittelfinger gegen die Öffnung meiner Vagina. Er dringt nicht in mich ein, sondern fährt mit der Fingerkuppe meinen Schlitz hinauf und hinunter. Das Kratzen der rauen Haut seiner Handfläche fühlt sich auf meiner rasierten Haut intensiver an. Seltsamerweise hallt seine Berührung an meiner Brust in meiner Klitoris nach. Der Knubbel zwischen meinen Falten schwillt an und pocht voller schmerzhaftem Bedürfnis. Nässe umhüllt seinen Finger. Ich spüre die Feuchtigkeit, als er die Außenwände meiner Öffnung mit meiner Erregung bestreicht. Obwohl ich fest entschlossen bin, ihm keinen Laut zu geben, keuche ich trotzdem, als er meine Brustwarze zwischen Daumen und Zeigefinger zusammendrückt.

Befriedigung erscheint in seinem Ausdruck. Aus

irgendeinem Grund freut er sich über meine Reaktion. Er freut sich, dass er diese Wirkung auf mich hat. Ein weiterer Schrei entfährt meinen Lippen, als er meine Brustwarze rollt.

»Valentina«, sagt er stöhnend, »Du bist alles, was ich will.«

Er kneift und rollt meine Brustwarzen abwechselnd und bringt meinen Körper in einen Zustand verzweifelten Verlangens. Der leichte Schmerz, gefolgt von der sanfteren Liebkosung, ist zu viel, um es zu ertragen. Kein Mann hat mich jemals so berührt. Da ist so viel Nässe, dass seine Hand von ihr bedeckt ist. Ich muss mich zusammenreißen, um mich nicht an seiner Handfläche zu reiben. Das muss ich auch nicht. Er drückt seinen Daumen auf meine Klitoris und massiert sie in kreisenden Bewegungen. Seine geschickten Finger verlassen eine gequälte Brust, um an der anderen zu arbeiten. Als er der Kurve einen weichen Klaps auf die Seite gibt, so dass sie schwingt, fließt ein Strom flüssiger Wärme aus meinem Körper und überzieht seine Finger.

Seine Augen und seine Pupillen weiten sich. »Das gefällt dir.«

Meine Lippen teilen sich, und Geräusche, die ich nicht machen will, strömen aus meinem Mund. Ein unsichtbares Feuerband liegt fest um meinen Unterleib, und meine Nervenenden sind elektrisiert. Das Band implodiert, und mein Innerstes zieht sich zusammen, bevor eine explosionsartige Entladung von meiner Klitoris ausgeht. Dabei beobachte ich sein

Gesicht. Wir schauen uns tief in die Augen. Für einen kurzen Moment ist er ungeschützt, und ich verstehe, warum er das genießt. Meine Lust gibt ihm Macht.

Mit einer Hand auf meinem Rücken drückt er meinen Oberkörper an seine Brust, während er mein Geschlecht in der Hand hält und sanften, aber unnachgiebigen Druck auf meine Klitoris ausübt, solange Nachbeben meines Orgasmus meinen Körper erschüttern. Ich zittere in seinem Griff, meine Energie ist verbraucht, und meine Lust ist seine. Erst als mein Körper sich beruhigt, beendet er seinen Übergriff. Er hält seine Hand zwischen meinen Beinen still, während er mit einer breiten Handfläche über mein Haar und meinen Rücken streicht. Seine Lippen sind warm und trocken, als er mich vom Nackenbogen bis zu meiner Schulter mit Küssen bedeckt. Sein Atem ist ein Hitzeschleier auf meiner Haut. Seine Erektion ist eine Stahlstange, die wegen des Höhenunterschieds, weil er steht, während ich knie, gegen meinen Bauch drückt, aber er schenkt ihr keine Beachtung. Langsam schiebt er mich zurück auf die Matratze und streckt meine Beine aus. Er kniet sich auf den Boden zwischen meine Beine und küsst zuerst meine Klitoris und dann meine Falten, wobei er mit seiner Zunge über die Nässe fährt und sie aufleckt, bis ich nur noch nass von seiner Zunge bin.

Als er schließlich wieder auf die Beine kommt, wischt er sich den Mund an seinem Handrücken ab. Röte brennt auf meinen Wangen.

Er lächelt und beugt sich über mich, um mir einen festen Kuss auf den Mundwinkel zu geben. Mein

Geruch ist moschusartig an ihm. Er fährt damit fort, meinen Körper mit Küssen zu bedecken, wird aber immer rauer. Ich spüre immer noch die Nachwirkungen meines Orgasmus, als er anfängt, in meine Brustwarzen und meinen Kitzler zu kneifen. Er braucht lange, um meinen Körper zu einem schnellen, aber intensiven zweiten Orgasmus zu bringen. Seine Rauheit, im Gegensatz zum ersten Orgasmus, fühlt sich wie eine Strafe an, aber mir fällt kein einziger Grund ein, warum. Sein Haus ist makellos sauber, und ich halte mich von der Küche fern. Als er mit mir fertig ist, keucht er genauso heftig wie ich. Er dreht sein Gesicht nicht, wie ich es gewohnt bin, von mir weg, sondern zieht mich in eine sitzende Position auf der Bettkante, während seine Hände nach seiner Hose greifen.

Mein Atem verlässt meine Lungen.

Er will meinen Mund ficken.

6

Valentina

Visionen von mir auf den Knien mitten auf der Straße, wo es jeder sehen kann, schnüren mir die Kehle zu. Ich schließe die Augen und versuche, mir ein schwarzes Loch im Raum vorzustellen, damit ich in eine dunkle Ecke meines Kopfes flüchten kann.

»Öffne deine Augen«, befiehlt Gabriel.

Ich gehorche. Ich habe keine Wahl.

»Mach meinen Reißverschluss auf.«

Er hat den Knopf seiner Hose bereits geöffnet, und eine Spur von Haaren ragt darunter hervor. Meine Hände zittern, als ich den Reißverschluss herunterziehe. Ich bin auf Augenhöhe mit seinem Schritt, und er ist über mir. Der Unterschied unserer Stärke erstickt mich. Er kann mich leicht dazu bringen, zu schlucken, und es wird nichts geben, was ich tun kann.

»Nimm ihn heraus.« Seine Stimme ist leise und ruhig. Es gibt nichts Bedrohliches an ihr.

Langsam schiebe ich das Gummiband seines Slips nach unten über seine Hüften, um seine Erektion zu befreien. Er ist unglaublich groß. Als er nicht mehr eingeengt wird, zuckt und verhärtet sich sein Schwanz noch mehr. Die Eichel ist breit und glatt. Über den dicken Schaft laufen männliche Adern bis zur Wurzel, die durch schwere Hoden gestützt wird.

Er greift nicht nach meinen Haaren und zwingt sich in meinen Mund, sondern steht einfach nur da und beobachtet mich dabei, wie ich seinen Schwanz betrachte. Ich habe noch nie einen aus der Nähe gesehen. Ich hatte Tinys im Hals, aber ich habe ihn mir absichtlich nie angesehen. Gabriels ist wunderschön, ein Kunstwerk.

Er protestiert nicht, als ich mit einem Finger über die ganze Länge von unten nach oben streiche, also fahre ich mit meiner Erforschung fort und streichele den samtigen Kopf. Ich werde mit einem Tropfen Feuchtigkeit belohnt, der aus dem Schlitz austritt. Als Reaktion darauf sammelt sich flüssige Wärme zwischen meinen Beinen, auch wenn ich gerade erst zwei Orgasmen hatte. Als ich meine Finger um ihn lege, stöhnt er. Laut. Er hat keine Angst, mich die Macht sehen zu lassen, die ich über ihn habe. Die tiefen Linien, die sich von der Hüfte bis zur Leiste ziehen, faszinieren mich. Ich verlasse seinen Schwanz, um sie mit meinen Fingern nachzufahren, und bin überrascht, wie hart der Muskel darunter ist. Eine weiße Narbe verläuft über seine Hüfte und bedeckt Knochen und Fleisch. Er knirscht mit den Zähnen, als ich auf ihr entlangstreiche, sagt aber nichts. Sein Schwanz zuckt, als meine Hände bis zu seinen inneren Oberschenkeln wandern und seine Eier bedecken. Sie sind weich und schwer und ziehen sich in meiner Handfläche zusammen.

»Valentina«, stöhnt er, »nimm ihn endlich in dem Mund oder mach den Reißverschluss zu.«

Er lässt mir eine Wahl? Emotionen ziehen meine Brust zusammen. Ich schlucke und schaue auf, um seinen Gesichtsausdruck zu sehen. Er schaut auf mich mit so etwas wie Hoffnung und Akzeptanz herab. Er wird das nehmen, was ich bereit bin zu geben.

Er streicht über mein Haar, wobei seine große Hand meinen ganzen Hinterkopf bedeckt. »Nimm nur, was du willst.«

Bei seinen beruhigenden Worten verschwindet meine Angst. Er wird mich aufhören lassen. Er wird es mir nicht übel nehmen. Ich lecke meine Lippen, um sie zu befeuchten, da ich unsicher bin, wie ich weitermachen soll. Ich habe das noch nie ohne Zwang gemacht.

»Mach, was du willst«, flüstert er. »Es gibt kein Richtig oder Falsch.«

Ich rutsche langsam bis zum Rand des Bettes, wobei ich seinen Schwanz in beide Hände nehme. Ich halte ihn dicht an meinen Mund und strecke meine Zunge heraus, um ihn zu schmecken. Ein ersticktes Grunzen ertönt, als ich über die Eichel lecke. Gabriel schmeckt nach Erde und Meer, einer Mischung aus fruchtbarem

Boden und salziger Luft, und ich liebe das. Ich lecke bis zur Wurzel, um zu sehen, ob es das Gleiche ist, und als ich mit meinem Mund an einem Hoden sauge, verstärkt sich der berauschende Geschmack.

»Scheiße. Verdammt.«

Er vergräbt seine Finger in meinem Haar, aber er zieht nicht daran. Er hält sich an mir fest, während ich die Kontrolle übernehme. Das Wissen gibt mir mehr Macht, und es macht mich mutig. Ich befeuchte den ganzen Schaft mit meiner Zunge und benutze meinen Speichel als Gleitmittel für meine Hände. Ich umgreife ihn fest, lege eine Hand über die andere, und bewege meine Fäuste nach unten, während ich meine Lippen über ihn gleiten lasse.

»Oh, Scheiße.« Luft zischt durch seine Zähne. »Ja.«

Ich sauge ihn in meinen Mund, höhle meine Wangen aus und fahre mit der Zunge über den Kopf.

Er vergräbt seine Finger tiefer in meinem Haar. »Ja, meine Schöne, genau so.«

Als ich meine Hände dort auf und ab gleiten lasse, wo mein Mund nicht hinkommt, wird er noch dicker in meinem Mund. Sein Halt an meinen Haaren verstärkt sich, und sein Po spannt sich an. »Zieh ihn raus, wenn du nicht schlucken willst.«

Ich will meine Macht noch nicht hergeben. Er lässt mich mit ihm machen, was ich will, und sein Schwanz zuckt in meinem Mund. Er ist kurz davor. Ich möchte ihn den ganzen Weg begleiten. In seinen Augen sehe ich Qual. Ich erkenne den Blick wieder, kenne die Tiefe dieser Art von Lust. Ich habe sie durch seine Hände,

Lippen, Zunge und Zähne verspürt. Ich öffne meinen Hals und nehme ihn tief auf, während ich durch meine Nase atme.

Sein Kiefer krampft sich zusammen, als er voller Lust stöhnt, während warme Flüssigkeit meine Zunge bedeckt. Er hält meinen Kopf mit seinen Handflächen wie in einem sanften Schraubstock, während er sich entleert. Er hält seine Hüften ruhig und lässt sich von mir aussaugen, anstatt sich zwischen meinen Lippen zu bewegen. Ich nehme jeden Tropfen, als hätte ich ihn mir verdient, und trinke den schwindelerregenden Cocktail aus männlicher Ekstase und weiblicher Kraft.

Er sieht erschöpft aus, als er sich nach unten beugt und unsere Stirnen aneinanderlehnt, während er wieder zu Atem kommt. Ich schwebe immer noch auf einer Wolke warmer Befriedigung, weil ich weiß, dass ich einem Mann wie ihm Lust bereitet habe, als er meinen Kopf nach hinten neigt und unsere Lippen aufeinanderdrückt. Er küsst mich heftig, wickelt seine Zunge um die meine und saugt meine Unterlippe in seinen Mund. Als er endlich loslässt, bin ich außer Atem.

Seine Augenwinkel legen sich in Falten. »Du schmeckst gut mit meinem Sperma auf deiner Zunge.«

Eine Hitzewelle kriecht meinen Nacken hoch und breitet sich auf meine Wangen aus.

Er lacht leise auf und küsst meine Stirn. »Mach mir den Reißverschluss zu.«

Ich beuge mich nach vorn, um seine Unterhose und Hose hochzuziehen. An seinem Bein sind noch mehr

Narben, aber ich betrachte sie nicht näher. Im Moment konzentriere ich mich darauf, die Kleidung über seinen Schwanz zu ziehen. Er ist immer noch halbhart. Das samtige Gefühl seiner warmen Haut ist angenehm erotisch. Er nimmt meine Hand, bewegt sie weg und macht den Rest der Hose selbst zu. Er gibt mir einen warmen, feuchten Kuss auf den Mund und schiebt mich auf die Matratze, wobei er eine Hand um meinen Hals legt. Eine Sekunde lang bleibt er so und beobachtet mich, bevor er loslässt.

»Noch nicht«, sagt er wie zu sich selbst. »Gute Nacht, Valentina.«

Dann ist er, wie letzte Nacht, weg.

Es ist zehn, als ich zu Gabriels Zimmer gehe, um sein Bett zu machen. Jetzt sollte er sein morgendliches Training und seine Dusche beendet haben. Er sollte in seinem Arbeitszimmer sein und arbeiten. Als ich die Laken über die Matratze ziehe, öffnet sich die Badezimmertür, und er tritt mit einem Handtuch um seine Taille heraus. Seine Haare sind nass, und Wassertropfen laufen seine Brust hinunter.

Ich schlucke und verschlucke mich fast an meinem Speichel. Hitze sammelt sich in meiner Unterwäsche, während meine Phantasie das unter dem Handtuch verborgene Bild vervollständigt. Ein leichtes Lächeln breitet sich auf seinem Gesicht aus. Er dreht seinen

Kopf, um die Narben vor mir zu verbergen, und geht zum Ankleidezimmer.

»Soll ich das Bett machen?«, frage ich leise.

Er dreht sich um, um mich zu beobachten, und lässt seine Augen auf eine Art und Weise über mein Kleid gleiten, dass ich mich nackt fühle. »Es sei denn, du hast andere Ideen?«

Sein Lächeln breitet sich aus, als Röte meine Wangen erwärmt.

Ich räuspere mich. »Ich meinte, ich könnte später wiederkommen.«

Er lässt das Handtuch fallen und zeigt mir die volle Vorderseite seines prächtigen, nackten Körpers.

»Hier ist nichts, was du nicht schon gesehen hast«, sagt er, »also lass dich nicht von deiner Arbeit abhalten.«

Er hat unrecht. Die weiße, geprägte Linie, die diagonal über sein Knie verläuft, ist mir neu. Genauso wie die kreisförmige Stelle auf seinem Fuß, die wie ein Spinnennetz von feineren Linien umgeben ist. Er sieht aus wie ein perfektes Modell von Frankenstein, wütend zusammengenäht und umwerfend hart. Es gibt keinen Zentimeter an ihm, der nicht hundertprozentig männlich ist, auf jede richtige und falsche Art.

Für einen äußerst unangenehmen Moment bin ich wie gelähmt und starre ihn wie ein Idiot an. Es ist Gabriel, der den Bann bricht, indem er zu einem Regal voller Hemden geht. Sein Po sieht aus, als wäre er aus Marmor gemeißelt.

Mein Atem ist unregelmäßig, als ich mich zwinge, meine Augen abzuwenden und die Aufgabe fortsetze, sein Bett zu machen. Die ganze Zeit bin ich mir seiner Gegenwart bewusst. Er zieht ein weißes Hemd an und knöpft es zu. Als Nächstes folgen Slip, schwarze Hosen und eine silberne Krawatte. Er setzt sich auf einen Hocker, um sich Socken und teuer aussehende Schuhe anzuziehen. Er öffnet eine Schublade und wählt ein Paar Manschettenknöpfe aus, die er problemlos anbringt.

Ich habe noch nie gesehen, wie ein Mann sich anzieht. Es hat etwas Intimes. Es ist wie ein Privileg, dass er mir erlaubt, ihm zuzusehen. Als er angezogen ist, verlässt er den Raum und fährt auf dem Weg nach draußen mit seiner Handfläche über meinen Hintern. Die Liebkosung ist so leicht, dass ich sie mir auch eingebildet haben könnte. Als ich allein bin, schüttele ich sein Kissen aus und drücke mein Gesicht hinein. Ich atme seinen Duft ein und erinnere mich an seinen Geschmack in meinem Mund. Wie ist es wohl, eine Frau aus seiner Welt zu sein, die geschätzt und respektiert wird, und nicht eine Magd oder ein Sexspielzeug? Uns trennen Welten, und unsere Welten vermischen sich nicht.

Für den Rest des Tages behalte ich Oscar im Auge. Sein häufiges Wasserlassen hört am späten Nachmittag auf. Es ist sicher, ihn aus meinem Zimmer zu lassen.

Außerdem kann er nicht das ganze Wochenende hierbleiben, wenn ich weg bin.

Gabriel ist nicht da, als meine wöchentliche Schicht zu Ende geht. Ich bin nervös, das Gelände zu verlassen, auch wenn Magda die Regeln klar formuliert hat, aber ich freue mich auch darauf, Charlie und Kris zu sehen. Ich stopfe Wechselkleidung und den Behälter mit den Essensresten in eine Einkaufstüte und überprüfe, ob Oscar genug Essen hat, bevor ich gehe. Draußen auf der Veranda steht Rhett.

»Hallo.« Ich umklammere die Tasche mit meinen Händen. »Ich habe bis Montag frei.«

»Ich weiß.«

»Ich brauche den neuen Schlüssel zu meiner Wohnung.«

»Du gehst dorthin zurück?«

»Ich muss noch ein paar Dinge erledigen.«

»Warte hier.« Er verschwindet im Inneren und kommt kurze Zeit später mit einem Schlüsselbund heraus, den er mir in die Hand drückt. »Der große ist für das Hauptschloss, und die beiden kleinen für das obere und untere Sicherheitsschloss.«

»Vielen Dank.«

»Gehst du jetzt dorthin?«

»Wahrscheinlich morgen. Ich gehe zuerst zu meinem Bruder.« Ich möchte auch Puffs Grab besuchen. »Wo hast du Puff begraben?«

»Das willst du nicht wissen.«

»Ich will Blumen auf sein Grab legen.«

»Du willst dort bestimmt nichts drauflegen und ich

bin mir auch nicht sicher, ob du überhaupt in die Nähe der Nachbarschaft gehen solltest.«

So wie er mich ansieht, habe ich Angst, dass er mich daran hindern wird, zu gehen, also sage ich schnell: »Wir sehen uns am Montag.«

Er antwortet nicht, hält mich aber auch nicht auf. Als er auf seinem Telefon einen Code eingibt, der das Tor öffnet, eile ich erleichtert hindurch. Es gibt keine öffentlichen Busse in dieser Gegend, aber wenn ich weit genug laufe, werde ich irgendwann auf die Abfahrt zur Autobahn treffen, wo ich ein Minivan-Taxi nehmen kann. Nach einem fünfzigminütigen Fußmarsch mache ich eines von ihnen ausfindig. Ich bin das einzige weiße Mädchen im Van und bekomme von den anderen Passagieren böse Bemerkungen über die Farbe meiner Haut zu hören, aber der Fahrer ist freundlich und lässt mich vorne sitzen, bis er mich in Orange Grove absetzt.

Da dort die Synagoge steht, bevölkert eine jüdische Gemeinde den Großteil des Gebietes. In der Rocky Street mache ich eine Pause, um die Essensreste an die Straßenhunde zu verfüttern, bevor ich die letzten beiden Blöcke zu Kris' Haus eile. Ich gehe durch die angrenzende Klinik hinein. Ein paar Kunden warten im Empfangsbereich. Kris betreibt ihre Praxis leidenschaftlich und mit einem großen Herzen. Sie berechnet viel weniger, als sie sollte, und ich weiß, dass sie viele Tiere kostenlos behandelt, wenn sich die Klienten die Medikamente oder Untersuchungen nicht leisten können. Sie kommt kaum über die

Runden, und es tut mir leid, dass ich sie mit meinen Problemen belasten muss, aber ich habe sonst niemanden.

Es gibt keinen Assistenten. Sie hat mich noch nicht ersetzt. Ich klopfe an die Tür des Sprechzimmers und drücke sie auf.

Kris wendet ihren Blick von einem Yorkshire Terrier ab und wirft mir ein Lächeln zu. »Gib mir eine Impfung, während du hier bist, ja?«

Ich schrubbe meine Hände im Waschbecken und betrete das kleine Hinterzimmer, in dem sie die Impfstoffe aufbewahrt. Sie ist überfordert, also bleibe ich hier und helfe, wo ich kann.

Nach sieben Uhr klopft sie mir auf die Schulter und nickt mit dem Kopf Richtung Tür. »Mach schon. Charlie ist im Haus. Ich weiß, dass du ihn unbedingt sehen willst.«

»Danke.« Ich schenke ihr ein dankbares Lächeln und eile durch die Hintertür ins Haus.

Charlie sitzt im Wohnzimmer vor dem Fernseher und trägt ein Superman-T-Shirt und Shorts, und sein Pony fällt ihm in die Augen.

Als er mich sieht, leuchten seine Augen auf. »Va-Val!«

Er springt auf, nimmt mich in eine Umarmung und zerquetscht mir dabei fast die Rippen. Manchmal vergisst er, wie stark er ist.

»Hey.« Ich streiche ihm die Haare aus dem Gesicht. »Wie geht es dir? Kümmert sich Kris gut um dich?«

»Scha-schau mal.« Er zeigt auf einen Stapel Comics

auf dem Kaffeetisch. »Kri-Kris hat mir Geld gegeben, um sie a-auszutauschen.«

»Das ist toll«, sage ich, auch wenn ich mir Sorgen mache. Der Comic-Laden ist auf der anderen Straßenseite. Charlie muss eine sehr belebte Straße überqueren, um dorthin zu gelangen. »Hast du schon gegessen?«

»Kris ist eine gute Kö-Köchin. Sie macht Ma-Makkaroni und Kä-Käse heute Abend.«

»Klingt gut.« Ich binde mir eine Schürze um die Taille und mache mich an die Arbeit, Abendessen zu kochen und die Küche zu putzen. Überall stapelt sich schmutziges Geschirr. Der Mülleimer muss gut geschrubbt und die Böden gewischt werden. Kris war nie ordentlich, aber jetzt verbringt sie jede freie Sekunde in der Praxis. Eine Stunde später ist die Küche makellos, und das Wohnzimmer und die Schlafzimmer sind gesaugt. Ich bin gerade damit beschäftigt, saubere Bettwäsche aufzuziehen, als Kris ganz erschöpft hereinkommt.

»Das Essen ist fertig.« Ich ziehe einen Stuhl unter dem kleinen Tisch in der Küche hervor, an dem Charlie bereits sitzt.

Sie schaut sich um und schüttelt den Kopf. »Das hättest du nicht tun müssen.«

»Machst du Witze? Nach allem, was du für Charlie tust?«

»Ja.« Ihre Augen schauen mich prüfend an. »Darüber müssen wir sprechen.«

Ich schaue kurz auf meinen Bruder und blicke sie

mit einem scharfen Blick an. »Nach dem Abendessen.«

»Okay.«

Später, als ich Charlie ins Bett gebracht habe, nehme ich die saubere Wäsche aus dem Trockner und falte sie zusammen. Kris nimmt zwei Bier aus dem Kühlschrank, öffnet die Dosen und reicht mir eine.

Sie lehnt sich gegen die Theke und stellt einen Fuß auf die Schranktür. »Also, willst du mir von deinem neuen Job erzählen?«

Ich nehme einen großen Schluck vom Bier, bevor ich sie ansehe. »Es gibt nichts weiter zu erzählen.«

Ihre Augen verengen sich. »Wie lange?«

»Neun.«

»Neun Monate?«

»Jahre«, sage ich hinter der Bierdose.

Sie hustet den Schluck Bier, den sie gerade genommen hat, auf den sauberen Boden. »Herrgott, Val.« Sie schiebt eine Hand in die Tasche ihrer Jeans und starrt mich mit offenem Mund an.

»Ich weiß. Es ist nicht so, dass ich eine Wahl hätte.« Ich gehe nicht auf die schmutzigen Details ein.

»Moment. Willst du mir erzählen, dass du die nächsten neun Jahre sein Dienstmädchen sein wirst, das auch dort wohnt?«

»Ja.« Ich tupfe das verschüttete Bier mit einem Papiertuch auf.

Sie fängt an, hin und her zu gehen. »Was ist mit deinem Studium?«

»Ich werde es weitermachen.«

Sie hält inne. »Schaffst du das?«

»Ich muss.«

»Das ist eine Menge Lernarbeit. Verdammt viel Stoff.«

»Ich weiß.«

»Hast du einen Vertrag unterschrieben?«

»Ich brauche keinen Vertrag. Papier ist wertlos für Männer wie ihn. Sein Wort ist genug.«

»Wie funktioniert diese Vereinbarung?«

»Mit dem Gehalt, das er mir zahlen würde, begleiche ich die Schulden.«

»Wie konnte er Charlie einen Kredit bewilligen? Ich meine, Charlie. Ausgerechnet er. Es muss ein Gesetz geben, das Institutionen daran hindert, Kredite an behinderte Menschen zu vergeben.«

»Ich habe Charlie nie für geschäftsunfähig erklärt. Ein großer Fehler meinerseits. Auf jeden Fall wird es nicht funktionieren, ihn mit dem Rechtssystem zu bekämpfen. Du weißt, dass jeder Richter in diesem Land korrupt ist. Der Mann mit dem meisten Geld gewinnt immer.«

»Scheiße, Val, es muss doch etwas geben, was wir tun können.«

»Schau mal, ich kann es nicht ändern. Ich muss das Beste daraus machen.«

»Wenn du umsonst für ihn arbeitest, wie willst du dir dann dein Studium leisten?«

»Er gibt mir Taschengeld. Es reicht, um den Teil zu bezahlen, den das Stipendium nicht abdeckt, und ich hatte gehofft, dass du mich für sonntags behalten wirst.«

»Du wirst dich überarbeiten.«

»Es ist witzig, das ausgerechnet von dir zu hören, Miss Workaholic.«

Sie lächelt. »Du weißt, dass ich alles tun werde, um zu helfen.«

»Ich zahle für Charlies Essen und Ausgaben. Ich erwarte nicht, dass du ihn umsonst aufnimmst.«

»Vergiss es.«

»Das ist nicht verhandelbar.« Ich zögere. »Neun Jahre ist eine lange Zeit.«

»Mach dir keine Sorgen, Val. Er ist willkommen hier, so lange es dauert.«

»Danke, Kris.« Ein schweres Gewicht fällt von meinen Schultern. »Ich weiß nicht, was ich ohne dich getan hätte.«

»Was ist mit deiner Wohnung?«

»Ich verkaufe sie. Es hat keinen Sinn, sie zu behalten, wenn sie leer steht.«

»Viel Glück. Du wirst kämpfen müssen, um sie zu verschenken.«

Ich seufze. »Ich weiß. Hör zu, wegen Charlie.« Ich verdrehe die Spitze meines Turnschuhs auf dem Boden. »Er hat mir von dem Comicladen erzählt. Das ist eine stark befahrene Straße, Kris.«

»Ich habe ihm beigebracht, auf das grüne Licht zu warten. Wir haben ein paar Übungsrunden zusammen gemacht. Du musst ein wenig loslassen, ihm etwas Freiheit geben. Ich weiß, dass du ihn beschützen willst, und das ist verständlich, aber du musst ihn dazu bringen, so autonom wie möglich zu sein.«

»Es ist nur, dass …« Ich schlucke. »Ich weiß es einfach nicht. Ich fühle mich verantwortlich.«

Sie lässt ihr Bier auf dem Tisch stehen und ergreift meine Schultern. »Es ist nicht deine Schuld. Es war ein Unfall. Du musst loslassen.«

Ich wische mir die unwillkommenen Tränen aus meinen Augen und schaue weg. »Ich weiß.«

»Hey.« Sie wischt mein Gesicht mit ihren Handflächen ab. »Alles wird gut werden. Es wird klappen. Du wirst schon sehen.«

»Sicher.« Ich sage es nur, um Kris zu beschwichtigen, denn sobald sie erst einmal in Fahrt ist, wird sie nicht aufhören, bis sie glaubt, dass sie mich überzeugt hat. Kris ist die Königin des positiven Denkens, und dafür bin ich ebenso dankbar wie dafür, dass sie mir einen Job gegeben und Charlie aufgenommen hat.

»Komm schon.« Sie schlingt ihren Arm um meinen und schleppt mich ins Wohnzimmer. »Schauen wir uns eine dumme Sitcom an und lachen bis zum Umfallen.«

»Ich weiß nicht.« Ich ziehe mich zurück. »Ich muss in die Wohnung.«

»Was, *jetzt?*« Sie zeigt auf das Fenster. »Es ist stockdunkel draußen. Wie willst du dahin kommen? Ich lasse dich heute Abend nicht aus diesem Haus. Du kannst auf der Couch schlafen. Übrigens, ich habe deine Wohnung aufgeräumt und den Kühlschrank leergeräumt.«

Tränen der Dankbarkeit strömen über mein Gesicht. Ich muss mich dringend beherrschen, aber es ist, als sei eine Staumauer gebrochen.

»Jetzt komm schon.« Sie umarmt mich fest. »Morgen ist ein neuer Tag.«

Ich arbeite den ganzen Sonntag in der Praxis, und nachdem ich ein paar Lebensmittel gekauft habe, um Kris' Schränke aufzufüllen, fahre ich mit einem Minivan-Taxi nach Berea, bevor es dunkel wird. Der Immobilienmakler, den ich heute Morgen angerufen habe, wartet vor dem Gebäude auf mich, als ich ankomme. Ich frage mich, wie es Jerry geht, aber ich sehe schon von der Straße aus, dass seine Fenster dunkel sind. Als wir die Treppen so weit hochgegangen sind, dass wir meine Etage betreten, macht mein Herz einen Satz. Die Tür ist nur angelehnt.

»Warten Sie«, sagt der ältere Herr und schiebt mich zur Seite.

Er nimmt eine Pistole aus dem Hosenbund und drückt die Tür mit dem Schuh auf.

Chaos empfängt uns. Jeder einzelne Schrank ist geöffnet. Zerbrochenes Geschirr ist auf dem Boden verstreut. Die Matratze ist zerfetzt, und Schaumstoff quillt aus den Schnitten im Stoff. Die Kissen sind auch zerstört worden.

Er senkt die Waffe. »Ist irgendwas Wertvolles weg?«

Ich schüttle den Kopf. Es gab nichts, außer unseren Küchenutensilien. »Warum sollte das jemand tun?«

»Zerstörungswut. Sie brauchen keinen anderen

Grund.«

Wir betrachten die Tür gemeinsam. Sie ist nicht kaputt.

»Die Bastarde haben die Schlösser geknackt«, sagt er und bestätigt meine Vermutung.

Während ich anfange, Glasscherben und Porzellan aufzufegen, inspiziert der Makler den zerstörten Raum. Er murmelt vor sich hin und testet die Wasserhähne und die Taste, um die Toilette zu spülen.

»Alles sieht sauber aus«, sagt er schließlich, »aber es ist heutzutage schwer, in Berea zu verkaufen.«

Mein Herz wird schwer, selbst wenn ich weiß, dass niemand, der bei Verstand ist, eine Wohnung im Herzen des Drogentals kaufen wird. Diejenigen, die es hier riskieren, zahlen keine Miete, sie nehmen sich die Wohnungen einfach oder zerstören sie.

»Können Sie es versuchen? Ich brauche das Geld wirklich.«

»Tun wir das nicht alle? Was ist mit den Möbeln?«

»Ich lasse sie von einem Pfandleiher abholen.« Kris hat mir den Kontakt gegeben. Der hat mir ein paar Dollar für unsere Sachen angeboten.

»Wir bleiben in Kontakt.«

Nachdem er gegangen ist, kontrolliere ich, ob der Kühlschrank wirklich komplett leer ist, und ich dusche, bevor ich den Durchlauferhitzer ausschalte. Morgen werde ich den Strom und das Wasser abschalten lassen. Das sind weitere Rechnungen, um die ich mir dann keine Sorgen mehr machen muss. Das Geld geht an Kris, um Charlies Anteil an den Lebenshaltungskosten zu finanzieren. Heute ist hoffentlich die letzte Nacht, die ich hier verbringen werde. Ich will nie wieder zurückkommen. Wenn ich mit der Abzahlung von Charlies Schulden fertig bin, werde ich in Kris' Praxis arbeiten und Charlie und mir ein eigenes Zuhause besorgen. Kris versprach mir eine volle Partnerschaft, wenn ich das Tierarztstudium abschließe.

Es dauert ein paar Stunden, um die Wohnung aufzuräumen, und danach erinnert mich mein knurrender Bauch daran, dass ich seit dem Mittagessen nichts mehr gegessen habe. Ich trinke ein Glas Wasser, aber der Hunger geht davon nicht weg. Es ist nichts in den Schränken. Die Diebe haben alle Konserven und trockenen Lebensmittel, die übrig waren, mitgenommen. In meiner Tasche sind zehn Dollar von dem Taschengeld, das Gabriel mir gezahlt hat, aber ich brauche es für ein Taxi. Ich drehe die kaputte Seite der Matratze auf den Bettrahmen und mache das Bett, während ich versuche, nicht an Essen zu denken. Ich überprüfe noch einmal, ob die Tür abgeschlossen ist. Die neue Tür ist stabil und verfügt über einen Riegel an der Innenseite, den ich in seine Position schiebe. Er gibt mir ein kleines bisschen mehr Sicherheit.

Irgendwann in der Nacht gibt es ein Gewitter. Ich liege wach, beobachte die Blitze, die über den Himmel tanzen, und höre den Tropfen zu, die auf das Dach fallen. Ich sehne mich nach Charlie und Puff. Ein egoistischer Teil von mir wünscht sich, dass sie hier wären, damit ich sie in meinen Armen halten könnte, während der logische Teil von mir froh ist, dass sie aus dieser Hölle befreit sind. Es ist ein Wunder, dass ich hier bin, allein, und trotz meiner Schulden ein wenig Freiheit habe. Das gibt mir Hoffnung. Vielleicht hat Magda etwas Fairness in sich. Meine Gedanken wandern zu Gabriel, während ich einschlafe, und meine Träume sind erfüllt von verstörend erotischen Bildern seines vernarbten Körpers.

Als der Wecker meines Telefons um fünf Uhr losgeht, habe ich nicht viel geschlafen, aber ich kann es nicht riskieren, zu spät zur Arbeit zu kommen. Die Banden und Kriminellen sind meist nachts aktiv. Zum jetzigen Zeitpunkt werden die meisten von ihnen durch Alkohol- oder Drogenmissbrauch schlafen. Es besteht kaum eine Chance, dass ich auf der Straße auf unangenehme Individuen treffe. Nachdem ich mir die Zähne geputzt und mein Gesicht gewaschen habe, ziehe ich mein sauberes Kleid an. Ich schließe die Tür ab, schleppe die Müllsäcke mit unserem kaputten Geschirr nach unten und gehe auf die Straße.

Meine Turnschuhe kommen leise auf den Bürgersteig auf, während ich den Schlaglöchern ausweiche, die mit Wasser gefüllt sind. Die Luft ist nach dem Regen frisch, und es dampft aus dem Teer. Es ist eine Ruhe nach dem Sturm, die mich friedlich und ruhig stimmt, aber meine Ruhe hält nicht lange an.

Etwas weiter unten auf der Straße taucht zwischen zwei Gebäuden eine hohe, schlanke Gestalt auf.

7

Valentina

MEIN HERZ SCHLÄGT SCHNELLER. VIELLEICHT HAT ER mich nicht gesehen. Ich drücke die Tasche an meinen Körper und suche nach einer Nebenstraße, in die ich hineinschlüpfen kann, aber es ist zu spät. Der Mann kommt genau auf mich zu. Ich kenne diesen Schritt. Seine Knie sind leicht gebeugt, und seine Arme sind weit gespreizt. Meine Atmung beschleunigt sich, und ich breche in Schweiß aus, aber ich hebe mein Kinn an und blicke ihn trotzig an, als er vor mir stehen bleibt.

»Schau, schau«, sagt Tiny, »wenn das nicht Rotkäppchen ist.«

»Ich habe keine Zeit für deine Spiele.«

Ich versuche, an ihm vorbeizukommen, aber er packt meinen Arm.

»Keine Zeit für Tiny? Bist du jetzt ein hochtrabendes Arschloch?«

»Im Gegensatz zu dir arbeite ich. Lass mich gehen – oder ich werde zu spät sein.«

»Hochmütig und mächtig, was? Tiny hat gehört, dass du gegangen bist. Tiny hat deine Wohnung beobachtet, als er auf dich gewartet hat.«

Seine Worte schütteln mich. Ich bin nicht durch Zufall in ihn gelaufen. Er hat auf mich *gewartet.*

»Tiny …« Ich möchte, dass es sich wie eine Warnung anhört, aber da ist ein Keuchen in meiner Stimme.

»Du schuldest Tiny noch was. Du wirst Tiny immer etwas schulden. Tiny hat lange genug gewartet.«

Er fängt an, mich an meinem Arm in eine Gasse zu ziehen. Ich versuche, mit meinen Fersen zu bremsen und seine Finger auseinanderzubiegen, aber sein Griff ist wie Stahl. Panik überkommt mich. Das ist dieses Mal anders. Wenn er mir in den Mund ficken wollte, hätte er es auf der Straße getan, so wie immer.

»Tiny, nein!«

»Du kannst schreien, so viel du willst. Das interessiert niemanden.«

Er schiebt mich die übel riechende Gasse hinunter bis zum Ende, wo der Ausgang von überquellenden Mülltonnen blockiert wird, und reißt mir den Plastikbeutel aus den Händen. Als er hineinschaut, nimmt er mein Portemonnaie heraus, lässt es zu seinen Füßen auf den Boden fallen und wirft den Rest auf den Müllhaufen.

»Komm her, weiße Schlampe.« Er stellt sich breitbeinig hin und arbeitet sich unter meinem Kleid nach oben, indem er seine verschwitzten Handflächen über meine Hüfte und meinen Bauch schiebt.

Gott, mir wird schlecht. »Tu es nicht.«

»Oder was?«

Meine Wehrlosigkeit macht mich wütend. Die Wut kocht über. Ich ziehe mich zurück und schlage ihm so fest ich kann auf den Kiefer. Eine Sekunde lang ist er aus dem Gleichgewicht, aber bevor ich einen Schritt weiter bin, packt er meinen Arm und wirft mich gegen die Wand. Mein Rücken schlägt mit einem dumpfen Geräusch auf die Ziegel. Er schlägt mich so hart, dass meine Ohren klingeln.

»Verdammte Schlampe.«

Ich schreie und kratze, meine Finger zielen auf seine Augen, während mein Knie auf seinen Schritt zielt, aber er fängt meine Handgelenke über meinem Kopf ab und drückt meinen Körper mit seinem Gewicht an die Wand.

»Willst du kämpfen?«, zischt er, und die widerwärtige Luft aus seinem Mund streift mein Gesicht.

»Lass mich gehen.«

Er lacht und bewegt sich, um mich mit einer Hand festzuhalten, während die andere vorn auf meinem Höschen entlangfährt. »Was hast du mit dieser Fotze gemacht, hm?« Seine Finger streichen über meine Klitoris und öffnen meine Falten.

Ich drücke meine Knie zusammen, aber es ist sinnlos. Er wackelt mit der Faust, bis sie zwischen meinen Beinen steckt, und zwingt meine Oberschenkel auf.

Er leckt meinen Hals, was bei mir einen angewiderten Schauer auslöst.

»Tiny wird dich so hart ficken, dass du deinen Namen vergisst.«

Sein Oberkörper erdrückt mich. Ich seufze fast vor Erleichterung, als er seine Hand aus meiner Unterwäsche zieht, nur um verzweifelt zu schreien, als er seine Hose über die Hüften schiebt.

Bitte nicht. Nicht das.

Er schlägt mir die Fingerknöchel in die Wand, aber ich spüre den Schmerz kaum. Ich muss kämpfen. Ich kämpfe wie eine Verrückte, was ihn nur zum Lachen bringt. Als er seinen Schwanz aus seiner Unterwäsche gezogen hat und mein Kleid bis zu meiner Taille hochgezogen ist, keuche ich schon vor der Anstrengung, ihn zu bekämpfen, während er noch nicht einmal in Schweiß ausgebrochen ist.

»Tiny«. Die Bitte kommt über meine Lippen, während Tränen über meine Wangen strömen.

»Ja, sag meinen Namen, Schlampe.«

Als er sich an mir reibt, beiße ich mir so fest in die Lippe, dass ich Blut schmecke. Die Angst, gegen die ich mein ganzes Leben lang gekämpft habe, überkommt mich schließlich, indem sich meine Kehle zusammenzieht und mein Herz mit wütenden Schlägen pumpt. Ich kann nur schwer atmen. Es passiert noch einmal, der Mann, der mich vergewaltigt hat, taucht in meinen Erinnerungen auf. Ich kämpfe gegen die Bilder, die mir durch den Kopf schießen, an, aber ich bin wieder in der Bar, in die mich die Männer geschleppt haben, liege auf dem Rücken auf dem Billardtisch, während derjenige mit der tiefen Stimme seinen Hosenschlitz aufmacht und der Rest zuschaut. Ich bin an einem Ort, an dem ich nicht sein will, aber ich kann nicht zurückkommen. Tinys Hand liegt um seinen schlaffen Schwanz und pumpt ihn zum Leben, aber ich spüre bereits das Zerreißen in meinem Körper und das Tropfen des Blutes, das meine Beine hinunterläuft.

»Nimm deine Hände von ihr weg.«

Die Stimme, die gerade gesprochen hat, ist nicht Teil der Erinnerung. Die Männer feuerten ihn an. Sie haben ihm nicht gesagt, dass er seine Hände entfernen soll. Sie haben es gefilmt und gelacht, während ich weinte.

»Jetzt.«

Die tödliche Ruhe in der Baritonstimme ist gefährlich. Sie ist wie heute Morgen die Ruhe vor dem Sturm. Tiny erstarrt und lenkt meine Aufmerksamkeit zurück auf ihn, auf die Gegenwart. Er lässt seinen Penis fallen, hebt die Hände und blickt über die Schulter, während er einen Schritt zurücktritt.

»Ruhig, Mann«, sagt er mit dünner Stimme. »Du unterbrichst unseren Spaß.«

»Spaß?« Die hohe, breite Gestalt in der Dunkelheit tritt mit einer Waffe, die auf Tiny gerichtet ist, nach vorn.

Sein Gesicht ist im Schatten, aber ich weiß, dass er es ist. Ich kenne seine Stimme, seine Gestalt, seinen Geruch, seine Präsenz.

»Sieht nicht so aus, als hätte sie Spaß«, sagt Gabriel.

»Whoa.« Tiny lacht nervös. »Das ist alles ein Missverständnis. Tiny tut nichts Unrechtes. Sie ist Tinys Schlampe. Stimmt's, Schatz? Komm schon, Liebes.« Er nickt mit seinem Kopf in Gabriels Richtung. »Sag es dem Mann.«

Gabriel bewegt sich so schnell, dass ich es nicht voraussehen kann. In einem Moment steht er noch am Eingang der Gasse, und in der nächsten steht er vor Tiny und schlägt ihn mit einem Schlag in den Bauch, der ihn durch die Luft fliegen lässt, bis er in die Gosse fällt. Gabriel tritt über ihn und richtet die Waffe auf seinen Kopf.

»Oh, fuck.« Tiny hebt seine Hände. »Es tut mir leid, Bruder. Ich habe dich nicht erkannt.«

Gabriel streckt seinen Hals und lässt einen Wirbel knacken. »Entschuldige dich.«

»Es tut mir leid, Mr. Louw, wirklich.«

»Bei ihr, nicht bei mir, du Arschloch.«

Tiny leckt sich die Lippen und schaut mich kurz an, bevor er seinen Blick wieder auf die Waffe richtet. »Tut mir leid. Tiny wusste nicht, dass du mit Mr. Louw befreundet bist.«

»Freunde?« Gabriel bricht in ein kühles Lachen aus, das so schnell verschwindet, wie es begonnen hat. »Sie ist Eigentum.«

Tiny schluckt und beginnt zu weinen. »Scheiße, Mann.«

Ich zittere in meinem Kleid und fühle mich, als sei ich in einem sehr üblen Albtraum gefangen.

»Valentina«. Die feste Art und Weise, in der Gabriel

meinen Namen sagt, zieht meine Aufmerksamkeit auf sich. »Geh zur Straße und warte an der Ecke.«

»Nein«, sagt Tiny und schüttelt seine Rastalocken, während ihm Rotz aus der Nase läuft. »Bitte, Scheiße. Nein.«

Gabriel wird ihn erschießen.

»Gabriel, bitte …« Ich mache einen Schritt auf ihn zu. Ich muss eine Verbindung zu ihm finden, um vernünftig mit ihm zu reden. »Bitte schau mich an.«

Er blickt nicht von Tiny weg. »Ich werde es dir nicht noch einmal sagen. Verlasse die Gasse und warte an der Ecke.«

Ich fange an zu weinen und berühre Gabriels Arm. »Er ist es nicht wert. Tu es nicht.«

Ich kann nicht damit leben, dass ich weiß, dass ich der Grund für den Tod eines weiteren Mannes bin. Mein Vater reicht.

Gabriel legt seine Hand auf meinen Nacken, zieht mich näher an sich heran und drückt mich fest gegen seinen Körper, ohne seine Waffe von Tiny wegzubewegen. Er küsst meine Schläfen, ohne seinen Blick, von dem Mann auf dem Boden abzuwenden, und spricht leise gegen mein Ohr.

»Geh. Jetzt.«

In Gabriels Welt gibt es Rache und Gewalt. Gewalt kann abgewendet werden, aber niemals Rache. Ich weiß, wie es funktioniert. Wenn er Tiny nicht erschießt, muss Tiny ihn töten – oder er wird sich für immer über die Schulter schauen müssen. Ich will das nicht für Gabriel. Ich will nicht, dass er ein weiteres

Leben auf dem Gewissen hat, schon gar nicht meinetwegen.

»Gabriel …«

Quincy kommt die Gasse heruntergerannt. Er hört auf zu laufen, während er die Lage betrachtet.

Gabriel schiebt mich grob zu Quincy. »Bring sie zum Auto.«

Quincy zögert nicht. Er schleppt mich unter Tritten und Schreien die Gasse hinunter bis zum Auto, an dem Rhett wartet. Er befördert mich auf die Rückbank und wischt sich mit einer Hand über sein Gesicht. Rhett wirft mir einen grimmigen Blick durch den Rückspiegel zu. Ich kauere mich in die Ecke und kann mein Zittern nicht kontrollieren. Ich warte auf einen Schuss, aber höre nichts. Gabriel würde einen Schalldämpfer benutzen. Wenige Sekunden später kommt er aus der Gasse, zieht seine Ärmel zurecht und geht mit zügigen Schritten und meinem Portemonnaie in der Hand zum Auto.

Sobald er drin ist, fährt Rhett los. Niemand sagt ein Wort auf dem Weg nach Hause. Gabriel legt seinen Arm um mich und hält mich fest, und ich schließe die Augen und beweine leise die schrecklichen Tat, die er für mich begangen hat.

Gabriel

Um diese Uhrzeit schlafen alle im Haus noch. Wir

parken hinten, damit ich Valentina in ihr Zimmer tragen kann, ohne das ganze Haus durchqueren zu müssen. Sie protestiert, als ich sie in meine Arme hebe, aber ich beachte sie nicht. Rhett und Quincy werden zurückgehen, um sich um die Leiche zu kümmern. Sie kennen den Ablauf. Da dieser Drecksack, dieser kleine Ficker Tiny, zu keiner Bande gehörte, gibt es keine weiteren Folgen oder Zahlungen, um die man sich kümmern müsste. Meine Priorität ist Valentina.

Oscar springt unter dem Wäschetrockner hervor und rennt vor mir in Valentinas Zimmer, um auf der Fensterbank Wache zu halten. Ich lege sie auf das Bett und ziehe ihre Turnschuhe aus, bevor ich das Kleid ausziehe. Es wandert in die Mülltonne. Ich will nichts, was dieser dreckige Sambier berührt hat, auf ihrer Haut. Das Kleid ist sowieso verschlissen.

Als ich die Regale ihres Schrankes durchgehe, finde ich ein T-Shirt, ein Tanktop und eine Jeans, die auch schon bessere Tage gesehen haben, und ein Paar Shorts. Das sind alle Klamotten, die sie besitzt? Ich merke mir vor, später ihre Sachen durchzugehen und mir das T-Shirt zu nehmen.

Ich helfe ihr, sich hinzusetzen, und ziehe sie an. Nach dem, was passiert ist, möchte ich nicht, dass sie sich verletzlich fühlt, und nackt zu sein würde dazugehören.

»Wie spät ist es?«, fragt sie.

»Fast sechs Uhr.«

»Ich muss mich für die Arbeit fertig machen.«

Sie versucht aufzustehen, aber ich drücke sie runter.

»Bleib.«

»Mir geht es gut.« Sie blickt mich durch ihre nassen Wimpern an, und ihre Lippen zittern.

Ja klar. Sie sieht alles andere als gut aus, aber sie ist hartnäckig und hat Angst, dass sie in ihrem Job versagt und deshalb erschossen wird.

»Nicht bewegen«, sage ich mit genügend Autorität, damit sie gehorcht, während ich den Raum verlasse.

In der Küche gieße ich einen kräftigen Schuss Whiskey in ein Glas und nehme ein leichtes Beruhigungsmittel aus dem Medizinkoffer. Das Mittel ist natürlich und hat keine nachteiligen Nebenwirkungen in Verbindung mit Alkohol.

Ich setze mich auf den Rand von Valentinas Bett, hebe ihren Kopf, schiebe die Pille in ihren Mund und halte das Glas an ihre Lippen. »Trink aus.«

Sie protestiert nicht. Ihr blinder Gehorsam erwärmt mein Inneres. Es ist ein großer Schritt, und ich glaube nicht, dass sie merkt, wie viel Vertrauen sie mir gerade entgegenbringt.

Ich stelle das leere Glas auf den Boden und nehme ihre Hand in meine. Ihre Knochen sind zart und dünn in meiner Hand – zerbrechlich. Sie hat Kratzer auf ihren Knöcheln, aber sie sind nicht tief. Darüber können wir uns später Gedanken machen. Der Anblick dieser Spuren entfesselt jedoch das Monster in mir, und ich muss mich erst einmal beruhigen, um zu fragen: »Willst du darüber reden?« Ich will, aber ich werde nicht drängen. Nicht jetzt zumindest.

Sie legt eine Hand auf ihre Stirn. »I-ich fühle mich nicht so gut.«

Mein Körper spannt sich, jeder Muskel wird hart. »Was ist los?«

»Ich weiß es nicht. Ich fühle mich einfach komisch.«

»Sag mir, was du fühlst.«

»Mir ist schwindlig. Alles dreht sich.«

Die Wirkung des Alkohols setzt ein, aber anstatt sie zu entspannen, macht er sie betrunken.

»Wann hast du das letzte Mal gegessen?«, frage ich vorsichtig.

Sie richtet die Augen an die Decke, während sie nachdenkt. »Zum Mittag.«

Ich versuche, meine Stimme normal zu halten. »Gestern?«

Sie hält meine Hand fest, als ob uns gleich eine reißende Flutwelle auseinanderreißen würde. »Gabriel?«

»Das ist nur der Whiskey, den ich dir gegeben habe, um dich zu entspannen. Du musst etwas essen. Ich werde dir etwas holen gehen.«

»Das musst du nicht. Ich kann das tun.« Sie spricht langsam.

»Ich weiß, dass du das kannst, meine Schöne.«

Ich öffne ihre Finger sanft und gehe zurück in die Küche, um durch den Kühlschrank zu stöbern. Ich suche so viel Kohlenhydrate, Fett und Eiweiß wie möglich, fülle einen Teller großzügig mit der übriggebliebenen Pasta Carbonara und füge jede Menge Käse hinzu. Während das Essen in der Mikrowelle erhitzt wird, schnappe ich mir eine Gabel und eine Papierserviette. Zurück in ihrem Zimmer setze ich sie wieder gegen die Kissen und drehe die Nudeln auf die Gabel. Als ich sie zu ihrem Mund bringe, protestiert sie schwach.

»Öffnen«, sage ich.

Und wieder gehorcht sie.

Ich füttere sie, bis der Teller leer ist, bevor ich sie auf meinen Schoß ziehe. »Du solltest jetzt schlafen.«

Sie schüttelt den Kopf und streicht mit ihrer Wange über meine Brust. »Kann nicht. Muss arbeiten.«

»Das ist ein Befehl, keine Bitte.«

Ihre Augenlider sind schon schwer. »Danke, dass du mich gerettet hast.«

»Gern geschehen.«

»Warum warst du da?«

Ich lasse meinen Blick über ihr Gesicht schweifen und sauge ihre hübschen Gesichtszüge auf, während sich die Wahrheit in ihrem Gesichtsausdruck abzeichnet.

»Du bist mir gefolgt?«, fragt sie ungläubig mit einem Hauch von Verletztheit.

»Dein Telefon«, antwortete ich leise. »Ich habe einen Peilsender eingebaut, bevor ich es dir zurückgegeben habe.«

»Warum? Vertraust du mir nicht? Denkst du, ich werde weglaufen?«

Wenn sie die Intensität meiner Besessenheit erkennt, wird sie die einzige Schwäche aufdecken, die ich mir nicht leisten kann. Ich werde meine Macht über sie verlieren, und das ist nichts, was ich jemals aufgeben will, weshalb ich ihr eine beschönigte Version gebe.

»Du bist für mich eine Menge Geld wert, Valentina. Ich schütze meine Interessen.«

Schmerz schimmert in ihren Augen und schleicht sich in das zitternde Lächeln, das sie mir schenkt. »Natürlich. Wie konnte ich das vergessen? Vierhunderttausend Rand.«

Ich lasse eine Warnung meinen Ton durchdringen. »Du hast es dir ausgesucht. Ich habe dich nie gezwungen.«

»Du hast recht.« Eine einzige Träne entweicht ihren Augen und läuft über ihre Wange. »Es tut mir leid.«

Ihre Entschuldigung überrascht mich. »Was?«

»Das, was heute Morgen passiert ist.«

Ich fange den Tropfen mit meinem Daumen auf und stecke ihn mir in den Mund, um ihren Kummer zu schmecken. »Es war nicht deine Schuld.« Ich zögere und wähle meine Worte mit Bedacht. Ich will dem, was ich gerade gesagt habe, nicht widersprechen, indem ich ihr das Gefühl gebe, für das, was passiert ist, verantwortlich zu sein. »Was hast du in deiner Wohnung gemacht?«

»Versucht, sie zu verkaufen.«

Es kann nur einen Grund geben, warum sie es

riskieren würde, dorthin zu gehen, um einen Verkauf zu tätigen. Der Zustand ihres fast leeren Schrankes gibt mir einen Hinweis. »Brauchst du das Geld so dringend?«

Sie schaut weg. »Es macht keinen Sinn, an dem Ort festzuhalten, wenn weder ich noch Charlie dort wohnen.«

Das ist nicht der Punkt. Der Punkt ist, dass niemand eine Junggesellenwohnung in Berea kaufen wird. Obdachlose und Schlägertypen ziehen vielleicht ein, aber sie werden keinen Cent zahlen. Ich verstehe es aber. Sie ist stolz. Sie will mir nicht sagen, warum sie das wenige Geld will, das dieses Drecksloch wert ist. Ich gebe ihr mehr als genug Geld, um sich zu ernähren und zu kleiden, und es bleibt noch viel übrig, um für ihren Bruder zu sorgen. Sie schuldet auch niemandem etwas. Ich habe bei den Geldverleihern nachgefragt. Es ist etwas anderes.

»Wie viel hoffst du dafür zu bekommen?«, frage ich.

»Zehn-, zwanzigtausend vielleicht?«

Wenn das Teil eines Plans ist, um mich schneller auszuzahlen, spiele ich erst einmal mit. Mit der Zeit wird sie verstehen, dass ich sie nicht gehen lassen werde. Trotzdem wird sie keinen lausigen Rand dafür bekommen. Wenn sie zwanzig Riesen will, gebe ich sie ihr.

»Ich kümmere mich um den Verkauf.« Sie muss ja nicht wissen, dass ich derjenige bin, der das Apparte-ment kaufen wird. »Du gehst nie zurück in diese Gegend. Hast du mich verstanden?«

»Oh nein.« Ihre Augen werden groß. »Ich mache mein Problem nicht zu deinem. Ich kann das alleine regeln.«

»Ich weiß, dass du das kannst, aber ich habe dir bereits gesagt, dass ich mich um den Makler kümmere. Ende der Diskussion. Es gibt zu viele andere wie Tiny da draußen.«

Sie wird still, als ich den Namen des Wichsers erwähne. *Gut gemacht, Louw. Warum reibst du es ihr nicht gleich unter die Nase?*

»Du hast ihn erschossen, nicht wahr?«, fragt sie mit schwacher Stimme.

Ich umarme sie fester. »Er wird dich nie wieder belästigen.« Ich habe Angst zu fragen, aber ich muss wissen, ob ich einen Arzt rufen soll. »Hat er dir wehgetan?«

»Ein wenig.«

Mir wird kalt, die Wut von vorhin pumpt wieder in meinen Adern. »Wie?«

»Er hat mich geschlagen. Meine Hände.«

Das erklärt die Abschürfungen an ihren Fingerknöcheln. »Noch irgendwas?«

»Nicht *das*.«

Ich schließe kurz vor Erleichterung meine Augen. »Es war nicht das erste Mal, dass er dich belästigt hat.« Von allen Leuten weiß ich am besten, wann ein Mann sich territorial aufführt, und Tiny hat so getan, als wäre sie sein Besitz.

»Er hat Abgaben für unser Gebäude gesammelt, aber das spielt jetzt keine Rolle mehr.«

Das tut es. Ich kann mir vorstellen, wie er sie bezahlen ließ. Der Gedanke löst ein Nervenzucken im hinteren Teil meines Auges aus, die meinen Augapfel in der Höhle springen lässt.

»Was hat er mit dir gemacht?«

»Nichts.«

»Es sah nicht wie nichts aus.«

»Es war nicht immer so. Heute war es anders.«

Mir geht ein Licht auf. »Er hat dich dazu gebracht, ihm den Mund zu geben«, stelle ich sachlich fest und halte die qualvolle Wut aus meiner Stimme, weil ich es mit Sicherheit wissen muss.

»Ich habe nichts gegeben«, sagt sie bissig. »Er hat meinen Mund benutzt, aber ich habe ihm nichts gegeben.«

Dieser verdammte Dreckskerl. Ich wünschte, ich hätte in dieser Gasse mehr Kontrolle gehabt, genug, um mich davon abzuhalten, ihn sofort zu erschießen. Ich hätte ihn zu Tode quälen sollen, indem ich ihm den Schwanz abschneide. Die Ironie der Situation ist mir nicht entgangen. Ich verurteile einen bereits toten Mann zu einem langsamen, schmerzhaften Tod für etwas, dessen ich selbst schuldig bin. Ich habe sie genommen und beschlossen, sie zu behalten. Ich esse jede Nacht ihre Muschi, und ich werde erregt, wenn sie Höhepunkte hat. Ich habe ihr meinen Schwanz in den Mund gesteckt und ihr meine Ladung in den Hals gespritzt. Ja, ich bin nicht besser als der Mann, den ich heute für sie getötet habe, aber sie ist *meine*. Tiny hatte kein Recht, sie zu berühren.

Ich drehe meine Narben in den Schatten hin, beuge meinen Kopf nach unten und führe unsere Lippen zusammen. Ich will den Abdruck des Schwanzes jedes anderen Mannes auf ihren Lippen wegwischen. Ich drücke meine Lippen auf den Mund, den Tiny, der kleine Ficker, wer weiß wie oft missbraucht hat.

»Da.« Trotz meiner dunklen Stimmung versuche ich, die Dinge leicht zu nehmen. »Schon weggeküsst.«

Ein Lächeln umspielt ihre Lippen. Sie sieht so verdammt unschuldig aus, wenn sie mich so ansieht. Nach allem, was ihr passiert ist, der Oralsex schwer auf meinen Schultern. Ich will sie wie keine andere Person zuvor, nicht einmal meine Ex-Frau. Als ich ihren Körper in Besitz nahm, verpflichtete ich mich auch, mich um ihre Gefühle zu kümmern. Ich trainiere ihren Körper dazu, mich zu wollen, weil ich zu hässlich bin, um spontane Lust bei einer Frau zu wecken, geschweige denn Liebe, aber sie muss verstehen, dass das Saugen meines Schwanzes kein Muss ist.

Ich streiche mit meiner Hand über ihr Haar. »Du wirst das nie wieder tun müssen. Bei niemandem. Auch nicht bei mir.«

Sie hebt den Kopf, um mich anzusehen, und ihre braunen Augen sind weich und groß. »Es war nicht dasselbe. Mit dir wollte ich das.«

Der Alkohol lockert ihre Zunge, aber er bringt sie auch dazu, die Wahrheit zu sagen. Ein fremdes Gefühl zerquetscht meine Brust. Dankbarkeit. Es ist das erste Mal in meinem Leben, dass ich jemandem gegenüber Dankbarkeit empfinde.

Da ich nicht weiß, was ich mit diesem Gefühl anfangen soll, schaukele ich sie in meinen Armen, bis sie einschläft. Ich halte sie so lange fest, bis Marie ankommt. Ich lege ihren schlaffen Körper auf die Matratze, bedecke sie mit der Bettdecke und lege Oscar auf das Bett, damit er ihr Gesellschaft leistet. Ich gehe direkt in mein Arbeitszimmer, um meinen Privatdetektiv anzurufen, da ich es vorziehe, heikle Anrufe in einem Raum zu führen, der jeden Tag nach Wanzen durchsucht wird.

Anton antwortet nach dem ersten Klingeln. »Gabriel«, sagt er fröhlich, »was kann ich für Sie tun?«

»Ich brauche einen detaillierten Bericht über die finanzielle Aktivität von Valentina Haynes und alles, was Sie über ihre Vergangenheit erfahren können.«

»Marvin Haynes' Tochter?«

»Genau die.«

»Mach' ich. Bis wann brauchen Sie es?«

»Gestern.«

»Ich weiß nicht, warum ich immer noch frage.«

Ich will gerade duschen gehen, als Rhett zurückkommt.

»In die Wohnung wurde eingebrochen«, sagt er. »Ich habe mit dem Makler gesprochen, mit dem sich Valentina dort getroffen hat. Offenbar wurde der Ort auf den Kopf gestellt.«

Warum zum Teufel sollte jemand in ihre Wohnung einbrechen, wenn sie unter unserem Schutz steht? Es ist eine dumme Tat, die nur ein Idiot auf einer Selbstmordmission riskieren würde.

»Irgendwelche Hinweise?«, frage ich kurz.

»Nein. Muss ein zufälliger Einbruch sein, vielleicht ein Dieb, der neu in der Nachbarschaft ist und nichts über die Hierarchie weiß.«

Richtig. Es gibt Tausende von Mördern und Dieben dort draußen. Nicht jeder kennt die Familien oder unsere Arbeitsweise. Trotzdem glaube ich nicht, dass es ein Zufall war, und das gefällt mir nicht.

Ich klopfe ihm auf die Schulter. »Ruh dich aus.«

Er war die ganze Nacht bei mir. Wenn das Geschäftstreffen am Samstag nicht zu lange gedauert hätte, wäre ich zu Hause gewesen, bevor Valentina in ihr Wochenende gegangen ist. Ich war gereizt, weil ich sie nicht sehen konnte, bevor sie zwei Nächte und einen Tag frei hatte. Ich verfolgte sie über ihr Telefon zum Orange Grove, und als sie nach Berea zurückkehrte, verbrachten wir die Nacht außerhalb ihrer Wohnung und parkten in einer nahegelegenen Straße. Ich hatte Glück, dass ich den Tracker zur richtigen Zeit überprüfte, sonst hätte ich nicht bemerkt, dass sie bereits ihre Wohnung verlassen hatte und in einer schmutzigen Gasse von diesem dreckigen Sambier angegriffen wurde. Ich hatte nicht erwartet, dass sie so früh aus dem Haus geht. Meine Leibwächter müssen mich für verrückt halten, aber sie sind klug genug, es nicht zu kommentieren. Ich hätte ihre neue Tür wieder aufbrechen und sie in Sicherheit bringen können, aber ich möchte, dass Valentina eine Illusion von Freiheit hat. Magda will, dass sie Hoffnung hat, aber ich will, dass sie glücklich ist. Plötzlich und unerklärlicherweise ist mir das wichtig.

Valentina

Es ist nach Mittag, als ich mit einem Ruck aufwache. Das Blut gefriert in meinen Adern, als die Erinnerung an diesen Morgen meinen Kopf überschwemmt. Gabriel hat meinetwegen einen Mann erschossen. Ich weiß, dass es nicht der erste Mann ist, den er getötet hat, und es wird nicht der letzte sein, aber ich wollte nicht dafür verantwortlich sein. Wenn ich heute funktionieren soll, kann ich nicht darüber nachdenken. Ich schiebe die dunkle Erinnerung aus meinem Kopf, ziehe meine Uniform an und flechte meine Haare.

Marie schaut auf, als ich in die Küche gehe, und ihr Gesicht verzieht sich zu einem finsteren Blick. »Mr. Louw sagte, Sie seien krank. Anscheinend ist Carly das auch. Es muss ein Virus sein, der durch das Haus geht. Ich habe die Betten gemacht, aber du kümmerst dich besser um die Wäsche.«

Ich schnappe mir den Wäschekorb und eile an ihr vorbei, um die schmutzige Wäsche aus den Schlafzimmern zu holen. Bevor ich Carlys Zimmer erreiche, lassen mich erhitzte Stimmen, die durch die offene Tür kommen, anhalten.

»Dad, komm schon, ich bin alt genug für ein Date.«

»Nicht mit einem Jungen, den ich nicht kenne.«

»Du willst jeden Jungen *kennenlernen,* der mich nach einem Date fragt? Mein Gott, Dad, sie haben zu viel Angst vor dir, um zu uns zu kommen. Ich kann genauso gut jetzt Nonne werden und es hinter mich bringen.«

»Hüte deine Zunge, junge Dame.«

»Alle Mädchen in meiner Klasse haben Dates, und es geht hier nur um einen Film im Kino.«

»Ich habe Nein gesagt.«

»Ich werde wie ein Idiot aussehen, wenn ich alleine gehe. Alle werden denken, dass ich kein Date bekommen konnte.«

»Wenn das deine einzige Motivation ist, mit ihm gehen zu wollen, dann tust du es nicht aus dem richtigen Grund.«

»Dad!«

»Wenn es wirklich so eine große Sache ist, lasse ich den Jungen von Hills mit dir gehen.«

»Du bist gemein und grausam! Ich mag Anthony Hill nicht. Ich mag Sebastian.«

»Das ist mir scheißegal. Ich traue keinem Mann, den ich nicht kenne, und ich kenne Sebastian nicht.«

»Du ruinierst mein Leben!« Carly stürmt mit Tränen in den Augen aus dem Zimmer. »Ich hasse dich!«

Sie rennt die Treppe hinunter, und ich höre ihr Schluchzen, bis die Haustür hinter ihr zuschlägt. Als ich um die Ecke schaue, steht Gabriel in der Mitte des

Raumes, hat die Augen geschlossen und den Kopf nach oben zur Decke gerichtet.

»Was machst du da?«, fragt Magda hinter mir und lässt mich zusammenzucken. »Lauschen?«

»Wäsche.« Ich hebe den Korb.

»Dann mach weiter.«

Ich gehe ihr aus dem Weg und fülle die Waschmaschine, aber ich kann nicht aufhören, an Carly zu denken. In mancher Hinsicht ist sie eine verzogene Göre, aber ich habe Mitleid mit ihr. Ich erinnere mich daran, wie es war, als mein Vater mir sagte, wen ich heiraten würde, und dass es mir nie erlaubt werden würde, mit anderen Jungen auszugehen. Damals fühlte es sich an, als wäre meine Welt zu Ende gegangen.

Später, als ich die Fenster putze, sehe ich Carly draußen am Pool sitzen, und ihre Wangen sind mit Tränen überströmt. Ich gieße ein Glas Limonade ein und trage es nach draußen.

Ich stelle es auf den Tisch neben ihr und sage: »Es tut mir leid, dass du traurig bist.«

Sie verschränkt ihre Arme. »Da bin ich mir sicher.«

»Er will dich nur beschützen.«

»Er ist eine Nervensäge.«

»Meine Mutter hat mir immer den Weg mit meinem Vater geebnet. Warum bittest du deine Mutter nicht, mit ihm zu sprechen?«

Sie schnaubt. »Als ob *das* helfen würde. Sie ist zehnmal schlimmer.«

»Wann ist dieser große Abend?«

»Freitag.«

»Vielleicht ändert er seine Meinung noch.«

»Wenn du das denkst, kennst du meinen Vater nicht.«

Ich blicke hinunter in ihr unglückliches Gesicht und sehe mich selbst in einem jüngeren Alter, als ich bereits wusste, dass ich nie Liebe kennenlernen würde, zumindest nie die, für die Menschen heiraten. Vielleicht ist es die Sinnlosigkeit meines Lebens, meines eigenen unglücklichen Daseins, die mich sagen lässt: »Möchtest du, dass ich mit ihm spreche?«

Sie hebt ruckartig ihren Kopf, und ihre Lippen öffnen sich. »Würdest du das tun?«

»Ich kann nicht garantieren, dass er zuhört, aber ich kann es versuchen.«

Sie dreht ihr Gesicht zum Pool und starrt mit leeren Augen auf das blaue Wasser. »Ich nehme an, du bist meine einzige Chance. Niemand sonst wird es versuchen.«

»In Ordnung. Und jetzt Kopf hoch. Schmollen macht Falten.«

Fast erscheint ein Lächeln auf ihren Lippen.

Gabriel

Ich überfliege die Informationen, die Anton über Valentina geschickt hat – das allgemeine Zeug, das problemlos zu bekommen ist –, als das Objekt meiner Nachforschungen in mein Arbeitszimmer kommt.

»Entschuldigung, haben Sie eine Minute Zeit?«

Ich lasse den Bericht sacken und betrachte sie. Sie sieht blass aus. »Fühlst du dich besser?«

»Ja.« Sie starrt den Teppich an und scharrt mit den Füßen. »Vielen Dank.«

Sie ist nervös. »Was ist los, Valentina?«

»Vorhin, da hinten …«, sie deutet mit ihrem Daumen in eine ungenaue Richtung. »Ich konnte nicht anders, als den Streit zu hören.«

Ich lehne mich in meinem Sessel zurück, und meine Augen verengen sich. »Mit Carly?«

»Es geht mich nichts an, aber …«

»Verdammt richtig, das tut es nicht. Carly ist *meine* Tochter, und welche Probleme ich als Vater habe, ist auch privat.«

Bei meinem Tonfall werden ihre Augen groß. Ich kann praktisch sehen, wie sich die Angst in ihr ausbreitet. Ich bemühe mich bewusst darum, meinen Ton zu mildern, und sage: »Was immer du sagen willst, ich bin mir sicher, dass du es gut meinst, aber deine Meinung ist unerwünscht.« Ich wende mein Gesicht wieder dem Computerbildschirm zu, ohne sie zu entlassen, aber zeige ihr, dass sie nicht mehr meine ungeteilte Aufmerksamkeit hat.

Einen Moment lang sagt sie nichts. Ich glaube bereits, dass sie flüchten wird, aber dann hebt sie ihr Kinn und schaut aus ihrer niedrigen Höhe auf mich herab.

»Gabriel.«

Alles, was ich will, ist, sie über den Schreibtisch zu

legen und sie zu ficken, aber in diesem Fall muss ich ihr ihren Platz zeigen.

»Es heißt Sir, wenn ich nicht gerade zu dir komme.«

Ihre Wangen röten sich, aber sie weicht nicht zurück, und durch ihren umwerfenden Mut bekomme ich einen heißen Hals und werde hart in der Hose.

»*Sir*, ich habe Carly versprochen, mit Ihnen zu sprechen. Sie können mit mir machen, was Sie wollen, zuhören oder nicht zuhören, aber ich werde mein Versprechen nicht brechen.«

Der Stuhl schabt über den Boden, als ich ihn zurückschiebe und mich hinstelle. »Ich sag's nicht noch einmal, halt deine Nase aus meinen Angelegenheiten raus.«

Der Saum ihres Kleides zittert – ihre Knie müssen zittern –, aber sie gibt nicht nach. »Sie machen einen Fehler.«

Ich umrunde den Schreibtisch und bleibe vor ihr stehen. »Tue ich das?«

»Sie sollten Carly entscheiden lassen, mit wem sie ausgehen will.«

»Du weißt das natürlich.«

»Ja.«

»Du hast keine Kinder. Solange das so ist, behalte deine Meinung für dich.«

Sie reckt ihren Hals nach oben, um mir in die Augen zu sehen. »Nein, ich habe keine Kinder, aber ich war in ihrer Situation. Ich weiß, wie sich das anfühlt.«

Der verärgerte Teil von mir beruhigt sich, als ich sie

mir als junge Frau vorstelle, die ihren Vater um Erlaubnis bittet, zu einem Date zu gehen. Aus dem Bericht, den ich gerade gelesen habe, weiß ich, dass sie erst dreizehn Jahre alt war, als er starb, viel zu jung, um zu daten, aber ich bin neugierig.

»Mein Vater hatte bereits entschieden, wen ich heiraten würde, als ich zehn Jahre alt wurde. Es spielte keine Rolle, was ich wollte oder wie ich mich fühlte. Meine Mutter sammelte bereits eine Aussteuer für den Tag, an dem ich achtzehn Jahre alt werden würde. Mein Vater starb früh und rettete mich vor diesem Schicksal, aber wenn er noch am Leben gewesen wäre, wäre ich weit, weit weggelaufen von hier.«

Sie hätte nie weit genug weglaufen können. Marvin hätte sie gefunden. Er war ein kleiner Fisch in einem großen Teich, aber er gehörte zum Mob. Jeder einzelne Mann im Geschäft hätte nach ihr gesucht. Da meine Neugierde weiter geweckt wurde, frage ich: »Wen solltest du heiraten?«

»Lambert Roos.«

Das ergibt durchaus Sinn. Es hätte Marvins Verbindungen gestärkt, aber es sie sagen zu hören passt mir nicht. Lambert ist ein alter Knacker. Ich habe Lust, ihn jetzt sofort zu töten, nur weil er früher einmal überlegt hat, sie zu heiraten – was die Fragen aufwirft, über die ich in der letzten Stunde nachgedacht habe: Warum hat niemand in der Familie die Haynes-Waisen aufgenommen? Jetzt will ich es wissen. Warum hat die Familie Roos Valentina und Charles nicht aufgenommen, als ihre Mutter starb?

Lamberts Familie hätte sie für sich beanspruchen und Valentina großziehen sollen, bis sie ein heiratsfähiges Alter erreicht hätte. Zu viele Dinge bei Valentina passen nicht zusammen.

Sie betrachtet mich mit ihren großen Augen. »Schieben Sie sie nicht beiseite. Geben Sie ihr einen Grund, sich Ihnen anzuvertrauen, und nicht, Dinge hinter Ihrem Rücken zu tun. Carly ist sie selbst. Sie verdient es, ihre eigenen Entscheidungen zu treffen, auch wenn sie falsch sind.«

Alles, was sie sagt, ist richtig, aber die beschützende Seite von mir ist zu stark.

»Es ist nur ein Date«, fährt sie fort. »Sie können sie nicht für immer in einen Glaskäfig sperren. Sie muss ihren Weg im Leben finden.«

»Ich bin mir nicht sicher, ob ich das kann.«

»Natürlich können Sie das. Lernen Sie wenigstens den Jungen kennen, bevor Sie ein Urteil fällen. Laden Sie ihn ein. So können Sie entscheiden, ob sie bei ihm sicher ist.«

Ich denke über ihre Worte nach. Ich bin nicht der beste Vater der Welt, aber ich will das Beste für Carly.

»Sie können ihn jederzeit töten, wenn er sich schlecht benimmt«, sagt sie mit dem Hauch eines Lächelns.

Es ist ihre Art, mir zu sagen, dass sie akzeptiert hat, was heute Morgen passiert ist, nicht, dass ich ihre Zustimmung brauche. Ich mache mir auch keine Sorgen, dass sie mich verpfeift, denn ich weiß, wie verzweifelt sie ihren Bruder am Leben halten will. Wie dem auch sei, es würde ihr sowieso nichts nützen. Magda besitzt praktisch die Polizei.

Ich seufze und fahre mit einer Hand über mein Gesicht. »Ich muss das mit ihrer Mutter besprechen.«

Hoffnung erhellt die düsteren Tiefen ihrer Augen. »Kann ich ihr sagen, dass Sie darüber nachdenken werden?«

»Gut.« Ich schiebe meine Hände in meine Taschen. »Ich werde darüber nachdenken und es ihr selbst sagen.«

»Danke schön«, sagt sie, als ob ich *ihr* gerade erlaubt hätte zu daten, was ein weiteres nagendes Problem in Erinnerung bringt – Valentinas Jungfräulichkeit.

Ich werde es nicht mehr lange aushalten können. Irgendwann werde ich die Kontrolle verlieren. Es zerreißt mich, überhaupt darüber nachzudenken, aber bald muss ich mich der Entscheidung stellen, die ich viel zu lange aufgeschoben habe.

ALS VALENTINA OBEN AUFRÄUMT, SCHICKE ICH MARIE mit Quincy zum Einkaufen und durchsuche Valentinas Zimmer. Abgesehen von einigen Kleidungsstücken, einem Paar Flip-Flops und einem Wechselset schlichter, weißer Unterwäsche befinden sich in ihrem Schrank Shampoo mit Himbeerduft, Bodylotion, Deodorant und Tampons. Es gibt keine Kosmetika, Schmuck oder Schuhe, nicht einmal einen Haarclip.

Im unteren Regal finde ich einen Stapel von Lehrbüchern und Schreibheften. Aus den Titeln schließe ich, dass es sich um Veterinärmedizin handelt. Könnte es sein, dass Valentina studiert? Es hätte mir früher auffallen sollen. Sie ist klug, engagiert und ehrgeizig. Es ergibt Sinn, dass sie sich weiterbilden möchte. Als ich auf ihre saubere Handschrift starre, fällt mir eine weitere fremde Emotion auf.

Stolz.

Der Stolz, den ich für Carly empfinde, ist ihr Geburtsrecht, aber das hier ist anders. Dieser Stolz ist *verdient*. Ein Stück der allgegenwärtigen Kälte in mir macht Platz für eine angenehme Hitzewelle. Valentina will Tierärztin werden. Sie wird eine brillante, umwerfende Tierärztin sein. Deshalb braucht sie das Geld. Ich habe nach der Highschool einen MBA-Abschluss gemacht, und ich weiß, wie viel harte Arbeit das ist. Sie wird diesen Job und ihr Studium nicht gleichzeitig durchziehen können. Nicht lange. Der Teil von mir, der will, dass sie glücklich ist, will, dass sie es schafft, aber ich muss einen Weg finden, um Magda zu umgehen.

Ich genieße das Gefühl der Wärme in meiner Brust zu sehr, um sie loszulassen, aber als mein Blick über ihre Sachen schweift, dämpft ein neues Gefühl meinen Stolz. Ich brauche eine Weile, um es einzuordnen.

Scheiße. Ich empfinde Mitgefühl. Großes, tiefgehendes Mitgefühl. Ich wusste immer, dass Valentina mit meinem Körper Chaos anrichten würde, aber was zum Teufel macht sie mit meinem Herzen?

Valentina

»WELCHES?« CARLY HÄLT EIN PINKFARBENES trägerloses Kleid und ein blaues mit eng anliegendem Mieder hoch.

Ich höre auf zu bügeln, um über die Optionen nachzudenken. »Das rosafarbene.« Gabriel wird definitiv Einspruch erheben, wenn sie zu viel von ihrer Figur zeigt.

Sie legt das rosafarbene Kleid auf den Bügelstapel und hebt ihre Haare in die Höhe. »Nach oben oder offen?«

»Du hast einen hübschen Hals. Ich würde nach oben sagen.«

Sie springt fast aus der Spülküche und lässt mich mit einem Lächeln auf den Lippen zurück. Ich bin froh, dass Gabriel schließlich zugestimmt hat, sie gehen zu lassen, nachdem er Sebastian und dessen Eltern getroffen hat. Man musste kein Gehirnchirurg sein, um zu sehen, dass Carly hin und weg ist von dem Jungen. Er hat alle Qualitäten, um Schulmädchen weiche Knie bekommen zu lassen, und spielt natürlich auch im Rugbyteam der Schule.

Ich beende das Bügeln der Tischdecke und verstecke ein Gähnen hinter meiner Hand. Ich bin erschöpft. Es ist ein Kampf, die Augen bis nach elf Uhr offen zu halten. Gabriel kommt jede Nacht zu mir. Mein Körper hat gelernt, nicht nur auf ihn zu reagieren, sondern auch die Lust zu brauchen, die er mir schenkt, so wie ich Nahrung und Wasser brauche. Sobald mein Körper die Matratze berührt, fängt er an, sich nach ihm zu sehnen. Ich bin nass und schmerzhaft erregt, bevor er überhaupt durch die Tür kommt. Wenn er mich streichelt und küsst, bitte ich um Erlösung. Manchmal lässt er mich den Gefallen erwidern. Es läuft immer gleich ab. Wenn ich ihn kommen lasse, überlässt er alles mir. Es gefällt mir, und ich fühle mich dadurch machtvoll, aber ich spüre, dass ich mehr brauche. Ich schäme mich, zuzugeben, dass ich mehr von Gabriel will als Oralsex. Ich träume davon, ihn in meinem Körper zu haben und zu fühlen, wie er mit seinem Schwanz rhythmisch in mich stößt. Ich sollte das ausgerechnet von ihm nicht wollen. Ich sehne mich danach, was er mit meinem Körper macht, aber ich hasse ihn dafür, dass er diese Wirkung auf mich hat. Ich wollte noch nie einen Mann vor ihm und hatte auch keine erotischen Träume, aber jetzt wache ich jeden Morgen nass und bedürftig auf, und meine Sinne sind sich seiner mehr als bewusst, wenn er sich im Haus bewegt. Gestern Abend war ich kurz davor, ihn zu bitten, mich zu ficken, aber mein Stolz lässt mich nicht. Vielleicht reicht es ihm, mich mit mächtigen Orgasmen zu kontrollieren, aber es reicht mir nicht. Er hat mich nicht nur zu einer Hure gemacht, sondern noch dazu zu einer gierigen.

»Treffen in der Küche«, sagt Magda und unterbricht meinen Gedankengang.

Ich lasse mir die Haare ums Gesicht fallen, um meine erröteten Wangen zu verstecken. »Ich komme.«

Magda wartet mit einem Klemmbrett in der Hand auf uns. Wie üblich wird sie sofort geschäftlich. »Mein Sohn hat in vier Monaten Geburtstag, und wir veranstalten eine Party im Haus. Ich buche Cateringservices und Kellner, aber die Hilfe aller ist nötig. Stellt sicher, dass ihr am Samstag und Sonntag, dem zehnten und elften März, verfügbar seid. Es wird spät enden, also musst du hier übernachten, Marie. Du kannst das Zimmer von Valentina teilen. Fragen?«

Marie und ich schütteln beide den Kopf.

»Gut. Ich werde euch mehr Details wissen lassen, wenn das Fest näherrückt.«

Als sie weg ist, versuche ich beiläufig zu klingen, als ich frage: »Wie alt ist er?«

»Sechsunddreißig.«

»Er war jung, als Carly geboren wurde.«

»Er heiratete Mrs. Louw, als sie beide erst 19 Jahre alt waren. Carly wurde im darauffolgenden Jahr geboren.«

»War es eine arrangierte Hochzeit?«

Marie richtet sich auf. »Du solltest keine Fragen über Angelegenheiten stellen, die dich nichts angehen.«

Sie hat recht, aber ich bin unersättlich neugierig, was meinen Gefängniswärter betrifft, und am Boden zerstört, mir einzugestehen, dass ich alles wissen will, was es über ihn zu wissen gibt.

»Der Tisch muss abgeräumt werden«, sagt sie unfreundlich.

Ich räume den Speisesaal auf und schmuggle das unberührte Essen in mein Zimmer. In meiner Pause trage ich den Shepard's Pie nach draußen und mache es mir auf der niedrigen Wand, die den Garten vom Pool trennt bequem.

Gabriel

VOR VALENTINAS ANKUNFT HABE ICH NIE ZEIT IN DER Küche verbracht. Ich hatte nie einen Grund dazu. Jetzt zieht es mich immer häufiger in diesen Teil des Hauses. Der Drang, Valentina zu sehen, treibt mich dorthin, aber sie ist nirgendwo zu sehen. Marie kann ihren Schock, mich zu sehen, nicht verbergen, vor allem, als ich den Wasserkocher einschalte und einen Becher aus dem Schrank nehme.

»Kann ich irgendetwas tun, Mr. Louw?«

»Ich mach' das schon.«

Sie beobachtet mich vorsichtig, als ich einen Teebeutel in die Tasse fallen lasse.

»Ich kann Ihnen ein Tablett zubereiten«, sagt sie, »oder Valentina Bescheid sagen, es in Ihr Arbeitszimmer zu bringen.«

»Wo *ist* Valentina?«

»Mittagspause.« Die Art und Weise, wie sie ihre Nase in Falten legt, sagt mir, dass unser Dienstmädchen nicht zu ihren Lieblingen gehört. Jede Abneigung, die sie hat, sollte auf mich gerichtet sein. Das kleine Dienstmädchen kam freiwillig, aber nur, weil ich dafür gesorgt habe, dass es keine andere Wahl hatte.

»Soll ich sie rufen?«, fragt Marie und beobachtet mich mit Adleraugen.

»Nein.« Valentina braucht ihre Ruhe. Ihr Rücken bricht unter den Belastungen, die Magda ihr auferlegt.

»Wie Sie wünschen.« Ihre Enttäuschung ist lächerlich. Wenn sie keine loyale Angestellte wäre, hätte ich sie sofort rausgeschmissen.

Als ob sie meinen Widerspruch spürt, geht sie schnell weg und beschäftigt sich mit dem Zerkleinern von Gemüse. Ich will den verdammten Tee nicht wirklich, aber wenn ich ihn nicht wirklich zubereite, wird Marie wissen, warum ich in die Küche gekommen bin.

Ich gehe zum Fenster, während ich darauf warte, dass das Wasser kocht und ruckelt, bevor es wieder still wird. Valentina sitzt an der Wand mit einem Teller in den Händen.

Ich werde kälter als ein Leichenschauhaus.

Bruno ist draußen. Quincy hat mir zehn Minuten zuvor gesagt, dass er ihn frei herumlaufen lässt, damit er sich bewegt.

»Valentina!« Meine Stimme trägt durch das Fenster, denn sie hebt ihren Kopf mit einem Stirnrunzeln.

Ich bewege mich, ich sprinte so schnell, wie mein Hinken es mir erlaubt, zur Hintertür und halte meinen Körper im Kampfmodus. Ich durchquere das Haus in Rekordgeschwindigkeit, aber meine Stimme hat nicht nur Valentinas Aufmerksamkeit erregt. Der Boerboel kommt um die Ecke, und seine Ohren sind wachsam angelegt. Mein Herz stoppt. Meine Lungen kollabieren und machen es unmöglich, einen Atemzug zu machen.

»Quincy!« Wo zum Teufel ist er? »Valentina!«

Ich habe keine Zeit, meine Warnung zu erläutern. Der Hund entdeckt sie und springt sie an.

8

Gabriel

Die Chancen stehen zu Brunos Gunsten, dass er es bis zu Valentina schafft, bevor ich es tue, und ich habe keine Waffen dabei. Ich werfe mein Gewicht hinter meine Bemühungen, aber meine Behinderung macht mich zu langsam.

Noch eine Sekunde, und Bruno ist an der Wand. Schreckliche Visionen spielen sich in meinem Kopf ab. Ich greife mit ausgestrecktem Arm nach Valentina und versuche, mich zwischen sie und den Hund zu werfen, aber Bruno liegt ihr zu Füßen, sein riesiger Kiefer hält geradewegs auf ihren zarten Knöchel zu. Ich bin im Begriff, das Tier anzugreifen und zu erwürgen, als die Tatsache, dass es ihr Bein leckt, anstatt sie zu zerfleischen, in meinem verzweifelten Verstand ankommt. Ich kann mich kaum davon abhalten, frontal gegen beide zu prallen. Meine Hände zittern, und meine Haut ist klamm. Der gewaltige Adrenalinschub fällt so schnell ab, wie er aufgeflammt ist, so dass ich mich körperlich krank fühle. Ich schlucke mehrmals, um meinen Drang, zu kotzen, zu unterdrücken. Während ich darum kämpfe, mich zu beruhigen, sabbert Bruno sie voll.

Valentina sieht mich verwirrt an, und Unsicherheit erscheint in ihren Augen. Sie stellt einen Teller mit einer halb gegessenen Portion Shepard's Pie auf die Wand und schiebt ihn von sich weg, als ob das Essen die Ursache meiner Reaktion wäre. Bruno legt seine Vorderpfoten auf der Wand ab und streckt sich. Als sie ihn hinter seinem Ohr kratzt, schließt er die Augen und neigt seinen Kopf unter ihrer Berührung.

»Ist alles in Ordnung?«, fragt sie mit leiser Stimme.

Ich muss so aussehen, wie ich mich fühle, wie ein verdammter Verrückter.

Quincy kommt von hinten angerannt und läuft schneller, als er mich sieht. Er bleibt mit den Händen in den Hüften stehen und schaut zwischen Valentina und mir hin und her. »Was ist los?«

Ich kann ihn im Moment nicht ansehen. Die Chancen sind zu groß, dass ich ihm den Kopf abreiße. Stattdessen erwidere ich Valentinas Blick.

»Was zum Teufel machst du hier draußen, wenn der Hund frei herumläuft?«

Sie hört auf, Bruno zu streicheln, und lässt ihre Hand fallen. »Ich störe ihn nicht.«

»Er ist ein Wachhund, kein Schoßhund.«

Diese Frau wagt es, mich herauszufordern. »Auf mich wirkt er freundlich genug.«

»Sie hat recht«, fügt Quincy schnell hinzu. »Bruno mag sie. Er wird nicht angreifen.«

»Du«, wende ich mich mit Eis in meinem Tonfall an ihn, »solltest prüfen, dass niemand draußen ist, bevor du ihn loslässt.«

»Es ist nicht Quincys Schuld«, sagt sie. »Ich habe ihm nicht gesagt, dass ich rauskomme.«

Sie deckt Quincy? Mit den Folgen des Adrenalins, das immer noch in meinen Adern brennt, und meinem Bein, das höllisch von der Überanstrengung schmerzt, ist das gerade so viel, wie ich ertragen kann.

Ich ergreife ihren Arm und ziehe sie von der Wand, wobei ich ihre Taille auffange, bevor sie fällt. »Rein.«

Ihr Gesicht erblasst bei meinem Ton, auch wenn der Befehl nicht lauter als ein Flüstern war.

Quincy hebt seine Handflächen. »Gabriel, immer mit der Ruhe.«

»Gibst du mir einen Befehl?«

Er gibt nach. »Natürlich nicht.«

»Befolge nächstes Mal die Anweisungen«, knurre ich.

Es ist mir egal, dass Marie stehen bleibt, um uns anzusehen, während ich Valentina hinter mir durch die Küche schleife. Ich höre nicht auf, bis ich im Fitnessstudio bin. Ich schiebe sie hinein, verschließe die Tür und drehe mich zu ihr um. Sie schlingt ihre Arme um sich und betrachtet mich ruhig, aber in ihren Augen ist Vorsicht zu erkennen.

Einen Moment lang schaue ich sie nur an. Der Gedanke, dass ihr irgendetwas zustoßen könnte, hinterlässt einen säurehaltigen, bitteren, verdammt schrecklichen Geschmack in meinem Mund. Die Intensität dieser Erkenntnis erschüttert mich zutiefst. Ich hasse sie dafür. Ich hasse sie für die lähmenden Qualen, die ich ihretwegen erlitten habe. Es ist ein gottverdammt krankes Gefühl, und es macht mich unglaublich schwach. Ich mag meinen Sex wild, und ich liebe die Tränen einer Frau, weshalb ich mit Frauen schlafe, die sich nach meinem Geld sehnen, um mir das zu nehmen, was mit mir Sex zu haben beinhaltet. Aber Valentina? Ich wollte ihr bis zu diesem Moment nie wehtun. Als ich sie mit meinem Gürtel schlug, wollte ich Magda daran hindern, sie zu töten. Ja, es hat mich erregt, aber ich habe es bereut. Jetzt will ich ihr den Arsch versohlen, bis sie schreit. Ich möchte sie für das bestrafen, was ich fühle.

Ich öffne die Manschettenknöpfe der Ärmel meines Hemdes und falte sie zweimal zurück. Ihre Augen folgen der Bewegung, aber sie sagt nichts. Erst als ich zur Hantelbank gehe und mich hinsetze, findet sie ihre Stimme wieder.

»Gabriel, bitte.«

»Komm her.«

Sie bewegt sich nicht.

»Wenn ich dich holen muss, wirst du doppelt so viel leiden wie das, was ich für dich geplant habe.«

Langsam bewegt sie sich zu mir, ihre Augen fixieren abwechselnd Gesicht und Schoß.

Ich zeige auf meine Knie. »Beug dich vornüber.«

»Gabriel ...« Ihre Lippe fängt an zu zittern.

»Du hast dein Leben gefährdet, und dein Leben gehört mir, was bedeutet, dass du mein Eigentum in Gefahr bringst.«

»Nichts ist passiert.«

»Zwing mich nicht dazu, es dir noch einmal zu sagen.«

Sie schiebt sich näher heran, bis ihre Knie über meine Oberschenkel streichen.

»Beug dich über meinen Schoß und drücke deine Handflächen und Füße flach auf den Boden. Spreize deine Beine.«

Sie senkt sich über meinen Schoß, so dass ihr Kopf auf der einen Seite meiner Oberschenkel und ihre Beine auf der anderen Seite herunterhängen. Die Bank ist so niedrig, dass ihre Hände und Füße den Boden berühren können.

Ich schiebe ihr Kleid bis zur Taille hoch und ziehe ihr Höschen bis zu den Oberschenkeln runter. »Wenn du dich bewegst, wird deine Strafe verdreifacht.«

Ihr glatter, goldener Arsch und ihre pralle, rosa Pussy sind mir zugewendet. Ich nehme mir die Zeit, ihren perfekten Körper, ihre unberührte Schönheit und ihre unbefleckte Unschuld zu bewundern. Mein Schwanz rührt sich und wird unglaublich hart. Ich hebe meine Hand und ziele.

Klatsch.

Meine Handfläche landet auf der harten Kurve

ihrer linken Arschbacke. Sie zuckt auf meinem Schoß und drückt ihren Bauch in meinen harten Schwanz.

Klatsch.

Der zweite markiert ihre andere Backe. Sie saugt hörbar Luft ein, aber sie gibt nicht nach. Ihre Stille ist trotzig. Ich halte sie sanft genug, um keine blauen Flecken zu verursachen, aber hart genug, um ihre Haut rosa zu machen. Sie windet sich und wimmert, aber sie ändert ihre Haltung nicht. Ihr Po zieht sich mit jedem Schlag zusammen. Ich mache weiter, bis kein Fleck ihrer Haut unversehrt ist. Als ich anfange, das Muster auf ihrer entflammten Haut zu wiederholen, bricht sie schließlich zusammen. Ein lauter Schrei entweicht ihrem Hals. Ich mache gnadenlos weiter und gebe ihr keine Ruhe, bis ihr Körper schlaff wird.

Als sie sich unter meiner Berührung entspannt, werden ihre Schreie anders. Aus dem Wimmern wird ein Stöhnen. Sie murmelt meinen Namen und reibt ihren Körper auf meinem Schwanz. Ich belohne sie, indem ich die Schläge stoppe und zwischen ihre Beine greife, um ihr Geschlecht mit meiner Hand zu bedecken. Sie ist klatschnass. Mein Schwanz erhebt sich zufrieden gegen meinen Reißverschluss. Ich hatte nicht geplant, so weit zu gehen, aber ich kann nicht anders. Meine Kampfeslust ist verpufft. Alles, was übriggeblieben ist, ist die nagende Lust. Ich streichele ihre Falten für eine Weile und genieße es, wie sie unter meiner Berührung anschwellen, bevor ich meinen Mittelfinger in kreisenden Bewegungen über ihre

Klitoris reibe. Ich mag den Blickwinkel, von dem aus ich sie anschaue. Wenn ich meinen Kopf beuge, ist ihre Muschi so nah, dass ich ihre Erregung riechen kann. Das macht mich verrückt. Ihr schönes weibliches Geschlecht verkrampft sich, und ihr Unterleib zittert. Ihre Oberschenkel und Arme zittern, als sie ihren Orgasmus herausschreit. Ich gebe ihn ihr und noch mehr. Ich reibe weiter und kneife in ihre Klitoris, bis sie mich anfleht, aufzuhören, aber ich lasse nicht locker, bis ich mir sicher bin, dass sie es nicht mehr ertragen kann. Erst dann richte ich ihre Kleidung und helfe ihr hoch, um sie in meine Arme zu ziehen und ihren Kopf an meine Brust zu legen. Während sie schluchzt, streichele ich ihre Wange und wische die Tränen weg, die herunterlaufen. Jedes Molekül in meinem Körper ist sich ihrer bewusst. Ich bin berauscht von der Frau, die ich in meinen Armen halte, der Frau, die ich irgendwann töten muss. Dann erkenne ich die Wahrheit. Ich werde sie nicht töten. Das wollte ich auch nie. Sie ist dazu bestimmt, mir zu gehören.

Als sie aufhört zu weinen, trockne ich ihre Tränen mit meinen Handflächen. »Tu mir das nie wieder an.«

Sie blinzelt. Sie ist verwirrt. Verdammt, ich auch. Sie zu schlagen macht mich heiß. Während ich sie festhalte, vergesse ich, warum ich ihr überhaupt den Hintern versohlt habe. Mit ihren Armen um meinem Hals und ihrem Arsch, der meinen Schwanz polstert, kann ich nicht klar denken. Alles, was ich weiß, ist, dass ich sie nicht verlieren darf.

»Von jetzt an will ich, dass Quincy dich mit Bruno trainiert.«

Sie hebt ihren Kopf, um mich anzusehen.

»Du darfst nicht raus, wenn er frei herumläuft, es sei denn, du zeigst mir, dass du mit ihm umgehen kannst.«

»Er wird mich nicht angreifen.«

»Er hat schon mal einen Eindringling gebissen. Verdammt, Valentina.« Ich fahre mit einer Hand durch mein Haar. »Nicht einmal Magda riskiert es, es sei denn, er ist hinten eingeschlossen.«

»Warum hältst du einen Hund, wenn er so gefährlich ist, sogar für deine eigene Familie?«

»Schutz. Leute, die unbedingt einbrechen wollen, werden irgendwann einen Weg finden.«

»Böse Menschen werden auch einen Hund vergiften.«

»Er ist darauf trainiert, von niemandem außer Quincy Essen zu nehmen.« Ich betrachte ihre tränenüberströmten Augen. »Was hast du mit ihm gemacht? Wie hast du ihn dazu gebracht, sich zu unterwerfen?«

»Ich habe einen Dorn aus seiner Pfote entfernt.«

»Das ist alles?«

»Das ist überhaupt nicht schwer. Du musst ihm nur zeigen, wer das Sagen hat. Du darfst keine Angst haben. Tiere spüren Angst.«

Das klingt sehr nach mir. Das ist keine Überraschung. Ich bin bestenfalls ein Tier. Ich fahre mit meinen Lippen über ihr Haar und atme ihren süßen

Himbeerduft ein. »War meine Lektion klar genug für dich, oder brauchst du eine Wiederholung?«

»Nein«, sagt sie schnell. »Ich hab's verstanden.«

»Hast du Angst vor *mir?*«

»Warum? Spürst du es?«

»Ja«, sage ich ernst. Das tue ich, und ich werde sie verstärken, auch wenn es nur darum geht, ihre Angst wie eine Leine zu benutzen, um sie in meiner Nähe zu halten.

Ich stelle sie auf die Beine. »Ich sage Quincy, dass er sich später etwas Zeit nehmen soll.«

Sie streicht sich die Haare hinter das Ohr.

»Brauchst du einen Moment?«

Sie nickt dankbar. »Bitte.«

Ich gebe ihr die Privatsphäre, die sie braucht, um sich zu sammeln. Nachdem ich mit Quincy ein Hundetraining arrangiert habe, lenke ich mich ab, indem ich mich um das Geschäft kümmere, bevor ich mir die Finanzunterlagen anschaue, die Anton mir per E-Mail geschickt hat. Valentina hat Gehalt von der Rocky Street Veterinary Clinic erhalten. Als sie sagte, sie sei eine Assistentin, nahm ich an, dass es der Sekretariatstyp war. Das erklärt die weiße Tunika in der ersten Nacht im Napoli's. Die Abbuchungsaufträge, die von ihrem Konto für Wasser und Strom abgingen, wurden aber gestern gestoppt. Ihre Kreditkartenabrechnungen zeigen die üblichen Ausgaben für Lebensmittel und lebensnotwendige Güter. Abgesehen davon ist Valentina keine Verschwenderin. Nicht, dass sie die Mittel dazu hätte. Es gibt keinen Luxus, nichts von dem, was Frauen mögen, nicht einmal einen Lippenstift. Jeden Monat hebt sie eine beträchtliche Menge an Bargeld ab, und es ist immer derselbe Betrag, bis zum letzten Cent.

Ich rufe meinen Privatbankier an und lasse zwanzig Riesen auf ihr Konto überweisen. Als Nächstes rufe ich den Makler an und biete ihm fünftausend Rand Provision an, um das Eigentum in Berea auf meinen Namen zu übertragen. Das tut er gerne. Erstens weiß er, wer ich bin, und zweitens weiß er, dass er sonst keinen Cent für die Wohnung bekommt. Ich veranlasse die Ausstellung der erforderlichen Eigentumsurkunden. Für Valentina muss der Verkauf authentisch aussehen.

Nachdem die Finanzen geklärt sind, rufe ich den Clubmanager im Napoli's an. Ich würde gerne mit Valentinas Ex-Nachbarn über den Einbruch sprechen, aber Jerry war nicht zu Hause, seit wir sie und ihren Bruder mitgenommen haben. Der Manager versichert mir, dass Jerry nicht zurückgekommen ist, also habe ich die Nachricht verbreitet, dass ich nach ihm suche. Wer auch immer Valentinas Wohnung zerstört hat, wird dafür bezahlen. Ich hebe mir die unangenehmste Aufgabe für den Schluss auf – Lambert Roos anzurufen. Das Telefon klingelt lange, ohne dass der Anrufbeantworter eingeschaltet wird. Es sieht aus, als würde ich Lambert einen Besuch abstatten müssen.

Erst als ich mich wieder mehr beruhigt habe und über die Episode des heutigen Nachmittags nachdenke, erinnere ich mich an das Mittagessen, das Valentina nie beendet hat. Auf strikten Befehl von Magda wird

Marie das Essen, das sie zubereitet, nicht dem Personal servieren. Isst Valentina unsere Reste? Verdammt. Ein unangenehmes Gefühl breitet sich in meinem Herzen aus. Die Enge in meiner Brust lässt nicht nach. Ich ziehe unsere Einkaufsunterlagen heraus. Valentina lebt von Granny-Smith-Äpfeln und billigen chinesischen Nudeln. Ich fühle zu viele Dinge, um das eine vom anderen zu unterscheiden. Es gibt Mitleid, Besorgnis und Zorn über mich selbst, weil ich die Wahrheit nicht früher entdeckt habe. Sie hungert direkt vor meiner Nase.

Das geht nicht. Sie muss gesund bleiben. Ich passe die Bestellung an und schicke Marie eine Nachricht. Von nun an wird Valentina essen, was *ich* auswähle.

Valentina

In der Küche steht eine Schachtel mit meinem Namen, als ich vom Wischen der Terrasse komme.

»Die ist für dich«, sagt Marie und trocknet ihre Hände an einem Geschirrtuch.

»Für mich?« Ich hebe den Deckel hoch, um hineinzuschauen.

Es gibt Fleisch, Käse, Eier, Gemüse, Obst, Wasser in Flaschen und Saft. In einer kleineren Schachtel finde ich eine Auswahl an Delikatessen, darunter Oliven, Nüsse, kaltgepresstes Speiseöl und Zartbitterschokolade. Das muss ein Missverständnis sein.

»Ich habe das nicht bestellt.«

»Das ist von Mr. Louw.« Sie nimmt mich unter die Lupe. »Was immer du getan hast, es hat ihn sehr glücklich gemacht.«

Ich sollte mich nicht schuldig fühlen, aber ein Erröten wärmt meine Wangen. Ich schäme mich für meine Armut. Das habe ich immer getan. Gabriels Geste erinnert mich nur an die Kluft zwischen uns. Die Freundlichkeit macht mich irrational traurig und unerklärlicherweise wütend. Ich bin niemandes Wohltätigkeitsfall. Ich werde alles zurückgeben, aber fürs Erste packe ich es in den Kühlschrank, um zu verhindern, dass das teure Essen verdirbt.

Als Gabriel in mein Zimmer kommt, kämpfe ich gegen den Orgasmus an, den er mir aufzwingt, und tue alles, was in meiner Macht steht, um nicht zu kommen, aber es ist ein verlorener Kampf. Schließlich gewinnt die Lust. Mein Körper gibt nach und liefert, was er will. Seine Macht über meinen Körper ist vollständig. Er hat mich meiner Verteidigung beraubt. Ich kann nicht zulassen, dass er mich meines Stolzes beraubt.

Danach zieht er mich in seine Arme. Seine Stimme ist sanft, aber streng. »Was ist los?«

»Nichts.«

»Je härter du gegen mich kämpfst, desto härter werde ich dich bedrängen.«

Ich senke den Blick. »Das Essen … Ich schätze die Geste nicht.«

»Ah.« Er sagt es so, als ob er plötzlich alles versteht, was in meinem Kopf vor sich geht. »Schau mich an.«

Ich gehorche. Widerwillig.

»Was bist du für mich, Valentina?«

»Eine Investition«, sage ich bissig.

»Was mache ich mit meinen Investitionen?«

»Auf sie achtgeben.«

Er streicht mit dem Daumen über meine Wange. »Ich *mag* es, auf dich aufzupassen. Ist das so schlimm?«

Ja, verdammt. Ich möchte mehr sein als jemandes Investitionen. »Du kannst mir kein Essen aufzwingen.«

»Doch, das kann ich. Du kannst essen, was ich dir sage, oder du wirst zwangsernährt. Es ist deine Entscheidung, aber es würde mir gefallen, wenn du es ohne Streit akzeptierst.«

Es schockiert mich, wie sehr ich ihm einen Gefallen tun will. Was zum Teufel ist mit mir los?

»Was immer du brauchst«, fährt er fort, »ich will, dass du es mir sagst.«

Ich kann ihn nur anstarren, da ich mir nicht sicher bin, was sich gerade zwischen uns ändert, aber das Gleichgewicht verschiebt sich.

Er fährt mit dem Zeigefinger über meine Lippen. »Gibt es etwas, was du mir jetzt sagen möchtest?« Die Lust, die ihn umgibt, lässt ihn verwundbar erscheinen, so als ob er in diesem seltsamen Spiel zwischen uns mehr zu verlieren hätte als ich.

»Nein«, krächze ich und bin mir nicht sicher, was er von mir will.

Wie ich erwartet hatte, enttäuscht ihn meine Antwort, aber er verfolgt die Sache nicht weiter. Er küsst mich einfach so lange, bis mein Verlangen wieder aufflammt, bevor er sich hinstellt und seinen Gürtel abschnallt.

Gabriel

Was hatte ich von Valentina erwartet? Dass sie sich mir öffnet? Warum ist es mir wichtig, dass sie mir aus eigenem, freiem Willen von ihrem Studium erzählt? Ich habe keine Antwort. Ich weiß nur, dass ich es von ihr hören will. Bis sie es zugibt, werde ich ihr nicht sagen, dass ich die Wahrheit herausgefunden habe.

Neben der Überwachung von Valentinas Essgewohnheiten wird der Rest meiner Woche von der Sorge um Carlys Date dominiert. Freitagabend platziere ich Männer um das Kino herum. Diskret natürlich. Dennoch entspanne ich mich nicht, bis meine Tochter gesund und munter zu Hause ist, sprudelnder denn je. Wenn Sebastian sie auch nur mit einem Finger berührt hätte, hätten meine Männer gehandelt, und ich bin froh, dass es nicht dazu gekommen ist. Carly kommt in mein Arbeitszimmer, um gute Nacht zu sagen. Sie überrascht mich mit einem untypischen Kuss auf die Wange und einer Umarmung.

Als das Haus ruhig ist, mache ich mich auf den Weg zu Valentinas Zimmer. Das ist eine Routine, auf die ich mich freue, eine Droge, nach der ich bereits süchtig bin. Meine Schritte sind ungleichmäßig auf dem

Küchenboden. Mein Hinken ist heute Abend schlimmer. Es liegt Regen in der Luft. Die Feuchtigkeit lässt meine Gelenke schmerzen.

Mein Atem stockt, als ich ihre Tür öffne. Sie liegt nackt auf dem Bett. Ihre goldene Haut ist makellos, bis auf den winzigen Schönheitsfleck unter der linken Brust. Das kleine Zeichen der Unvollkommenheit macht sie nur noch attraktiver. Im Schlaf sieht sie verletzlicher und unschuldiger aus, als wenn sie mich mit ihren großen, verängstigten Augen beobachtet. Ihre Falten glitzern bereits mit der Erregung, auf die ich sie konditioniert habe. Ich gehe zum Bett und betrachte sie. Normalerweise reicht meine Anwesenheit aus, um sie zu wecken, aber sie war in letzter Zeit sehr müde. Zu müde. Es hilft nicht, dass ich eine Stunde ihres Schlafes raube, aber ich habe sehr wenig Kontrolle, was Valentina betrifft. Ich nehme mir noch einen Moment Zeit, um ihren Körper zu betrachten. Ich mag es, sie anzusehen, wenn sie schläft. Dieser voyeuristische Akt ist invasiv, aber er macht mich an und nährt einen dunklen Teil von mir.

Nach ein paar Sekunden beginnt sie, sich zu rühren. Ihre Augenlider zucken, und ihre Wimpern heben sich. Ich lese ihren Ausdruck, als sie sich aus dem Schlaf schält. Zuerst kommt das Erkennen, und dann das Begehren. Es gibt keine Angst und keinen Widerstand mehr. Sie ist bereit für den nächsten Schritt.

Ich behalte meine Kleidung an, strecke mich neben ihr auf dem Bett aus und stütze mich auf meinen Ellbogen. Sofort spreizt sie ihre Beine. Die unterwürfige Handlung macht mich schwindelig vor Verlangen. Wenn ich stehen geblieben wäre, hätte sie sich für mich hingekniet und die Beine weit gespreizt, so wie ich es ihr beigebracht habe. Ich belohne sie mit einem sanften Kuss, bei dem meine Zunge ihre Lippen durchdringt und die ihre streichelt, während ich mit ihren Brüsten spiele. Ich kann mich an ihrem Stöhnen betrinken. Ich möchte in ihre Erregung eintauchen, aber ich habe heute Abend andere Pläne für ihre Muschi.

Ich führe meine Hand über ihren Bauch zu ihrem Geschlecht. Ich streichele mit der Spitze meines Mittelfingers ihren Schlitz von oben und unten, um ihre Feuchtigkeit zu ihrer Klitoris zu bringen. Als sie mit ihrer eigenen Nässe getränkt ist, lege ich meinen Mund über den ihren und schiebe das erste Gelenk meines Fingers in ihren nassen Kanal. Sie ist weich wie Samt und so verdammt nass. So heiß. Ihre Augen fliegen auf, und sie keucht in meinen Mund. Ich sauge die Geräusche auf wie ein Süchtiger und schlucke gierig das Wimmern, das folgt, als ich meinen Finger ein paarmal drehe. Als Engelbrecht sie untersucht hat, hat er mir gesagt, es gäbe keine Membran – nichts Ungewöhnliches bei Jungfrauen – also sollte es keine Blutung geben, aber verdammt, sie ist eng. Ich sauge ihre Lippen in meinen Mund und dringe in sie ein, begrabe meinen Finger ganz tief und halte dann still, während ich sie dehne. Dieses Mal stöhnt sie laut in meinen Mund. Es macht mir nichts aus, wenn sie schreit. Ihr Zimmer ist zu weit entfernt, als dass irgendjemand im Haus es hören könnte, aber ich möchte ihre Lustgeräusche aufsagen, so wie ich ihre Orgasmen in mich aufnehme. Ich möchte ihre Essenz auf jede erdenkliche Art und Weise schlucken, um sie in mir zu tragen. Ich möchte, dass sie im wahrsten Sinne des Wortes ein Teil von mir ist.

Sie keucht in meinen Mund, saugt den Sauerstoff aus meiner Lunge und füllt mich mit schnellen, ekstatischen Atemzügen. Ich nehme so viel, wie ich gebe, und trinke ihre Luft wie ein Vampir. Es wird ein Kampf aus Atemzügen, ein Einsaugen und Ausatmen, ein Geben und Nehmen. Ich lege meine freie Hand auf ihre Stirn, streichele ihr Haar in einer beruhigenden Liebkosung und bereite sie auf das vor, was kommen wird. Als sie anfängt, leichter von meinem Mund zu atmen, indem sie nur die Luft annimmt, die ich ihr geben möchte, ziehe ich meinen Finger heraus und schiebe ihn wieder hinein. Ihre inneren Wände zittern um mich herum. Ich fahre hinein und heraus und finde einen Rhythmus, der mit dem Ansteigen und Fallen ihrer Brust übereinstimmt. Mein Daumen findet ihre Klitoris und drückt sie, während ich den Finger nach innen krümme, um die weiche Stelle unter ihrem Schambein zu streicheln. Ihre Hüften heben sich mir entgegen und suchen meine Berührung, also gebe ich ihr mehr, ein bisschen härter, ein bisschen schneller.

Ihr Unterleib zittert. Ich will, dass sie verdammt hoch fliegt. Dieser Gedanke bewirkt, dass meine Eier sich in meinen Körper ziehen. Als das erste Anzeichen eines Zusammenziehens meinen Finger streichelt, gleite ich mit meiner Handfläche von ihrer Stirn über ihre Augen, um ihre Nase mit Daumen und Zeigefinger zuzudrücken. Bevor sie Zeit hat, meine Absicht zu erkennen, ficke ich sie ernsthaft mit meinem Finger und schlage ihre Muschi hart genug mit meinem Handballen, um ihre Klitoris rosa zu färben.

Ich lutsche mit meinem Mund das Leben aus ihrem Körper, während ich es ihr mit meiner Hand zurückgebe. Sie spreizt ihre Beine. Ihr Arsch hebt sich vom Bett, und ihre Zehen ziehen sich nach innen. Dann beginnt sie zu kämpfen. Sie versucht, ihren Kopf in meinem Griff zu verdrehen, während sie gegen meine Schultern drückt. Als ich merke, dass sie meiner Stärke nicht gewachsen ist, kratzt sie. Meine Haut brennt herrlich heiß, wo ihre Nägel lange Wunden in meinem Nacken hinterlassen. Sie beißt mir auf die Zunge. Der metallische Geschmack des Blutes überzieht meine Lippen und treibt mich in den Wahnsinn. Noch eine Sekunde, und ihr Körper zuckt, als hätte sie tausend Volt abbekommen. Ich kann ihr Leben noch einige Sekunden länger besitzen, bevor sie ohnmächtig wird, aber ich will nicht, dass es so weit kommt. Ich will nur, dass sie Lust verspürt. Noch zwei Sekunden länger, und sie erschlafft, nimmt das unerbittliche Ficken ihrer Muschi mit meinem Finger hin, ohne es weiter zu bekämpfen. Sie tut nichts anderes, als die Lust zu genießen, die ich ihr abringe, und erlaubt es mir, ihre Atmung zu kontrollieren.

Vollständige Aufgabe.

Ich lockere meinen Griff an Nase und Mund und

halte unsere Lippen eine Haaresbreite auseinander. Sie saugt die kühle Nachtluft mit einem heiseren Atemzug an und streckt ihren Hals vor Begierde nach oben. Schockwellen fahren durch ihren Bauch und laufen in ihrer Muschi aus. Ich halte ihre Pussy im Schraubstock meines Mittelfingers, der sich noch in ihr befindet, und meines Daumens, der auf ihre Klitoris drückt, bis das Zittern vorbei ist. Ihre Vagina fühlt sich voll und reif von meinem Training an. Ich küsse ihre Lippen ein letztes Mal und führe meine Zunge über eine Stelle, wo sie sich während des Kampfes gebissen hat, und bewege mich dann ihren Körper hinunter, bis meine Zunge ihre Falten findet.

Sie zittert, als ich eindringe, um ihren Höhepunkt zu schmecken. Es ist eindeutig Valentina. Sie schmeckt roh und gut geliebt, und ich habe den schockierenden Wunsch, sie mit meinem Samen in ihrem Körper zu schmecken. Ich kann meine Lust kaum noch bezähmen. Sie protestiert mit einem sanften Wimmern, als ich ihre Oberschenkel auseinanderschiebe und meine Hände unter ihren Arsch lege, während meine Finger sich in die fleischigen Rundungen graben, um sie zu öffnen. Ich starre ihre Muschi an. Sie ist mehr als eine süße Belohnung. Sie ist das Essen, das ich zum Überleben brauche. Ich vergrabe meinen Kopf zwischen ihren Beinen und verschlinge ihr Fleisch. Ich esse sie so, wie ich sie brauche, ohne Ausreden und ohne Gnade.

»Gabriel, das reicht. Bitte.«

Ich ignoriere ihr Betteln. Das Problem, ihr einen

Mann, einen hübschen Mann zu suchen, der sie entjungfert, hat mich nervös gemacht. Ich werde ihr nur dieses eine Mal einen gutaussehenden Mann geben, auch wenn es sich anfühlt, als würde ich mein Herz mit einem stumpfen Messer herausschneiden, aber scheiß drauf, ich besitze sie. Ich muss uns beiden zeigen, dass sie nach allem, was passieren wird, immer noch mir gehört. Ihre Lust gehört mir. Sie kommen zu lassen ist meine Sucht.

Ich lasse sie noch einmal mit meinem Mund und zweimal mit meiner Hand kommen. Als ich fertig bin, hat sie Knochen aus Gummi. Ich bin mir nicht einmal sicher, ob sie bei Bewusstsein ist. Ich setze mich neben sie und ziehe sie an meinen Körper. Ich lege meine Arme um sie und halte sie fest, bis ich in einen unruhigen Schlaf falle.

Valentina

ICH WACHE MIT EINEM GEWICHT AUF BAUCH UND BRUST auf. Gabriel hat sich um mich geschlungen und ist voll bekleidet, bis auf seine Schuhe. Es ist das erste Mal, dass er geblieben ist, nachdem er mich dazu gebracht hat, zu kommen. Eine Ganzkörper-Errötung erwärmt meine Haut, als ich mich daran erinnere, was er letzte Nacht getan hat. Meine Brüste werden schwer, und meine Klitoris beginnt zu pochen. Das war Fleischeslust. Tödlich. Irgendwo zwischen dem letzten

Orgasmus und Gabriel, der mich streichelte, bin ich eingeschlafen, war zu müde, um ein Auge aufzuhalten. Ich achte darauf, mich nicht zu bewegen, und genieße es, in seinen warmen Armen zu liegen. Die Sonne ist gerade aufgegangen und taucht die Vorhänge in einen goldenen Schimmer. Ich muss mich noch nicht der Realität stellen, dass er der Mann ist, der die Macht über mein Leben hat. Charlies Leben. Ich beiße mir auf die Lippe, als ich die schmerzhafte Wahrheit erkenne. Ich mochte, was er getan hat. Sehr gern. Als ich meine anfängliche Panik überwunden hatte, gab ich ihm nach und vertraute ihm, dass er mich beschützen würde, und er tat es.

Gabriel bewegt sich und hält mich fest. Seine Atmung ändert sich nicht, aber er zieht sein Kinn über meinen Kiefer und küsst mein Ohr. Sein Bart reibt meine Haut und macht mich auf raue, angenehme Weise auf seine Männlichkeit aufmerksam.

»Guten Morgen, meine Schöne.« Er knabbert an meinem Ohrläppchen und fährt mit seiner Handfläche über die Gänsehaut, die auf meiner Haut ausbricht. »Kaffee?«

Gabriel bietet mir Kaffee an? Ich drehe mich zu ihm um und versuche, seinen Gesichtsausdruck zu lesen, aber sein Gesicht ist ausdruckslos.

Ohne auf eine Antwort zu warten, schwingt er seine Beine vom Bett und steht auf. Mir entgeht sein Zusammenzucken nicht, obwohl er versucht, es zu verstecken, als er sein Gewicht auf sein verletztes Bein legt. Sein weißes Hemd ist zerknittert, sein schwarzes

Haar vom Schlaf verstrubbelt. Er sieht umwerfend aus. Ich möchte ihm sagen, wie dankbar ich bin, dass er mich gestern Abend nicht verlassen hat, wie sehr ich seine Arme um mich herum gebraucht habe, nachdem er meinen Körper so intensiv bearbeitet hat, aber er hinkt zur Tür und verschwindet, bevor ich die Worte formulieren kann.

Ich habe noch zehn Minuten, bevor der Wecker losgeht. Unter der Decke eingekuschelt fühle ich mich gesättigt und seltsam glücklich. Kurze Zeit später kehrt Gabriel mit einer Tasse dampfendem Kaffee zurück, und das willkommene Aroma füllt mein Zimmer.

Ich stütze mich auf die Kissen, um ihm die Tasse abzunehmen. »Danke.« Ich bin mir nicht sicher, was ich sonst noch sagen soll. Es kommt so unerwartet.

»Milch, zwei Löffel Zucker«, sagt er.

Er weiß, wie ich meinen Kaffee trinke? Ich blinzele ihn an und bin mir nicht sicher, ob ich ihn fragen kann, aber er gibt mir keine Chance. Er streicht mit seinen Daumen über meine Unterlippe, über die Stelle, an der ich mich gebissen habe, und schaut mit erhitzten Augen zu mir hoch. So hart wie sein Schwanz wird, denkt er an letzte Nacht.

Er schaut auf seine Uhr und dreht seinen Kopf von mir weg. »Ich bin heute Abend unterwegs. Geh morgen nicht weg, ohne dich zu verabschieden.«

Sobald er mein Zimmer verlässt, verändert sich die Luft. Eine kalte Leere breitet sich in meiner Brust aus. Da ich etwas Wärme brauche, umfasse ich den Becher mit meinen Händen. Ich lasse es zu, dass diese nette

Geste mein Herz erwärmt und meine leeren Räume ausfüllt. Er ist ein Widerspruch der Empfindungen, eine sehr schlechte Art von Gut.

Gabriel

ALS ICH NACH DEM MITTAGESSEN IN MEIN Arbeitszimmer gehe, sitzt Helga auf meinem Stuhl. Wie zum Teufel ist sie an der Security vorbeigekommen?

Ich schließe die Tür. »Wie bist du reingekommen?«

»Auch hallo.« Sie lehnt sich in meinem Stuhl zurück und überschlägt ihre Knöchel auf meinem Schreibtisch. Ihr Kleid rutscht hoch bis zu ihren Oberschenkeln und legt schwarze Strapse frei. »Entspann dich. Deine Mutter hat mich reingelassen.«

Ich werde mit Magda reden müssen. Wegen Carly lade ich meine Bettpartner nicht nach Hause ein. Sie zu sehen erinnert mich daran, dass ich schon lange keine Frau mehr gefickt habe, nicht mehr, seit ich Valentina genommen habe.

»Warum bist du gekommen?« Ich nähere mich dem Schreibtisch, und ihre Anwesenheit irritiert mich. »Du kennst die Regeln.«

Sie zieht einen Schmollmund. »Ich vermisse dich.«

»Carly ist zu Hause, verdammt noch mal.«

»Du hast nicht angerufen. Das sieht dir gar nicht ähnlich.«

Ich verschränke meine Arme und starre sie an. Ich

schulde ihr keine Erklärungen. Wir ficken, wenn wir beide in Stimmung sind, und das war's.

»Ich brauche dich, Loverboy.«

»Ich hab's dir schon mal gesagt, nenn mich nicht so.«

Sie kreuzt ihre Beine und legt einen Absatz auf jeder Seite meines Schreibtisches ab. Kein Höschen. Ihre Muschi ist nackt, rasiert, wie ich es mag. Diese weit geöffnete Körperhaltung gibt mir einen guten Überblick über die angebotenen Waren.

»Sag mir, wie ich dich nennen soll, hässlicher Junge.«

Normalerweise würde ich spätestens jetzt über sie herfallen. Inzwischen hätte ich sie über meinen Schreibtisch gebeugt. Ich hätte ihr den Hintern versohlt, bevor ich ihren cleveren Mund gefickt hätte, aber nicht heute. Mein Schwanz rührt sich nicht. Nicht einmal ein Zucken.

»Ich bin beschäftigt.«

»Es dauert nur fünf Minuten.«

Ich grinse. »Du kennst mich besser.«

»Okay.« Sie grinst mich verschmitzt an, »Dreißig, wenn man einen Quickie draus macht.«

»Du musst gehen.«

»Wirfst du mich raus?«

»Zwing mich nicht dazu. Es wäre für keinen von uns beiden angenehm.«

Sie verengt ihre Augen. »Wen fickst du?«

»Niemanden.«

»Komm schon. Ich kenne dich. Du kannst keinen Tag ohne Sex auskommen, geschweige denn Wochen.«

Ich habe keine Zeit für diesen Scheiß. Ich umrunde den Schreibtisch, halte neben dem Stuhl an und schüchtere sie mit meinen Ausmaßen ein. »Ich frage dich ein letztes Mal nett.«

Sie packt meine Krawatte und zieht mich auf ihre Höhe herunter. »Du machst mir keine Angst. Was immer du geben willst, ich kann damit umgehen.«

Ein Klopfen an der Tür unterbricht uns, aber sie lässt nicht los und wendet auch den Blick nicht ab. Ich würde wie ein erstklassiger Dummkopf aussehen. Ich schenke ihr ein kalkuliertes Lächeln.

»Das wirst du nicht.«

»Schau mir zu«, flüstere ich.

»Es könnte deine Tochter sein.«

Carly klopft nie. Es ist wahrscheinlich Quincy oder Rhett. »Herein«, rufe ich mit lauter Stimme.

Helgas Augen werden groß. Inzwischen sollte sie wissen, dass ich nie bluffe. Sie bringt ihre Knie zusammen und zieht ihr Kleid herunter, aber nicht, bevor der Besucher, der die Tür öffnet, einen vollen Blick auf ihre Muschi erhascht.

Triumphierend drehe ich meinen Kopf, um zu sehen, wer der glückliche Zuschauer ist, und erstarre. Valentina steht mit einem Stapel weißer Umschläge in der Hand im Türrahmen, und ihre Augen sehen entsetzt aus.

9

Gabriel

»Es tut mir leid«, sagt Valentina. »Ich wusste nicht, dass Sie beschäftigt sind.«

Ich befreie meine Krawatte aus Helgas Griff und ziehe sie gerade, ohne dass mir Helgas neugieriger Gesichtsausdruck entgeht. Ich muss vorsichtig sein. Helga ist aufmerksam. Ich hebe eine Augenbraue an, um Valentina zu ermutigen, weiterzumachen.

Sie schluckt und hält die Umschläge hoch. »Ihre Mutter hat mich geschickt, um Ihnen diese hier zu bringen.«

»Leg sie auf meinen Schreibtisch.«

Sie nähert sich mit abgewandten Augen und legt den Stapel auf die Ecke. Mit einem kleinen Nicken eilt sie aus dem Zimmer.

»Eine neue Angestellte?«, fragt Helga. »Du hast mir nie gesagt, dass du ein Dienstmädchen hast. Ich dachte, du hättest einen Reinigungsservice damit beauftragt.«

Ich ergreife ihren Arm und ziehe sie auf ihre Füße.

»Was hast du vor?«

»Sag mir, warum du wirklich hier bist.«

Sie leckt sich über ihre Lippen. Endlich fällt die Fassade. »Ich brauche Geld.«

Ich hinterlasse Helga immer Geld nach dem Ficken, und sie muss die zwei Wochen ohne Bonus spüren. Ich lasse ihren Arm los, nehme meine Brieftasche heraus und drücke ihr ein paar Tausender in die Hand. Sie blinzelt, als ich ihr Handgelenk nehme und sie um den Schreibtisch ziehe.

»Bedeutet das, dass wir ficken?«

»Es bedeutet, dass ich dich zur Tür bringe.« Ich ziehe sie fast bis zur Haustür, wo Rhett Wache hält. »Sorge dafür, dass sie das Grundstück verlässt.«

»Gabriel!«

Das Letzte, was ich sehe, bevor ich die Tür vor ihrer Nase schließe, ist ihr verärgerter Gesichtsausdruck. Es ist vorbei. Ich will sie nie wiedersehen.

Valentina

Gabriel Louw hat einen Ruf. Er ist gefährlich, und die Frauen, die Erfahrung aus erster Hand haben, sagen, er fickt wie ein Stier. Warum es so wehtut, als ich es mit eigenen Augen sehe, kann ich nicht begreifen. Es ist nicht so, dass ich es erst heute herausgefunden habe. Was hatte ich erwartet? Exklusivität? Letzte Nacht war süß. Der dumpfe Schmerz zwischen meinen Beinen erinnert mich daran, wie Gabriel mich mit seinem Finger gefickt hat. Es ist die Art von Schmerz, die sich gut anfühlt, zumindest bis vor wenigen Augenblicken, bevor ich ihn mit einer hübschen Blondine mit gespreizten Beinen und ohne Höschen auf seinem Schreibtisch erwischt habe. Es ist ein Spiel für ihn. Ich bin sein Spielzeug. Wenn er mich satthaben wird, wird er mich beiseitelegen. Das Einzige, was für ihn zählt, sind meine Schulden bei ihm. Wenn ich freikomme, will ich kein Stück meines Herzens hierlassen. Das wäre zu ironisch. Es ist gut, dass ich sie erwischt habe. Nein, es ist eine gute Sache, dass er mir *erlaubt* hat, sie zu sehen. Ich schätze, er wollte, dass ich das sehe, um mich daran zu erinnern, dass ich nichts Besonderes bin. Ich bin eine von vielen, und im Moment bin ich praktisch.

Ich überstehe den Tag, indem ich bis zur Erschöpfung arbeite. Sogar mein Gehirn ist zu müde, um zu denken. In dieser Nacht kommt er zum ersten Mal nicht zu mir. Ich bin ein Häufchen zitterndes und schmerzendes Verlangen, als der Morgen kommt, und verfluche ihn und meinen Körper. Visionen von ihm im Bett der blonden Frau treiben mich zu wütenden Tränen. Er hat mich für andere Männer ruiniert. Er hat mich sogar für mich selbst ruiniert.

Am nächsten Morgen bin ich gerade mit dem Staubsaugen beschäftigt, als er mit Rhett und Quincy im Schlepptau durch die Tür stolpert. Sein Haar ist zerzaust, und sein Hemd ist voller Blut. Seine Fingerknöchel bluten. Mein Herz zieht sich zusammen, und mein Puls wird schneller. Er blickt mich an, humpelt aber ohne zu grüßen den Flur hinunter. Ich denke den ganzen Tag über den Grund für seinen Zustand nach und weigere mich zuzugeben, dass ich mir Gedanken um ihn mache. Sich Gedanken machen heißt, sich um jemanden zu sorgen, und das tue ich nicht.

Um fünf Uhr dusche ich und ziehe meine Shorts und mein T-Shirt an. Ich werfe mein Tanktop in meine Tasche, zusammen mit dem Futter für die obdachlosen Hunde. Ich bin nicht in der Stimmung, Gabriel zu sehen, aber ich bin nicht so dumm, dass ich seinen Befehl ignoriere, mich zu verabschieden, bevor ich gehe.

Wie gestern ruft er mich herein, als ich an die Tür seines Arbeitszimmers klopfe. Ich gehe nicht hinein, sondern schiebe nur meinen Kopf durch den Rahmen.

»Ich wünsche Ihnen ein schönes Wochenende. Ich bin jetzt weg.« Ich ziehe meinen Kopf in der Hoffnung zurück, mit dieser kurzen Verabschiedung davonzukommen, aber so viel Glück habe ich nicht.

»Valentina.«

Ich schließe die Augen und atme tief durch, bevor ich ihn erneut ansehe.

Er steht hinter seinem Schreibtisch auf. Er trägt ein blaues Hemd mit marineblauer Hose und gestreifter Krawatte und sieht so heiß aus wie immer. »Ich werde dich bringen.«

Alles, was ich tun kann, ist, ihn verwirrt anzustarren. »Was?«

»Ich werde dich absetzen.«

Gabriel bietet mir an, mich zu fahren? Ich bin mir nicht sicher, was ich davon halten soll. Ich will nicht, dass er nett zu mir ist. »Das ist nicht nötig. Ich komme allein dorthin.«

»So wie letzte Woche?«

»Ähm, ja.«

»In einem Minivan?«

»Ja.«

Er durchquert den Raum mit bedrohlichen Schritten. »Wenn du jemals wieder in einen Minivan steigst, werde ich deinen Arsch so hart versohlen, dass du eine Woche nicht sitzen kannst.«

Ich blinzele ihn an.

»Hast du *ansatzweise* eine Ahnung, wie gefährlich das ist?«, fragt er.

Für ein weißes Mädchen, meint er. Andere Leute haben Autos. Niemand wagt es, allein auf der Straße zu gehen. Die Chancen, vergewaltigt, gefoltert und ermordet zu werden, sind zu hoch. Das Leben hat in dieser Stadt keinen Wert, aber in meiner Welt, in der man keine Wahl hat, muss man etwas riskieren.

»Du bist mir viel wert, Valentina. Ich besitze dich, und ich beschütze, was mir gehört.«

Er kehrt zu seinem Stuhl zurück und nimmt seine Jacke von der Lehne. Er nimmt seine Schlüssel vom Schreibtisch, ergreift meine Hand und führt mich zur Garage.

Ich fühle mich klein neben ihm im luxuriösen Innenraum seines Autos. Er sagt nichts, als er den schnittigen Jaguar die Einfahrt hinunter und in den Verkehr steuert. Anstatt nach Osten zu fahren, fährt er nach Norden. Er fragt nicht, wohin ich will, also halte ich den Mund, bis er vor einem exklusiven Laden in Sandton anhält. Ich steige aus, als er herumkommt und mir die Tür aufhält, und ich drücke meine Tasche an meine Brust, während er mich in den luxuriösen Laden führt. Er ist nicht wie die anderen Kaufhäuser, die ich kenne. Es sind keine Artikel ausgestellt. Es gibt nur ein Ledersofa und einen Glastisch, der mit Kleidung, Geldbörsen und Schuhen bestückt ist. Eine hübsche, junge Frau begrüßt uns an der Tür und winkt mit einem Arm Richtung Tisch.

»Es ist alles bereit für Sie, Mr. Louw.«

Er nickt ihr nur kurz zu und führt mich vorwärts. »Nur zu. Such dir aus, was du möchtest.«

Verblüfft starre ich ihn an.

»Welche ist Ihre Lieblingsfarbe?«, fragt die Frau. »Rot passt gut zu Ihrem Teint. Weiß auch. Silber für den Abend.« Sie fängt an, Kleider aus dem Haufen zu ziehen und drapiert sie über dem Sofa.

»Ähm, entschuldigen Sie bitte.« Ich räuspere mich. »Könnte ich bitte einen Moment mit …« Wie soll ich ihn vor ihr nennen? »… Mr. Louw …«

»Gabriel«, korrigiert er.

Die Frau schaut von mir zu Gabriel. In ihren Augen ist Verwunderung zu erkennen, auch wenn sie es zu verbergen versucht. »Ich werde Ihnen Erfrischungen holen. Lassen Sie sich Zeit.«

Als sie in einem Hinterzimmer verschwindet, wende ich mich an Gabriel. »Was haben Sie vor?«

»Ich besorge dir Klamotten.«

»Warum?«

»Ich habe dein blaues Kleid in den Müll geworfen.«

»Ich habe nicht erwartet, dass Sie es ersetzen.«

»Ich habe dir doch gesagt, dass ich mich gerne um dich kümmere.«

Ich ringe mit den Händen und schließe die Lücke zwischen uns. »Ich kann Ihr Geld nicht nehmen.«

Seine Augen verdunkeln sich, und das fleckige Blau wird stürmisch. »Es ist legales Geld.«

»Das ist nicht das Problem. Es fühlt sich einfach nicht richtig an.«

»Es fühlt sich verdammt gut für mich an. Willst du damit sagen, dass es nicht richtig ist, wenn du mich mich gut fühlen lässt?«

»Verdrehen Sie meine Worte nicht.«

Er zieht mich so plötzlich an sich, dass mein Atem stockt. Er hat einen Arm um meine Taille gelegt und bedeckt mit seiner anderen Hand meine Brust, um meinen Nippel leicht zusammenzudrücken. »Teste meine Geduld nicht aus.«

Sofort überflutet Hitze meinen Körper. Sie sprudelt in meinen Adern und schickt Blut in meine Klitoris. Meine Brustwarzen sind so hart wie Kieselsteine. Ich will die Gefühle hassen, die mich durchströmen, aber ich kann nicht. Als mein Körper meine Erregung zeigt, spiegelt sich die gleiche Hitze, die ich spüre, in seinen Augen wider.

Die Ladenbesitzerin kommt mit einem Krug Eistee und Gläsern zurück, aber Gabriel lässt mich nicht los.

Sie betrachtet unsere Haltung. Als sie das Tablett auf den Tisch stellt, sagt sie in einem professionellen Ton: »Haben Sie schon etwas ausgewählt?«

Eine Stunde später verlasse ich den Laden mit einem neuen Kleid, Designer-Jeans, zwei T-Shirts, einem lässigen Trenchcoat, einem Paar flacher Ballerinas, fünf Sets hübscher Unterwäsche und einem süßen Off-Shoulder-Pullover. Gabriel hat mich gedrängt, mehr zu nehmen, aber das ist schon mehr, als ich brauche.

Er lädt meine Pakete auf den Rücksitz seines Wagens, und als wir sitzen, dreht er sich zu mir um. »Wohin, meine Schöne?«

Ich bin mir sicher, dass er es bereits weiß, aber ich sage ihm Kris' Adresse. Auf dem Weg dorthin versuche ich zu verstehen, was gerade passiert ist. Als wir vor der Praxis ankommen, verstehe ich Gabriel immer noch nicht annähernd.

Er schaltet den Motor aus. »Deine Wohnung ist verkauft.«

»Wow, so schnell?«

»Ich habe veranlasst, dass das Geld auf dein Bankkonto überwiesen wird. Ich hoffe, das ist in Ordnung.«

»Gabriel …« Mir fehlen die Worte. »Danke.« Das Wort drückt meine Dankbarkeit nicht annähernd aus, aber es ist alles, was ich herausbringen kann.

»Keine Ursache. Ich habe doch gesagt, ich kümmere mich darum.«

Er greift über mich hinweg und öffnet meine Tür für mich, wobei sein Arm über meine Brüste streicht. Bevor ich Einspruch erheben kann, holt er meine Pakete und bringt sie zu Kris' Haus. Charlie öffnet die Tür und nimmt mich in eine Bärenumarmung.

»Va-Val!«

»Hey, großer Bruder.«

Gabriel hält Charlie die Hand hin. »Hallo, erinnerst du dich an mich?«

»Du bist der bö-böse Ma-Mann.«

Gabriel lacht kurz auf. »Ich schätze, das kann man sagen, aber ich bevorzuge Gabriel.«

Charlie tritt einen Schritt zurück und schaut mich mit großen Augen an.

»Es ist okay, Charlie. Gabriel wird uns nichts tun. Ich arbeite für ihn, erinnerst du dich?«

Nachdem er über meine Antwort nachgedacht hat, gewinnen Charlies gute Manieren endlich. »Willst du einen Sa-Saft?«

»Gern.« Gabriel lächelt mich an und macht es sich in Kris' Küche bequem.

Ich bin besorgt, ihn in der Nähe meines Bruders zu haben. Ich beobachte ihn wie ein Falke, während er mit Charlie redet, aber Charlie wird mit Gabriel schnell warm. Als er eine Stunde später geht, könnte man schwören, dass sie beste Freunde sind. Was für ein Spiel spielt Gabriel? Er kann mit mir spielen, wenn das der Preis ist, den ich für Charlies Freiheit zahlen muss, aber ich lasse nicht zu, dass er das Leben meines Bruders durcheinanderbringt.

Gabriel

Da Carly an diesem Wochenende bei ihrer Mutter ist, habe ich den Abend und den morgigen Tag für mich allein. Magda ist mit Freunden unterwegs. Ich habe mich versichert, dass keine Geschäftstreffen geplant sind und habe Rhett und Quincy das Wochenende freigegeben. Ich schenke mir einen Whiskey ein und setze mich mit Valentinas Akte auf meinem Schoß in einen Sessel im Lesesaal. Es gibt nicht viel in ihrem Leben, was ich nicht schon weiß. Ihr Vater, Marvin, war an einem Fahrzeugklon-Syndikat beteiligt. Ihre Mutter, Julietta, war eine Hausfrau. Valentina wuchs in Rosettenville im Süden auf. Als sie dreizehn war, stürzte ihr Chevrolet von einer Brücke. Marvin wurde beim Aufprall getötet. Valentina überlebte, und Charlie erlitt schwere Verletzungen, die zu Hirnschäden führten. Ein Jahr später wurde ihre Mutter bei einem bewaffneten Banküberfall getötet. Eine Tante kümmerte sich um Valentina, und Charles und zog in die Wohnung ein, die ihre Eltern in Berea besaßen, als ihr Haus versteigert wurde, um die ausstehenden Rechnungen und Beerdigungskosten zu decken. Die Tante starb nach Valentinas neunzehntem Geburtstag, so dass sie sich von da an allein um Charlie kümmern musste.

Meine frühere Frage bleibt. Warum hat sich niemand um Julietta und ihre Kinder gekümmert? In unserem Geschäft ist die Familie alles. Wir kümmern uns um uns selbst und um unsere Leute. Marvin war nicht an der Spitze der Hierarchie, aber er war auch kein kleiner Dieb. Er hatte genug Einfluss und Unterstützung, um seiner Witwe und seinen Kindern Schutz, ein Dach über dem Kopf und Nahrung zu garantieren. Stattdessen lebten sie nach seinem Tod von der Hand in den Mund.

Ich lege die Akte beiseite und wische mit einer Hand über mein Gesicht. Der zweite Ordner enthält Valentinas Bankaktivitäten des heutigen Tages. Die Hälfte des Geldes, das ich ihr für ihre Wohnung bezahlt habe, wurde auf Kris' Konto überwiesen. Die andere Hälfte zahlte sie auf ein Konto ein, das auf UNISA registriert ist. Ich folge der Spur der University of South Africa und bestätige meine Vermutung. Valentina ist immatrikuliert für ein Fernstudium in Veterinärmedizin. Über meine Kontakte habe ich innerhalb weniger Minuten eine Nummer von Valentinas Mentorin an der Universität. Auch wenn es spät ist, wähle ich die Nummer. Ich brauche nicht lange, um Mrs. Cavendish zu überzeugen, morgen mit mir zu frühstücken.

Ich sitze an einem Tisch, der in einer abgeschiedenen Ecke auf dem Dach des Rosebank-Hotels versteckt ist, als Aletta Cavendish eintrifft. Sie ist nicht die alte Schachtel, die ich mir ihrer Stimme nach vorgestellt hatte. Der einzige Grund, warum ich weiß, dass sie es ist, ist, dass sie genau zum vereinbarten Zeitpunkt das Dach betritt. Die große, platinblonde Frau ist Ende dreißig. Ehering. Großer Diamant. Der Ehemann muss einen netten Job haben, denn Universitätsprofessoren verdienen nicht so viel. Ihr Haar fällt locker um die Schultern, und auf ihrem Gesicht ist keine Spur von Make-up zu sehen. Auch ohne die Hilfe von Kosmetika ist sie attraktiv. Sie trägt ein weißes T-Shirt und einen fließenden Rock mit indischem Muster und Ledersandalen. Es müssen etwa zwanzig Armreifen an ihrem Arm hängen. Der Blumenkind-Typ. Wegen ihres geraden Rückens und den Schultern nehme ich an, dass sie Selbstvertrauen hat. Ihr Gang ist leicht und federnd. Eindeutig der Typ, der nachts gut schläft.

Sie gibt dem Kellner ihren Namen, und als er in meine Richtung zeigt, begegnet sie meinen Augen mit einem ruhigen und freundlichen Blick. Einen Moment lang ist ihr Gesicht schockiert, als sie meine Gesichtszüge wahrnimmt, aber ihr Lächeln bleibt ungebrochen. Ihre Ohrringe baumeln, als sie sich meiner Ecke nähert, und ich stehe auf, bevor sie den Tisch erreicht.

Sie begrüßt mich mit einem festen Händedruck. »Mr. Louw.«

»Gabriel, bitte.« Ich ziehe ihren Stuhl für sie hervor. »Danke, dass Sie sich mit mir treffen.«

Als sie eine überdimensionale Tasche neben ihren Stuhl fallen lässt, sieht sie mich prüfend an. »Ich muss zugeben, dass ich nicht hier wäre, wenn es sich bei der betroffenen Studentin nicht um Valentina handeln würde.«

»Ich weiß Ihre Zeit zu schätzen.« Ich nicke dem Kellner zu. »Wollen wir bestellen?«

Als sie die Speisekarte durchsieht, beobachte ich sie. Aletta ist intelligent und redet nicht um den heißen Brei herum. Ich mag sie. Sie ist leidenschaftlich und engagiert. Sie muss eine gute Lehrerin sein.

Wir bestellen beide Kaffee und Eier Benedikt. Als der Kellner weg ist, sagt sie: »Sie haben am Telefon gesagt, dass Sie der neue Arbeitgeber von Valentina sind. Ich wusste nicht, dass sie ihren Job gewechselt hat.«

»Es ist sehr neu.«

»Was genau macht sie für Sie?«

»Hausverwaltung.«

Sie neigt ihren Kopf. »Wie ein Dienstmädchen?«

Ich lächle und behalte meinen gelassenen Ausdruck bei.

»Ich bin überrascht«, fährt Aletta fort. »Sie liebte den Job in der Tierarztpraxis, und es war eine gute Erfahrung.«

»Ich habe ihr ein Angebot gemacht, das sie nicht ablehnen konnte.« Das ist nicht gelogen.

Der Kellner kehrt zurück, um unseren Kaffee zu

servieren. Aletta rührt ein Stück Zucker und Milch hinein. »In diesem Fall muss es für mehr Geld sein. Gott weiß, sie kann jeden Cent mehr gebrauchen.«

»Ich mache mir Sorgen um ihr finanzielles Wohlergehen, deshalb wollte ich Sie treffen. Valentina weiß natürlich nichts davon. Sie ist stolz. Ich würde es begrüßen, wenn wir diese Unterhaltung für uns behalten können.«

Sie pustet auf ihren Kaffee und beobachtet mich über den Rand hinweg. »Was wollen Sie von mir?«

»Wie hoch sind ihre Schulden?«

»Ist das nicht eine Frage, die Sie sie selbst fragen sollten?«

»In Ordnung. Ich werde es anders formulieren. Was kostet ein Tierarzt-Abschluss derzeit?«

»Das sind ungefähr 50.000 pro Jahr, ohne Bücher und Material.«

»Ich weiß, wie viel sie verdient hat, bevor sie anfing, für mich zu arbeiten. Wie hat sie das geschafft?«

»Sie hat ein Teilstipendium, aber es reicht nicht aus, um alles abzudecken.«

»Ist sie eine gute Studentin?«

»Ehrlich? Sie ist die beste, die ich je hatte. Nicht nur ihre Noten sind top, das Mädchen ist außerdem der geborene Tierarzt. Ich habe noch nie gesehen, dass Tiere so reagieren, wie sie sich ihr gegenüber verhalten.«

Was sie nicht sagt. »Wie kommt es dann, dass sie nur ein Teil-Stipendium hat?«

»Mit dem finanziellen Zusammenbruch und den

politischen Unruhen bleibt nur noch sehr wenig in der Universitätskasse übrig. Es gibt keine Vollzeitstipendien für Tierarztstudenten. Ich stifte ihre Bücher, aber wie Sie bereits sagten, ist sie stolz. Zum Glück ist Valentina auch stark. Tierärztin zu werden ist ihr Traum. Sie wird einen Weg finden.«

Das Essen kommt. Der Kellner verschiebt das Salz und den Saft mehrmals, bevor er genug Platz hat, um die Teller abstellen zu können.

Ich musste mir nie Sorgen um Geld machen. Wenn ich etwas will, gehe ich raus und kaufe es mir. Ich kann mir nicht vorstellen, wie es ist, sich die Finger wund zu arbeiten, um die Rechnungen zahlen zu können, was ironisch ist, da es von einem Mann kommt, der mit den finanziellen Problemen anderer Leute sein Geld verdient.

Ich lehne mich auf meinem Stuhl zurück. »Wenn ich ein Förderstipendium einrichten will, kann ich dann wählen, an wen es gehen soll?«

Das Messer in ihrer Hand hört auf, sich zu bewegen. »Ja.« Sie sieht mich leicht überrascht an. »Sie können den Begünstigten benennen.«

»Der Begünstigte muss nicht wissen, wer der Sponsor ist?«

Ein Lächeln erwärmt ihre Augen. »Sie können das Stipendium nennen, wie immer Sie wollen. Es muss nicht Ihren Namen tragen, und es kann mit Sicherheit anonym sein.«

Ich stütze meine Ellbogen auf den Tisch und bringe meine Fingerspitzen zusammen. »In diesem Fall würde ich gerne ein volles Stipendium anbieten, das alle Ausgaben deckt.«

Ihr Lächeln wird zehn Grad wärmer. »Ich werde Ihnen den Kontakt zu der richtigen Person in der Finanzabteilung vermitteln.«

»Montag.« Ich möchte diesen Weg für Valentina so schnell wie möglich ebnen.

»Verstanden.« Sie beißt ab, kaut langsam und schluckt. »Wissen Sie, ich hatte meine Zweifel an Ihnen.«

»Ja?«

»Ich dachte, Sie wollten mir sagen, dass Valentinas Studium ihren Job stört.«

»Oh nein. Nichts dergleichen.«

»Ich bin froh, dass ich mich geirrt habe.«

Sie hat keine Ahnung.

NACH DEM FRÜHSTÜCK SCHREIBE ICH MEINEM Privatbankier eine SMS und gebe Anweisungen für die Einrichtung des Stipendiums. Dann fahre ich nach Rosettenville. Ich fahre zu der Adresse in meiner Akte, dem Haus, in dem Valentina aufgewachsen ist. Es ist ein bescheidenes Bergmannshaus, der billige Reihenhaustyp, den die Goldminenbetreiber für ihre Arbeiter errichtet und später an private Eigentümer verkauft haben. In dieser Straße sieht alles gleich aus. Es ist schwer vorstellbar, dass jemand wie Valentina durch die Straßen dieses durchschnittlichen und langweiligen

Viertels läuft. Sie gehört an einen exotischen Ort, an einen schönen Ort. Die Hauptstraße, die mit den meisten Geschäften, ist ruhig. Die Geschäfte sind am Wochenende geschlossen. An der Kfz-Werkstatt parke ich mein Auto und stecke die Waffe hinten in meinen Hosenbund. Lambert Roos wohnt in einem Haus, das an die Werkstatt angrenzt. Das schlichte Gebäude mit der niedrigen Grundstücksmauer ist ein leichtes Ziel für Diebe. Mit dem Niedergang von Hillbrow und Downtown wurde Rosettenville zu einer gefährlichen Nachbarschaft. Die Tatsache, dass er die Mauer nicht hoch gebaut und mit elektrifiziertem Stacheldraht versehen hat, sagt mir eines von zwei Dingen. Entweder ist er zu arm – oder er ist mächtig genug, damit sich Kriminelle nicht mit ihm anlegen. Der abgeblätterten Farbe an den Wänden und den fehlenden Dachziegeln nach zu urteilen setze ich mein Geld auf die erste Option.

Ich springe über die Mauer und klopfe an die Tür. Innen höre ich schlurfende Schritte.

»Wer ist da?«, ruft eine männliche Stimme.

»Gabriel Louw.«

Einen Moment lang passiert nichts, bevor die Tür einen Spalt aufgeht. Ein kleiner, kahlköpfiger Mann in Weste und Boxershorts betrachtet mich skeptisch. Er wirft einen Blick über meine Schulter die Straße hinauf und hinunter.

»Ich bin allein«, sage ich mit einem kalten Lächeln.

»Wenn das nicht Owens hässliches Entlein ist. Wie isses?«

Ich sollte ihn für diese Bemerkung töten, aber ich brauche Informationen. Ich schiebe mich an ihm vorbei in sein Haus. Der Ort riecht nach alten Socken und abgestandenem Kohl. Die Teppiche sind abgenutzt, und die Möbel haben schon bessere Tage gesehen. Das Geschäft muss schleppend laufen. Oder auch nicht. Auf dem Tisch liegen mehrere mit weißem Pulver gefüllte Beutel. Kokain oder vielleicht CAT.

Seine Augen folgen den meinen. Eine dünne Schweißschicht glänzt auf seiner Stirn. »Was kann ich für Sie tun?«, fragt er in humorlosem Slang. »Wollen Sie ein Bier?« Er verlagert sein Gewicht.

Er ist gastfreundlich genug, aber er will mich loswerden.

»Erinnern Sie sich an Marvin Haynes?«

Er dreht sich um und blinzelt zweimal. »Ja. Wer tut das nicht?«

»Sie müssen ihn gut gekannt haben, da Sie seine Tochter heiraten sollten.«

Seine geschwollenen Augen verengen sich, und er stößt ein erzwungenes Lachen aus. »Er lebte die Straße runter, aber wir hatten kaum etwas miteinander zu tun. Ich habe seine Frau von Zeit zu Zeit in der Apotheke gesehen. Warum fragen Sie?«

»Wenn Ihnen Valentina Haynes versprochen war, warum hat Ihre Familie sie und ihren Bruder nicht aufgenommen, nachdem ihre Mutter gestorben ist?«

Er kratzt sich am Nacken. »Als ihr Vater weg war, war der Deal geplatzt.«

»Sie wollten die Vereinbarung nicht einhalten?«

»Sie ist nicht mein Typ.«

Verdammter Bullshit. »Sie ist eine sehr hübsche Frau, oder nicht?«

»Ja.«

»Sie mögen keine Hübschen? Oder mögen Sie keine Frauen?«

»Sie war nicht gut genug für mich.«

»Sie sind ausgestiegen, weil sie nicht gut genug für Sie war?«

»Ja.«

Er lügt durch seine schiefen, gelben Zähne.

»Warum wollen Sie das wissen?«, fragt er und versucht, entspannt auszusehen, aber seine Stimme bricht beim letzten Wort.

Ich zucke mit den Schultern. »Neugier.«

Mit einem Nicken gehe ich zurück zu meinem Auto. Bereits bevor ich eingestiegen bin, hat der Idiot sein Handy in der Hand und beobachtet mich durch die zerrissenen Spitzenvorhänge, während er einen Anruf tätigt. Ich hätte vor meinem Besuch sein Telefon anzapfen sollen. Aber egal, ich werde auch so herausfinden, mit wem er spricht. Ich schicke Anton eine SMS mit Namen und der Adresse von Lambert sowie Datum und Uhrzeit, in der ich ihn anweise, eine Aufzeichnung des Gesprächs zu erhalten und diese als verschlüsselte Nachricht an mein privates E-Mail-Konto zu senden.

Valentina

ALS ICH AM SPÄTEN SONNTAGNACHMITTAG VOR KRIS' Haus trete, wartet Rhett auf der anderen Straßenseite neben dem Mercedes. Er öffnet die Hintertür als stille Anweisung für mich, einzusteigen. Auf der Fahrt nach Parktown wechseln wir kein einziges Wort. Ich bin traurig, Charlie verlassen zu müssen. Ich fühle mich schuldig, weil ich nicht in der Lage bin, mich um ihn zu kümmern, aber vor allem vermisse ich seine Anwesenheit. Seine Freude ist unschuldig und echt. Er ist das einzige Stück unkomplizierter Wahrheit in den verdrehten Gefühlen meines Lebens.

Trotz meiner Traurigkeit beginnt mein Körper zu summen, als wir uns dem Haus nähern. Wie ein konditioniertes Tier wird mein Körper durch das Wissen erregt, dass er bald bei meinem Beherrscher sein wird, während mein Gehirn die Reaktion verurteilt. Ich hasse diese Trennung meiner Gedanken von meinen körperlichen Reaktionen. Ich bin im ständigen Krieg mit mir selbst.

Gabriel selbst wartet auf der Veranda. Mein Herz schlägt bei dem Anblick seines muskulösen Körpers unwillkommen schnell. Er hält die Tür auf und nimmt meine Pakete, in denen sich die noch nicht ausgepackten neuen Kleider mit intakten Preisschildern befinden. Rhett verschwindet, wohin auch immer. In dem Moment, als er weg ist, streicht Gabriel mit seinen Lippen über meine Ohrmuschel.

»Willkommen zu Hause.«

Seine Worte stören mich. Das ist nicht mein Zuhause. Mein Zuhause ist bei Charlie. Was Gabriel uns als Familie antut, ist falsch. Ich eile hinein und mache mich auf den Weg in mein Zimmer. Eine Minute später tritt Gabriel hinein und steht wie eine bedrohliche, dunkle Energie am Fuße des Bettes.

»Was ist los?«

»Nichts.«

»Bist du nicht froh, dass du Zeit mit deinem Bruder verbringen kannst?«

Ich schaue ihn finster an. »Natürlich bin ich das.«

Ich fange an, die Kleidung auszupacken und nehme mir die Zeit, jedes Teil sorgfältig zusammenzulegen.

Er lässt mich eine Weile so weitermachen, bevor er mir den Haufen aus den Händen nimmt und ihn auf das Bett legt. »Gehen wir schwimmen.«

Meine Kinnlade klappt nach unten. Er lädt eine Hausangestellte in seinen Pool ein?

»Was meinst du, Valentina?«

»Ich habe keinen Badeanzug.«

»Du brauchst keinen.«

Ohne eine Antwort abzuwarten, nimmt er mein Handgelenk, zieht mich durch die Küche und aus der Hintertür. Auf der Terrasse fängt er an, sich auszuziehen.

Ich schaue mich um, um sicherzugehen, dass wir allein sind. »Was hast du vor?«

»Nackt mit dir schwimmen.«

»Bist du verrückt?«

»Wir sind allein. Magda ist nicht da, und Carly kommt nicht vor morgen zurück.«

Gabriel steht splitternackt und hart vor mir. Sein vernarbter Körper ist erschreckend in seiner brutalen Schönheit. Die Male an Fuß und Knie schmälern seine körperliche Perfektion nicht. Für mich verstärken sie seine Anziehungskraft und machen ihn atemberaubend perfekt auf eine eigenwillige Art und Weise. Ist es die verzerrte Anziehungskraft der Unvollkommenheit – oder wird ein Teil von mir von allem angezogen, was dunkel und zerstörerisch ist?

Er zeigt mir seinen steinharten Hintern, als er ins kalte Wasser geht und eintaucht. Wasser spritzt, und das Geräusch erinnert mich an Ferien und stressfreie Zeiten, die schon lange vorbei sind.

»Komm schon«, ruft er. »Das Wasser ist toll.«

Es ist verlockend. Es war ein höllisch heißer Tag, und mein Körper fühlt sich klebrig an. Ich kann mich nicht erinnern, wann ich das letzte Mal geschwommen bin.

Mein Blick wandert in Richtung des Personalquartiers. »Rhett …«

»Rhett kommt nicht in die Nähe des Hauses, es sei denn, ich befehle es ihm. Und jetzt befehle ich dir was. Komm rein.«

»In Ordnung.«

Ich ziehe meine Turnschuhe und Klamotten aus und gehe zum Rand des Pools. In dem Moment, in dem sich unsere Blicke treffen, verändert sich seiner. Das Eis in seinen Augen weicht einem geschmolzenen, heißen Blick. Ohne Scham schaut er meine Brüste an, bevor sein Blick noch weiter nach unten wandert. Sein Schwanz unter dem Wasser schwillt unübersehbar an. Ich wünschte, es würde nicht zwischen meinen Beinen kribbeln oder meine Brustwarzen wären nicht verhärtet, aber ich bin meiner Reaktion genauso hilflos ausgeliefert wie seinem wortlosen Befehl, als er seinen Finger krümmt. Als ich am flachen Ende ins kühle Wasser gehe, lasse ich meine Schuldgefühle und mein Gewissen draußen. Egal wie sehr ich protestiere, Gabriel wird tun, was immer er will. Dieses verrückte, unausgeglichene Machtspiel erteilt mir ein gewisses Maß an Absolution.

Als ich bis zur Taille im Wasser stehe, schwimmt er zu mir und schnappt sich eine Handvoll meiner Haare. Er zieht meinen Kopf zurück, um meinen Oberkörper zu wölben, seine Lippen um einen Nippel zu legen und meine Brust tief in seinen Mund zu saugen. Ich schreie, als die empfindliche Spitze plötzlich schmerzt. Sofort zieht er sich zurück, um mich anzusehen.

»Normalerweise magst du das.«

Ich umschließe die wunde Wölbung mit meiner Hand. »Es ist fast ›diese gewisse‹ Zeit des Monats. Sie werden überempfindlich.«

Er betrachtet meine Brüste mit neuem Interesse und nimmt beide in seine Hände. »Sie sind größer.« Er lässt sie schwingen und mich vor Unbehagen aufstöhnen. »Und schwerer.« Seine Hände bewegen sich über meine Flanken zu meinen Hüften und über meinen geschwollenen Bauch. »Wann ist deine Periode fällig?«

»Morgen.« Ich zittere ein wenig, als ich es sage. Danach wird die Geburtenkontrolle wirksam sein, und nichts wird ihn daran hindern, den letzten Schritt zu tun.

Dann entspannt er sich und gibt meinen Körper frei. »Vielleicht wird dir das Wasser guttun.«

Das tut es. Wir schwimmen ein paar Runden und lassen uns einfach treiben, ohne zu reden. Als wir herauskommen, ist meine Haut schrumpelig. Gabriel holt Handtücher aus dem Poolhaus und bedeckt mich mit einem, während ich mich auf einem Liegestuhl ausstrecke. Für ein paar glückselige Momente vergesse ich alles und genieße einfach die Strahlen der untergehenden Sonne auf meinem Gesicht. Ich war noch nie mit ihm allein im Haus. Es gibt weniger Spannung, wenn niemand sonst in der Nähe ist.

Als es kühler wird, trägt er mich hinein und legt mich auf mein Bett. Wie jede Nacht, die er in mein Zimmer kam, lässt er mich kommen. Er ist sanft, umgeht meine wunden Brüste und meinen geschwollenen Bauch. Danach lässt er mich ihn in den Mund nehmen und bleibt noch eine Stunde bei mir.

Hält er auch andere Frauen so? Geht er raus, um jemanden zu ficken, nachdem er mit mir zusammen war? Ich habe noch nie eine andere Frau im Haus gesehen, außer der Frau in seinem Arbeitszimmer, aber das bedeutet nicht, dass er enthaltsam ist. Vielleicht spielt er mit seinen Frauen woanders, um Carly zu beschützen. Soweit ich weiß, hat er eine Freundin. Vielleicht ist es die Frau, die ich gesehen habe. Vielleicht vögelt er ihr jeden Abend das Hirn heraus, nachdem er mein Zimmer verlassen hat. Unser Schweigen ist nicht mehr angenehm.

Ich kann nicht anders, als zu fragen: »Schläfst du mit jemandem?«

Seine Brust vibriert durch ein Lachen an meinem Rücken. »Spielt das eine Rolle?«

Wenn der Schmerz in meinen Rippen irgendetwas ist, woran man es festmachen kann, dann ja, das tut es, aber ich würde lieber sterben, als das zuzugeben »Nein, ich habe es mich nur gerade gefragt.« Verdammt, ich höre mich nicht einmal für mich selbst überzeugend an.

»Ihr Name ist Helga.«

Hm. Es ist, als ob er mir mit einer Faust den Wind aus dem Bauch schlägt. Ich wollte es wissen, und jetzt bereue ich es, gefragt zu haben. Vor allem will ich ihren Namen nicht wissen. Der Schmerz greift mich aus allen Richtungen an und macht mich verwundbar. Die Eifersucht sammelt sich in meiner Brust.

»Sie ist die Frau, die du in meinem Arbeitszimmer gesehen hast. Das ist es doch, was du wirklich wissen möchtest, oder?«

Jetzt, wo es raus ist, kann ich den Weg auch zu Ende gehen und mich gründlich verletzen lassen. Vielleicht wird der Schmerz mein Verlangen nach Gabriel dämpfen. »Hast du mit ihr geschlafen?«

»Ja.« Nach einem Moment fährt er fort: »Aber ich habe sie nicht gefickt, seit du da bist.«

Irgendetwas gibt in meinem Torso nach, wie ein

Gummiband, das reißt. Dummerweise möchte ich weinen. Korrektur: Ich will heulen. Verdammtes PMS. »Es spielt keine Rolle.«

Sein Lachen hört sich wissend an. »Natürlich nicht.«

»Warum hast du nicht mit ihr geschlafen?« Ich halte den Atem an wegen etwas, was ich nicht benennen kann.

»Ich will nicht.«

Aber er kann. Gabriel ist die Art von Mann, der nimmt, was er will, nicht mit Gewalt, sondern indem er deinen eigenen Körper dazu bringt, dich zu verraten, indem er deinen Willen stiehlt, jede deiner guten Absichten bricht und ein Loch in dir hinterlässt, das nur er füllen kann. Wo ich jetzt schmerze, kann nur sein Schwanz das leere Gefühl ausfüllen. Es ist verdreht. Er brachte mich dazu, ihn zu wollen – ihn zu brauchen –, so wie ich Wasser brauche, während er nach Lust und Laune weggehen kann, wann immer er mich nicht will. Es wird der Tag kommen, an dem ich die nächste Helga sein werde, der Tag, an dem er nicht mehr in mein Zimmer kommt, um mich kommen zu lassen, nur weil er nicht mehr *möchte*. Er ist ein Arschloch, und ich hasse mich selbst dafür, dass er mich nicht kaltlässt.

»Du bist sehr ruhig«, fällt ihm auf. »Wenn du müde bist, lasse ich dich schlafen.«

Da ich gern allein wäre, damit ich mich zu einem Ball zusammenrollen kann, lasse ich die Lüge über meine Lippen kommen. »Das wäre nett.«

Mein Herz wird schwer, als er sein Gewicht von der Matratze hebt. Mit einem keuschen Kuss auf meine Stirn geht er aus meinem Zimmer. Endlich bin ich allein, so wie ich es wollte, aber fühle mich erbärmlich einsam.

Am Montagmorgen erwartet mich Magda mit entsetzlichen Neuigkeiten in der Küche. Marie hatte einen Schlaganfall.

»Du übernimmst die Menüplanung«, sagt sie, »und das Kochen. Gib mir zuerst alles zur Ansicht, damit ich es genehmige.« Sie zeigt auf den Computer in der Ecke. »Du findest das Budget und die Supermärkte, die liefern, im System.«

»Wird sie wieder gesund?«

»Ich weiß es nicht. Ihre Tochter wird es mich wissen lassen. Es ist sehr ungünstig, wenn man bedenkt, dass wir am Freitag ein formelles Geschäftsessen im Haus haben. Oh, du musst dich um das Essen und das Servieren kümmern. Ich schicke das Menü per E-Mail an den Küchencomputer. Ich erwarte nur zwei oder drei Gäste.« Sie schreibt einen Code auf den Notizblock. »Hier ist das Passwort.«

Sie ist auf halbem Weg zur Tür, bevor ich den Mut finde, zu reden. »Ich bin nicht sicher, dass ich das schaffe.«

Sie wirbelt herum und verengt ihre Augen, als sie mich ansieht. »Hast du ein Problem?«

»Das Putzen und Kochen … das ist viel für eine Person. Es ist nicht so, dass ich nicht will, aber es ist ein großes Haus. Ich will weder das eine noch das andere vernachlässigen.«

»Dann stell sicher, dass du es nicht tust.« Ihre Lippen verdünnen sich zu einem Lächeln. »Dein Leben hängt davon ab.«

Ich starre ihren Rücken an, als sie die Küche verlässt. Ich hasse das hochmütige Klappern ihrer Absätze genauso sehr, wie ich die Leitkegelfarbe ihres Lippenstiftes verabscheue. Sie kann auf mich herabblicken, weil ich arm bin, und mich wie eine Sklavin behandeln, weil sie neun Jahre meines Lebens besitzt, aber wenn diese neun Jahre vorbei sind, werde ich nie wieder einen Befehl von ihr annehmen. Ich werde Charlie nehmen und in eine andere Stadt ziehen, eine Stadt, in der die Louws nicht regieren. Ich lasse mir von diesen Zukunftsplänen meine Entschlossenheit stärken, schalte den Computer ein und warte darauf, dass er hochfährt, damit ich die Bestellung für den Tag aufgeben kann.

MONTAG UND DIENSTAG VERGEHEN VERSCHWOMMEN. Ich entwerfe eine Art Zeitplan, staubsauge nur jeden zweiten Tag und bügele spät in der Nacht. Am Dienstagabend erhalten wir ein Update von Maries Tochter, in dem es heißt, dass sie mindestens sechs Monate lang nicht mehr zur Arbeit kommen wird. Da ich die

Rezepte von Marie nicht kenne, bleibt mir nichts anderes übrig, als das Menü zu ändern. Was ich besser kenne, ist der mediterrane Stil meiner verstorbenen Mutter. Ich finde einen kleinen, ortsansässigen Produzenten von frischen Produkten, der sich nicht nur als biologisch, sondern auch als billiger entpuppt. Obst und Gemüse sind nicht hübsch, aber dafür lecker. Ich bestelle auch weniger Reinigungsmittel. Ich kann einen Boden genauso gut mit etwas Essig im Wasser waschen wie mit einem teuren Produkt, das nach Sommerobstgarten riecht, aber an Tieren getestet wurde. Das Ergebnis ist eine dreißigprozentige Ersparnis bei der wöchentlichen Lebensmittelrechnung.

Das neue Arbeitstempo ist anstrengend. Hinzu kommt, dass meine Periode pünktlich gekommen ist. Ich habe schon immer unter einer starken Blutung gelitten, die mich schwächt. Ich bestelle ein Eisenpräparat mit meinen persönlichen Lieferungen, um mich für den großen Abend am Freitag zu steigern. Das Letzte, was ich will, ist, dass ich meinen ersten Dinnerparty-Test nicht bestehe, wenn mein Leben davon abhängt.

Trotz meiner Periode kommt Gabriel nachts zu mir, aber anstatt mich zu den atemberaubenden Höhepunkten zu bringen, an die ich mich gewöhnt habe, liebkost er meinen Körper mit Rücken- und anderen Massagen. Es ist merkwürdig und untypisch für ihn, nicht, dass er generell vorhersehbar wäre. Je mehr Magda mich drängt, umso freundlicher ist Gabriel zu mir, was Magda wütend macht. Es ist ein Teufelskreis zwischen den beiden, und ich stecke mittendrin.

Carly ist kühl, aber nicht mehr ganz so unfreundlich, seit sie mit ihrem Date ausgegangen ist. Sebastian darf sie zu Hause bei ihrer Großmutter oder ihrem Vater besuchen, aber da Gabriel tagsüber immer unterwegs ist, ist es meistens Magda, die die beiden Turteltauben im Auge behält.

Am Mittwoch ist Carly allein am Pool. Als ich ihr Handtuch aufhebe, um es in die Wäsche zu legen, bemerke ich, dass sie ihr iPad wieder draußen gelassen hat, was sie oft tut. Ich nehme es mit der Absicht mit, es ins Haus zu bringen, aber als ich die Schiebetüren erreiche, stoppt mich Quincys Stimme.

»Hey, Val. Schau mal, Bruno geht's viel besser.«

Bruno läuft bei Quincy an der Leine, und sein Hinken ist verschwunden. Als ich mich nähere, bellt der Hund und wackelt wild mit dem Schwanz. Ich lege das iPad auf die Mauer, knie mich hin und bekomme einen schlabberigen Hundekuss.

Ich lache und wische mir mit dem Handrücken das Gesicht ab. »Schön zu sehen, dass du wieder in Form bist, Junge.«

»Danke noch mal.«

»Ich bin froh, dass ich helfen konnte.« Ich richte mich auf und blicke über meine Schulter auf das Haus. »Ich gehe besser zurück. Es gibt viel zu tun.«

»Ja.« Er sieht unbehaglich aus. »Kommst du zurecht?«

»Natürlich.«

»Valentina«, sagt Magda von der Tür aus, und ihr herablassender Blick ruht auf Quincy und mir, als hätte sie uns beim Rummachen erwischt, »wenn du fertig bist, Freundschaften zu schließen, müssen wir über das Freitagsmenü reden.«

»Auf Wiedersehen, Bruno«. Ich streichele seinen Rücken und lächle Quincy zur Verabschiedung an.

Seine Augen sind hart, als er sie auf die Tür richtet, wo Magda mit in die Hüften gestemmten Händen wartet, aber ich denke nicht weiter darüber nach, als ich hineineile.

Erst am nächsten Morgen, als Carly sich beim Frühstück über ihr fehlendes iPad beschwert, erinnere ich mich daran, dass ich es draußen gelassen habe.

Magda ruft mich in den Speisesaal. Zuerst tappe ich im Dunkeln, als Carly mit dem Finger auf mich zeigt und ausruft: »Sie hat es genommen. Gestern Abend war es noch da, und jetzt ist es weg.«

»Hast du Carlys iPad genommen?«, fragt Magda. »Wage es nicht, mich anzulügen, weil ich dein Zimmer eigenhändig durchsuchen werde.«

Mein Inneres erstarrt, als ich mich daran erinnerte, wo ich es gelassen habe. Sie werden noch kälter, als ich Gabriel ansehe. Er betrachtet mich mit einem Stirnrunzeln. Glaubt er, dass ich es gestohlen habe? Schmerz stiehlt sich in mein Herz. Warum ist es wichtig, was er denkt?

»Nun?«, fragt Magda mit einer Bewegung ihrer angemalten Augenbraue.

»Ich wollte es gestern Abend reinbringen, aber ich wurde abgelenkt und vergaß es auf der Mauer.«

»Von Quincy abgelenkt«, sagt Magda abfällig.

Ein Gesichtsausdruck wie Sturm und Donner verdunkelt Gabriels Gesicht. Von den drei Leuten im Raum habe ich im Moment die meiste Angst vor ihm.

»Ich hole es«, biete ich schnell an, aber Carly ist schon auf den Beinen und auf dem Weg zur Tür.

Magda faltet ihre Hände auf dem Tisch und gibt mir eine einzige Anweisung. »Bleib.«

Ich stehe leise in der unbequemen Stille, bis Carlys Schrei durch die Hintertür dringt. Alles in mir zieht sich noch mehr zusammen.

»Es ist ruiniert!«, schreit Carly und rennt mit dem iPad in den Raum. Es tropft vor Wasser.

Gabriels Tonfall ist flach. »Auf welcher Wand hast du es gelassen, Valentina?«

»Auf der am Pool!« Carly erdolcht mich mit ihren Augen.

»Die Sprinkler erreichen sie nachts«, sagt Gabriel fast distanziert.

»Das ist deine Schuld«, fährt Carly hysterisch fort. »Ist dir klar, wie viele Fotos ich darauf hatte? Ganz zu schweigen von meinen Hausaufgaben!«

»Carly.« Gabriels ruhige, aber harte Stimme bringt sie sofort zum Schweigen. »Das ist eine Lektion, die man lernt, wenn man sein iPad draußen liegen lässt. Das ist nicht das erste Mal. Es musste ja so kommen.«

»Dad!«

Er hält eine Hand hoch und wirft ihr einen dunklen Blick zu. »Lass mich ausreden. Du kannst deine Hausaufgaben und Fotos aus der iCloud wiederherstellen.«

»Ich habe sie nicht aktiviert!«

Gabriels Ton ist kompromisslos. Kein Aufflackern von Mitgefühl erwärmt seine Augen. »Lektion Nummer zwei. Von jetzt an wirst du ein Backup machen, wie ich es dir gesagt habe.« Er dreht sich zu mir um und sieht plötzlich müde aus. »Um dich kümmere ich mich nach dem Frühstück.«

»Du wirst Carlys iPad ersetzen«, sagt Magda. »Es wird dich lehren, in Zukunft weniger vergesslich zu sein.« Sie schüttelt ihre Serviette auf dem Schoß aus. »Jetzt will ich in Ruhe essen. Kein Wort mehr.«

Carly lässt sich mit rotem Gesicht in ihren Sitz fallen.

Ich zittere, als ich in die Küche zurückkehre und mich für meine Nachlässigkeit verfluche. Ich kann es mir nicht leisten, das iPad zu ersetzen, nicht, ohne weitere Schulden zu machen.

Es dauert nicht lange, bis Gabriel zu mir kommt. Die Worte, die ich am meisten gefürchtet habe, kommen über seine Lippen. »Geh ins Fitnessstudio, nachdem du den Tisch abgeräumt hast.«

In den Keller zu gehen ist wie der Gang zum Galgen. Er wartet schon drinnen, hat seine Krawatte abgenommen und seine Hemdsärmel zurückgerollt.

»Schließ die Tür«, sagt er leise.

Ich drücke, bis ich das Klicken höre, aber ich habe nicht den Mut, mich umzudrehen und ihn anzusehen.

»Komm her.«

Ich kaue auf meinem Nagel, während ich genug Kraft sammele, um ihm gehorchen zu können, Schritt für Schritt.

Als ich vor ihm stehen bleibe, zieht er mir die Hand aus dem Mund. »Zieh dich aus.«

Meine Augen heben sich, um in die seinen zu schauen. Ich will nicht betteln, aber es rutscht mir trotzdem heraus. »Bitte.«

Er zuckt nicht einmal mit der Wimper. Es gibt kein Mitgefühl, keine Gnade. »Zieh dich aus.«

Als ich meine Schuhe, Kleider und Unterwäsche ausziehe, beobachtet er mich wie ein Falke. Mittlerweile habe ich mich an sein Starren gewöhnt, und es ist mir weniger peinlich als die ersten Male, aber nicht weniger beängstigend. Sobald ich nackt bin, klopft er sich mit einem Finger auf seine Lippen und betrachtet mein Gesicht. Schließlich lässt er seinen Arm fallen, so als ob er seine Entscheidung getroffen hätte, und zeigt auf den Boden. »Auf deinen Rücken.«

Ich schlucke, während ich mich auf den Rücken lege und ihm dabei zuschaue, wie er eine Langhantel mit Handschellen an beiden Enden holt.

»Was machst du da?«, frage ich, während er meine Handgelenke an beiden Enden befestigt.

Er nimmt meine Unterhose und steckt sie in meinen Mund. »Tut mir leid, meine Schöne, aber ich bin gerade nicht in der Stimmung für eine Unterhaltung.«

Ich murmle einen Protest, als er meine Knöchel an meinen Handgelenken festmacht und mich auf der Hantel spreizt. Er schiebt die Stange zurück, bis sie die Matte berührt und meine Arme und meine Beine sich über meinen Kopf befinden. Ich liege flach auf dem Rücken, und mein Po und meine Muschi sind auf die verletzlichste Art und Weise freigelegt. Meine Kniesehnen brennen. Ich verlagere mein Gewicht, um die unangenehme Dehnung zu verringern, als er ein Objekt aus dem Folterregal holt.

Er kehrt mit einem Holzpaddel zurück. Ich schüttele den Kopf und flehe ihn mit den Augen an, aber er packt die Stange und hebt sie ein paarmal an, was mir eine kurze Gnadenfrist von der Position gibt, bevor er sie flach nach unten drückt und anfängt, meinen Arsch zu versohlen. Der erste Schlag auf meine Arschbacke ist ein Schock. Ich schreie hinter dem Stoffknäuel in meinem Mund, auch wenn das Brennen meine Haut erwärmt, ohne sie zu verletzen. Beim zweiten Schlag zucke ich zusammen, aber als ich merke, dass er meine Haut streichelt, anstatt ihr Schmerzen zuzufügen, entspanne ich mich fast. Er arbeitet sich seinen Weg von links nach rechts auf den fleischigen Teil meines Hinterns, bis meine Nervenenden in Flammen stehen und mein Kitzler ein schmerzhaft pulsierender Knubbel ist. Meine Vagina fühlt sich geschwollen an. Mein Verlangen nach Entladung ist übermächtig. Wenn ich nicht mehr mit meinen Augen darum bitte, dass er aufhört, bitte ich ihn darum, dass ich das Paddel dort fühlen darf, wo ich es am meisten begehre. Erst nachdem jeder Zentimeter meiner Haut mit elektrischen Funken summt, schlägt er endlich das Paddel mitten auf meine Muschi und bedeckt meine Öffnung und Klitoris. Mit dem Tampon in mir fühlt es sich voll an. Und gut. Ich biege mich nach oben, suche verzweifelt nach mehr, aber er wechselt zu einem langsameren und sanfteren Rhythmus und quält mich gnadenlos mit ein paar zu sanften Schlägen auf meine geschwollenen Stellen.

Gerade als ich glaube, dass ich es nicht mehr ertragen kann, zieht er mir die Unterwäsche aus dem Mund und sagt: »Bettele.«

Ich zögere nicht. »Bitte, Gabriel.«

»Bitte was?«

»Bitte, bitte fick mich.«

Er hört auf, sich zu bewegen. Auf seinem Gesicht sehe ich eine Mischung aus Schock und Unglauben, die langsam durch Befriedigung ersetzt wird. Hitze verdunkelt seine Augen. Sein Kiefer spannt sich an, als er auf mein Geschlecht herabblickt.

»Bitte.«

Seine Brust hebt und senkt sich schnell, und seine Atmung ist so schwer wie meine. Das einzige Geräusch in dem Zimmer ist unser Keuchen. Dann atmet er mit einem langen, zitterigen Atem aus. Er drückt das Paddel auf meine Klitoris und beginnt, mit kreisenden Bewegungen zu massieren. Alles zieht sich zusammen, als ich mit einem starken Krampf komme, der meine

Atmung zerreißt. Ich bekomme keine Luft mehr, als er die Fesseln abnimmt und mich auf die Knie zieht. In seiner Eile, seine Hose zu öffnen, hat er mit dem Knopf zu kämpfen. Ich schnappe mir den Bund und ziehe ihn über die Hüfte, um ihm zu helfen, ohne mich um den Reißverschluss zu kümmern. Sein Schwanz springt auf mich zu, die Eichel dicht an meinen Lippen. Ich verschlinge ihn wie eine verrückte, hungernde Frau, lutsche und lecke ihn, bis er mich an meinem Haar festhält. Er spannt seinen Po mit einem urzeitlichen Gebrüll und einem Fluch, als er sich in meinen Mund entleert. Ich schlucke, so gut ich kann und versuche, durch die Nase zu atmen. Ich will nicht, dass er ihn herauszieht. Ich will ihn für immer in mir haben.

Nach einem Moment ergreift er mein Gesicht mit seinen riesigen Händen wie in einem Schraubstock und zieht sich aus meinem Mund zurück. Er benutzt meine Haare, um sich zu säubern, was ich eigenartigerweise auf eine ursprüngliche Art befriedigend finde. Er zieht mich hoch, schiebt seine Zunge zwischen meine Lippen und schmeckt sich selbst in meinem Mund. Er leckt und saugt, beißt und lutscht. Ich bin mir nur der erhitzten Haut meines Arsches und der Nässe seines Mundes bewusst, während er mir die Vernunft stiehlt. Sein Geschmack macht süchtig. Ich weiß nicht, wie lange er mich küsst, bevor er mich mit einem sanften Stoß wegdrückt.

»Zieh dich an«, sagt er mit heiserer Stimme. »Und geh.«

Verwirrt durch sein verändertes Verhalten,

gehorche ich wortlos und fühle mich leer und unzufrieden, trotz des Orgasmus, den ich gerade hatte. An der Tür lassen seine Worte mich innehalten.

Er knirscht jede Silbe hervor, so als ob er sie aus seinem Hals quetschen müsste. »Zieh dir heute Abend ein hübsches Kleid an. Du hast ein Date.«

Gabriel

ALS ICH SIE BAT, ZU BETTELN, ERWARTETE ICH, DASS SIE darum betteln würde, zu kommen. Stattdessen bat sie mich, sie zu ficken.

Sie ist bereit.

Ich freue mich und zittere gleichzeitig vor Angst, denn das erste Mal wird nicht mit mir sein. Egal, wie sehr ich ihre Jungfräulichkeit nehmen will, ich habe mir selbst ein Versprechen gegeben, und ich breche meine Versprechen nie. Dieses Mal werde ich vielleicht bis an meine Grenzen gebracht, um dieses Versprechen zu halten, aber ich habe bereits einen Plan.

Magda wartet in meinem Arbeitszimmer, als ich aus dem Fitnessstudio zurückkomme. Ich knirsche mit den Zähnen, als ich an ihr vorbeischlendere.

»Hast du es getan?«

Ich weiß, was sie meint, aber ich frage trotzdem: »Was getan?«

»Sie bestraft.«

»Ja.« Ich setze mich hin und öffne meinen Laptop.

»Wie?«

»Angemessen.«

Carly hat eine wertvolle Lektion gelernt. Es gab nichts, wofür man Valentina bestrafen musste. Ich bin ein kranker Bastard, weil ich die Situation dazu benutzt habe, meine eigene Lust zu nähren.

Magda rührt sich nicht. »Wie?«

Ich werfe ihr einen ungläubigen Blick zu. »Willst du die pikanten Details?«

»Was hat sie, was dich dazu bringt, mit deinem Schwanz anstatt mit deinem Kopf zu denken?«

»Beleidige mich nicht, und deine Bezugnahme auf meinen Schwanz ist höchst unangebracht.«

Ihre Augen, die das gleiche wässrige Blau haben wie meine, werden dunkel vor Wut. Sie schlägt mit ihren Handflächen auf meinen Schreibtisch und begibt sich auf Augenhöhe mit mir. »Du bist genau wie dein gottverdammter Vater.«

Ich behalte meine ruhige Stimme und meinen gleichgültigen Blick, als ich sage: »Wenn du nichts sagen kannst, ohne dich zu wiederholen, und es nichts Neues gibt, verlasse bitte mein Büro, damit ich mich darauf konzentrieren kann, deine Geschäfte zu führen.«

Ihre Nasenlöcher beben. Die dicke Make-up-Schicht um ihre Nase bekommt dünne Risse. Ihre Poren sind groß, mit weißen Haaren, die aufrecht in jedem Follikel stehen. Jedes kleinste Detail ihres Alters zieht meine Aufmerksamkeit auf sich.

»Du wirst nicht ewig leben, Magda.«

Sie richtet sich auf und zieht ihre Jacke zurecht. »Und du auch nicht.« Ein überlegenes Lächeln umspielt ihre Lippen. »Wer weiß? Du könntest vor mir sterben.« Sie dreht sich um und macht deutlich, dass sie mein Büro auf *ihren* Wunsch verlässt.

Es gibt keine Liebe zwischen meiner Mutter und mir, und kein noch so großer Wunsch, herauszufinden, was schiefgelaufen ist, wird das ändern. Wir sind, wer wir sind.

Ich nehme das Telefon in die Hand und mache mich daran, das zu tun, was ich vorhatte, als ich durch die Tür kam.

Quincy antwortet mit einem fröhlichen »Ja, Boss?«.

»Komm in mein Arbeitszimmer.«

Ich atme tief durch und bereite mich auf das vor, was jetzt kommen wird. Kurze Zeit später tritt er ein. Ich will sein Gesicht einschlagen, aber es ist nicht seine Schuld, dass er sich in Valentina verliebt hat. Genauso wenig, wie es ihre ist. Sie ist eine wunderschöne Frau mit einem mutigen Herzen und einer Schwäche für Tiere. Wieso sollte er nicht von ihr verzaubert sein?

»Setz dich.« Ich zeige auf den Stuhl, der zu meinem Schreibtisch gedreht ist.

Er setzt sich und sieht dabei entspannt aus.

»Ich habe einen Auftrag für dich heute Abend.«

Er wartet ruhig darauf, dass ich fortfahre.

»Du wirst Valentina ficken.«

10

Gabriel

Ich hätte Quincy genauso gut mit einem Eimer Eiswasser übergießen können.

Er hustet. »Wie bitte?«

»Führe sie aus. An einen netten Ort. Irgendetwas Romantisches. Abendessen bei Kerzenschein, so was in der Art.« Ich werfe ihm meine Kreditkarte zu. »Ich zahle. Nimm zwei Wachen mit, um sicherzugehen, dass ihr in Sicherheit seid.«

Seine Augen werden von Sekunde zu Sekunde größer.

Den nächsten Teil bringe ich kaum über die Lippen. Ich schlucke den bitteren Geschmack im Mund hinunter. »Dann nimm dir ein Zimmer im Westcliff-Hotel und fick sie.«

Seine Haut ist so blass wie das Weiß seiner Augen. »Ich verstehe nicht ganz.«

»Da gibt es nichts zu verstehen. Benutze ein Kondom und sei vorsichtig. Es ist ihr erstes Mal. Oh, und sie hat ihre Tage. Das schreckt dich nicht ab, oder?«

»Natürlich nicht, …«

Da ich das Gespräch nicht länger ertragen kann, sage ich schroff: »Du kannst gehen.«

Er springt auf die Füße und hat es offensichtlich eilig, meiner Gegenwart zu entfliehen.

»Noch eine Sache«, sage ich, als er an der Tür ankommt, »ich will dich erst morgen früh sehen. Halte dich auf jeden Fall bis zum Sonnenaufgang von mir fern, und dann erwarte ich einen vollständigen Bericht.«

Er rennt fast aus der Tür und lässt mich mit einer Qual allein, die zu viel ist für ein menschliches Wesen.

AM NACHMITTAG VERSCHLECHTERT EIN BESUCH VON Sylvia meine Laune noch mehr. Ich treffe sie in meinem Arbeitszimmer. Das hält die Dinge professionell. Sie lehnt das angebotene Getränk ab und setzt sich auf die Ecke meines Schreibtischs, so dass der Schlitz ihres Rockes ihren Oberschenkel hinaufrutscht. Es gab Zeiten, da hätte ich mich zu ihren Füßen niedergekniet und ihr ganzes Bein bis zu den Zehen geküsst. Jetzt habe ich kein Verlangen mehr nach der Frau, die mich in einem hübschen weißen Kleid mit einem falschen Lächeln im Gesicht geheiratet hat.

»Wieso wurde Carlys Ernährung umgestellt?«, fragt sie. »Das haben wir doch schon besprochen. Du sollst ihren Speiseplan nicht ändern, ohne mich zu fragen.«

Ich kämpfe, um meine Reizbarkeit zu kontrollieren. »Ich bin mir keiner Diät bewusst.«

»Mein Gott, sie verträgt keinen Weizen. Sie soll keine Pasta essen. Was stimmt nicht mit Marie? Wird sie senil?«

»Marie hatte einen Schlaganfall. Valentina kümmert sich um das Kochen.«

»Das Dienstmädchen, das versucht hat, unsere Tochter zu töten?«, schreit sie auf.

»Sie hat es nicht mit Absicht getan. Es war eine weitere von Carlys selbstzerstörerischen Taten, um Aufmerksamkeit zu erregen.«

»Wage es nicht, das Dienstmädchen über unsere Tochter zu stellen.«

Ich seufze laut. »Entspanne dich. Valentina wurde bestraft. Es wird nicht wieder vorkommen.«

»Ich werde mich nicht entspannen, wenn es um Carly geht. Sie hat in einem Monat ein Casting als Model. Sie kann es sich nicht leisten, mit Kohlenhydraten und cremigen Nudelsaucen an Gewicht zuzunehmen.«

»Sie wird *nicht* an einem Casting teilnehmen.«

»Das steht nicht zur Diskussion.«

»Hast du den Therapeuten angerufen?«

Sie versteift. »Carly braucht keinen Therapeuten. Das sind die Hormone. Normale Teenager-Probleme.«

»Sylvia.« Ich sage ihren Namen in einem

warnenden Ton. »Carly hat unsere Scheidung nie überwunden. Es ist an der Zeit, der Tatsache ins Auge zu sehen, dass sie Probleme haben könnte, für die wir nicht gerüstet sind.«

Sie lacht auf. »Das ist ein guter Witz, besonders, weil es vom *Brecher* kommt.«

»Halte das Geschäft da raus.«

»Wie kann ich das tun? Das ist alles, was in deinem Leben zählt.«

»Trotzdem hast du mich deshalb geheiratet. Sicherheit und Geld, erinnerst du dich nicht?«

»Sei nicht so dramatisch. Warum musst du immer wieder dieselben alten Anschuldigungen vorbringen? Das ist langweilig.« Sie steht auf. »Soll ich mit deinem Dienstmädchen sprechen?«

»Du hast das Recht verloren, dich an meine Angestellten zu wenden, als du gegangen bist.«

Sie zuckt mit den Schultern. »Mein Gott, Gabriel, komm über mich hinweg und leb dein Leben.«

»Das tue ich, Sylvia. Das kannst du dir gar nicht vorstellen.«

»Gut. Es wird dir das Leben leichter machen.« Sie geht mit geradem Rücken zur Tür. »Sag Carly, dass ich da war.«

»Warum rufst du sie nicht heute Abend an und sagst es ihr selbst?«

Sie verengt ihre Augen. »Leck mich am Arsch, Gabriel. Ich liebe meine Tochter, und sie weiß es.«

»Tut sie das?«

Sie reißt die Tür auf und knallt sie hart genug zu,

um den Rahmen zum Wackeln zu bringen. Ich wische mir mit einer Hand über das Gesicht und nehme mir einen Moment Zeit, um mich zu beruhigen, bevor ich für das Hauptgeschäft des Tages ausgehe, bei dem es sich um die Beendigung des Lebens eines anderen Drecksackes handelt.

Als ich mein Arbeitszimmer verlasse, dusche ich und verbringe Zeit mit Carly, der ich bei ihren Mathe-Hausaufgaben helfe. Ich gehe nicht zum Abendessen hinunter. Ich könnte es nicht ertragen, Valentina zu sehen. Ich habe zu viel Angst davor, dass ich meine Meinung ändern könnte. Nach einem Whiskey zu viel rufe ich Rhett an und sage ihm, dass er mich im Fitnessstudio treffen soll.

Er tritt vorsichtig ein, wahrscheinlich denkt er an das letzte Mal, als wir gekämpft haben, weil er Valentinas Hund erschossen hat.

Ich ziehe eine Bank vom Gewichtheben zu den Metallketten, die an der Wand befestigt sind, und setze mich hin. »Leg mir Handschellen an.«

Er braucht einen Moment, um seine Stimme zu finden. »Was?«

»Du hast mich gehört.«

Da er nicht dumm genug ist, sich mir zu widersetzen, nähert er sich langsam. Ich halte meine Handgelenke hoch. Er fixiert zuerst das eine, dann das andere mit den Handschellen.

»Nimm den Schlüssel mit«, sage ich, »und gib ihn niemandem, egal, was passiert.«

»Den Schlüssel für die Handschellen oder für die Tür?«

»Beide.«

Sein Kopf wackelt auf und ab, wie der eines Wackeldackels auf dem Armaturenbrett eines Autos. »Wann soll ich wiederkommen?«

»Um sechs Uhr morgen früh, und keine Sekunde früher. Verstanden?«

Er schluckt. »Ja.«

»Geh.«

Seine Augen sagen, dass ich endgültig den Verstand verloren habe, aber er widerspricht mir nicht. Der Schlüssel bewegt sich im Schloss, nachdem er die Tür geschlossen hat, und macht mich zu einem freiwilligen Gefangenen.

Valentina

Ich trage das neue Kleid, das Gabriel mir gekauft hat, und kaue meine Nägel, während ich in der Küche warte. Ich hatte noch nie eine Verabredung. Ich sollte studieren, aber ich bin neugierig, was Gabriel geplant hat. Die Tür öffnet sich kurz nach acht, aber nicht Gabriel tritt ein, sondern Quincy.

»Hallo«, sage ich mit einem leichten Lächeln, halb

erleichtert und halb gestresst, weil das Warten immer noch kein Ende hat.

Seine Wangen erröten, als er das rote Kleid betrachtet. »Du siehst hübsch aus.«

Das ist mir so unangenehm. »Danke.«

»Bereit?«

Ich blinzele. Vielleicht fährt er mich irgendwo hin, um Gabriel zu treffen. »Ähm, ja.«

»Los geht's.« Er schaut mich an. »Nimm eine Jacke mit. Später wird es frisch werden.«

Ich schnappe mir meinen schwarzen Trenchcoat und folge Quincy zum Auto. Er fährt. Ein weiteres Auto folgt in einiger Entfernung. Ich schaue im Seitenspiegel auf die Scheinwerfer.

»Werden sie uns die ganze Nacht folgen?«

»Ja, Begleitschutz«, murmelt er mit gerunzelter Stirn.

»Wohin fahren wir?«

»Ich dachte an das Thai Hut. Es hat Fünf-Sterne-Bewertungen für seine Curry-Gerichte, und es ist schick, ohne spießig zu sein. Was meinst du?«

Ich habe keine Ahnung, wo oder was das Thai Hut ist, aber mein Gehirn ist an etwas anderem hängengeblieben. »Warte, du meinst, du und ich entscheiden? Gabriel kommt nicht?«

Er wirft mir einen kurzen Blick zu. »Oh, Mist. Er hat es dir nicht gesagt.«

»Mir was gesagt?«

Er umklammert das Lenkrad und blickt geradeaus. »Es ist … wie soll ich es sagen? Er hat uns auf eine

Verabredung geschickt.«

»Mich und *dich?*«

»Hey.« Er lächelt schief. »Ich weiß, ich bin nicht die beste Partie der Welt, aber es gibt keinen Grund, es so zu sagen, als ob du nicht einmal mit mir ausgehen würdest, wenn ich der letzte Mann auf Erden wäre, was du wahrscheinlich wirklich nicht tun würdest, selbst wenn es wahr wäre.«

Ich bin so schockiert, dass ich mich darauf konzentrieren muss, den Mund zu halten. »Ich verstehe nicht ganz.«

»Ich auch nicht.« Er rutscht auf seinem Platz hin und her. »Schau, ich werde einfach ehrlich zu dir sein. Ich weiß nur, dass Gabriel mir befohlen hat, dir heute einen schönen Abend zu machen.«

»Er hat es dir *befohlen?*« Wer zum Teufel befiehlt jemandem, sich zu verabreden? Was bin ich? Ein Stück Fleisch zur Versteigerung? Ich verenge meine Augen. »Was noch?«

Er wirft einen weiteren Blick auf mich. »Was meinst du mit ›was noch‹?«

»Einen schönen Abend und was noch?«

Er wischt sich mit einer Hand über sein Gesicht. »Abendessen, Kerzen – und ...«

»Und was?«

»Er will, dass ich mit dir schlafe.«

»Halt das Auto an.«

»Valentina ...«

»Jetzt sofort!« Ich rüttele schon am Türöffner.

Er bringt das Auto mit quietschenden Reifen am

Straßenrand zum Stehen und packt meinen Arm. »Bitte, beruhige dich. Seine Wachen beobachten uns.«

Bei seinen Worten halte ich inne. Ich kann nicht glauben, dass Gabriel mich mit Quincy verkuppelt hat. Für Sex. Ich bedecke mein Gesicht mit meinen Händen. »Das ist mir so unangenehm.«

Er zieht meine Hände weg. »Es ist nicht deine Schuld. Du musst dich nicht schämen. Ich weiß nicht, was Gabriel mit der ganzen Sache bezweckt, aber wir können genauso gut ausgehen und eine nette Zeit haben, wenn er schon bezahlt.« Er fügt schnell hinzu: »Ich will damit nicht sagen, dass du mit mir schlafen musst. Wir sagen einfach, dass es nicht funktioniert hat. Ich weiß, dass du für mich keine derartigen Gefühle empfindest, und ich habe nicht die Angewohnheit, Frauen zu zwingen.«

»Danke.« Ich atme zitternd ein. »Ich nehme an, du hast recht. Wir gehen einfach zu unserem Schein-Date und bestellen die teuersten Gerichte auf der Speisekarte.«

»Gut.« Er streicht über meine Hand. »Jetzt kann ich mich endlich entspannen. Du kannst dir gar nicht vorstellen, wie sehr mich das belastet hat.«

Ich muss loslachen. »Tut mir leid. Ich wollte nicht, dass dich die Vorstellung, Sex mit mir zu haben, derart stresst. Das muss ein furchtbarer Gedanke gewesen sein.«

Er lächelt mich ein weiteres Mal schief an. »Jetzt leg mir keine Worte in den Mund.«

Die Enge in meiner Brust verschwindet ein wenig,

aber nicht der Schmerz, dass Gabriel mich lieber losschickt, um mich wie eine Kuh oder ein Pferd decken zu lassen, als sich selbst dazu herabzulassen. Ich muss dieses unangenehme Thema wechseln.

»Wie kommt es, dass du mit Bruno trainiert hast?«, frage ich.

»Ich war der Einzige, der mehr oder weniger keine Angst vor ihm hatte.«

»Du solltest ihn besser behandeln. Ich habe gesehen, was du ihm zu fressen gibst. Da könntest du ihm auch Sägespäne geben.«

Er lacht auf. »Ja? Was würdest du empfehlen?«

»Ich werde dir den Namen einer guten Marke geben, aber du musst sie beim Tierarzt bestellen.«

»Ist das ein Befehl oder eine Empfehlung?«, fragt er mit einem Augenzwinkern.

»Es ist ja nicht so, dass Gabriel sich nicht das Beste leisten kann.«

»Du hast recht.« Sein Lächeln ist strahlend. »Wir werden es versuchen.«

Das Thai Hut ist ein kleines Holzhaus auf Stelzen mit bunten Lichterketten über der Veranda. Im Inneren riecht es nach Curry, und das Ambiente ist warm. Trotz allem entspanne ich mich bei der leichten Unterhaltung mit Quincy. Wir trinken eine Flasche Wein, und als wir nach der Rechnung fragen, sind keine anderen Gäste mehr da. Da Quincy zu viel getrunken hat, fährt uns einer der Wachmänner zurück. Zu Hause küsst er mich auf die Wange und geht zu den Personalunterkünften.

Die Nachtwache lässt mich herein. Nach einer Sekunde Zögern nehme ich die Treppe zu Gabriels Zimmer. Ich will ein paar Antworten, und zwar sofort. Ich schiebe die Tür auf, da meine Wut mich mutig macht, aber der Raum ist dunkel und leer. Vielleicht ist er selbst weggegangen und macht das, von dem er wollte, dass ich es mit Quincy mache. Ich verbanne den Gedanken aus meinem Kopf, gehe in mein Zimmer und versuche, nicht an ihn zu denken, während ich einschlafe.

Gabriel

DIE GLÜHBIRNEN ÜBER MIR BRUMMEN MIT EINEM konstanten Geräusch. Ihr blau-weißes Licht wäscht die Schatten mit einer übermäßig hellen Intensität aus. Es ist eine Stunde her, seit Rhett mich im Fitnessstudio zurückgelassen hat. Ich gehe die Arbeit der Woche in meinem Kopf durch und versuche, mich auf Planung und Zahlen zu konzentrieren, aber meine Gedanken schweifen immer wieder zu Valentina und Quincy ab. Wo sind sie? Was machen sie? Was trägt sie? Fällt ihr Haar offen den Rücken herab oder hat sie es zu einem lockeren Dutt gesteckt, wie sie es sonntags macht? Möglicherweise ist es zu einem Pferdeschwanz gebunden, wie sie es auf der Arbeit trägt, und mein Wachmann zieht jetzt gerade das Gummiband aus den seidigen Strähnen und lässt es über ihre vollen Brüste fallen. Drückt er seine Lippen auf die weichen, prallen Kurven ihres Mundes? Liegt seine Hand zwischen ihren Beinen?

Ich rüttele an den Handschellen und klappere mit den Ketten wie ein Tier im Käfig. Ein wütender Schrei erfüllt den Raum. Ich muss mehrmals tief einatmen, um etwas Ähnliches wie Ruhe zu finden, damit ich mein Gehirn zwingen kann, rational zu funktionieren. Ich habe ein Versprechen abgegeben. Das ist für Valentina. Es zerreißt mein Herz in blutige Fetzen, aber ich habe gesehen, wie sie sich gegenseitig ansehen. Quincy ist verliebt in meine Frau, und sie mag ihn mehr, als sie je zugeben will. Täglich muss ich miterleben, wie ihre Augen leuchten, wenn sie sich im Garten begegnen. Dass er so freundlich zu ihr ist, stößt mir bitter auf. Es erinnert mich daran, dass ich sie nie so haben kann wie ein anderer Mann, ein Mann mit einem hübschen Gesicht und einem einnehmenden Lächeln. Ein Mann ohne Dunkelheit und ohne das Bedürfnis, sie zu verletzen und zu besitzen. Sie wird niemals die meine sein … aus freien Stücken … aber das spielt keine Rolle. Ich werde sie nie gehen lassen. Im Austausch für immer gebe ich ihr diese eine Nacht. Sie verdient es, einen attraktiven, sanften Mann auf sich zu haben, mit einem hübschen Gesicht, auf das sie blicken kann, und einen unversehrten Körper, an dem sie sich festhalten kann.

Ist sie nass bei ihm?

»Nein!«

Ich drücke mich gegen die Ketten. Mein Brüllen

klingt animalisch, sogar für meine eigenen Ohren. Ich kann das nicht tun. Ich halte das nicht aus. Scheiß auf mein Versprechen.

»Rhett!« Meine Stimme dringt durch den Raum bis hoch zum Dach. »Lass mich verdammt noch mal raus! Mach die Tür auf!«

Ich schreie Obszönitäten und brülle Drohungen, für die sich sogar Magda schämen würde, und zerre an den Handschellen, bis meine Haut aufgescheuert ist und ich kurz davor bin, mir die Arme auszurenken. Ich schreie, bis meine Stimme heiser ist, aber die Geräusche sind in dem Raum gefangen, der für genau diesen Zweck ausgebaut wurde.

»Valentina!«

Ich kämpfe mit einer Wut, die so dunkel ist, dass die Vernunft aus meinem Kopf flieht. Ich kämpfe mit Gedanken, die mein Herz aufschneiden und mich der roten Wut meiner besitzergreifenden Eifersucht aussetzen. Ich ringe mit nichts anderem als der Luft, so als ob ich diese Bilder, die meinen Geist quälen, erwürgen und zum Schweigen bringen könnte. Schlagend und tretend drehe ich meinen Körper hin und her, bis die Bank unter mir umfällt. Ich trete mit meinen Stiefeln gegen das Holz, und das knirschende Splittern, als es bricht, nährt mein Bedürfnis nach Gewalt. Schmerz schießt durch mein verletztes Bein, und ein scharfer Stich durchfährt mein Knie. Ich kämpfe, bis jeder Teil von mir so sehr schmerzt wie mein Herz und bis ich keine Energie mehr habe.

Schweißdurchtränkt und erschöpft hänge ich in

meinen Ketten und mein Verstand an einem seidenen Faden. Die Ironie, wo ich mich befinde, ist mir nicht entgangen. Ich bin in meiner eigenen Folterkammer angekettet und leide unter einer selbst auferlegten Folter, die weitaus schlimmer ist als alles, was ich jedem meiner Feinde angetan habe, die jemals das Pech hatten, diese Türschwelle zu überqueren.

»Valentina.«

Ihr Name ist ein Krächzen. Mein Hals brennt. Ich kann nicht mehr schreien. Ich kann nur schluchzen und der Grausamkeit meiner Phantasie nachgeben, die mich auf eine visuelle Tour durch Valentinas erstes Mal führt.

IRGENDWANN IN DEN FRÜHEN MORGENSTUNDEN WACHE ich auf. Ich bin auf meinen Knien eingeschlafen, meine Arme sind hochgezogen und mein Kopf hängt zwischen meinen Schultern. Ich muss vor körperlicher Erschöpfung ohnmächtig geworden sein. Mein Hals und meine Augen sind ausgetrocknet. Kratzig. Alles in mir ist rau. Ich habe ihr einen Gefallen getan, aber der egoistische Teil von mir ist zu groß, der besitzergreifende Teil von mir zu vollständig, um ihn anmutig zu akzeptieren. Ich blicke auf die Wanduhr. Es ist vorbei.

Es ist zu spät.

Der Schlüssel dreht sich im Schloss, und die Tür öffnet sich. Rhett hält inne, während er den Anblick aufnimmt.

»Komm und lass mich hier raus«, kratze ich hervor.

Er zögert, aber schließlich nähert er sich mit schnellen Schritten. Während er die Handschellen öffnet, weicht er meinem Blick aus. Sobald ich befreit bin, zieht er sich ans andere Ende des Raumes zurück.

»Verschwinde«, knurre ich, weil ich Angst habe, es an ihm auszulassen.

Das lässt er sich nicht zweimal sagen. Wie ein Pfeil aus einem Bogen schießt er durch die Tür, und seine Schritte verhallen schnell im Flur.

Ich wische mit einer Hand über mein Gesicht, und die Stoppeln dort, wo eigentlich kein Bart ist, sind eine Erinnerung daran, dass ich eine Dusche und eine Rasur brauche. Jede Faser meines Körpers ist angespannt. Mehr als alles andere will ich Quincy jagen und töten. In weniger als einer Stunde werde ich mich ihm stellen und hören, was er mir zu sagen hat. Ich will jedes verdammte Detail wissen, damit ich so tun kann, als sei ich dort gewesen und ein Teil davon. Ich bin zu eifersüchtig, um mir selbst den Schmerz zu ersparen.

Ich gehe zur Bar, die immer mit Wasserflaschen und Alkohol gefüllt ist – Menschen zu quälen macht Durst –, gieße mir einen Whiskey ein und trinke ihn in einem Zug aus. Dann noch einen. Und noch einen. Ich brauche den Alkohol, damit ich nicht Quincys Luftröhre zerquetsche und ihm seinen Schwanz abreiße. Zur Sicherheit nehme ich noch einen vierten. Der Alkohol brennt in meinem Magen und befreit mich von der schlimmsten Rauheit in meinem Hals durch die abscheulichen Flüche, die ich die ganze Nacht lang geäußert habe. Meine Haut erhitzt sich, und mein Gehirn ist ausreichend benebelt, um meine Gefühle zu dämpfen, genug, um die Stunde zu überstehen, die auf mich wartet, ohne einen Mord in meinem eigenen Haus zu begehen.

Valentina

Ich bin wie immer um fünf Uhr morgens auf, aber Gabriel kommt nicht in die Küche, um seinen Kaffee zu trinken. Ich lasse sein Frühstück auf dem Tablett stehen und zucke innerlich mit den Schultern. Wenn er eine harte Nacht hatte, hoffe ich, dass er mit einem höllischen Kater aufwacht. Das geschieht ihm recht für das, was er mit mir vorhatte. Ich koche immer noch vor Wut, als ich den Waschkorb nehme und mich auf den Weg mache, um die schmutzige Wäsche einzusammeln. Im Flur verlangsame ich meine Schritte, denn niemand anderes als Gabriel kommt um die Ecke und auf mich zu.

Er sieht scheiße aus. Sein Haar ist zerzaust, steht in alle Richtungen ab, und Stoppeln verwischen die sauber rasierte Linie seines Bartes. Seine Augen sind blutunterlaufen, und seine Kleidung – die gleiche Kleidung wie gestern Abend – ist zerknittert. Wo auch immer er war, er sieht so aus, als sei er vor einer Sekunde aus dem Bett einer Frau geschlüpft.

Seine Augen richten sich mit einer Intensität auf

mich, die uns in diesem Moment isoliert. Alles andere verblasst, als er mich mit seinem Gletscherblick festnagelt und mich innerlich erschaudern lässt. Er hält mich in unsichtbaren Fesseln gefangen, bis er fast bei mir ist. Selbst wenn ich es wollte, könnte ich mich nicht bewegen. Ich bin wie versteinert.

Er lehnt einen Arm über seinem Kopf an die Wand und überkreuzt seine Knöchel, so dass seine Haltung entspannt und gleichzeitig einschüchternd aussieht, während er mich anstarrt.

»Also«, seine Augen fahren mich von oben bis unten ab, »wie war die letzte Nacht?«

In seinen Worten ist eine Bissigkeit, die im Widerspruch zu dem aufflackernden Schmerz in seinen Augen steht. Der Whiskey in seinen Atem wird über die Luft zu mir getragen. War er weg und hat getrunken?

Ich möchte ihm sagen, dass er ein Arschloch ist, aber seine Männlichkeit faltet sich um mich herum wie ein Mantel, und die Macht, die er über mich hat, ist so beängstigend wie aufregend.

»Hat er dich geküsst?«, fragt er gedehnt, und das coole Amüsement maskiert etwas anderes, was ich nicht einordnen kann.

»Beim ersten Date?«, frage ich sarkastisch. »Manche Männer sind Gentlemen, weißt du?«

Zuerst sieht er überrascht, dann erleichtert und dann wütend aus. »Willst du mir sagen, dass nichts passiert ist?«

»Wie ich schon sagte, Quincy ist ein Gentleman.«

Die Absichten eines Raubtiers blitzen in seinen Augen auf. Er bewegt sich so nah an mich heran, dass ich seine erweiterten Pupillen sehen kann. »Dann scheinst du keinen Gentleman zu brauchen.«

Ich stelle mich gerade hin, und meine Brüste streichen dabei über seine Brust, aber das ist mir egal. »Gabriel, du siehst enttäuscht aus.« Ich schlage meine Wimpern in spöttischer Unschuld nieder. »Auf was hattest du denn gehofft?«

Er streckt sich so schnell aus, dass ich vor Angst zusammenzucke und den Korb fallen lasse, als er mein Handgelenk packt.

»Ich habe dir die Möglichkeit geboten, es hübsch zu haben.« Seine Lippen sind dünn. »Ich habe dir *schön* angeboten. Du hast dir diese Gelegenheit entgehen lassen, und jetzt bleibt dir nur hart und hässlich.« Er quetscht, bis es mir wehtut. »Jetzt bleibe *ich* für dich.«

Es steckt so viel Bedeutung in diesen Worten, dass ich den Schauer, der mir über den Rücken fährt, nicht aufhalten kann.

Er lässt mich mit einem sanften Stoß los und sagt mit einer leisen, bedrohlichen Stimme: »Vergiss nicht, du hast darum gebettelt.«

Er hebt den Korb auf, schiebt ihn in meine Arme und geht um mich herum, als wäre ich nichts weiter als ein irritierendes Hindernis in seinem Weg. Wenn ich gestern Abend wütend war, bin ich es jetzt zehnmal mehr.

»Du kannst mich nicht herumreichen wie ein Spielzeug für deine Männer«, sage ich zu seinem Rücken,

»und du kannst nicht entscheiden, mit wem ich schlafe.«

Er bleibt stehen und macht zwei Schritte zurück zu mir. Sein Lächeln ist kalt und grausam. »Genau da irrst du ich. Du bist *Eigentum,* Valentina. Du hast *allem* zugestimmt, was ich für richtig halte. Ich kann dich teilen, wie ich will, aber du musst dir keine Sorgen darüber machen, ein Spielzeug für meine Männer zu sein. Ich teile meine Spielsachen nicht gern. Letzte Nacht war ein großes verdammtes Geschenk. Nicht für Quincy. Für *dich.*« Hitze und Besessenheit verdunkeln seine Augen und lassen ihn gefährlicher aussehen als je zuvor. »Und das wird es nicht noch einmal geben.«

Er stolpert mit einem starken Hinken davon und lässt mich vor etwas anderem als Wut zittern. Langsam verstehe ich. Gabriel wollte, dass ich meine erste Erfahrung mit einem normalen Mann mache. Er wollte, dass ich schmecke, wie süß es sein kann, bevor er mich der dunklen Lust unterwirft, die ich in ihm spüre. Ich lehne mich mit meinem Rücken gegen die Wand und atme ein paarmal tief durch. Ich bin mir nicht sicher, was schlimmer ist, dass ich seine Absicht süß finde oder dass ich mich nach der Dunkelheit sehne, die er mir vorenthält.

11

Valentina

An diesem Nachmittag verlässt Gabriel für einen Job das Haus und kehrt nicht zum Abendessen zurück. Ich bin schon im Bett, als ich seine ungleichmäßigen Schritte in der Küche höre. Aus der Speisekammer ertönt ein Geräusch, als ob Regale durchwühlt werden. Für den Fall, dass er Hunger hat, habe ich sein Essen im Ofen gelassen. Ich bin noch nicht bereit, mich ihm zu stellen, aber ich kann es nicht auf unbestimmte Zeit verschieben. Lieber jetzt als später.

Beim Betreten der Spülküche vergesse ich meine Bedenken. Gabriel zieht sich sein blutiges Hemd über dem Waschbecken aus, und das Medizin-Kit steht auf dem Rand.

»Gabriel!«

Ich laufe zu ihm, während meine Augen schnell seinen Zustand aufnehmen. In seiner Schulter ist ein

Schnitt, aus dem Blut sickert und mehrere Kratzer auf seinem Bauch und seinen Rippen.

Er drückt das Hemd auf die Wunde und öffnet den Wasserhahn. »Schscht. Wo ist Carly?«

»Sie ist nach dem Abendessen ins Bett gegangen. Was ist passiert?« Ich nehme ihm das Hemd ab und werfe es in den Mülleimer. Es ist so zerrissen und befleckt, dass es nicht mehr gerettet werden kann.

»Geschäfte.«

Er zuckt zusammen, als ich die Wunde berühre, um zu beurteilen, wie tief der Schnitt ist.

»Das muss genäht werden. Wo sind Rhett und Quincy?«

»Ich habe sie ins Bett geschickt. Es ist nicht so schlimm.« Er lächelt mich amüsiert an. »Aber deine Sorge ist süß.«

»Das ist nicht der richtige Zeitpunkt für Witze.« Ich nehme Desinfektionsmittel und sterile Wundauflagen aus dem Arzneikasten und fange an, die Wunde zu reinigen.

»Gut, dass dir von Blut nicht schlecht wird.«

Ich erwidere sein Lächeln nicht. Ich will nicht einmal darüber nachdenken, welche düstere Aktivität ihm diese Verletzungen eingebracht hat.

»Gib mir Nadel und Faden«, befiehlt er.

Nur Gabriel würde sterile Nadeln und chirurgische Fäden in seinem Medizinkoffer haben. Ich finde die Sachen und halte sie ihm hin. Er nimmt einen Kosmetikspiegel aus dem Regal und stellt ihn vorsichtig auf die Waschtischplatte. Ich beobachte ihn, wie er den

Faden durch das Nadelöhr zieht, aber als er sich zum Spiegel lehnt und die Nadel durch die Haut an den Anfang des Schnittes schiebt, übernehme ich. Er lässt mich und beobachtet mich, während ich daran arbeite, ihn wieder zusammenzunähen. Ich bin keine Krankenschwester. Ich bin nicht einmal eine Tierärztin, aber ich habe Kris schon oft beim Nähen zugesehen. Er zuckt, aber er sagt kein Wort, bis der Schnitt geschlossen und verbunden ist.

»Vielen Dank.«

»Gern geschehen.«

Ich entsorge das benutzte Verbandszeug und schrubbe das Becken und meine Hände mit Desinfektionsmittel. Als ich fertig bin, gebe ich ihm ein Schmerzmittel und Entzündungshemmer mit einem Glas Wasser. Er nimmt die Tabletten, ohne zu protestieren. Feine Müdigkeitsfalten umspielen seine Augen und Mundwinkel. Seine permanenten Zornesfalten sind tiefer als gewöhnlich. Ich nehme seine Hand und führe ihn zu meinem Badezimmer.

»Was tust du?«, fragt er.

»Dich vom Blut befreien. Du solltest dir Sorgen um Aids machen.«

Er grinst. »Nächstes Mal trage ich OP-Handschuhe.«

Ich schnaube hörbar. Er lässt sich von mir ausziehen, während das Wasser warmläuft. Ich muss mich auch ausziehen, damit meine Kleidung nicht nass wird, aber die Dusche in meinem Bad ist zu klein für uns beide, um bequem zu stehen. Als ich mit ihm unter der

Dusche stehe, muss er mich an seinen Körper ziehen oder mich in seinen Armen halten. Ich halte das Wasser von seiner Wunde fern und wasche den Rest seines Körpers, wobei ich versuche, an seinem Bauch vorsichtig zu sein, wo er bereits blaue Flecken aufweist. Als er sauber ist, wickele ich ein Handtuch um seine Taille und nehme ein weiteres, um ihn zu trocknen. Ich muss mich auf die Toilette stellen, um seine Haare zu erreichen. Den Zähnen nach zu urteilen, die er mir zeigt, findet er meine Fürsorge amüsant, aber er mischt sich nicht ein und lässt mich weitermachen. Ich trockne seinen Rücken, seine Brust und seine Arme ab, und dann gehe ich auf die Knie, um seine Beine abzureiben, die extrem muskulös sind. Seine Muskeln verbinden sich zu harten Linien und definieren das Äußere des Mannes, der ein genaues Spiegelbild dessen ist, was in seiner Seele liegt.

Als ich versuche, mich hinzustellen, hält er mich mit seinen Händen auf meinen Schultern unten. Ich schaue auf. Er verschlingt mich mit den Augen, und sein Schwanz formt auf meiner Augenhöhe ein Zelt mit dem Handtuch.

»Valentina.«

So, wie er meinen Namen sagt, höre ich ein Flehen heraus. Ich kann nicht anders, als ihm den Gefallen tun zu wollen. Meine Antwort auf seine unausgesprochene Frage ist, an seinem Handtuch zu ziehen und es auf den Boden fallen zu lassen. Ich nehme ihn in den Mund, und wie immer lässt er mich tun, was ich will. Ich sauge ihn, so tief wie ich kann, hinein und verschlinge ihn, als sei ich am Verhungern. Er stöhnt, kniet sich tiefer hin und gibt sich mir völlig hin. Ich nehme sein Vergnügen, so als ob ich es besitze, als ob es seine Pflicht wäre, es mir zu geben. Er atmet schwer, als ich fertig bin, und ich auch. Er schiebt seine Arme unter meine Achseln, um mir hochzuhelfen, drückt unsere Lippen zusammen und taucht seine Zunge in meinen Mund, wie er es immer tut, wenn ich seinen Samen geschluckt habe. Ein Knurren tief aus seiner Brust ertönt, während er an meiner Zunge saugt. Dieser animalische Laut führt dazu, dass sich flüssige Wärme zwischen meinen Oberschenkeln sammelt. Ich bin unglaublich feucht, da mein Körper sich auf seine Invasion vorbereitet, eine Invasion, die erst noch kommen wird.

Nachdem ich das Wasser abgetrocknet habe, das auf mich gespritzt ist, während ich Gabriel gewaschen habe, bringe ich ihn in mein Bett und lasse ihn sich auf den Rücken legen, damit kein Druck auf seine Schulter ausgeübt wird. Ich kuschele mich an seine Seite und lege meinen Kopf auf die unverletzte Seite seiner Brust.

»Warum hast du das gemacht?«, fragt er.

»Was?«

»Dich um mich gekümmert.«

»Ich weiß es nicht.« Tief drinnen wollte ich es. Es hat mir Angst gemacht, zu sehen, dass er verletzt ist.

»Es spielt keine Rolle.« Er legt seine Hand auf mein Geschlecht und streichelt mit dem Daumen über meine Klitoris. »Es war süß.«

Er taucht einen Finger in meine Nässe, reizt und

quält mich, bis er meinem Körper einen langen und langsam explodierenden Orgasmus abringt.

Später, als er mich in seinen Armen hält, sage ich: »Gabriel?«

»Mm?«

»Hast du jemals Angst, zu sterben?«

Er antwortet, ohne zu zögern. »Jeden Tag.«

Der große, starke Mann neben mir wirkt plötzlich zu verletzlich für meinen Geschmack. »Die Narben, sind sie von Kämpfen wie heute?«

Er lacht leise. »Du hast nicht gedacht, dass ich *so* hässlich geboren wurde, oder?«

Ich lege meine Hand auf seine Wange. »Das ist nicht das, was ich gesagt habe. Ich neige einfach dazu, dich für unzerstörbar zu halten. Unantastbar.«

Er legt seine Hand über meine und reibt seine Wange an meiner Handfläche. »Ich bin nicht unantastbar, Valentina. Ich bin weit davon entfernt.« Er bewegt meine Hand an seine Brust. »Ich habe ein Herz.«

Ich küsse seine Brustwarze, bevor ich zur Sicherheit mein Ohr auf seine Brust lege. Der Herzschlag ist stark und gleichmäßig. Es klingt fest und sicher. Ich muss daran glauben, dass ihm nichts zustoßen wird. Wenn er weg ist, ist unser Neun-Jahres-Deal geplatzt – und ich bin tot. Magda wird sich nicht an das Abkommen halten. Dessen bin ich mir sicher.

Ich stütze mich auf einen Ellenbogen, um die Linien auf seinem Gesicht zu verfolgen. »Sag mir, wie es passiert ist.«

Er ergreift meine Hand. »Nicht heute Nacht.«

»Gar nichts?«, frage ich mit einem Hauch von Enttäuschung. Ich möchte etwas über seine Vergangenheit wissen. Ich möchte den Mann in dem Sadisten verstehen.

»Alles, was du wissen musst, ist, dass ich sie bereue.« Er bewegt meine Handfläche zu dem Verband, der den Schnitt auf seiner Schulter bedeckt. »Für diese Narbe andererseits werde ich ewig dankbar sein. Ich hoffe, sie wird nie verblassen.«

»Warum?«

»Sie ist jetzt eine Erinnerung an dich.« Er küsst meine Schläfe. »Schlaf. Es ist spät.«

Das Gleichgewicht zwischen uns hat sich seit dem Tag verlagert, an dem er mir Lebensmittel kaufte – es ist auf die eine Seite der Skala gerutscht, auf der die Zuneigung das Körperliche übertrifft. Das kann nicht mehr verleugnet werden. Ich beginne, Gefühle für meinen Gefängniswärter zu entwickeln. Vielleicht leide ich am Stockholm-Syndrom. Nicht, dass es darauf ankommt, wie oder warum es passiert ist. Was auch immer meine Gefühle entfacht hat, sie sind echt.

Als ich mitten in der Nacht aufwache, ist er weg. Ich habe nicht einmal eine Narbe, über die ich meinen Finger laufen lassen kann, kein erhöhtes Gewebe auf der Oberfläche meiner Haut, durch das ich mich ihm näher fühle. Alles, was ich habe, sind die Spuren, die er in meinem Herzen hinterlassen hat.

Meine Menstruation ist vorbei. Meine Brüste und mein Unterleib sind nicht mehr empfindlich und geschwollen, aber mein Körper ist so stark erregt, dass er mir keine Ruhe lässt. Die Orgasmen, die Gabriel mir gibt, reichen nicht mehr aus. Er hat mich dazu gemacht, zu einer armseligen Süchtigen, die ihn braucht, sich nach ihm sehnt und verzehrt, und trotzdem verweigert er mir meine Droge, selbst wenn ich darum bitte. Ich liege lange Zeit im Dunkeln und versuche, mich selbst zum Kommen zu bringen. Es sind aber nicht meine Finger, meine Berührung, die ich brauche. Es ist auch nicht Gabriels Berührung. Ich will ihn *in* mir. Es ist mir egal, dass er mich ruiniert hat oder dass er mein Leben noch immer in seinen Händen hält. Er hat mich konditioniert, und ich bin am Ende dessen angekommen, wohin ich gehen kann. Ich stehe am Rande eines dunklen Abgrunds, und selbst wenn ich den Sturz fürchte, kann ich nicht umkehren. Ich steige aus dem Bett und gehe barfuß durch das dunkle Haus.

Er hat gewonnen.

Wieder einmal.

Gabriel

VALENTINA ALLEIN IN IHREM BETT ZU LASSEN WIRD immer schwieriger. Ich will sie die ganze Nacht neben mir haben. Das ist unpraktisch und gefährlich. Wenn Carly uns sieht oder Magda vermutet, dass es für mich mehr ist als das Spiel, was ich zu spielen vorgebe, verliere ich sowohl meine Tochter als auch die Frau, die jede Minute meiner wachen Zeit und sogar meine Träume dominiert. Der Alarm piept und reißt mich aus meinen Gedanken.

Der rote Punkt auf dem Nachttischmonitor warnt mich vor Bewegungen im Haus. Unsere Sicherheit ist erstklassig, aber auch die besten Systeme werden überwunden. Ich überprüfe die Türen und Fenster auf dem Monitor. Es wurden keine Zugänge angetastet. Es könnten Carly oder Magda sein. Trotzdem gehe ich kein Risiko ein. Wer auch immer durch mein Haus geht, steht vor meiner Tür. Das Knarren einer Diele bestätigt die Informationen auf dem Bildschirm.

Ich greife nach der Waffe auf dem Nachttisch. Als sich die Tür mit einem lautlosen Schwung öffnet, ziele ich. Mein Finger gefriert am Abzug. Valentinas schlanke Gestalt steht im Türrahmen. Ein Schock durchfährt mich, weil ich sie so leicht hätte erschießen können. Ich nehme die Waffe herunter. Die Kampfbereitschaft verlässt meinen Körper, aber meine Muskeln entspannen sich nicht. Sie sind angespannt mit einer anderen Art von Erwartung. Ihr weißes Negligé leuchtet perlmuttartig im Mondlicht. Sie blickt mich an und beißt sich dabei auf die Unterlippe. Ich lege die Pistole wieder auf den Nachttisch und mache die Lampe an, um besser sehen zu können.

Ich weiß, was sie will. Wir wissen beide, warum sie hier ist.

Ich sagte mir, ich könne es nicht, und doch wollte ich nie etwas sehnlicher. Ich habe sie geschlagen und ausgepeitscht, ohne ein Molekül auf ihrer Haut zu zerstören, aber wenn ich sie heute Abend mitnehme, werde ich nicht nur ihren jungfräulichen Körper, sondern auch mein Versprechen brechen. Ich bin ein schwacher Mann, ich habe die Schlacht bereits in der Nacht verloren, als Rhett mich in Trainingsraum eingesperrt hat. Es war nur eine Frage der Zeit. Heute Nacht ist eine Nacht für die gebrochenen Versprechen.

Ich streckte meine Hand aus. »Komm her.«

Sie geht zum Bett und krabbelt auf mich. Jeder Millimeter meiner Haut fängt Feuer. Als ihre Muschi auf meinem Schritt ruht, bin ich ein lebender, unter Strom stehender Draht, der bereit ist zu explodieren, aber ich halte mich zurück und gebe ihr die Kontrolle, denn sie ist zu mir gekommen, und es ist der süßeste Moment meines ganzen beschissenen Lebens.

Ich bin kein Mann, der Smalltalk macht oder um den heißen Brei herumredet. Vor allem nicht, wenn etwas so Ernstes wie das hier passiert. Als sie sich einige Herzschläge lang nicht bewegt, wahrscheinlich weil sie unsicher ist, was sie jetzt tun soll, drehe ich uns, bis wir die Plätze getauscht haben und sie unter mir liegt.

»Weg mit den Klamotten.« Ich gebe ihr gerade genug Platz, um sich das Negligé über den Kopf zu ziehen.

Ungeduldig ziehe ich ihr das Höschen herunter, und sie tritt es weg. Sie ruckelt an meiner Pyjamahose, bis sie über meine Hüften bis zu meinen Knien rutscht. Ich muss erst das eine und dann das andere Bein heben, um sie loszuwerden. Als ich nackt auf ihr liege, explodieren elektrische Funken in jeder Zelle meines Körpers. Mein Schwanz liegt schmerzhaft hart zwischen ihren weichen Oberschenkeln. Meine Eier schmerzen von zu vielen Wochen Zölibat und zu wenig Hand- und Blowjobs. Das Verlangen, in sie einzudringen, ist so stark, dass ich mit den Zähnen knirsche.

Ich lasse meine Hand an unseren Körpern hinabfahren und tauche meine Finger zwischen ihre Beine. Sie braucht kein Vorspiel. Sie ist tropfnass. Für *mich.* Die Nächte, in denen ich ihren Körper trainiert habe, damit er mich will und braucht, sind wie ein endloses, langes Vorspiel, und endlich gehen wir einen Schritt weiter. Ich habe an ihren Brüsten gesaugt und sie geknetet, ihre Muschi geleckt und wochenlang mit ihrer Klitoris gespielt. Was bleibt, ist, ihr jeden Zentimeter meines Schwanzes zu geben. Wenn ich erst einmal in ihr bin, gibt es kein Zurück mehr. Ihr Körper gehört mir, aber wenn ich damit fertig bin, sie zu ficken, gehört mir ihre Seele. Sobald mein Samen sich in ihrem Unterleib ergießt, wird kein anderer Mann sie mehr berühren. Nicht morgen. Nicht, wenn ihre neun Jahre zu Ende sind. Niemals.

Ich spreize die Lippen ihrer Muschi mit meinen Fingern und drücke meine Eichel gegen ihren Eingang. Mein Kopf dreht sich, so als sei ich high. Ich schließe meine Augen nicht. Ich will ihr Gesicht sehen, wenn ich in sie eintauche. Ich möchte mich an ihren Gesichtsausdruck erinnern. Ich möchte wissen, wie sie aussieht, wenn sie sich um meinen Schwanz zusammenzieht, während sie kommt, und was sie fühlt, wenn ich sie innerlich mit meinem Sperma als die meine markiere.

Sie erwidert meinen Blick direkt, so tapfer, wie ich es mir vorgestellt hatte, und nimmt mein Gesicht zwischen ihre Hände.

»Gabriel …« Sie atmet tief ein.

Ihre Stimme ist zögerlich. Ich bin bereit. Das ist sie auch, sonst wäre sie nicht hier. Das Einzige, was mich daran hindert, in sie hineinzustoßen, ist die Luft, die zusammen mit ihren unausgesprochenen Worten in ihren Lungen eingeschlossen ist.

»Sag es«, knirsche ich mit schmerzhaftem Verlangen hervor.

Um meine Libido zu besänftigen, reibe ich mich an ihrem Schambein. Die Spitze meines Schaftes schiebt sich nach vorne und taucht in die feuchte Hitze ein, die mich erwartet. Ruckartig ziehe ich mich zurück, bevor ich alle Vernunft verliere und sie ficke, bevor sie gesprochen hat.

»Ich weiß, du denkst ich sei eine Jungfrau«, sagt sie leise, »aber ich bin es nicht.«

Für einen Moment bin ich schockiert und kann gar nichts sagen. Wie konnte ich nur so falschliegen? Mein Urteil über den Körper einer Frau ist immer richtig. Die ganze Zeit über habe ich mich selbst bestraft, ihr etwas vorenthalten und Versprechungen gemacht, die ich nicht halten konnte. Wenn man bedenkt, dass ich sie beinahe Quincy überlassen hätte. Ich schüttle den Gedanken ab. Das ist nicht der Ort, wo ich gerade in

Gedanken sein möchte. Wer auch immer ihr Liebhaber war, das Arschloch wusste nicht, wie er ihr Genuss verschafft. In dieser Hinsicht bin ich definitiv ihr Erster. Egal, es ist mir egal, wer ihr Erster war. Es spielt keine Rolle, denn ich werde ihr Letzter sein. Mir ist es egal, ob sie eine heilige Jungfrau oder eine Hure ist.

»Das stört mich nicht«, sage ich schroff, greife nach meinem Schaft und lenke ihn an den Ort, der mir Zugang zu ihrer Seele verschafft. Wenn du eine Frau nimmst, wenn du sie in deinen Armen explodieren lässt, dann siehst du ihr nacktes Herz und alle Wahrheiten, die sie vor der Welt verbirgt.

»Das stört dich nicht?«, fragt sie ungläubig.

»Natürlich nicht.« Ich knabbere an ihrem Ohr. »Warum sollte es? Ich bin auch keine Jungfrau.«

»Ich will nur nicht, dass du enttäuscht bist.«

Enttäuscht? Ist sie verrückt? »Glaube mir, nichts daran«, ich reibe meinen Schwanz über ihre glatten Falten, »kann enttäuschend sein.«

Ein Schluchzen entweicht ihrer Kehle. Es trifft mich so unvorbereitet, dass mir fast das terrorisierte Aufblitzen in ihren Augen entgeht.

»Valentina«. Ich ziehe mich ein Stück zurück. »Wenn du nicht bereit bist, musst du es mir jetzt sagen.« Ich habe die Verführung als Waffe benutzt, um sie willig in mein Bett zu locken. Es ist kein Vergnügen für mich, wenn es mit Gewalt geschieht.

»Hast du deshalb gewartet? Weil du dachtest, ich sei noch nicht bereit?«

»Du weißt, warum ich gewartet habe. Was willst du wirklich wissen?«

»Willst du …?« Sie beißt sich auf die Lippen. »Willst du mich? Ich meine, willst du mich *so*?«

»Verdammt, Valentina. Das ist kein Akt der Güte oder ein Gefallen. Der Grund, warum du hier bist, ist, dass ich dich von dem Moment an wollte, als ich dich das erste Mal sah, und in einer Sekunde werde ich dich ficken, wie ich es schon sehr lange wollte, also sag mir besser, wenn du es dir anders überlegt hast.«

»Das ist es nicht.« Sie hört sich beschämt an. »Ich weiß nicht, was ich tun soll.«

»Warte …« Wenn sie keine Jungfrau ist, aber nicht weiß, was sie tun soll? Ein kaltes Gefühl von Wut breitet sich in meinem Bauch aus. Bitterkeit erfüllt meinen Mund. Die Wahrheit bohrt sich wie ein Pfahl in mein Herz. »Du wurdest vergewaltigt.«

»Ja«, flüstert sie, »aber es ist schon lange her.«

Meine Atmung wird schneller, als sich die Richtung meines Denkens ändert. Ich wechsele von extrem erregt zu rasend wütend. Verdammt wütend. Ich werde den Hurensohn mit meinen bloßen Händen töten, seine Haut von seinem Körper abziehen und seine Muskeln von seinen Knochen schneiden. Ich schiebe meine Emotionen beiseite, lasse meinen Schwanz los und bedecke ihre Wange mit meiner Hand.

Ruhig, um sie nicht mit der Kraft meines Zorns zu erschrecken, frage ich: »Nur einmal?«, und halte meinen Atem an, während ich auf die Antwort warte.

»Nur einmal.«

»Wann?«

Sie dreht ihren Kopf zur Seite.

Ich werde es nicht vergessen. Ich muss es wissen. »Schau mich an.«

Sie gehorcht, und ihre Augen flehen mich an, nicht darauf zu bestehen, aber je mehr sie sich zurückhält, desto unbehaglicher wird mir.

Ich streichele ihr mit meinem Daumen über die Wange. »Wann?«

Sie spitzt ihre Lippen und blickt mich mit großen Augen an, als ob ich sie verurteilen würde. »Ich war dreizehn.«

Wenn ich den Wichser in die Finger bekomme, wird er leiden. Es gibt nur noch eine Frage zu beantworten. »Wer?«

»Ich weiß nicht.«

Sie lügt nicht. Sie blinzelt nicht, schaut nicht weg, und ihre Pupillen vergrößern sich nicht. Sie war ein zufälliges Opfer. Ich werde ihn für sie finden und töten. Wenn sie es möchte, werde ich ihr die Waffe geben, und sie kann ihn selbst erschießen. Und wenn es das Letzte ist, was ich tue, ich werde den Bastard dafür bezahlen lassen.

Ich küsse ihre Lippen. »Es war nicht deine Schuld.«

»Ich weiß.«

Ich bin froh, dass sie es mir erzählt hat. Ich muss anders an die ganze Sache herangehen. Technisch gesehen ist sie vielleicht keine Jungfrau, aber körperlich, emotional und geistig ist sie die Jungfrau, für die ich sie gehalten habe.

Ich lasse meine Hand über ihren Körper gleiten, umschließe ihren Kiefer und halte sie für einen Kuss fest, als ich unsere Lippen zusammenführe. Sie keucht in meinen Mund, aber lässt mich die Kontrolle übernehmen. Da sie ihren Kiefer nicht bewegen kann, bin ich derjenige, der seine Lippen um ihre legt, saugt und knabbert, nimmt und gibt und den Moment zu meinem macht. Nach einer Weile fängt sie an, sich zu wehren, ihre Arme um meinen Hals zu legen und mich für einen tieferen Kuss herunterzuziehen, wobei ihre Zunge sich mit einer Dringlichkeit um meine legt, die mich in Brand setzt. Ich lasse meine Handfläche von ihrem Kiefer zu ihrem Hals gleiten und umfasse ihn mit dominanter Kontrolle. Sie begrüßt diese Berührung und biegt sich stärker in meine Hand. Ich halte sie mit diesem befehlenden Griff auf der Matratze, während ich mich zu ihren Brustwarzen bewege und damit beginne, langsam mit meiner Zunge und Zähnen jede erogene Zone ihres Körpers zu verführen. Ich knabbere an ihrer Ellenbeuge und beiße dort in das Fleisch, wo ihre Muschi auf ihren Oberschenkel trifft. Ich fahre mit meiner Zunge über die Innenseiten ihrer Beine und grabe meine Finger in ihre Arschbacken, um das kurvenreiche Fleisch auseinanderzuschieben, damit ich ihren Riss entlang bis zu ihrer Muschi lecken kann. Bis ich meinen Weg von ihren Füßen bis zu ihrem Hügel geküsst habe, sind ihre Beine um mich gewickelt, und sie schiebt ihr nasses Geschlecht über meinen Schwanz, auf der Suche nach der Reibung, die sie erlösen wird.

»Ich will dich«, flüstert sie, und haucht meinem Zimmer Schönheit ein. »Ich will dich, Gabriel. Bitte.«

Ein leises Stöhnen vibriert in meiner Brust. Sie fleht *mich* an. Sie will mich, wie keine andere Frau mich jemals gewollt hat – nicht wegen meines Geldes oder Schutzes, sondern um ihr Verlangen zu befriedigen, das ich so sorgfältig in ihr gepflanzt und genährt habe. Ihre Lust gehört mir, und ich werde sie für immer behalten.

»Oh, Gott, bitte.« Sie gräbt ihre Nägel in meinen Rücken. »Fick mich endlich.«

Wir sind beide außer Kontrolle. Ich muss bei klarem Verstand bleiben, oder ich riskiere es, sie zu verletzen, aber sie hat mich an den Eiern – im wahrsten Sinne des Wortes –, zieht ihre scharfen Nägel von meinem Sack zu meinem Arsch und raubt mir den Verstand.

Ich greife meinen Schaft, drücke die Wurzel fest zusammen und bete, dass der Schmerz mich in einem vernünftigen Rahmen hält. Ich stütze mich auf einen Arm, ziehe mich aus dem Schraubstock ihrer Oberschenkel und spreize ihre Beine mit meinem Knie. Als sie weit geöffnet ist, nehme ich mir nur eine Sekunde Zeit, um den Anblick zu genießen, bevor ich meine Eichel in ihre Muschi stecke. Ihre Lippen legen sich um meinen Schwanz und dehnen sich aus, um mich ganz aufzunehmen. Meine Kontrolle hängt an einem seidenen Faden.

»Schau mich an«, verlange ich.

Sie öffnet ihre Augen. Sie sind vor Lust und

Verlangen benebelt, aber sie schauen mich an. Ich lege meine Ellbogen auf der Matratze ab, damit ich ihren Kopf zwischen meinen Händen halten kann, weil ich ihre Gesichtsausdrücke wie ein Gebet zwischen meinen Handflächen einfangen muss. Die Bewegung schiebt mich noch einen Zentimeter in sie hinein. Sie schnappt nach Luft, und ihre Augen weiten sich. Sie ist eng und heiß, und ihr jungfräulicher Kanal zieht sich bereits zusammen, um den Fremdkörper am Eingang hinauszudrängen. Ich dringe tiefer in sie ein und fühle sie wie eine samtige Faust um mich. Ich bin groß, und sie ist zerbrechlich, klein. Es hilft, dass sie so feucht ist, aber es fühlt sich an, als ob ich mich in eine enge Kammer voller heißer, schmelzender Lava schiebe. Je tiefer ich komme, desto mehr windet sie sich. Ich sehe alles in ihrem Gesicht – den Schock, den Schmerz, das Vertrauen und das alles verzehrende Verlangen.

Schweißperlen bilden sich auf meiner Stirn und meinem Oberkörper. Meine Haut brennt. Ihr Atem kommt explosionsartig aus ihrer Brust.

»Gabriel …«

Es ist eine Bitte um Gnade. Es geht zu langsam. Ich kann das Unbehagen in die Länge ziehen oder es hart und schnell schmerzen lassen, bevor ich sie besser ficken kann. Ich ziehe mich aus ihr zurück, bis nur noch meine Eichel durch den Dehnungsmuskel in ihrer Öffnung festgehalten wird, umfasse fest ihr Gesicht und stoße wieder hinein. Ich zerreiße das weibliche Gewebe und vergrabe mich, so tief ich kann, in ihrem Körper. Es ist der Moment, von dem ich geträumt habe: ihre Geräusche zu hören, ihre Kapitulation zu sehen, unseren Sex zu riechen und zu spüren, wie ihr Körper sich für meinen Schwanz dehnt. Sie zittert, und ihre Finger graben sich in meine Hüften.

»Es ist fast vorbei, meine Schöne. Es wird nicht lange wehtun.« Ich küsse ihr Kinn und bewege mich, nehme sie mit langen, vorsichtigen Stößen, bis ihr Körper sich wie ihr Verstand ergibt und ihr enger Kanal meinen Schwanz umarmt, anstatt ihn hinauszudrücken.

Ihr Stöhnen verwandelt sich in Keuchen. Es ist Musik in meinen Ohren. Als sie ihren Kopf zurückwirft, lasse ich ihr Gesicht los, aber blicke ihr weiterhin in die Augen. Ich spiele mit ihrem Körper, streichele ihre Brüste und die Klitoris, während ich tiefer und schneller zustoße, um alles zu nehmen, was sie geben kann, alles das, was Valentina zu einer Frau macht. Ich knete und massiere, bis sie weich und geschmeidig in meinen Armen ist. Sie lässt sich wie nasser, erdiger Ton unter meiner Berührung formen, bis sich ihre Hüften im Rhythmus meiner Finger auf ihrer Klitoris bewegen.

Und dann ist es vorbei.

Sie explodiert.

Ihr Körper saugt mich tiefer in sich und zieht meinen Schwanz in eine Falle schmerzhafter Ekstase. Ihre Pupillen weiten sich wie Sternschnuppen, und ihr Blick fliegt wie ein Komet von mir weg, als sie kommt und eine brennende Spur in meiner Seele hinterlässt. In diesem Moment kann sie mich um alles bitten, und ich würde mir einen Arm ausreißen, um es ihr zu geben. Ich würde ihr den Mond und die Sterne vom Himmel holen, würde sie das wollen, aber sie sagt nur: »Halte mich fest«, und ich gebe ihr, was sie will.

Valentina

Gabriels Arme liegen sicher um mich herum. Er hat mir unzählige Orgasmen beschert, aber dieser hier war anders. Dieser war tiefer und intensiver und hat die vergrabenen Emotionen aufgewühlt, die ich aus Feigheit so lange verdrängt habe. Nach dem Überfall auf mich habe ich mich von Männern ferngehalten. Das Erlebte hinderte mich daran, meine Sexualität zu erforschen. Ich hatte Angst, diesen Weg zu gehen, weil ich befürchtete, alles, was ich in dieser schrecklichen Nacht erlebt habe, heraufzubeschwören, aber das, was ich mit Gabriel geteilt habe, war nichts dergleichen. Es war ein fleischliches, schuldfreies und notwendiges Bedürfnis. Er hat mir meine Freiheit genommen und meinen Körper zu einem Sklaven gemacht, aber im Moment gibt es keinen anderen Ort, an dem ich lieber wäre. Hier gehöre ich hin. *Er* gehört hier hin. So sehr er mich auch genommen hat, ich habe auch einen Teil von ihm genommen. Ich habe etwas von ihm für mich genommen und werde es immer in meinem Herzen behalten. Ich fühle mich mit ihm verbunden, während ich in seiner Umarmung liege und das Nachglühen meines Orgasmus genieße. Jetzt, wo ich ihn in mir hatte, bin ich hungriger als je zuvor. Ich hungere nach Wissen, das über den Sex hinausgeht, den wir haben. Ich möchte wissen, warum sein schöner Körper gebrochen ist. Ich will alles über ihn wissen.

Ich führe meine Hand über seine Haut, um die Narbe auf seinem Knie nachzufahren. Vielleicht wird er es mir heute Abend sagen. »Wie ist das geschehen?«

»Meine Kniescheibe wurde von einem unserer Rivalen weggeschossen«, sagt er nüchtern.

»Und das?« Ich streichele über seine Hüfte.

»Baseballschläger.«

»Und das?« Als ich meine Hand auf seine Wange legen will, fängt er sie mit seiner Hand ab.

»Schrapnellgranate. Explosion. Ein Schuldner hat versucht, uns mit dem Gebäude in die Luft zu jagen, in dem er das Geld wusch, das er uns gestohlen hatte.«

»Hat er überlebt?«

Er schenkt mir ein gezwungenes Lächeln. »Was denkst du?«

»Hast du jemals darüber nachgedacht, es wegoperieren zu lassen?«, frage ich so sanft wie möglich.

Er antwortet mit kalter Stimme. »Es *ist* wegoperiert.«

Grauen, nicht wegen der Hässlichkeit, sondern vor Traurigkeit, überkommt mich. Wie sah er vorher aus, wenn das *nachher* ist?

Er seufzt leise. »Meine Knochen wurden zertrümmert. Unter der Haut ist hauptsächlich Metall. Das

Risiko, dass die Muskeln durch weitere Schönheitsoperationen kollabieren, ist zu hoch.«

Ich schlinge meine Arme um seine Taille und halte ihn fest an mich gedrückt. Ihm zu sagen, dass seine Maske aus Schmerzen mich nicht stört, würde nicht echt klingen, obwohl es wahr ist.

Ich lege meine Wange auf seine Brust. »Dein Fuß?«

Alle seine Muskeln spannen sich an. Es dauert einige Sekunden, bevor er sich wieder unter mir entspannt. Gerade als ich denke, dass er es mir nicht erzählen wird, sagt er: »Meine Mutter hat auf mich geschossen.«

Ich schaffe es kaum, einen Aufschrei zu unterdrücken. »Warum?«

Sein Ton ist flach. »Als ich zwölf Jahre alt wurde, gab sie mir eine Waffe und sagte, ich solle einen Mann erschießen. Das konnte ich nicht.«

Ich kann nicht sprechen, weil ich einen Kloß im Hals habe. Ich kann mir nicht vorstellen, wie seine Kindheit war. Ein Teil von mir kann sich damit identifizieren und ihn verstehen. Es herrscht ein ruhiges Einvernehmen zwischen uns, als wir einander festhalten und trösten, zwei geschädigte Menschen mit unterschiedlichen Narben.

Es ist noch dunkel, als Gabriel mich mit einem Kuss auf den Mund weckt. Ich strecke mich, spüre die Rauheit seiner Liebe an dem wunden Gefühl zwischen meinen Beinen, auch wenn ich denke, dass er so sanft war, wie er nur sein kann.

»Guten Morgen.« Er knabbert an meiner Unterlippe.

Sein Schwanz liegt schwer an meiner Hüfte, ist eine Erinnerung an die letzte Nacht und an das, was ich wieder haben kann.

»Gabriel.« Meine Stimme ist atemlos.

Er lacht auf. »Wenn ich nicht so besorgt wäre, dich nicht genug schlafen zu lassen, hätte ich mich vor einer Stunde zwischen deinen Schenkeln vergraben.«

Ein Zittern durchläuft mich bei dem Gedanken, und ich werde feucht vor Verlangen.

Ein Schatten schleicht sich in seine Augen. »Du musst gehen. Carly wird bald auf sein.«

Es ist eine logische Feststellung, aber sie tut weh, und das ist eine Überraschung. Vielleicht liegt es daran, dass das heimliche Schleichen durch den dunklen Flur, so als hätte ich etwas zu verbergen, so als müsse das, was ich mit Gabriel getan habe, ein Schattendasein führen, das emotionale Hoch der letzten Nacht tötet.

»Du hast recht.« Ich setze mich auf und halte die Decke vor meine Brüste.

Ich taste unter dem Laken, bis ich mein Nachthemd und meine Unterwäsche finde, und ziehe beides an. Als ich meine Füße vom Bett schwinge, packt er mich am Arm. Ich halte inne, aber ich sehe ihn nicht an. Ich habe Angst, dass er in meinen Augen sieht, was ich fühle. Das soll er auf keinen Fall.

Er küsst meine Schulter und fährt mit seinen

Lippen über die Krümmung meines Halses bis zu meinem Ohr. Als er mich loslässt, nehme ich es als mein Stichwort, zu gehen. Ich schließe seine Schlafzimmertür leise hinter mir und schaue den Flur hinunter, um sicherzugehen, dass er leer ist, bevor ich mich zurück in mein Zimmer schleiche. Der Raum sieht leer und kalt aus. Aus dem Nichts überkommt mich unerklärliche Einsamkeit, gefolgt von Schuldgefühlen, weil Oscar allein auf meinem Kissen schläft.

Ich hebe ihn hoch und drücke ihn an meine Brust. »Du Armer. Es tut mir leid, dass ich dich gestern Abend allein gelassen habe.«

Er schnurrt, reibt sein Gesicht an meinem Kinn und ist nicht halbwegs so unruhig wie ich.

Gabriel

Es gibt nicht viele Informationen in diesem Land, die Anton nicht in die Finger bekommen kann, weshalb ich weiß, dass etwas faul an der Sache ist, als er mir sagt, dass Lambert Roos' Telefonaufzeichnungen gelöscht wurden. Ich befehle Anton, sich mit Lamberts Lebenslauf, Gegenwart und Vergangenheit zu beschäftigen und alles zu vermerken, was verdächtig erscheint, insbesondere, was die Familie Haynes betrifft. Lambert machte Geschäfte mit Marvin. Ich will wissen, warum er nach Marvins Unfall mit dem Klonen von Autos aufgehört hat. Ich möchte auch wissen, wer Valentinas Vergewaltiger ist, aber ich muss mehr Informationen von ihr bekommen, eine heikle Angelegenheit, auf die ich mich nicht freue. Ich habe bereits die Polizeiberichte überprüft. Die Familie hat ihre Vergewaltigung nicht gemeldet. Meine eigenen Nachforschungen ergaben ebenfalls nichts Hilfreiches.

Den Rest meiner Zeit widme ich der Vorbereitung des geschäftlichen Abendessens heute. Trotz ihrer Proteste schicke ich Carly übers Wochenende zu Sylvia. Ich will sie bei der Dinnerparty nicht in der Nähe haben, nicht mit den Gästen, die Magda eingeladen hat. Wir werden die Männer des Ferreira-Drogenkartells, Jeremy, den Besitzer, und seinen Sohn und zukünftigen Erben, Diogo, bewirten. Es ist schon hart genug, die politischen Schachzüge zu ertragen, die Magda so liebt. Ich mag es nicht, Drogendealer in unserem Haus willkommen zu heißen, aber Magda will einen Deal abschließen, um ein neues Finanzierungs-Franchise in Westdene, dem Herzen von Jeremys Territorium, zu eröffnen.

Von dem Moment an, in dem sie durch die Tür kommen, mag ich sie nicht. Jeremy hat die Augen eines Krokodils, das so tut, als würde es schlafen, um seine nichtsahnende Beute überraschend zu schnappen. Er ergreift meine Hand, schüttelt sie herzlich und behandelt mich wie seinen lange verlorenen Sohn, während Diogo, ein glatter, gutaussehender Mann in seinen späten Zwanzigern, mir einen abschätzenden Blick zuwirft, der mir sagt, dass er mich zu winzig findet, natürlich nicht im wörtlichen Sinn. Er ist vielleicht zehn Jahre jünger als ich und mit einem heilen Körper gesegnet, aber ich habe viele Jahre mehr Erfahrung als er und eine Dunkelheit, die er nicht verstehen kann.

Sie küssen Magda die Hand und nehmen von den Cocktails und Horsd'œuvres, die sie in der Lounge anbietet. Ihre leichte Unterhaltung und ihre gespielte Höflichkeit irritieren mich. Wenn es nach mir ginge, hätte ich den Mist weggelassen und wäre gleich zur Sache gekommen. Wir wollen Exklusivität in ihrem Gebiet. Sie wollen unser Geld. Ganz einfach. Wir zahlen Schmiergelder, und keine anderen Kredithaie kommen rein. Ein Deal garantiert auch, dass wir sie nicht über den Tisch ziehen und sie unsere Männer nicht töten.

Magda navigiert durch einen ganzen Stammbaum von Fragen über ihre Ehefrauen, Kinder, Großmütter und was auch immer, bevor sie schließlich ankündigt, dass das Abendessen serviert wird. Der Smoking, den ich trage, weil diese Geschäfte elendig formal abgewickelt werden, ist zu heiß. Ich schiebe einen Finger zwischen meinen Hals und den Kragen meines Hemdes und ziehe daran. Die Fliege gibt geringfügig nach, aber ich atme erst leichter, als Valentina in ihrem schwarzen Kleid und mit einem hübschen Dutt im Nacken in den Raum kommt.

Ich beobachte sie ungeniert, als sie unsere Vorspeisen serviert. Die Wölbung ihres Halses ist lang und elegant. Ihre Finger sind schlank, aber sie bedienen mit effizienten und sicheren Bewegungen, ohne einen Tropfen Gazpacho zu verschütten. Ein Duft nach Himbeere erfüllt meine Nasenlöcher, als sie an mir vorbeigeht und der Stoff ihres Kleides meinen Stuhl berührt. Sie ist in allen meinen Sinnen präsent, sogar in meinen Gedanken in Form einer Erinnerung daran, wie ihr Körper sich gestern Abend dem meinen ergeben hat. Mein Schwanz verhärtet. Es ist gut, dass wir sitzen.

Es fällt mir schwer, meine Aufmerksamkeit von ihr wegzureißen, aber ich muss mich auf die Verhandlung und die subtilen Nuancen des Gesprächs konzentrieren. Ich bin gut darin, Körpersprache zu lesen. Ich sage vielleicht nicht viel, aber wenn unsere Partner versuchen, uns zu bescheißen, bin ich immer der Erste, der es ahnt. Mit Mühe richte ich meine Aufmerksamkeit wieder auf die Menschen, die auf der gegenüberliegenden Seite des Tisches sitzen, aber als ich meinen Blick anhebe, bemerke ich, wie Diogo Valentina anstarrt. Wut explodiert in meinem Körper und fließt durch meine Adern. Das Einzige, was mich daran hindert, über den Tisch zu greifen und ihn in seinem Suppenteller zu ertränken, ist, dass Valentina den Raum verlässt und dadurch sein Starren unterbricht. Ich kann es kaum erwarten, dass diese Nacht vorbei ist.

Nach der Hälfte der Hauptmahlzeit kommen wir zu einer Einigung. In dem Moment, in dem wir den Deal mit einem Handschlag besiegeln, verflüchtigt sich Magdas Anspannung. Sie verwandelt sich in die bezaubernde Gastgeberin, die alle kennen, und zieht Jeremy in einen freundschaftlichen Streit über die gegnerischen Rugby-Teams, die sie unterstützen. Diogo fragt nach dem Weg zum Bad und entschuldigt sich.

Die Haut zwischen meinen Schulterblättern kribbelt. Ich schiebe meinen Stuhl zurück. »Entschuldigt mich. Ich schau' mal nach dem Dessert.«

Magda wirft mir einen bösen Blick zu, aber ich bin blind für den Ärger in ihren Augen. Meine Schritte sind ruhig im mit Teppich ausgelegten Flur. Am Eingang zur Küche bleibe ich abrupt stehen. Valentina lehnt mit dem Rücken an der Wand und hat ein Küchenmesser auf Diogo gerichtet.

12

Gabriel

DAS MESSER IN VALENTINAS HAND LÄSST MICH BILDER sehen, die mich für immer verfolgen werden. Eine Million Szenarien tauchen in meinem Kopf auf. Der Gedanke, dass Valentina verletzt sein könnte oder sich Diogos Hände auf ihr befinden, verwandelt meinen Verstand in Wahnsinn. Im Handumdrehen stürze ich mich auf Diogo und werfe ihn auf den Boden. Ich schlage sein Gesicht auf die Fliesen und drücke ihn mit meinen Knien nach unten, während meine Fäuste in seine Rippen schlagen. Sein ersticktes Grunzen und das brechende Geräusch seiner Knochen reichen nicht aus. Ich will, dass er Blut hustet, bis seine Lungen darin ertrinken.

»Gabriel!«

Valentinas Stimme durchbohrt die hässliche Blase meiner Wut. Das Stück Scheiße unter mir kämpft um sein Leben. Langsam kehre ich in den fernen menschlichen Teil in mir zurück, in das Wenige, das von meiner Seele übriggeblieben ist. Magda und Jeremy kommen in den Raum gerannt, wahrscheinlich hat sie der Schrei von Valentina alarmiert.

»Was in Gottes Namen …?« Magda packt meinen Arm und versucht, mich von dem Mann wegzuziehen, der auf dem Boden liegt.

Ich schüttele sie ab, aber es sind Valentinas runde, ängstliche Augen, die mich dazu bringen, den Drecksack loszulassen.

Ich stelle mich hin und richte meine Jacke. »Steh auf, du Drecksack.«

»Was zum Teufel ist hier los?« Jeremy ergreift Diogo an den Schultern, um ihm auf die Beine zu helfen.

Es ist ein Kampf, ihn hochzuziehen. Es sieht so aus, als hätte er Atembeschwerden. Ich muss ihm die Luft aus dem Leib geschlagen und ein paar Rippen gebrochen haben. Seine Nase blutet vom Aufprall auf die Fliesen.

Magda flattert um ihn herum wie eine Henne. »Gabriel! Hast du den Verstand verloren?«

Ich zeige mit einem Finger auf Diogo. »Wenn du sie angefasst hast, bist du tot, Arschloch.«

Magda und Jeremy drehen ihre Köpfe in Richtung Valentina. Sie steht immer noch mit dem Rücken an der Wand, ihr Körper zittert, und ihre Augen sind auf Diogo gerichtet.

Ich nehme ihr das Messer aus der Hand und lege es

auf dem Tresen. Ich senke meinen Kopf und begebe mich auf ihre Augenhöhe. »Sieh mich an.« Sobald ich ihre ungeteilte Aufmerksamkeit habe, frage ich: »Hat er dich berührt?«

»Nein«, flüstert sie.

Magda beginnt zu sprechen, aber ich schneide ihr das Wort ab. »Was hat er dann getan?«

»Er wollte mich … mich …«

Sie muss es nicht sagen. Ich kenne Männer wie Diogo. Ich weiß, was sie tun wollen. Ich wende mich mit kalter Berechnung an Diogo. »Wenn ich nicht hier hereingekommen wäre, was hättest du dann gemacht?«

Er spuckt Blut aus seiner aufgeplatzten Lippe auf den Boden. »Ein wenig Spaß haben. Sie ist nur ein Dienstmädchen, um Himmels willen.«

Meine Stimme ist sanft, aber mein Zorn schwingt in meinem Ton mit. »Das gibt dir das Recht, die Leute unter meinem Dach anzugreifen, die ich beschütze?«

»Jetzt komm schon, Sohn.« Jeremy tritt mit erhobenen Handflächen zwischen uns. »Du riskierst doch nicht unsere neu geschmiedete Beziehung wegen eines Dienstmädchens, oder?«

Ich wende meine Rachegelüste gegen den alten Mann. »Sie ist nicht nur ein Dienstmädchen. Sie ist Eigentum.«

Jeremy weiß, was das bedeutet. In seiner und meiner Welt ist Eigentum unantastbarer als die Frau eines Mannes. Du kannst die Frau eines anderen ficken und beten, dass du nicht dabei erwischt wirst, aber du legst keinen Finger an das Eigentum eines anderen

Mannes, ohne zu akzeptieren, dass er deine Hand abhacken lässt.

»Oha.« Er lacht nervös auf. »Ein ernster Fehler. Diogo wusste es nicht. Wir sind es gewohnt, uns selbst zu bedienen, wenn du verstehst, was ich meine.«

»Beleidigst du mich, indem du mein Haus als Bordell ansiehst?«

»Jeremy«, Magda ergreift seinen Arm, »Dein Sohn braucht medizinische Hilfe. Ich werde natürlich für alle anfallenden Kosten aufkommen. Ich entschuldige mich für dieses bedauerliche Missverständnis.«

Das ist eine subtile Art, ihm zu sagen, dass er gehen soll. Magda kennt mich zu gut. Ich bin ein Wahnsinniger, und im Moment bin ich ungefähr so stabil wie ein aktiver Vulkan.

Jeremy befreit seinen Arm. »Gehen wir, Diogo.«

Diogo grinst mich spöttisch an, als er an mir vorbeigeht und sich dabei seine Seite hält. Er hätte einfach weitergehen sollen, aber der Fehler, den er macht, ist, sich in der Türöffnung umzudrehen.

»Weißt du, was dein Problem ist, Schätzchen?«, sagt er zu Valentina. »Du bist so verdammt hübsch. Es ist ein Jammer, dass du genauso prüde bist. Ich denke, es hätte dir gefallen, wenn ich dich gegen die Wand gefickt hätte.«

Und damit löst sich meine restliche Selbstkontrolle in Luft auf. Magda greift nach dem Saum meiner Jacke, als ich einen Satz nach vorn mache und meine Hände um den Hals des Schwanzlutschers lege. Jeremy flucht und versucht, meine Arme von seinem Sohn wegzuziehen, aber keine hundert Pferde würden ausreichen, um mich wegzureißen. Ich schleppe ihn an seinem dürren Hals zu Valentina und zwinge ihn zu ihren Füßen auf die Knie. Ich schnappe mir eine Handvoll seiner perfekt gestylten Haare und ziehe ihm ruckartig den Kopf zurück. Ich nehme das gleiche Messer, mit dem Valentina sich verteidigt hat, und drückte die Spitze gegen seinen lilienweißen Hübscher-Junge-Hals.

»Entschuldige dich.«

»Diogo«, sagt Jeremy von hinten mit einem Zittern in seiner Stimme, »tu, was er sagt.«

»Gabriel.« Magdas Tonfall ist bestürzt, aber sie dringt nicht zu mir durch. Die Situation ist zu unberechenbar. Ich bin zu unberechenbar. Ein Schnippen meines Handgelenks – und Diogos Leben wird zu Valentinas Füßen verbluten. Ich will nur nicht, dass sie das Blut eines weiteren Mannes auf dem Gewissen hat. Sie fühlt sich bereits für Tinys Tod verantwortlich. Diogo verdient die Schuldgefühle nicht, die sie seinetwegen haben würde.

»Es tut mir leid«, sagt Diogo.

Ich reiße fester an seinen Haaren und lasse ihn vor Schmerzen schreien. »Sag es, als ob du es ernst meinst.«

»Es tut mir wirklich verdammt leid.«

Ich drücke die Spitze des Messers unter seine Haut. »Bitte sie um Verzeihung.« Ein dünner Tropfen Blut läuft am Hals unter seinen Kragen.

»Vergib mir«, sagt er. »Ich bitte dich.«

Ich schaue Valentina an. »Verzeihst du ihm?«

Sie sieht mich mit großen Augen an. »Ja.«

»Du bist mitfühlender als ich.« Ich ziehe ihn an den Haaren hoch, bis er steht. »Verpisst euch aus meinem Haus. Der Deal ist geplatzt, und du betest besser, dass ich dich nicht auf der Straße treffe. Du gehst mir am besten weiträumig aus dem Weg.«

Als ich ihn loslasse, stolpert Diogo zu seinem Vater. Magda ist blasser als die weißen Fliesen auf dem Boden und endlich ruhig. Jeremy blickt mich kurz mit zusammengezogenen Augen an, aber er nimmt Diogos Arm und begleitet ihn aus dem Zimmer. Man beleidigt keinen Mann in seinem eigenen Haus. Jeremy weiß das. Er weiß, dass ich Diogo dafür die Kehle durchschneiden kann, und keiner seiner Geschäftspartner würde Vergeltung üben.

Magda reibt sich den Nacken. »Ich begleite euch hinaus.« Sie wendet sich an Valentina. »Du gehst besser auf dein Zimmer und kommst erst morgen früh raus. Wenn ich dein Gesicht vorher sehe, kann ich den Drang, dich zu töten, vielleicht nicht unterdrücken.«

Als wir nur noch zu zweit in der Küche sind, ziehe ich sie in meine Arme und drücke sie. »Bist du in Ordnung?«

Sie nickt. »Ich wollte keine Probleme verursachen.«

»Du hast das Richtige getan.« Ich küsse ihre Nase. »Ich bin stolz auf dich.«

»Du hast dein Leben aufs Spiel gesetzt. Sie werden dich umbringen.«

»Sie werden es versuchen, genau wie jeder andere

Kriminelle und die ganze Polizei in diesem Land. Du gehörst mir, Valentina, und niemand fasst dich an.«

Das Klicken von Magdas Absätzen im Flur lässt mich erstarren. »Geh ins Bett.«

»Die Küche …«

»Kann bis morgen warten. Geh.«

Sie gehorcht wortlos. Als Magda den Raum wieder betritt, ist Valentina außer Sichtweite.

»In mein Arbeitszimmer.« Magda stolziert aus dem Zimmer und wartet nicht, um zu sehen, ob ich ihr folge.

Sie hält mir die Tür auf und knallt sie zu, sobald ich über die Schwelle trete.

»Hast du deinen gottverdammten Verstand verloren?«

»Du weißt, dass ich das habe, Magda.«

»Hast du eine Ahnung, wie hart ich gearbeitet habe, um den Deal einzufädeln?« Sie drückt mir ihren Finger ins Gesicht. »Was gab dir das Recht dazu, ihn abzublasen? Wegen eines Scheiß-Dienstmädchens!«

Ich ergreife ihren Finger und bewege ihn gewaltsam weg. Meine Reaktion erwischt sie unvorbereitet. Sie stolpert einen Schritt zurück und starrt mich mit einer Mischung aus Unglauben und Angst an.

»Wenn du mir noch einmal deinen Finger ins Gesicht drückst, breche ich ihn.«

»Gabriel«, ruft sie keuchend aus, »ich bin deine Mutter.«

»Du warst nie eine Mutter für mich. Beanspruche diese Bezeichnung jetzt nicht.«

»Was ist nur in dich gefahren? Du hast einen Multi-Millionen-Dollar-Deal vermasselt, um Himmels willen!« Sie richtet sich auf, und ihre Angst ist plötzlich verschwunden. »Denke nicht, dass du meiner Bestrafung entgehst, nur weil du mein Sohn bist. Du treibst das Spiel, das du mit dem Mädchen spielst, zu weit. Du hattest deinen Spaß. Lass sie einen Fehler machen, und ich töte sie, damit wir alle zu unseren alten Leben zurückkehren können.«

»Ich entscheide, wann der Spaß vorbei ist.«

»Gehört es zu deinem Spaß, ihr schicke Klamotten zu kaufen? Das Spielen mit einer Puppe reicht dir nicht? Du musst sie auch anziehen?«

»Überprüfst du meine Kontoauszüge?«

»Ich kenne die Besitzerin der Boutique, in der du mit deiner Sklavin auf Shoppingtour warst.«

»Das geht dich nichts an.«

»Dein Kopf ist gefickt, weißt du das? Wie bei deinem Vater.«

»Wie könnte ich das vergessen, wenn du mich dauernd daran erinnerst?«

Sie fährt sich mit einer Hand über das Gesicht. »Ich brauche einen Drink.« Sie stützt ihre Hände auf ihre Hüften und betrachtet mich durch ihre Wimpern. »Mach dich von ihr los, Gabriel. Tue alles, was nötig ist. Irgendwann wirst du sie töten müssen.«

»Gute Nacht, *Mutter.*«

Ich lasse sie allein in ihrem Arbeitszimmer und gehe für einen Drink in mein eigenes, um über den Abend nachzudenken. Ich hätte Diogo die Nase schon brechen sollen, als er über meine Türschwelle trat. So hätte ich mir einen ganzen Abend seiner unangenehmen Anwesenheit erspart. Meine Gedanken bleiben nicht lange bei diesem Wichser. Wie immer gilt meine Aufmerksamkeit Valentina. Ich bin mir nicht sicher, in welchem emotionalen Zustand sie sein wird, wenn ich in ihr Zimmer gehe, aber ich werde für sie da sein, egal wie. Sie sollte sich unter meinem Dach sicher fühlen, soll wissen, dass ich nicht zulassen werde, dass ihr jemand etwas antut. Die Art von Schmerzen, die ich ihr zufügen will, ist etwas ganz anderes, sie dient ihrer und meiner Lust.

Als ich durch ihre Tür gehe, finde ich sie nicht zusammengerollt im Bett oder zusammengekauert in einer Ecke vor. Sie liegt nackt auf dem Bett und wartet auf mich. Meine Eier ziehen sich fest zusammen. Mein Schwanz schwillt an.

Ich kann nicht von ihren Fingern wegblicken, die zwischen ihren Beinen liegen. »Du hast an dir herumgespielt?«

»Ja.«

»Bist du gekommen?«

»Nein, das habe ich für dich aufgehoben.«

»Gut, denn sonst hätte ich dich bestrafen müssen. Deine Orgasmen gehören mir. Sag es.«

»Ich gehöre dir, Gabriel. Alle meine Orgasmen gehören dir.«

Ich schlucke den Knoten in meinem Hals hinunter. »Zeig es mir. Berühre dich selbst.«

»Später.« Sie schaukelt ihre Hüften. »Jetzt will ich *dich* in mir drin haben.«

Heilige Scheiße. Was macht sie mit mir? Ich ziehe mich aus und klettere zwischen ihre Beine. Selbst wenn sie sich anbietet, möchte ich sie jagen. Ich möchte sie in den wildesten, dunkelsten Wäldern unserer Sehnsüchte fangen und ihren Körper erobern. Ich will ihre Seele zähmen. Ich habe sie bekommen, aber ich habe Angst, dass ich sie verliere. Ich muss sie unten und festhalten, sie in dem Käfig der Lust einsperren, den ich so sorgfältig konstruiert habe, um sie in eine Falle zu locken.

Ich lege meine Handfläche auf ihrem Becken ab und halte ihren Unterkörper an Ort und Stelle, während ich zwei Finger in ihre Muschi schiebe. Sie ist nass. Ihre inneren Muskeln begrüßen mich mit einer einsaugenden Bewegung. Ich kann es nicht erwarten. Ich nehme meinen Schwanz und führe ihn zu ihrem Eingang, aber sie schüttelt den Kopf. Es braucht jede Unze Willenskraft, die ich besitze, um nicht dem Drang nachzugeben, sie zu fesseln und sie dazu zu bringen, es auf meine Weise zu tun. Es fällt mir fast unmenschlich schwer, meine Hand von ihrem Bauch zu heben und ihr die Flucht zu ermöglichen, aber sie läuft nicht vor dem Monster in ihrem Bett davon. Sie akzeptiert das Verlangen, das uns beide verfolgt, indem sie sich umdreht und sich auf ihren Händen und Knien abstützt. Sie schaut mich über ihre Schulter an und stellt dabei ihre schöne Muschi zur Schau.

»Nimm mich so«, flüstert sie.

Das Tier in mir erhebt sich dem Anlass entsprechend. Ich öffne ihre Pussy mit meinen Daumen, richte meinen Schwanz in ihren nassen Falten aus und stoße hinein. Ihr Rücken wölbt sich durch das schnelle und harte Eindringen, aber sie stößt zurück und begegnet meiner Kraft mit einer eigenen Dringlichkeit. Ich gebe ihr alles, was ich kann, drücke unsere Körper mit genügend Kraft zusammen, um blaue Flecken auf ihrer Haut zu hinterlassen.

»Mehr«, keucht sie. »Du hältst dich zurück.«

Ich ficke sie atemlos, und sie bettelt um mehr.

»Härter, Gabriel. Bitte. Ich bitte dich. Lass es raus. Lass mich alles vergessen. Lass mich vergessen, was heute Abend passiert ist.«

Das tue ich. Die Mauern aus Zurückhaltung brechen, zerbröckeln um sie herum, und ich nehme sie, wie ich noch nie eine Frau genommen habe.

Valentina

Gabriel hämmert in mich, tut mir innerlich weh, aber ich brauche mehr. Bei ihm werde ich immer mehr brauchen. Er stiehlt mir den Atem, nimmt mein Vergnügen und besitzt meine Wünsche. Ich bin so erfüllt von ihm, ich kann nicht mehr nehmen, und doch will ich ihn in jeder Spalte und Ecke meines Körpers haben.

Ich greife zwischen meine Beine, streichele seine

Hoden und spüre ihre geladene Schwingung, während er seine Leiste gegen meinen Arsch rammt.

»Mehr«, stöhne ich. »Bitte.«

»Wenn ich dich härter ficke, werde ich dir etwas brechen.«

Ich möchte, dass er in meine Zellen einblutet, bis wir unzertrennlich sind, bis unsere DNA verstrickt und mein Leben mit seinem verschlungen ist. Zusammen sind wir unbesiegbar. Solange er bei mir ist, kann mich niemand sonst anfassen. Auf diese Weise gibt es nichts Hässliches. Kein Diogo. Keine Männer wie Tiny. Nur Gabriel, der mich alles vergessen lässt, sogar, dass ich ihm gehöre.

»Füll mich aus, Gabriel. Füll mich noch mehr aus.«

»Verdammt, Valentina. Du bringst mich um.«

Ich schaue ihn über meine Schulter an. Sein Gesicht ist von aufgestautem Verlangen verzerrt, seine kühlen Augen dunkel vor Lust und sein Kiefer vor Kontrolle angespannt. Ohne seinen Rhythmus zu verlangsamen, lässt er meine Hüfte los, um sich seinen Zeigefinger in den Mund zu stecken. Er öffnet meinen Arsch mit seiner freien Hand und steckt seinen nassen Finger in meinen dunklen Eingang. Ich falle nach vorne und fange mein Gewicht mit den Armen auf. Mit dem Eindringen in meinen Arsch erhöht sich der Druck in meiner Muschi um das Doppelte.

»Ja«, wimmere ich. »Genau so.«

Ich bereite mich auf die Auswirkungen vor. Da seine Hände anderweitig beschäftigt sind, kann er meine Hüften nicht mehr abstützen. Die Kraft ist zu groß, mein Körper seinem brutalen Hämmern hilflos ausgesetzt. Jeder Stoß schiebt mich höher auf die Matratze. Er folgt mir, zieht sich zurück und stößt wieder zu, wobei sein Schwanz und sein Finger synchron arbeiten. Eine Hand bewegt sich zur Vorderseite meines Körpers und findet meine Klitoris. Ein paar schnelle Stöße, und ich komme, während ich seinen Namen schreie. Ich erwarte, dass er mit mir kommt, aber das tut er nicht. Während ich auf der unglaublichen Welle meiner Entladung reite, dehnt er mich aus, indem er einen zweiten Finger in meinen Hintern schiebt. Ich bin zu voll, aber das ist mir egal. Ich ziehe mich zusammen, und es kribbelt überall, so als bestünde mein Körper aus Lustrezeptoren. Ich schwebe in euphorischer Glückseligkeit. Es ist mir egal, was er mit meinem Körper macht.

Nach einer Weile zieht er seinen Schwanz heraus. Nur seine Finger bestrafen immer noch meinen Arsch. Auch das hört auf. Seine Berührung verschwindet.

»Beweg dich nicht.«

Erschöpft tauche ich in die Laken. Ich gehe nirgendwo hin. Das Bett bewegt sich, und dann ist er verschwunden. In der Küche werden Schränke geöffnet und geschlossen. Was tut er gerade? Ich bekomme meine Antwort, als er mit einer Flasche Speiseöl zurückkommt. Er stellt sie auf den Boden und fährt genau dort fort, wo er aufgehört hat, und schiebt langsam zwei Finger in meinen Arsch. Das Gefühl ist falsch und aufregend zugleich. Eine verbotene Art von Vergnügen läuft mir über den Rücken. Nach einem

Augenblick zieht er seine Finger zurück und öffnet meine Spalte. Kalte Flüssigkeit spritzt in meinen Arsch. Nach der Hitze ist die Kälte ein Schock. Ich winde mich, um dem Überfall zu entkommen, aber er packt mich zwischen den Beinen und hält mich fest, während sich mehr dieser rutschigen Flüssigkeit in mich ergießt. Das Öl. Es fühlt sich so an, wie wenn er in mir kommt, nur kälter. Er schmiert die Substanz um den engen Ring des Muskels, und als er seinen Finger wieder hineinschiebt, rutscht er direkt hinein. Als Antwort biege ich meinen Rücken nach hinten, da ich noch mehr Reibung brauche. Der zweite Finger schließt sich dem ersten an, und schon bald dehnt mich ein dritter Finger aus. Es tut nicht weh, aber es ist zu voll. Ich bin dabei, das zu sagen, als seine Hand verschwindet und eine heiße, glatte Oberfläche gegen meinen dunklen Eingang drückt. Ich schaue über meine Schulter und sehe, dass er seinen Schwanz dort positioniert, wo gerade seine Finger gewesen sind.

Ich versuche, meinen Oberkörper anzuheben, aber er drückt mit einer Hand meinen unteren Rücken nach unten, während er sich einen Zentimeter in mich hineindrängt. Es brennt höllisch. Ich stöhne und winde mich und versuche, ihn herauszudrängen, aber je stärker ich meinen Hintern zusammendrücke, desto stärker stößt er zu.

»Entspann dich«, sagt er mit angespannter Stimme. »Ich werde deinen Arsch sowieso nehmen.«

Ich weiß, dass er es tun wird, und ich will auch, dass er es tut. Ich atme tief durch und versuche, die Anspannung zu lösen, aber als er tiefer eindringt, schreie ich auf und beiße in das Kissen, um das Geräusch zu dämpfen.

»Fast da«, sagt er und reibt mit den Handflächen über meine Arschbacken.

Gott, es tut weh. Ich bin mir nicht sicher, ob ich es ertragen kann. »Gabriel.«

»Schscht, meine Schöne.« Er beugt sich nach unten und küsst meine Wirbelsäule. »Atme tief durch.«

Mit seinem Reden begleitet er mich durch den Schmerz und lässt mich ein- und ausatmen, bis er vollständig in mir versunken ist. Der letzte Zentimeter ist der schlimmste. Ich keuche und schlucke Luft. Als er sich bewegt, schreie ich, reibe mein Becken in die Matratze, um der Berührung zu entgehen, aber er setzt mir nach und fickt mich tiefer. Mit jedem Stoß schlägt er mir den Atem aus dem Leib, bis meine Stimme rau ist, und erst dann hält er mit seinem Schwanz in meinem Körper inne. Ich nehme kaum etwas anderes wahr als seine invasive Härte. Vorsichtig schiebt er zwei Finger in meine Muschi. Die Spitze seines Daumens ruht auf meiner Klitoris, was meine Lust anheizt. Als mein Verlangen steigt und sich meine Muskeln um ihn zusammenziehen, bewegt er sich wieder. Er führt mich an einen Ort, von dem ich nicht wusste, dass es ihn gibt, wo Vergnügen und Schmerz eins sind, und da beide Empfindungen gleichzeitig auf meinen Körper einwirken, ist es unmöglich zu erkennen, wo das eine beginnt und das andere aufhört. Er entfacht das größte Verlangen in mir, das ich jemals verspürt habe. Ich bin voll und erfüllt. Ich habe Schmerzen, aber er beruhigt mich. Ich schwebe auf der Kante, und wenn ich falle, höre ich vielleicht nie wieder damit auf, aber ich habe nicht die Macht, es zu verhindern.

Mein Körper spannt sich an. Als die Welle zu rollen beginnt, zieht er seine nassen Finger aus meiner Muschi. Seine Hände legen sich um meinen Hals und drücken gerade fest genug zu, um meinen Luftstrom zu unterbrechen. Ich muss kämpfen, aber ich bin zu schwach. Ich habe nicht mehr genug Energie. Ich kann nur daliegen, während elektrische Schauer durch meine Klitoris laufen und Gabriels Schwanz in meinen Arsch rammt, während weiße Flecken vor meinen Augen zu tanzen beginnen und mein Puls in meinen Ohren hämmert. In dem Moment, in dem er mir den Sauerstoff – das Leben – zurückgibt, komme ich mit einer Intensität, die meinen Körper und Geist zerschmettert. Tausende von Volt Vergnügen schießen durch mich hindurch, lassen jeden Muskel, Finger und jede Zehe sich so stark anspannen, dass mein Körper ein einziger großer Krampf ist. Ich muss über diese Kante gefallen sein, denn ich treibe wie eine Feder, und alles um mich herum verwandelt sich in eine angenehme Dunkelheit, in der das brutale Vergnügen gnädigerweise aufhört.

Gabriel

Fuck. Scheiße. Das ist das erste Mal, dass ich eine Frau bewusstlos gefickt habe. Ich drehe Valentinas schlaffen Körper auf den Rücken und schlage ihr auf die Wangen.

»Wach auf, Baby.«

Sie bewegt sich nicht. Nicht einmal ihre Wimpern zucken. Die Euphorie meines Höhepunkts verfliegt. Scheiße, Scheiße, Scheiße. Ich hebe sie in meine Arme und trage sie zur Dusche. Ich kann mich mit ihr in meinen Armen kaum hineinzwängen. Ich stelle das Wasser auf eine lauwarme Temperatur ein und lasse es über ihr Gesicht und ihre Haare laufen, indem ich ihren Kopf nach hinten kippe.

Sie runzelt die Stirn und bewegt sich.

»Gutes Mädchen. Komm schon, Valentina.«

Sie keucht und hustet. Ihre Augenlider heben sich, um Tigeraugen-Edelsteine freizulegen, die mich anstarren. »Gabriel.«

Die Erleichterung schlägt über mir herein, und die Enge in meiner Brust dehnt sich geringfügig aus. »Ich bin hier, meine Schöne.«

Ich halte sie fest und stelle sie auf ihre Füße, ohne meinen Griff an ihrer Taille zu lockern. Sie ohnmächtig werden zu lassen war nicht Teil meines Plans. Ich bin wütend auf mich selbst. Sie verdient etwas Besseres als einen Sadisten, der sie bis an die Grenzen des Vergnügens bis hin zur Ohnmacht treibt. Der einzige Weg, den ich kenne, um es wiedergutzumachen, ist, für sie zu sorgen. So wie sie sich in der Nacht, in der ich mit einem Messer verletzt wurde, um mich gekümmert hat, kümmere ich mich um sie und wasche ihre Haare und ihren Körper, von ihrem Kopf bis zu ihren Zehenspitzen, so gut ich das auf engstem Raum kann. Ich bin vorsichtig mit dem zarten Teil zwischen ihren Beinen und vor allem mit ihrem Arsch. Nachdem ich sie abgetrocknet und angezogen habe, bringe ich sie ins Bett. Es zerreißt mich, aber ich muss in mein eigenes gehen. Ich bin zu erschöpft, um zu riskieren, bei ihr zu bleiben. Wenn ich einschlafe, wache ich vielleicht nicht vor Carly auf. Ich will sie nicht so zurücklassen, aber ich muss. Wie lange werde ich diesen Schein noch aufrechterhalten können?

NACH MEINEM MORGENDLICHEN WORKOUT MIT QUINCY und Rhett, treffe ich mich mit Sonny und Lance, zwei meiner Franchise-Inhaber, wegen eines Streits über das Territorium. Lance hat seine Netze in Sonnys Gebiet ausgeworfen, und so sehr ich es hasse, Ombudsmann zu spielen, ziehe ich es vor, einzugreifen, bevor ein Krieg ausbricht. Es ist ein herrlicher Tag, und deshalb führen wir unser Gespräch am Pool. Mein Bein schmerzt nach dem Sex-Marathon gestern Abend mehr als sonst, und die Bewegung im Wasser tut mir gut. Ich schwimme ein paar Runden, bevor ich mich auf einem Liegestuhl in der Sonne ausstrecke und dem Streit zwischen den erwachsenen Männern zuhöre. Kurz vor ein Uhr unterbreche ich sie.

»Keinen Blick auf die Haushälterin.«

Sonny und Lance tauschen einen Blick aus, aber es dämmert ihnen, was ich meine, als Valentina mit einem Tablett voller Essen in den Händen aus der Küche zu uns kommt. Sonny schaut in den Himmel, während Lance seinen Blick auf seine Zehen richtet.

Ihre Figur sieht in dem dunklen Kleid besonders schlank aus. Das und die Strähnen, die sich aus ihrem Pferdeschwanz gelöst haben, lassen sie weiblich und feminin wirken. Ich will sie neben mir, in meinen Armen, nicht in einer für eine Angestellte akzeptablen Entfernung, nicht mit einer Barriere zwischen uns, die es mir erlaubt, den Sonnenschein zu genießen, während sie dort in ihrem schwarzen Kleid steht und in der Sonne schwitzt.

Das strahlende Lächeln, das sie mir schenkt, zeigt keinen Hauch von Groll. »Kann ich Ihnen etwas zu trinken anbieten?«

»Limonade.« Ich wende mich an Sonny und Lance, die überall hinschauen, nur nicht zu Valentina. »Bier?«

»Bitte«, sagen sie unisono.

»Noch irgendwas?«

Plötzlich stört es mich, dass sie Männer bedienen muss, die es nicht wert sind, ihre Füße zu küssen. »Nein.«

Ihr Lächeln ist echt und rein, ein Strahl von Schönheit, der nicht in den Schmutz meiner Welt passt. »Rufen Sie einfach, wenn Sie mich brauchen.«

Als sie zurück in die Küche geht, komme ich nicht umhin, ihren zerbrechlichen Schultern mit einem

Gefühl nachzuschauen, das mir diesmal nicht fremd ist.

Sehnsucht.

Eine Sehnsucht, die mich verzehrt.

Valentina

NICHTS IST SCHLIMMER ALS DIE HILFLOSIGKEIT, DIE ICH durch die Hände von Männern empfand, die mich schikaniert und angegriffen haben. Tiny hat den fest verschlossenen Deckel auf diesen Gefühlen angehoben. Was Diogo versucht hat, hat diese Gefühle wieder in mir aufleben lassen. Jene verbotenen Gefühle, die ich in meinen Tiefen verbannt habe, lassen mich vor Scham und Zorn zittrig werden. Ich hasse es, mich nicht verteidigen zu können. Dann ist da Gabriel. Die Dinge, die ich fühle, wenn ich mit ihm zusammen bin, sind zu kompliziert, um sie zu untersuchen, und ich habe zu viel Angst vor dem, was ich herausfinden würde. Was ich brauche, ist nicht, zu analysieren, was zwischen mir und meinem Aufseher passiert – ich kann es sowieso nicht ändern –, sondern zu lernen, mich vor Leuten zu schützen, die stärker sind als ich. Vielleicht könnte ich mir eine Waffe besorgen und lernen, wie man sie benutzt.

Ich fege die Blätter auf dem Bürgersteig auf und phantasiere über meine Möglichkeiten, als Magda zu mir kommt.

»Ich möchte, dass heute alle Ledersofas mit Bienenwachs behandelt und auf Hochglanz poliert werden. Carly beschwert sich, dass ihre Schränke staubig sind. Nimm alles heraus und wisch die Regale ab. Ihr Schrank kann eine gute Neuordnung gebrauchen.«

»Ja, Ma'am.«

»Ich will, dass das Abendessen heute Abend eine Stunde früher serviert wird. Ich habe danach eine Verabredung.«

»Ich werde dafür sorgen, dass es rechtzeitig fertig sein wird.«

»Morgen musst du anfangen, die Vorhänge abzunehmen und sie zu waschen. Beginne mit den Schlafzimmern. Du kannst jeden Tag ein Zimmer machen.«

»Ja, Ma'am.«

Sie schaut auf ihre Uhr. »Warte nicht bis zum Nachmittag, um den Bürgersteig zu fegen. Er muss jeden Morgen um acht Uhr gemacht werden. Die Nachbarn müssen schon denken, dass wir Schweine sind, die in einem Schweinestall leben.«

»Ich werde es um acht machen.«

»Kannst du gut mit einer Nähmaschine umgehen?«

»Ich habe noch nie eine benutzt.«

»Dann lerne es besser. Du kannst die Säume der neuen Vorhänge, die ich für den Salon gekauft habe, umnähen.«

Der Lieferwagen fährt vor und erspart mir zum Glück weitere Aufgaben, die sie sich ausdenken kann, da ich die Ware prüfen und unterschreiben muss.

Den Rest des Tages bin ich mit meinen Aufgaben

beschäftigt und lasse das Mittagessen und den Nachmittagssnack ausfallen. Es ist schwer, nicht unter Stress zu stehen, eine Aufgabe nicht zu verbocken oder nicht auszuführen, wenn das Leben auf dem Spiel steht. Ich habe seit Wochen nicht genug geschlafen und seit Tagen nicht mehr gelernt. Ich habe Abgabetermine für zwei Arbeiten verpasst, und nur wegen meiner guten Noten Verlängerungen bekommen, aber egal wie schnell ich arbeite, es gibt immer mehr Arbeit und zu wenig Zeit. Meine Mentorin hat mich gewarnt, dass ich, wenn ich noch einen Termin verpasse, null Punkte bekomme. Sie kann nicht weiterhin Ausnahmen für mich machen.

WÄHREND DER NÄCHSTEN ZWEI WOCHEN IST GABRIEL kaum zu Hause. Wenn er nachts zu mir kommt, sehe ich Spannungslinien in seinem Gesicht. Ich frage nicht nach seinem Geschäft, aber durch Art und Weise, wie er mich nimmt, hart und unerbittlich, weiß ich, dass er auf seine eigene Art genauso gestresst ist wie ich, also beschwere ich mich nicht. Wenn ich bei Kris zu Hause bin, koche, putze und helfe ich in der Klinik und verbringe so viel Zeit wie möglich mit Charlie. Nachts versuche ich, meine überfälligen Projekte aufzuarbeiten, aber ich bin einige Wochen im Rückstand. Ich schlafe zwischen vier und fünf Stunden pro Nacht, da ich mich wieder meinem Studium zuwende, wenn Gabriel mich verlässt, um in sein eigenes Zimmer zurückzukehren. Ich traue mich nicht, es ihm zu sagen, weil ich Angst habe, dass er es mir wegnimmt, und ich kann meinen Traum nicht verlieren. Trotz des explosiven Sex bin ich immer noch Eigentum. Nichts als ein amüsantes Spielzeug. Gabriel kümmert sich um mich, als würde man ein teures Auto warten oder sich um ein süßes Haustier kümmern. Reichlich Kaffee hält mich tagsüber wach und nervös. Nur aus reiner Willenskraft bewältige ich die Aufgaben, die Magda mir erteilt. Je härter sie mich fordert, desto härter bemühe ich mich. Je mehr sie verlangt, desto mehr liefere ich.

An einem strahlenden Dezembermorgen wird ein halber Kudu in der Küche abgegeben.

»Ein Geschenk von Geschäftskollegen, die auf der Jagd waren«, sagt sie mit den Händen auf den Hüften über das Fleischstück.

Es ist keine Jagdsaison. »Wo waren sie jagen?«

»Ein Freund war auf einer Wildfarm im Norden.«

»Was soll ich damit machen, Ma'am?«

»Marie hat das Fleisch immer verarbeitet. Das Bein eignet sich gut für Biltong. Du kannst die Reststücke für Wurst verwenden.«

Ich habe noch nie eine halbe Antilope zerstückelt, aber ich sage nichts. Als sie weg ist, suche ich im Internet und finde eine Seite, die detaillierte Illustrationen über die Verarbeitung dieses Tieres liefert. Es ist zu schwer für mich, um allein damit fertigzuwerden, weshalb ich Quincy um Hilfe bitte, als er mit Bruno an der Küche vorbeikommt. Gemeinsam verwenden wir die Fleischaxt, um das Fleisch in kleinere, handlichere

Stücke zu schneiden. Er hilft mir, die elektrische Fleischsäge und -mühle auf dem Inseltresen aufzustellen. Während er die Klingen für mich reinigt, bestelle ich die Eingeweide für die Wurst bei einem örtlichen Metzger.

»Alles bereit«, sagt er. »Brauchst du Hilfe beim Faschieren?«

»Nein danke, das bekomme ich hin.« Ich bin stolz, dass ich herausgefunden habe, wie es funktioniert.

»Sag einfach Bescheid, falls doch.« Er winkt zur Verabschiedung, und dann ist er weg.

Die nächste Stunde lang schneide ich die größeren Stücke in kleinere Stücke, lege die Streifen für das Biltong beiseite und tränke die Reste in einer Lösung aus Essig und Salz für die Wurst. Es ist ein langer und zeitaufwändiger Prozess. Ich bin gestresst, weil ich Essen zubereiten muss, aber ich kann nicht in der schmutzigen Küche kochen. Ich muss zuerst die Arbeitsplatten desinfizieren.

Mein Telefon piept, während ich das Fleisch durch die Klingen schiebe, um Lendensteaks zu machen. Normalerweise würde ich meine Arbeit nicht unterbrechen, um meine Nachrichten zu lesen, aber der Piepton sagt mir, dass sie von meiner Mentorin Aletta stammt. Ich lege den Schalter der Säge um und fische behutsam das Telefon mit Daumen und Zeigefinger aus meiner Schürzentasche. Die Nachricht trifft mich wie ein Blitz aus heiterem Himmel.

Komm vorbei. Du hast deinen Zellbiologie-Test nicht bestanden.

Meine Hand zittert, als ich das Telefon auf den Tresen lege und den Text immer wieder lese. Die Auswirkungen sind gravierend. Die Testergebnisse werden zum Semesterende berücksichtigt. Wenn ich in einem Fach versage, wird mein Teilstipendium widerrufen. Ich müsste aussteigen. Verzweiflung überkommt mich. Ich möchte positiv bleiben, aber meine realistische Seite bringt mein Gehirn zum Stillstand, um die Fakten zu bewerten und der Wahrheit ins Auge zu sehen.

Ich werde es nicht schaffen.

Eine schreckliche Endgültigkeit liegt in dieser Überlegung. Es ist, als ob ein Anker aus meinem Leben herausgeschnitten worden wäre, und jetzt, da ich nicht mehr durch meinen Traum geerdet bin, schwebe ich bedeutungslos in einem Leben, dessen einziger Zweck es ist, Charlie am Leben zu erhalten. Ich blinzele gegen die Feuchtigkeit an, die sich in meinen Augen sammelt, und versuche, mich von meinem Stolz stärken zu lassen. Ich werde deswegen nicht weinen, aber mein Herz ist nicht auf Augenhöhe mit meinem Verstand. Frische Tränen verschleiern meine Sicht, als ich die Säge wieder einschalte und beginne, das Fleisch durch die Klingen zu schieben. Ich arbeite wie ferngesteuert, lasse mich beim Rhythmus meiner Hände und dem Lärm der Maschine in einen Zustand gefühlloser, automatisierter Bewegungen versinken. Es befreit den Kopf vom Denken. Meinen Traum nicht wahr werden zu lassen, wird mein Herz verletzen, aber meinen Bruder im Stich zu lassen würde mich zerstören, also schließe ich Frieden damit, meinen Traum aufzugeben.

In dem Moment, in dem ich diese Entscheidung treffe, explodiert ein heißes Gefühl in meiner rechten Hand und wandert meinen Arm hoch. Ich schaue auf die Schneidemaschine und das Fleisch, das ich in meinen Händen halte, aber der Anblick ergibt keinen unmittelbaren Sinn für mich. Mein Gehirn registriert das Blut, das aus meinem Daumen spritzt, lange vor den Schmerzen.

13

Valentina

Das erste Glied meines Daumens ist verschwunden. Ich habe es direkt über dem Mittelhandknochen abgeschnitten. Mein Verstand schaltet sich ab, und mein Körper geht in den automatischen Funktionsmodus. Ich öffne den Kaltwasserhahn und halte meine Hand unter den Strahl. Wasserverdünntes Blut wirbelt den Abfluss hinunter. Das Erste in Reichweite ist ein sauberes Geschirrtuch. Ich schalte den Wasserhahn ab und wickele das Tuch fest um meine Hand, um die Blutung zu stoppen. Ich schalte die Schneidemaschine an der Wand aus, wobei ich mich vor den Klingen in Acht nehme, und durchsuche den Behälter, bis ich meinen abgetrennten Daumen finde. Mir ist schlecht und schwindelig, so als ob ich mich übergeben müsste und ohnmächtig werden würde, aber das Adrenalin treibt mich an. Nachdem ich die Spitze meines

Daumens in die Mini-Kühlbox gelegt habe, hole ich mir einen Eisbeutel für meine rechte Hand aus dem Gefrierfach. Ich schnappe mir meine Handtasche mit meinem Personalausweis und laufe durch das Haus, um jemanden zu finden, der mich zum Arzt bringt, aber nur Carly ist in ihrem Zimmer.

»Mein Vater ist nicht da«, sagt sie, ohne von ihrem Buch aufzuschauen.

Ich kann mir keinen Krankenwagen leisten, und ich habe keine private Krankenversicherung. Eine Privatversicherung kostet hierzulande ein Vermögen. Ich werde mein Glück mit dem öffentlichen Krankenhaus versuchen, aber ich brauche jemanden, der mich fährt.

Ich gehe vorne heraus und finde Rhett in Türnähe. »Ich brauche jemanden, der mich zum Krankenhaus fährt. Kannst du mir bitte helfen?«

Er wirft einen Blick auf das blutbefleckte Tuch um meine Hand und nimmt die Autoschlüssel aus seiner Tasche. Er öffnet mir die Tür und hilft mir in den Mercedes.

»Joburg Gen ist am nächsten«, sage ich.

Er nickt und lenkt das Auto mit einer Geschwindigkeit die Straße hinunter, die uns höchstwahrscheinlich umbringen wird, bevor wir im Krankenhaus ankommen. Unterwegs wählt er über Sprachbefehle über die Freisprecheinrichtung Gabriels Nummer und wird auf dessen Mailbox geleitet.

»Ich bin's, Rhett. Ich fahre Valentina zum Joburg Gen. Sie …« Er schaut mich an.

»Ich habe mir in den Finger geschnitten«, springe ich für ihn ein.

»Ich werde Sie auf dem Laufenden halten.« Er trennt die Verbindung und wählt eine andere Nummer, um einen Wachmann anzuweisen, seinen Posten neben der Haustür des Louw-Anwesens einzunehmen.

Als er auflegt, wirft er mir einen Seitenblick zu. »Geht es dir gut?«

»Ja.« Wie auf Stichwort verstärkt sich der Schmerz. Ich lehne mich zurück und spitze meine Lippen. Meine Hand pocht wie ein riesiges Herz.

Die Noteinfahrt ist mit Fahrzeugen blockiert, so dass wir in der Tiefgarage parken. Der Zustand dieses Ortes ist schockierend. Müll bedeckt den Boden bis zu meinen Knöcheln. Wir nehmen den Aufzug in die Etage der Notaufnahme, und als wir aussteigen, gerate ich durch Reihen von Leuten ins Stocken, die auf dem Boden im Flur sitzen und alle zehnmal schlimmer aussehen als ich. Einige von ihnen haben klaffende Wunden, andere haben unsichtbare Krankheiten, die dem leblosen Glanz ihrer Augen nach zu urteilen nicht weniger tödlich zu sein scheinen. Der Gang stinkt nach Erbrochenem und Urin. Ich habe seit meinem zehnten Lebensjahr, als ich hinfiel und die Stiche an meinem Kopf brauchte, kein Krankenhaus mehr von innen gesehen. Das hier weckt den Wunsch in mir, nie wieder zurückkommen zu wollen. Wir gehen an einem Mann mit einer Fraktur vorbei, dessen Knochen durch die Haut ragt. Ein anderer hat einen so tiefen Schnitt im

Arm, dass ich die Sehnen sehen kann. Die Frau neben ihm hat eine zerbrochene Bierflasche in ihrer Wange stecken. So weit wir auch gehen, überall schreit uns Gewalt entgegen.

Ich taste mit meiner guten Hand nach Rhetts Hand und umklammere seine Finger, während wir uns durch Elend und Verzweiflung auf den Weg zu einer Rezeption machen, wo eine gelangweilt aussehende Krankenschwester aufblickt.

»Was ist dein Problem, Liebes?«

Als ich schwanke, fängt Rhett mich auf. »Ich habe mir in den Finger geschnitten.«

Sie schiebt ein Klemmbrett mit einem Formular über den Tresen. »Füll das aus.« Sie kratzt sich mit einem Bleistift am Kopf und zeigt auf eine Stelle im hinteren Bereich. »Der Wartebereich ist dort drüben.«

Wir kommen an einem Untersuchungsraum vorbei. Ein nackter Mann liegt auf einer unabgedeckten Matratze. Er ist an die eisernen Bettpfosten gefesselt. Eine Krankenschwester wäscht Blut von seinen Beinen. Die Böden sind schmutzig, und die Wände sind fleckig. Es gibt keine Kissen, Laken oder Trennwände. Unsere Augen treffen sich. Ich wende mich schnell ab, aber spüre, wie sein Blick mir folgt, bis wir außer Sichtweite sind.

Alle Plätze im Warteraum sind besetzt, aber ich will es nicht riskieren, mich auf dem keimverseuchten Boden zu setzen. Rhett nimmt mir den Bleistift ab und liest die Fragen vor, während ich ihm sage, was er hinschreiben soll.

So wie das Tuch weiterhin das Blut aufsaugt, hat die Blutung nicht aufgehört. Ich beginne, die Wirkung des Blutverlustes zu spüren, oder vielleicht ist es ein verzögerter Schock, der mir das Gefühl gibt, in Ohnmacht zu fallen.

»Komm«, sagt Rhett sanft und nimmt meinen Arm, um mich nach dem Ausfüllen des Fragebogens zurück zur Rezeption zu führen.

Die Krankenschwester nimmt den Fragebogen entgegen, ist aber im Gespräch mit einem Kollegen und schaut nicht auf.

»Wie lange wird sie warten müssen?«, fragt Rhett angespannt.

»Wie bitte?«

Er macht eine Kopfbewegung in Richtung der langen Warteschlange. »Wie lange?«

Sie lacht auf. »Seht ihr den Mann da drüben?« Sie zeigt auf den mit der Wunde in seinem Arm. »Er wartet seit zwölf Stunden.«

Er öffnet den Mund, um zu protestieren, aber es hat keinen Sinn. Diese Menschen sind in ebenso großer Not, wenn nicht sogar in größerer Not als ich.

Ich berühre seinen Arm und sage leise: »Ich denke, wir sollten es zu Hause tun.« Ich werde nicht in der Lage sein, das abgetrennte Teil an Ort und Stelle zu halten und gleichzeitig zu nähen. »Kannst du mir helfen?«

Die Aufmerksamkeit der Krankenschwester ist schon wieder auf ihren Kollegen gerichtet. Sie lachen zusammen über einen Witz.

Er macht eine Kopfbewegung zu meiner Hand. »Zeig es mir.«

Ich wickele das Tuch langsam auf, um meinen Daumen freizulegen. Blut pumpt aus dem Finger, als ob es aus einem unterirdischen Brunnen sprudelt.

Rhett erblasst. »Um Himmels willen.« Er hebt mich in seine Arme und beginnt mit langen Schritten, zurück in die Richtung zu laufen, aus der wir gekommen sind.

»Rhett! Was tust du?«

»In Brixton gibt es eine Privatklinik. Es ist nur sieben Kilometer von hier entfernt.«

»Ich habe keine private Krankenversicherung. Ich kann mir keine Privatklinik leisten.«

»Ich bezahle.« Er verlagert mein Gewicht in seinen Armen. »Mach dir keine Sorgen um das Geld, okay? Ich lasse dich nicht noch eine Sekunde länger in diesem Drecksloch.«

»Wir können es zu Hause machen«, wiederhole ich.

Er sagt nichts, aber sein harter Kiefer sagt mir, dass er anderer Meinung ist.

Zwanzig Minuten später wiederholen wir die gleiche Prozedur in der Garden Clinic, aber der Unterschied ist bemerkenswert. Das Gebäude ist sauber und steril. Eine Krankenschwester kümmert sich ab der Minute um mich, in der wir eintreten, und schon zehn Minuten, nachdem Rhett das Geld für meine Behandlung – das als Vorauszahlung erforderlich war – bezahlt hat, trage ich ein Krankenhausgewand und liege auf einer Trage vor dem Operationssaal. Rhett geht auf dem Flur hin und her, seine Gestalt bewegt sich von links nach rechts und zurück vor das Fenster der Tür, während sein Telefon an seinem Ohr klebt. Der Arzt, der sich selbst als der Chirurg vorstellt, sagt mir, dass die gute Nachricht ist, dass er versuchen kann, meinen Daumen zu retten, da ich dank meiner Weitsicht das fehlende Stück mitgebracht habe. Als sie anfangen, mich in Richtung Operationssaal zu schieben, knallt eine Tür gegen eine Wand, und Gabriel stürmt schwer hinkend und mit zerzaustem kurzen Haar in den Flur.

»Entschuldigung«, ruft der Arzt. »Sie dürfen nicht hier hereinkommen.«

Er schaut den Arzt nicht an. Er findet meine Augen und hält sie mit seinem Blick fest. »Sie gehört zu mir.«

»Es ist mir egal, ob sie zur Königin von England gehört.«

Gabriels blaue Augen werden hart. Sein Gesicht verzieht sich zu einer beängstigenden Maske, und als er sich zu dem Arzt umdreht, sagt er mit kalter Stimme: »Ich bleibe bei ihr.«

Gabriel greift nach meiner unverletzten Hand, aber der Arzt unterbricht ihn.

»Gehen Sie, oder ich lasse Sie entfernen.«

Sein Blick richtet sich auf meine bedeckte Wunde, und wie Rhett erblasst er.

»Gut, dass du nicht zimperlich bist, was?« Ich lächele ihn an und fühle mich ein wenig high von dem, was sie mir gegen die Schmerzen gespritzt haben.

»Rufen Sie den Sicherheitsdienst«, sagt der Arzt zur Schwester.

Gabriel hebt seine Handflächen hoch. »Jetzt beruhigen Sie sich schon. Ich gehe.«

»Ich schätze, niemand isst heute Abend Fleisch.« Der Gedanke sendet einen plötzlichen Schub von Hysterie durch mich hindurch. »Oh, mein Gott, Gabriel. Das Abendessen.« Ich stolpere über meine eigenen Worte, als ich versuche, sie herauszubekommen. »Es war ein dummer Unfall. Ich habe nicht aufgepasst. Es tut mir so leid. Bitte lass nicht zu, dass Magda mich tötet.«

»Vergiss das verdammte Abendessen«, sagt er schroff. Als der Arzt ihm einen warnenden Blick zuwirft, fährt er in einem sanfteren Ton fort: »Ich kümmere mich um alles.«

Er erwidert meinen Blick, als mich das medizinische Personal zu den Schwingtüren schiebt. Als ich auf ihn zurückblicke, und er allein dasteht, habe ich diese seltsame Vorstellung, dass er allein in der Welt ist. Plötzlich sehne ich mich nach ihm, unerklärlicherweise und ganz und gar. In diesem angsteinflößenden Moment will ich ihn an meiner Seite haben. Ich greife nach ihm, erkenne den hilflosen Ausdruck in seinem Gesicht, und dann schließen die Türen sein Bild aus. Kälte fegt über meinen Körper und dringt in meine Seele ein, als der Arzt eine Maske auf mein Gesicht drückt und mir sagt, ich solle bis zehn zählen. Ich komme bis drei, bevor die Erinnerung an Gabriels Gesicht verblasst.

Der Arzt behält mich über Nacht da und entlässt mich am nächsten Tag um zwölf Uhr. Er erzählt mir, dass die Operation gut verlaufen ist und dass er mir eine Tetanusspritze verabreicht hat. Ein angespannter und müde aussehender Gabriel betritt mein Zimmer mit einem riesigen Strauß weißer Lilien, als der Arzt geht, nachdem er mich untersucht hat.

»Hey, meine Schöne.« Er küsst mich auf meine Lippen. »Wie fühlst du dich?«

»Mir geht es gut, danke.«

»Komm.« Er hilft mir dabei, mich anzuziehen, und auch wenn ich protestiere, als eine Krankenschwester einen Rollstuhl in den Raum schiebt, drückt er mich in den Stuhl. »Entweder der Stuhl oder meine Arme.« Er schenkt mir ein Lächeln, aber es ist schwach. Der Ausdruck in seinen Augen ist verschlossen, was es mir schwer macht, ihn zu lesen.

»Ich habe dein Rezept vom Arzt«, sagt er. »Wir halten in der Apotheke an, bevor wir gehen.«

Wir gehen bewaffnet mit Antibiotika und Schmerzmitteln aus der Krankenhausapotheke. Auf dem Heimweg drückt Gabriel meine Finger, und wenn er den Gang wechselt, legt er meine bandagierte Hand auf seinen Oberschenkel.

Erst als wir die Abfahrt nach Parktown nehmen, spricht er. »Tu mir das nie wieder an.«

Sein Ärger löst bei mir Wut aus. Es fällt mir schwer,

mein Temperament im Zaum zu halten. »Es war ein Unfall.«

»Du hast keine Ahnung, was ich deinetwegen gerade durchgemacht habe.«

»Ich kann es nur ahnen. Du hast dir Sorgen um deine Investition gemacht.«

Er bringt das Auto erst zum Schlingern und dann zu einem so schnellen Halt am Straßenrand, dass mein Körper nach vorne geworfen wird und der Sicherheitsgurt in meine Brust schneidet. Ich schreie schockiert auf, aber das Geräusch verliert sich in seinem Mund, als er meine Schultern packt und unsere Lippen zusammendrückt. Sein Kuss ist ungestüm und brutal. Seine Zähne schneiden über meine Zunge, und die Kraft seiner Liebkosung zerquetscht meine Lippen. Mein Kiefer schmerzt, als er mich endlich wieder freilässt. Wir atmen beide schwer, und unsere Brust hebt und senkt sich schnell. Ich kann ihn nur anstarren, sowohl erregt als auch verängstigt.

»Valentina …« Eine plötzliche Reaktion spannt seine Augen an und bringt seine Nasenlöcher zum Beben. »Du hast keine Ahnung …« Er fährt sich mit einer Hand durch sein Haar und macht es dadurch noch unordentlicher.

Ich schlucke den Kloß in meinem Hals herunter, der es mir schwer macht, zu sprechen. »Ich habe gesagt, dass es mir leidtut.«

Er nimmt meine Wangen in seine Hände und fährt mit einem Daumen unter meinen Augen lang. »Nicht so leid wie mir.«

In diesem Moment lässt er mich seine Qualen sehen. Ich erinnere mich daran, was er über sein Herz gesagt hat, als ich ihn nach seinen Narben gefragt habe. Mitgefühl ersetzt meine Irritation.

Ich lege meine Hand auf die seine. »Es wird alles gut werden.«

Der Hauch eines Lächelns umspielt seine Lippen. »Das ist das, was man in dieser Situation sagt, verdammt.«

»Dann sag es.«

»Es wird alles gut, Valentina.«

»So ist es besser.« Ich führe seine Handfläche an meinen Mund und drücke einen Kuss darauf.

»Das sollte man auch tun«, sagt er mit einem Hauch von Traurigkeit.

Ich biete ihm wortlos meine Handfläche an, aber er küsst nicht die Innenseite. Er zieht meine Hand an seine Lippen, saugt meinen Zeigefinger in die warme Tiefe seines Mundes und beißt sanft auf die Spitze. Hitze breitet sich unter meiner Unterwäsche aus, während er mit seiner Zunge um den Finger kreist. Dann zieht er meinen nassen Finger aus seinem Mund und trocknet ihn an seinem Hemd. Der Kuss, den er auf der Oberseite meiner Hand hinterlässt, ist das Gegenteil von dem, was er mit meinem Mund gemacht hat. Er ist sanft, zart und vorsichtig. Nachdem er meinen Blick für eine weitere Sekunde lang erwidert hat, legt er meine Hand genauso wie zuvor auf seinen Oberschenkel und lenkt das Auto zurück in den Verkehr. Wenn er nicht schaltet, spielt er mit meinen

Fingern und reibt seinen Daumen über meine Knöchel.

Zu Hause öffnet Rhett die Tür und hilft mir aus dem Auto. »Wenn du Hilfe bei irgendetwas brauchst, musst du es nur sagen.«

»Danke, dass du mich gestern gefahren hast.«

Gabriels dunkler Gesichtsausdruck lässt Rhett verstummen. Ich bin mir nicht sicher, was Gabriels Problem mit Rhett ist, aber der Wachmann entschuldigt sich sofort und geht.

Drinnen kommen uns Quincy und Carly entgegen, um uns zu begrüßen.

»Zeig mir deine Hand«, ruft Carly. »Du hättest es mir sagen können.«

Ich halte meinen bandagierten Daumen hoch. »So schlimm ist es nicht.«

»Das Mittagessen ist im Ofen«, sagt Quincy. »Wir mussten improvisieren, aber es ist essbar.« Er dreht sich zu mir um und sieht schuldbewusst aus. »Ich hätte gestern nicht gehen sollen. Ich hätte bleiben und helfen sollen.«

»Es ist nicht deine Schuld.«

»Komm schon, Dad.« Carly hängt sich bei Gabriel ein. »Ich bin am Verhungern.«

Er zögert eine Sekunde, bevor er ihr in den Speisesaal folgt, während seine Augen über die Schulter in meine schauen.

Um ehrlich zu sein, ich freue mich auf die Zeit allein. Ich habe mich noch nicht mit dem Schock befasst, und ich möchte Ruhe, um das Geschehene verarbeiten zu können. Oscar begrüßt mich am Eingang zur Küche und reibt seinen weichen Körper an meinen Beinen.

»Hey, Baby.« Ich nehme mir einen Moment Zeit, um ihn zu streicheln und nachzusehen, ob er etwas zu essen hat.

Ich habe keinen Platz, um den riesigen Blumenstrauß in mein Zimmer zu stellen, also leihe ich mir eine Vase aus dem Glasschrank und stelle sie auf die Theke in der Küche. Zum Glück hat Quincy die Küche aufgeräumt. Ich darf eine Woche lang weder meine Hand benutzen noch arbeiten, aber ich werde nicht zulassen, dass das ein Grund für Magda ist, mich zu töten. Oder Charlie. Sie wartet nur noch auf die richtige Ausrede. Als ich den Geschirrspüler einräume und ein paar kleinere Arbeiten erledige, bemerke ich, dass ich mit einer Hand recht gut zurechtkomme, aber Magda sagt mir widerwillig, dass ich mir den Rest des Tages freinehmen soll. Ich nutze diese Zeit, um mich auszuruhen und Schlaf nachzuholen.

Viel später kommt Gabriel in mein Zimmer. Er bedeckt jeden Zentimeter meiner Haut mit Küssen und liebt mich sanft. Als er mich danach festhält, lasse ich mich von der Wärme seiner Arme beruhigen. Ungebetene Tränen fließen über meine Wangen. Die Trauer darüber, dass ich mein Studium aufgegeben habe, und der Schock über den Unfall brechen über mich herein und lassen mich in einer Welle aus Trauer versinken, die es schwer für mich macht, zu atmen. Schluchzer erschüttern meine Schultern, während ich mich an ihn klammere, mich an den Mann klammere, der mir meine Freiheit genommen hat. In meiner dunkelsten Stunde ist er alles, was ich habe. Es ist alles so verdammt verkorkst. Wie viel mehr kann ich noch verkraften, bevor Gabriel mich völlig zerstört?

Er zieht mich auf seinen Schoß und küsst meinen Kopf. »Schscht, meine Schöne.«

»Gabriel.« Ich vergrabe mein Gesicht an seinem Nacken und atme den würzigen Duft seiner Haut ein. »Lass mich frei, ich flehe dich an.«

Er legt sein Kinn auf meinen Kopf und atmet langsam ein. »Du könntest genauso gut verlangen, dass ich mir den Arm abschneide.«

Als ich viel später einschlafe, träume ich davon, dass ich an einem Ende eines Krankenhauskorridors stehe, und Gabriel am anderen Ende. Zwischen uns gibt es Reihen von Menschen mit schrecklichen Verletzungen, und die Anzahl der Patienten ist zu groß, um sie zu zählen. Ich schiebe mich durch die Körper und versuche, ihn zu erreichen, aber als ich auf der anderen Seite ankomme, ist er weg. Ich wache durch eine Mischung aus Schmerzen, Schweißausbrüchen und Einsamkeit in meinem Bett auf. Ich nehme ein Schmerzmittel und zähle zehnmal hundert Schafe, bevor ich wieder einschlafe.

Gabriel

DAS ERSTE, WAS ICH AM NÄCHSTEN MORGEN MACHE, IST, die Fleischsäge zur Müllhalde fahren zu lassen. Die zweite ist, eine Krankenversicherung für Valentina abzuschließen. Solange ich lebe, werde ich ihre Rechnungen bezahlen, aber ich kann nicht so lange leben, wie ich möchte, besonders nicht bei meiner Art von Geschäft. Ich hätte Rhett beinahe gefeuert, weil er dumm genug war, sie zum Joburg Gen zu bringen. Das Einzige, was seine Haut gerettet hat, ist, dass ich ihn nicht für meine Fahrlässigkeit bestrafen kann. Ich hätte an Valentinas Gesundheit denken sollen, als sie meine Türschwelle überquerte. Ich hätte meine Mitarbeiter informieren sollen, dass sie im Notfall wie jedes andere Familienmitglied zu behandeln ist. Es hätten alle möglichen schlimmen Dinge passieren können. Sie hätte verbluten können. Sie hätte sich eine Infektion einfangen können. Mit all dem Dreck und Blut im Joburg Gen hätte sie Aids bekommen können. Wenn man bedenkt, dass sie ihren eigenen Daumen annähen wollte. Dass sie nicht in Panik geriet, verschafft mir einen neuen Respekt vor ihr. Es ist eine Sache, mich wieder zusammenzunähen, aber eine ganz andere, den Daumen zu suchen und zu kühlen, ohne einen hysterischen Anfall zu bekommen.

Sie kommt mit einer Hand zurecht, wie auch immer sie das tut, aber das ist nicht das, was ich für sie will. Sie ist seit weniger als einem Vierteljahr in meinem Haus, und schon ist meine perfekte Puppe kaputt. Ich habe ihr mit der Peitsche gedroht, sollte sie sich nicht ausruhen. Magda ist mit der Wendung der Ereignisse nicht glücklich, aber sie wirft das Problem nur dann auf, wenn wir allein im Auto auf dem Weg zu einer der Leihstellen sind.

»Warum hast du das getan?«

Ich schaue sie über den Rand meiner Sonnenbrille an. »Was?«

»Valentinas Krankenhausrechnung bezahlt.«

»Mein Gott, Magda, hast du erwartet, dass ich mich zurücklehne und sie ihren Daumen verlieren lasse? Rhett hatte es sowieso schon bezahlt. Ich habe ihm nur das Geld zurückerstattet.«

»Du investierst in totes Fleisch.«

»Wir sind das schon oft genug durchgegangen.«

»Wann wirst du endlich loslassen?«

»Wenn ich so weit bin.«

»Wann wird das sein?«

Ich blicke sie hart an. »Wenn ich wirklich bereit dazu bin, und keine Sekunde vorher.«

»Ich war nachsichtig mit dir, aber meine Geduld lässt nach. Zwing mich nicht dazu, ein Datum zu wählen.«

»Ich werde ein Datum wählen«, sage ich ausweichend und beschwichtige sie erst einmal. Als ich das Auto den steilen Hügel hinunter nach Braamfontein manövriere, stelle ich ihr die Frage, die mir in den letzten Wochen im Kopf herumgeisterte. »Warum willst du ihren Tod?«

Sie blinzelt und schaut weg. »Das habe ich dir doch gesagt. Um an ihr ein Exempel zu statuieren.«

»Warum sie?«

»Warum nicht?«

»Wenn es nur ums Geld geht, begleiche ich ihre Schulden.«

Sie dreht sich in ihrem Sitz um. »Du bist bereit, diese kleine Schlampe zu kaufen?«

Wut schießt durch meine Adern und lässt mein Herz in einem gefährlichen Rhythmus schlagen. »Sie ist alles andere als eine Schlampe.«

Sie gibt ein zynisches Schnauben von sich. »Vielleicht bevorzugst du einen anderen Begriff, aber sie ist dein Fickspielzeug, und das macht sie meiner Meinung nach zu einer Schlampe.«

»Langsam, Magda«, sage ich ruhig. »Du treibst es zu weit.«

»Gabriel«, ihre Stimme nimmt einen weicheren Ton an, »man kann ihr nicht trauen. Wenn du deine Deckung herunterfährst, sticht sie dir ein Messer in den Rücken oder betrügt dich schamlos.«

Ich kann nicht mit Sicherheit etwas zu dem Messer in meinem Rücken sagen. Ich bin mir sicher, dass Valentina mir schon oft den Tod gewünscht hat. Was ich aber weiß, ist, dass sie keine Diebin ist.

»Sie verwaltet das Lebensmittelbudget seit Maries Schlaganfall und spart uns eine Menge Geld.«

»Das hat nichts zu bedeuten.«

»Es bedeutet, dass sie vertrauenswürdig ist, wenn es um Geld geht. Denke nicht, dass ich nichts von dem Schmiergeld weiß, das Marie von den Lieferanten bekommen und in ihre eigene Tasche gesteckt hat.«

»Das sind Peanuts.«

»Das ändert nichts am Prinzip. Stehlen ist Stehlen, was Marie zu einer Diebin macht. Und doch hast du nie auf ihr herumgehackt.«

»Das ist etwas anderes. Marie ist praktisch ein Teil der Familie. Ihre Mutter hat schon für meine Mutter gearbeitet. Deine Fickpuppe ist weder Familie noch loyal. Es ist mir egal, wie viel Geld sie uns spart, ihre Zeit wird knapp.«

»Hör auf damit.«

Bei der kalten Bedächtigkeit in meinem Ton dreht sie den Kopf weg, um aus dem Fenster zu schauen. »Jedenfalls bin ich nicht daran interessiert, sie zu verkaufen. Du wirst ihre Schulden nicht begleichen.«

Ich wechsele das Thema und bemühe mich, mich zu beruhigen. »Ich habe unsere alte Reinigungsfirma angerufen. Sie werden bis nächste Woche einspringen.«

Meine Mutter richtet sich auf. »Du hast was getan?«

»Valentina steht nicht zur Verfügung. Das weißt du.«

»Das ist die perfekte Gelegenheit, sie scheitern zu lassen.«

Ich spanne meinen Kiefer an. »Ich möchte mich nicht wiederholen müssen.«

»Schön.« Sie fährt mit der Hand durch die Luft. »Behandle sie wie eine Prinzessin und hülle sie in Watte ein. Das wird ihren Sturz noch viel tiefer machen.«

Meine Finger umfassen das Lenkrad fester. Ich

habe Lust, mich über meine Mutter zu beugen, ihre Tür zu öffnen und sie aus meinem Auto und meinem Leben zu stoßen. Wir streiten immer wieder darüber, und wenn sie nicht akzeptieren kann, dass Valentina für immer ein Teil unseres Lebens sein wird, wird es hässlich werden.

Während der ganzen Woche ist Valentina zurückgezogen und ruhig und bleibt auf ihrem Zimmer. Wenigstens hat sie Zeit, sich auszuruhen und vielleicht zu lernen. Sie hat mir immer noch nichts von ihrem Studium erzählt. Ich bin mir nicht sicher, ob sie noch etwas anderes vor mir verbirgt oder ob es die Nachwirkung der Anästhesie ist, die ihr den Blues gibt, denn sie ist nicht sie selbst. Ich nehme an, es ist normal, wenn man bedenkt, was sie durchgemacht hat. Alles, was ich tun kann, ist, ihr meine Unterstützung und Fürsorge zu geben, bis sie wieder in ihrem schwarzen Kleid zurück in der Küche ist. Ich bin nicht glücklich darüber, aber ich habe noch keine Lösung für das Dilemma gefunden, und Magda wird sich nicht bewegen.

Zusätzlich zu meiner Sorge um Valentina muss ich ein schwieriges Thema bei Carly ansprechen. Carly isst normalerweise morgens nichts, aber da Magda heute nicht anwesend ist, bitte ich meine Tochter, mit mir zu frühstücken, damit wir unter vier Augen sprechen können.

Ich warte, bis Valentina uns nach dem Servieren der Muffins verlassen hat, bevor ich sage: »Ich weiß, dass du deine Mutter liebst und unsere Scheidung hart für dich war. Wir haben nicht viel darüber geredet, als die Trennung passierte. Ich denke, es ist wichtig, dass du einen neutralen Gesprächspartner hast.«

Sie blickt mich mit großen Augen an. »Dafür ist es ein bisschen spät.«

»Es ist nie zu spät.«

»Es wird nicht helfen.« Sie versteckt ihr Gesicht hinter ihren Haaren.

»Das kannst du nicht sagen, bis du es nicht versucht hast.«

Sie schiebt das Obst auf ihrem Teller herum.

»Hör auf, dich hinter deinen Haaren zu verstecken, und sieh mich an.«

Sie hebt den Kopf und wirft mir böse Blicke zu. »Es gibt nur eine Sache, die helfen würde, und zwar, wenn du und Mom wieder zusammenkommen.«

Ich seufze laut. »Das wird nicht geschehen. Das musst du akzeptieren.«

Sie knallt ihre Gabel auf den Teller. »Warum nicht? Warum könnt ihr nicht wie ein normales Paar zusammenleben?«

»Deine Mutter und ich, wir lieben uns nicht mehr. Das heißt aber nicht, dass wir dich nicht lieben.«

»Bullshit.« Sie schiebt ihren Stuhl zurück und springt auf. »Ihr kennt die Bedeutung dieses Wortes doch gar nicht.«

Sie schnappt sich ihre Tasche und rennt zur Tür.

»Carly!«

Ich möchte ihr befehlen, zurückzukommen und ihr Frühstück zu beenden, aber mein gesunder Menschenverstand sagt mir, ihr Raum zu geben, bis sie sich beruhigt hat. Während ich mit meinen elterlichen Problemen beschäftigt bin, beende ich mein Frühstück allein, auch wenn ich keinen Appetit mehr habe.

Valentinas Stimme holt mich in die Gegenwart zurück. »Kann ich die Teller abräumen?«

Diese neue Melancholie, die ein Teil von ihr geworden ist, macht ihre großen, traurigen Augen eindringlicher denn je. Ich nehme meinen Teller und mein Glas, um beides in die Küche zu tragen, und kehre mit dem Tablett zurück, während Valentina den Rest übernimmt. Da ich weiß, wie stolz sie ist, versuche ich, es ihr leichter zu machen, ohne dass es offensichtlich wird. Während ich meinen Teller in die Geschirrspülmaschine lade, bemerke ich, dass sie Carlys unberührten Muffin von dem Teller nimmt und ihn vorsichtig in eine Papierserviette einwickelt. Den Rest meines halb gegessenen Muffins packt sie in einen halbvoll gefüllten Eisbecher mit Knochen, Fleischstücken und gekochtem Gemüse, den sie im Kühlschrank des Personals aufbewahrt. Ich habe noch nie zuvor gesehen, wie sie den Tisch abgeräumt hat, aber es ist offensichtlich, dass sie die Gewohnheit hat, die Reste zu sammeln. Was macht sie mit dem Essen, das für die Komposttonne bestimmt ist? Meine morgendliche Telefonkonferenz ist fällig, also denke ich nicht weiter darüber nach, sondern verlasse die Küche mit einem

Gefühl, das ich nicht einordnen kann. Es ist, als ob meine Zeit mit Carly und Valentina knapp wird. Ich mag es nicht. Das letzte Mal, als ich mich so fühlte, war es, kurz bevor ich auf einen Draht trat und zum Sterben zurückgelassen wurde, nachdem die Hälfte meines Gesichts in Stücke gerissen wurde.

Ich habe meine Meetings so geplant, dass ich in den Mittagspausen Zeit habe, um nach Valentina zu sehen. Bevor ich nach draußen gehe, verbringe ich ein paar ungestörte Minuten damit, sie durch das Küchenfenster zu beobachten. Ich liebe es, sie zu beobachten, wenn sie nicht auf der Hut ist. Die perverse Seite in mir dringt gerne in ihre Privatsphäre ein und stiehlt einen Teil von ihr, den ich sonst nie haben würde. Ich habe akzeptiert, dass Valentina nie hundertprozentig offen mit mir sein wird. Unsere erzwungene Beziehung fördert das bedingungslose Teilen der Seele nicht gerade.

Wie immer sitzt sie auf der niedrigen Wand am Pool. Bruno liegt mit seinem Kopf auf den Pfoten neben ihr auf dem Rasen und starrt sie mit verliebten Augen an. Ihre Hände sind um einen Gegenstand gelegt wie Blütenblätter, die das Stigma einer Blume schützen. Sie öffnet sie, um etwas Rundes und Weißes zu enthüllen. Was hat sie in der Hand? Sieht aus wie eine Papierserviette. Sie faltet die Serviette vorsichtig auf, zerteilt den Muffin, der sich im Inneren befindet, in zwei Stücke, und füttert Bruno mit der einen Hälfte, während sie die andere isst. Der Hund verschlingt den halben Muffin mit einem Biss und wackelt optimistisch mit dem Schwanz, um zu sehen, ob noch mehr kommt. Sie isst langsam, wie ein Mensch, der jeden Bissen genießt.

Alles in mir kommt ruckartig zu einem Stillstand. Ich bin Zeuge einer gewöhnlichen Szene, in der eine Frau ihren Körper ernährt, aber diese spezielle hier zerbricht mich. Ich habe viele grausame Taten und Folterungen gesehen, die die meisten erwachsenen Männer zerbrechen lassen würden, aber *das hier* – Valentina, die unsere Essensreste isst – macht etwas mit mir, was nicht einmal ein Mord schafft. Ich werde ihren Unterhalt verdoppeln und ihr noch mehr Essen kaufen. Ich werde ihren Bruder in eine schicke Einrichtung stecken. Ich werde alles tun, was nötig ist, damit sie nie wieder die Krümel vom Tisch eines anderen essen muss. Dieses Stipendium sollte besser bald ankommen. Ich gehe zurück zu meinem Arbeitszimmer und rufe meinen CFO an, der mir versichert, dass es nur noch eine Frage von Tagen ist. Die Bürokratie an der Universität verlangsamt den Prozess.

Als ich in dieser Nacht zu ihr gehe, beschließe ich, das Thema anzusprechen. Ich ziehe sie aus und stoße meinen Schwanz in sie hinein, um uns beide bis kurz vor den Gipfel der Lust zu bringen. Ich zögere den Höhepunkt hinaus, bis keiner von uns es länger ertragen kann.

Ihre Nägel graben sich in meine Schultern.

»Gabriel, bitte.« Sie wippt mit ihren Hüften gegen meine und versucht, mehr Reibung zu erzeugen.

Ich ziehe mich fast vollständig aus ihr zurück und höre auf, mich zu bewegen. »Wem gehörst du?«

Sie zittert, als ich meinen Daumen auf ihre Klitoris drücke. »Dir.«

»Wer sorgt für dich?«

»Du.«

»Wie sorge ich für dich?«

»Wie du es möchtest.«

»Verdammt richtig. Wie auch immer ich mag.« Der Rücken wölbt sich nach oben, als ich in ihre Nippel kneife. »Wer lässt dich kommen?« Ich dringe wieder in sie ein.

»Du«, schreit sie keuchend.

»Wer kleidet dich ein?«

»Du.«

Ich bewege mich wieder ernsthaft. »Wer ernährt dich?«

»Ah, Gabriel, mein Gott! Du.«

»Das stimmt, meine Schöne.« Ich küsse ihre Lippen. »Ich.«

Ich knalle unsere Körper so hart zusammen, dass ich ihren Kopf umfassen muss, um zu verhindern, dass er gegen die Wand schlägt. Sie weint meinen Namen, als sie mit einem heftigen Krampf kommt und ihre Muschi mich tiefer einsaugt und mich bis zum letzten Tropfen melkt. Es gibt nichts Befriedigenderes, als in ihr zu kommen. Ich leere meinen Körper in ihrem und lasse sie jeden Tropfen nehmen, ohne mich zurückzuziehen. Ihre Wangen sind gerötet, und ihr Haar klebt an ihrer feuchten Stirn.

Ich nehme ihr Gesicht in meine Hände. »Was immer du brauchst, du bekommst es. Du musst es nur sagen. Verstanden?«

Sie schließt die Augen.

»Sieh mich an, Valentina.«

Als sie sie wieder öffnet, sind sie feucht vor Tränen. »Warum tust du das? Das ist nicht Teil unserer Abmachung.«

Ich küsse jedes Augenlid und dann ihre Nase. »Weil ich alles bin, was du brauchst.«

Die Traurigkeit in ihrem Blick verstärkt sich und nährt meine Angst, was meine Wut steigert. »Sag es.«

Sie leckt ihre Lippen, antwortet aber nicht.

Ich lege meine Finger um ihren Hals und drücke. »Sag es, verdammt noch mal.«

Ihr Körper spannt sich an, aber sie kämpft nicht gegen meinen Griff an. Stattdessen lässt sie ihre Schultern hängen, während sie langsam ausatmet. »Ja, Gabriel. Du bist mein Ein und Alles.«

Erhitzte Befriedigung erwärmt meine Eier und breitet sich bis zu meiner Wirbelsäule aus. Mein Schwanz wird wieder hart in ihr. Ich habe sie auf jede erdenkliche Art und Weise, aber ich brauche sie immer noch auf so viele weitere. Ich knie mich hin, hänge ihre Beine über meine Schultern und benutze mein Sperma, um ihren Arsch zu befeuchten. Sie schreit, als ich dort eindringe, aber mit meinen Fingern in ihrer Pussy und auf ihrer Klitoris gibt sie mir schnell das

Stöhnen der Ekstase, das ich suche. Lange nachdem sie ihren zweiten Orgasmus hatte, bestrafe ich mich immer noch mit neuer Lust. Es dauert lange, bis ich ein zweites Mal komme. Mit ihr kann ich die ganze Nacht, aber sie braucht ihre Ruhe, also drücke ich ihren Körper gegen meinen und halte sie fest, bis sie einschläft.

Valentina

MEINE MUTTER HAT IMMER GESAGT, WENN ETWAS Schlimmes passiert, dann feiere etwas Positives. Auf diese Weise wirst du nie depressiv werden. Vielleicht hat sie so überlebt, als mein Vater starb und wir alles verloren haben. Sie verließ das Haus nie ohne roten Estée-Lauder-Lippenstift.

»Wenn du traurig bist, Valentina«, sagte sie immer, »mal deine Lippen mit rotem Lippenstift an.«

Ich fische den Lippenstift, den ich mit meinen Vorräten bestellt habe, aus meiner Tasche und trage ihn vor dem Spiegel auf. Das Rot hebt sich von meiner gebräunten Haut ab. Ich lasse meine Locken um mein Gesicht fallen, so dass ihr natürlicher Glanz unterstrichen wird. Ich trage das pinkfarbene T-Shirt, die Jeans und die flachen Schuhe aus der Sandton-Boutique. Äußerlich sehe ich hübsch aus. Niemand wird wissen, wie zerstört ich innerlich bin. Vielleicht werde ich eines Tages in der Lage sein, einfach nur das Hübsche zu sehen und zu vergessen, dass ich eine Hure für den gefährlichsten Killer der Stadt war.

Als ich mich von Gabriel für das Wochenende verabschiede, schaut er mich an, als ob er etwas dagegen hätte, dass ich das Haus mit dem Make-up auf meinem Gesicht verlasse, aber ich bin nicht seine Tochter, und das ist *meine* Zeit.

Er schluckt, während er mich betrachtet, und klappert mit den Schlüsseln in seiner Tasche. »Ich fahre dich.«

Ich diskutiere nicht mehr. Das ist sinnlos. Unterwegs bitte ich ihn, bei der Bäckerei an der Ecke anzuhalten, um eine Schwarzwälder Kirschtorte abzuholen. Ich hätte sie für die Hälfte des Geldes backen können, aber darum geht es nicht. Ich habe noch nie in meinem Leben einen Kuchen gekauft. Ich halte den edlen Kuchen aus dem Laden in seinem Plastikbehälter auf meinem Schoß, und die schwarzen Kirschen glänzen voller Zuckersirup auf der Schlagsahne.

Gabriel schaut erst auf den Kuchen und dann auf mich. »Wer hat denn Geburtstag? Du nicht, so viel weiß ich.«

»Niemand«. Ich schaue aus dem Fenster auf die vorbeifahrenden Autos.

»Was ist der Anlass?«

»Nichts.«

Er spitzt die Lippen, setzt aber das Verhör nicht fort. In der Nähe der Rocky Street bitte ich ihn, noch einmal anzuhalten, damit ich die hungrigen Hunde füttern kann. Sobald sie mich sehen, kommen sie angerannt. Gabriel lehnt sich mit übergekreuzten Knöcheln gegen das Auto und beobachtet mich, wie ich das Essen unter ihnen verteile. Ich wische den Plastikbehälter mit einem Papiertuch aus und wickele ihn in eine Plastiktüte, um ihn später abzuwaschen. Der Hauch eines Lächelns umspielt seine Lippen, als ich zum Auto zurückkehre.

»Was?«

Er streicht eine Haarsträhne hinter mein Ohr. »Du bist durch und durch gut.«

»Nein, das bin ich nicht.«

»Für mich schon.«

Er gibt mir keine Gelegenheit, zu antworten. Er öffnet die Tür und hilft mir hinein.

Als er mich auf der anderen Straßenseite von Kris' Haus absetzt, warte ich, bis sein Auto um die Ecke verschwunden ist, bevor ich zum Haus gehe. Charlie wirft mich fast um, als ich durch die Küchentür eintrete.

»Hey.« Ich lache und stelle den Kuchen auf den Tresen. »Wie geht es dir?« Ich umarme ihn fest. Er hat mehr Fleisch auf seinen Knochen, und seine Mitte sieht recht füllig aus.

»Ku-Kuchen!«

»Der ist für nach dem Essen.« Ich drücke seine Schultern, setze mich neben ihn auf die Couch und schalte den Fernseher aus.

Wir spielen Sternhalma, bis Kris die Praxis zusperrt. Wie immer koche ich, und sie bekommt eine dringend benötigte Pause, nachdem sie die ersten zehn

Minuten damit verbracht hat, über meinen Daumen auszuflippen. Als Charlie mit einem großen Stück Kuchen vor seinem Lieblingscartoon sitzt, nimmt sie auf dem Stuhl gegenüber von mir am Küchentisch Platz.

»Warum der Kuchen?«, fragt sie, während sie kaut.

»Wir feiern.«

»Tun wir das?«

»Yep.« Ich lecke die Schokoladenfüllung von meinem Löffel.

»Kannst du nicht etwas weniger geheimnisvoll sein?«

Ich zucke mit den Schultern. »Wir feiern, dass ich mehr Freizeit und Geld habe. Ich kann dir jetzt ordentlichen Unterhalt für Charlie zahlen.«

Sie sieht mich mit großen Augen an. »Hat er dir eine Gehaltserhöhung gegeben? Mehr Freizeit?«

Ich nehme einen großen Bissen. Mein Mund ist zu voll, um antworten zu können.

»Also?«

Ich wische mir mit meinem guten Daumen die Sahne aus dem Mundwinkel und lecke ihn sauber. »Nicht genau.«

»Val.« Kris schiebt ihren Teller weg und verschränkt ihre Arme auf dem Tisch. »Was ist los?«

»Ich habe die Uni verlassen.«

Ich sage es so, als ob ich ihr gerade sagen würde, dass es heute heiß ist, in der Hoffnung, dass sie es gut sein lässt, auch wenn ich es besser weiß.

»Du hast dein Studium abgebrochen?«, ruft sie aus.

Charlie schaut vom Fernseher auf.

»Schscht.« Ich schenke ihr mein bestes wütendes Stirnrunzeln. »Er wird denken, dass etwas nicht stimmt.«

»Etwas *stimmt* nicht.«

»Kris.«

»Warum?«

»Sieh es mal so, jetzt muss ich keine riesige Schulrechnung mehr bezahlen oder mir Sorgen über Prüfungen machen, und muss auch keine langen Nächte mehr damit verbringen, Anatomie zu studieren.«

Sie neigt ihren Kopf und sucht Blickkontakt. »Warum?«

Ich seufze. »Die Köchin hatte einen Schlaganfall, und ich habe ihre Aufgaben übernommen.«

»Sie werden einen anderen Koch einstellen, richtig? Du darfst nicht aufgeben. Val, du hast mehr als die Hälfte des Studiums absolviert!«

»Ich kann den Job und das Studium nicht gleichzeitig durchziehen. Das ist zu viel.«

Sie presst ihre Lippen aufeinander. »Du lässt sie gewinnen.«

»Ich habe keine Wahl«, erwidere ich durch zusammengebissene Zähne. »Ich arbeite, bis das Abendessen serviert und die Küche sauber ist, was bedeutet, dass ich Glück habe, wenn ich um zehn Uhr fertig bin. Gott, ich habe Glück, wenn ich um Mitternacht ins Bett gehe und um vier Uhr morgens aufstehe.« Ich sage nicht, dass Gabriel noch eine Stunde oder mehr meines Tages in Anspruch nimmt, mich fickt, bis ich den Verstand verliere und mir Orgasmen beschert, bis ich ohnmächtig werde.

Auf ihrem Gesicht spiegeln sich Gefühle wider. Gott sei Dank sagt sie nichts Bedeutungsloses, so etwas wie dass es ihr leidtut.

»Es ist für Charlie.« Ich senke meine Stimme. »Alles wird sowieso egal sein, wenn er tot ist. Er ist alles, was ich habe.«

Sie legt ihre Hand auf meine. Es ist eine große, kräftige Hand mit Katzenkratzern, Hundebissen und einer schwieligen Haut, die ihre eigene Geschichte erzählt. »Du hast auch noch mich, Süße.«

Wärme breitet sich in meiner Brust aus und lässt Tränen in meinen Augen aufsteigen. »Vielen Dank.«

»Du kannst immer noch hier arbeiten. Ich meine, nach …«

»Ich weiß.« Ich bin mir nicht sicher, ob ich nach neun Jahren diese Stadt noch ertragen werde. »Iss deinen Kuchen. Ich habe viel Geld dafür bezahlt.«

»Versteck den Rest besser, sonst verschlingt Charlie ihn in der Nacht.«

Etwas macht mir Sorgen. »Er nimmt an Gewicht zu.«

»Tut mir leid. Ich bin leider nicht oft hier, sonst würde ich mit ihm rausgehen, damit er mehr Bewegung bekommt.«

»Ich habe eine Idee.«

»Oje. Immer, wenn du diesen Gedankenblitz-Blick hast, bekomme ich Angst.«

Ich stelle meinen Fuß auf die Sitzfläche meines Stuhls und umarme mein Knie. »Er kann die Hunde ausführen.«

»Du meinst *sie?*« Sie zeigt mit ihrem Daumen auf die Tür, zur angrenzenden Klinik.

»Ja! Er überquert die Straße allein, richtig? Wir können es zuerst mit einem Hund probieren und sehen, wie es läuft. Ich kann morgen mit ihm gehen.«

»Ich denke, schaden kann es ja nicht.«

»Es wird ihm guttun, wenn er mehr rauskommt und frische Luft bekommt.«

Sie schnaubt. »Welche frische Luft? Falls du es noch nicht bemerkt hast, das ist Joburg.«

Ich lasse mir nicht die Stimmung verderben, nicht heute Abend. »Charlie und ich machen den ersten Hundespaziergang gemeinsam.«

»Du bist eine gute Schwester, Val. Charlie hat Glück, dass er dich hat.«

»Nein, ich habe Glück, dass ich ihn habe.«

Ich bin immer noch wütend über mein Studium, aber es gibt einen Grund, warum ich das hier tue. Der Grund dafür ist ein wunderschöner, unschuldiger Junge, der im Körper eines Mannes gefangen ist und mit einem breiten Lächeln im Gesicht auf Kris' Couch sitzt. Alles, was man braucht, um Charlie glücklich zu machen, ist ein Stück Kuchen. Ich sollte mir ein Beispiel an ihm nehmen.

Gabriel

Der Therapeut klopft wie vereinbart um Punkt zehn Uhr an meine Tür. Dorothy Botha ist eine kleine, attraktive Frau in den späten Vierzigern. Sie trägt eine enge Jeans und ein Stretch-Shirt, nicht die Kleidung, die ich mir für eine Psychiaterin vorgestellt habe. Bei dem Stundensatz, den ich für den Hausbesuch bezahle, hatte ich erwartet, dass sie in Dior oder Gucci auftauchen würde.

Sie schüttelt meine Hand und lächelt mich an. »Mr. Louw.«

»Nennen Sie mich Gabriel. Danke, dass Sie Carly zu Hause besuchen kommen. Es ist angenehmer für sie in ihrer eigenen Umgebung.« Und die Chancen sind geringer, dass einer unserer Feinde entdeckt, dass meine Tochter etwas instabil ist. Sie würden alles, was sie können, gegen mich verwenden.

Ich führe sie in das Lesezimmer, wo Carly auf der Couch sitzt und ihre Beine angezogen hat. Meine Tochter wirft mir beim Betreten einen schneidenden Blick zu und begrüßt Dorothy nicht. Ihre ganze Körpersprache sagt, dass sie nicht glücklich darüber ist, ihren Sonntagmorgen mit einem Seelenklempner zu verbringen.

»Carly, das ist Mrs. Botha. Sag Hallo.«

»Sag Hallo«, wiederholt Carly wie ein Papagei.

Ich bin dabei, die Nerven zu verlieren und ihr einen Vortrag über gute Manieren zu halten, aber Dorothy legt ihre Hand auf meinen Arm.

»Du kannst mich Dorothy nennen.« Sie setzt sich auf den Stuhl gegenüber von Carly und sieht mich erwartungsvoll an.

Ich verstehe. Sie will, dass ich gehe. »Kaffee, Tee?«

»Nein danke.« Sie ist freundlich, aber bestimmt.

»In Ordnung.« Ich schließe die Tür in der Hoffnung, dass Dorothy das erreichen wird, was weder ich noch Sylvia schaffen – Carly dazu zu bringen, sich zu öffnen.

Während die Frauen reden, oder *hoffentlich* reden, räume ich den Tisch unseres späten Frühstücks ab und füttere Oscar. Er hat eine neue Sorte Futter, genau wie Bruno. Dem Preis auf dem Etikett nach zu urteilen müssen sie Goldflocken in die Kroketten einarbeiten. Die Marke ist zumindest Gold wert, denn Brunos Allergien sind verschwunden und Oscars Fell ist dick und glänzend. Brunos Essen wird von unserem örtlichen Tierarzt an unsere Haustür geliefert. Ich zahle die Rechnung. Katzenfutter ist nicht dabei. Das Spezialfutter ist nicht in Supermärkten erhältlich. Wenn Valentina es nicht bei unseren täglichen Einkäufen bestellt, woher kommt es dann?

Magda kommt in ihrem schwarz-weißen Chanel-Kostüm in die Küche. »Wo ist Carly? Ich will sie zum Mittagessen einladen.«

Ich verschränke meine Arme und lehne mich auf den Tresen. »Wohin?«

»Zu den McKenzies.«

Mein Rücken versteift sich sofort. »Kein Interesse.«

»Komm schon, Gabriel.« Sie stellt ihre Clutch auf

ihrer Hüfte ab. »Carly wird nie deinen Platz einnehmen. Sie hat es nicht in sich. Unsere einzige Chance ist, den richtigen Ehemann für sie zu finden.«

»Ich habe Nein gesagt.«

Sie macht zwei Schritte nach vorn und bleibt kurz vor mir stehen. »Hast du eine bessere Idee? Was ist, wenn dir etwas zustößt? Oder mir? Wer wird unser Geschäft übernehmen? Nicht deine geldgeile Ex-Frau. Man munkelt, dass sie Francois im Visier hat. Wenn sie ihn heiratet und wir keinen Nachfolger finden können, wird diese schleimige Ratte Carlys Stiefvater. Willst du das?«

Säure brennt in meinem Mund. Francois ist ein hübscher Junge, fünf Jahre jünger als Sylvia, aber es ist nicht das, was mich stört. Es ist der Gedanke, dass er Carlys Stiefvater spielt, den ich nicht ertragen kann.

»Antworte mir. Willst du das?«

»Ist das alles, was dich interessiert, einen Nachfolger für das Geschäft zu finden? Was ist mit Carlys Glück?«

»Glück?« Sie lacht. »Carly ist meine Enkelin, aber bei Gott, sie ist ein verwöhntes Kind. Du hast sie an das hier gewöhnt.« Sie macht mit den Armen eine Geste durch den Raum. »Du gibst ihr alles, was ihr Herz begehrt. Denkst du, dass sie sich jemals mit weniger zufriedengeben wird? Das glaube ich nicht.«

»Projiziere deine Gefühle nicht auf Carly.«

»Oh, ihr ist Geld genauso wichtig wie mir. Seien wir ehrlich, auch wenn sie keine Führungspersönlichkeit ist, sie ist eine Louw. Sie wird ihre Pflicht für unseren Namen tun.«

»Wage es nicht, sie wie eine Marionette in deinem Geschäft zu behandeln. Carly wird nicht das Leben führen, das ich lebe.«

»Das Leben, das *du* lebst? Willst du das Leben eines unserer Schuldner leben? Willst du sehen, wie es auf der armen Seite des Zauns aussieht? Weißt du, was mit dir und deiner Tochter nachts passiert, wenn du nicht genug Geld für ein Alarmsystem hast, das Kriminelle nicht durchbrechen können?«

»Ich weiß, was passiert. Ich habe es gesehen.«

»Du hast es nicht *gefühlt*. Glaub mir, du willst kein anderes Leben als dieses Leben führen.« Sie schaut mich genau an. »Du wirst weich, Gabriel. Es ist dieses Mädchen, nicht wahr?«

Meine Nackenhaare stellen sich auf. »Sie hat nichts damit zu tun. Valentina hin oder her, ich werde Carly auf keinen Fall mit Benjamin McKenzie verheiraten.«

»Ich hoffe für dich, dass du es langsam satthast, dein Spielzeug zu ficken.«

Jeder Muskel in meinem Körper spannt sich an. Mein verletztes Bein protestiert gegen die Belastung. »Was soll das heißen?«

»Eine Katze spielt nur eine gewisse Zeit lang mit einer Maus, bevor sie sie tötet. Warum ist sie nicht schon tot?«

Mein Herz fällt wie eine Axt, die Holz spaltet. »Ich bin nicht bereit.«

»Ich war geduldig mit dir. Ich habe dir das Spielzeug gegeben, das du unbedingt wolltest. Wir haben eine Abmachung. Jetzt gebe ich dir einen direkten Befehl. Bring sie um, oder ich werde es für dich tun.«

Ich springe sie fast an. Ich bin eine Haaresbreite von ihrem Gesicht entfernt, als ich mich selbst davon abhalte. »Du wirst nichts für mich tun, hörst du mich?«

»Du hast eine letzte Chance. Tu es lieber früher als später.« Sie lächelt süß. »Du bist keine zwölf mehr. Zwing mich nicht dazu, dir in den Fuß zu schießen.«

Meine Sicht wird verschwommen. Ich bin kurz davor, meine eigene Mutter in unserer Küche zu erwürgen. Das Einzige, was mich davon abhält, nach ihrem dürren, weißen, faltigen Hals zu greifen, ist Carlys Gestalt, die im Türrahmen erscheint.

Ihre Stimme ist kühl. »Wir sind fertig.«

»Ich gehe zu einem Mittagessen, Carly, meine Liebe. Warum begleitest du mich nicht?«

»Magda ist bei den McKenzies eingeladen«, sage ich, weil ich weiß, wie sehr Carly Benjamin hasst.

»Nein danke, Oma. Ich habe Hausaufgaben auf.« Sie geht den Flur hinunter und tut so, als ob ich nicht existiere.

Als Carly außer Hörweite ist, verenge ich meine Augen. »Halte dich aus meinen Angelegenheiten und Carly aus dem Geschäft raus.« Ich drehe meiner Mutter den Rücken zu, gehe aus dem Zimmer und spüre die Spannung in meinem Bein.

»Weichheit wird dich umbringen, Gabriel«, ruft sie mir nach.

Dorothy wartet im Lesezimmer.

Ich schließe die Tür und setze mich hin. »Wie ist es gelaufen?«

Sie reibt mit ihren Fingern über ihre Augenbrauen. »Es ist schwer, mit ihr zu reden. Natürlich muss ich zuerst ihr Vertrauen gewinnen.« Sie schaut mich eindringlich an. »Ich nehme ein Bedürfnis nach Anerkennung und Akzeptanz wahr. Verbringen Sie genug Zeit mit ihr?«

»Nicht so viel, wie ich möchte.«

»Anstrengender Job?«

»Das ist es nicht. Carly möchte lieber Zeit mit ihren Freunden verbringen als mit ihrem Vater.«

»Das ist normal. Versuchen Sie, ihr Selbstwertgefühl zu stärken, indem Sie ihr Komplimente für gut gemachte Hausaufgaben oder gute Taten machen, alles Positive, aber seien Sie authentisch. Stellen Sie sicher, dass sie weiß, dass Sie sie bemerken und sich für ihr Leben interessieren.«

»Ich versichere Ihnen, das tue ich.«

»Das bezweifle ich nicht, sonst wäre ich nicht hier. Versichern Sie sich, dass Sie es ihr zeigen und es ihr auch sagen. Es wäre natürlich hilfreich, wenn ich mit Ihnen und Ihrer Ex-Frau eine gemeinsame Sitzung abhalten könnte, um eine konsistente Strategie zu vereinbaren, die das Selbstbild Ihrer Tochter stärkt.«

»Ich befürchte, meine Ex-Frau wird nicht sehr kooperativ sein.«

»Ah, na ja.« Sie wischt sich mit den Händen über die Oberschenkel und richtet sich auf. »Mal sehen, wie es nach ein paar Sitzungen läuft. Versuchen Sie, den

Status quo zu Hause aufrechtzuerhalten. Führen Sie keine neuen oder stressigen Situationen ein, wenn Sie es vermeiden können, zumindest nicht für eine Weile.«

»So wie?«

»Eine Stiefmutter.«

»Darüber macht sich Carly Sorgen?«

»Sie hat es erwähnt. Ich weiß, dass das eine persönliche Frage ist, aber sehen Sie gerade häufig jemanden, vielleicht eine Freundin, mit der Ihre Tochter Probleme hat?«

»Nein.« Zumindest weiß Carly nichts davon.

»Dann ist Carlys Angst unbegründet. Es ist nicht ungewöhnlich, dass Kinder sich nach einer Scheidung verloren fühlen. Carly hat Angst davor, Sie oder ihre Mutter an jemand anderen zu verlieren. Zeigen Sie ihr Ihre Zuneigung, wann immer Sie können.«

»Natürlich.«

»Wir sehen uns nächste Woche, zur gleichen Zeit.«

»Ich bringe Sie zur Tür.«

Selbst während ich spreche, schweifen meine Gedanken zu einer wiederkehrenden Frage ab. Wie wird Carly reagieren, wenn sie jemals von Valentina erfährt?

Valentina

Bedauern ist kein hilfreiches Gefühl. Dennoch kann ich nicht verhindern, es zu spüren, als ich den

Brief lese, den Gabriel am Montagmorgen in die Küche bringt. Ich lese ihn mit dem Rücken zu ihm und balle meine Finger zu einer Faust, bis meine Nägel in meine Haut schneiden. Ich möchte weinen, aber er bleibt bei der Kaffeemaschine stehen.

»Gute Nachrichten?«

Ich schaue ihn über die Schulter an. Er trägt einen dunklen Anzug mit blauem Hemd und gelber Krawatte. Er macht das Ensemble perfekt. Die maßgeschneiderte Hose sitzt eng über seinen schmalen Hüften und unterstreicht die Breite seiner Brust. Sein einzigartiger Duft zieht mich an, aber ich muss allein sein, um mit den Nachrichten fertigzuwerden.

Ich zucke mit den Schultern.

»Okay.« Er sagt es wie eine Drohung und lässt mich verstehen, dass er mich mit meinem Ungehorsam davonkommen lässt, ihm vorerst keine Antwort zu geben, aber zu einem späteren Zeitpunkt vielleicht nicht.

Ich halte die Luft an, bis er den Raum verlassen hat. Erst als ich allein bin, lasse ich die Gefühle in mir explodieren. Ich umfasse die Kanten des Tresens, so hart, dass meine Arme von der Belastung zittern. Ich zerknittere den Brief in meiner Faust. Ich zerquetsche ihn, bis er ein winziger Ball ist. Von allen kranken Witzen der Welt muss dieser das beste Timing haben. Ich schlage mit meinen Fäusten auf den Tresen und bringe die Schalen, Messer und Löffel zum Klirren. Drei Sekunden lang lasse ich jede einzelne zerstörerische Emotion, die in mein

Herz eindringt, zu, und dann hebe ich den Deckel des Mülleimers hoch und lasse den Brief fallen, der mich über mein allumfassendes Stipendium informiert. Als der Deckel mit einem Knall zufällt, hört etwas in mir auf zu existieren. Was bleibt, ist das hohle Echo eines Traumes und nichts weiter als der reine Wille zum Überleben.

Gabriel

Der Brief, der heute Morgen von der Universität kam, hätte Valentina in Ekstase versetzen sollen. Es gibt eine Veränderung in ihr, die ich nicht verstehe. Nachdem ich meine morgendlichen Runden bei unseren Franchisen in der Stadt gemacht habe, gehe ich zu ihrer Freundin, bei der Charlie wohnt. Die Frau, die an der Rezeption mit einem Miniatur-Dobermann wartet, schreckt zurück, als sie zu meinem Gesicht aufschaut. Ich gehe mit geübter Ignoranz an ihr vorbei in die Futterabteilung und hebe meine Sonnenbrille hoch, um die Etiketten zu lesen. Ich nehme einen Beutel des Futters, das Valentina für Oscar gekauft hat, aus dem Regal und trage ihn zur Kasse. Ein paar Minuten vergehen, bevor eine Frau mit peroxidblonden Haaren in einem weißen Kittel kommt. Harte Linien prägen ihr wettergegerbtes Gesicht, und ihre Fingernägel sind abgebrochen. Ihre Augen verraten nichts, während sie mich eingehend betrachtet. Sie bewegen sich von mir zu dem Beutel mit dem Futter, der auf dem Tresen steht.

»Kann ich Ihnen helfen?«

»Ist das das beste Futter, das Sie haben?«

»Bei weitem.«

Ich stütze einen Ellbogen auf den Tresen und betrachte das Brett mit den Tarifen für Kastrationen und Impfungen. »Meine Haushälterin kauft es für meine Katze. Ich kenne die Marke nicht, aber ich dachte, ich kaufe einfach dieselbe.«

Ihre Augen flackern für einen Sekundenbruchteil, bevor sie sie verengt. »Ihre Haushälterin ist ein kluges Mädchen.«

»Sicher ist sie das, aber sie hätte mir sagen sollen, dass sie das Futter aus eigener Tasche bezahlt.«

»Vielleicht konnte sie das nicht, weil sie weiß, dass Sie Ihre Katze nicht besonders mögen.«

Die Dame mit dem Dobermann beobachtet uns, und ihr Kopf pendelt zwischen der Tierärztin und mir hin und her.

»Das stimmt. Die Haare, die er in meinem Haus verliert, oder die Tatsache, dass er meine Vorhänge in Stücke reißt, stören mich, aber meine Haushälterin scheint ihn zu mögen, also hier ist mein Angebot. Ich werde ein Konto eröffnen und einmal im Monat einen Fahrer schicken, der das Futter abholt.« Ich zeige auf das Hundefutter für große Rassehunde der gleichen Marke. »Und ein paar Säcke von dem dort auch.«

Es sieht fast so aus, als würde sie mein Angebot ablehnen, aber der Zustand ihres Wartezimmers sagt mir, dass sie die Einnahmen braucht. Nach einer kurzen Bedenkzeit sagt sie: »Ich werde Ihre Daten aufnehmen.«

Sie schreibt meine Adresse und Telefonnummer in ein Buch. In der heutigen Zeit benutzt niemand mehr ein Buch, nicht einmal meine unkultiviertesten Kredithaie. Sie hat eine Patientin, die wartet, und ich beanspruche einen Teil dieser Behandlungszeit. Was sie braucht, ist ein Computer und eine Assistentin. Kein Wunder, dass sie in einem heruntergekommenen Gebäude arbeitet und Gebühren erhebt, die niedriger sind als die üblichen Preise.

Ich klopfe mit den Fingern auf die Arbeitsplatte, während sie meine Bestellung kritzelt. »Sie sollten auf elektronische Geräte umsteigen.«

Sie hebt den Kopf, um mich schneidend anzuschauen. »Ich werde upgraden, wenn ich es mir leisten kann.«

Ich kann es ihr nicht verübeln, dass sie mich hasst. Was unterscheidet sie vom Rest der Welt? Ich bin sowieso nicht darauf aus, die Liebe von irgendjemandem zu gewinnen. Ich kann es aber auch vergessen, Informationen über Valentinas emotionalen Zustand in letzter Zeit von dieser Frau zu bekommen. Sie würde mir kein Glas Wasser geben, selbst wenn ich verdursten würde.

Sie schlägt das Buch zu. »Sind wir fertig?«

Ich lasse die Sonnenbrille wieder über meine Augen fallen. »Für jetzt ja.«

Ich verabschiede mich, nehme das Futter und gehe

zur Tür. Der Dobermann winselt, als ich an seiner Besitzerin vorbeigehe, die sich so weit wie möglich von mir wegbeugt, ohne aus dem Stuhl zu fallen.

Valentina

DIESE LASAGNE DARF ICH NICHT VERSAUEN. ICH BIN SO vertieft darin, die weiße Sauce zu binden, ohne dass sich Klumpen bilden, dass ich Rhett erst dann bemerke, als er direkt neben mir steht. Erschrocken lasse ich den Schneebesen fallen. Er prallt auf die Herdplatte, rollt von der Kante und fällt zu Boden. Es ist das erste Mal, dass er einen Fuß in die Küche gesetzt hat, seit ich hierhergekommen bin. Er beugt sich nach unten, um den Schneebesen aufzuheben, und spült ihn unter dem Wasserhahn ab, bevor er ihn mir zurückgibt.

»Danke.« Ich benutze meine linke Hand, um die Sauce zu rühren.

Er zeigt auf die Bandage an meinem Daumen. »Wie geht es deiner Hand?«

»Gut, danke.«

Er lächelt schief. »Ich hatte keine Gelegenheit, mich dafür zu entschuldigen, dass ich dich zum Joburg Gen gefahren habe. Wenn ich gewusst hätte, dass der Ort so schrecklich ist, wäre ich direkt zur Klinik gefahren.«

»Du hast getan, worum ich dich gebeten habe.«

»Ich habe nicht klar gedacht. Ich habe das Blut gesehen und irgendwie abgeschaltet.«

Ich kann mir das Lachen nicht verkneifen. »Du? Ernsthaft?«

Er hebt seine Hände in einer Geste des Aufgebens. »Es war nicht so sehr das Blut, *du* warst es. Ich dachte, Gabriel würde mich umbringen.«

»Wofür?«

»Es geschah in meiner Schicht.«

»Es war nicht deine Schuld.«

»Das wäre egal gewesen. Ich war der Überbringer der Nachricht.«

Ich höre auf zu rühren, um ihn anzusehen. »Es tut mir leid, wenn ich dich in Schwierigkeiten gebracht habe.«

Er grinst. »Nicht in so große, wie du dich selbst. Keine Küchenunfälle mehr, okay?«

»Ich werde mein Bestes geben.« Ich lenke meine Aufmerksamkeit zurück auf die Sauce.

Er lehnt sich auf den Tresen und überkreuzt seine Knöchel. »Ich habe überlegt, dir einen Welpen zu besorgen.«

»Einen Welpen?«

»Ich habe es bereits mit Gabriel geklärt.« Er verlagert sein Gewicht. »Ich kann dir einen von diesen flauschigen Hunden besorgen, die Frauen mögen. Einen Malteser oder so etwas.«

»Ich will keinen Hund.«

Er sieht enttäuscht aus. »Warum nicht?«

»Ich habe genug verloren. Ich will nicht noch einen anderen Hund in mein Herz schließen.«

Er überkreuzt seine Knöchel und Arme und

vermeidet es, mir in die Augen zu schauen.

Als er nicht spricht, aber auch nicht geht, nehme ich die Sauce vom Herd und drehe mich zu ihm um. »Warum hast du Puff erschossen, Rhett?«

Sein Brustkorb dehnt sich aus, als würde er atmen, und als er seinen Blick wieder hebt, sieht er mich direkt an. »Ich wollte den Hund nicht allein auf der Straße zurücklassen.«

»Was?«

»Ich habe genug Hunde gesehen, um zu wissen, dass der Mischling es nicht alleine schaffen würde. Ihn zurückzulassen hätte einen langen, grausamen Hungertod bedeutet.«

»Ihn zurückzulassen?«

Seine Stimme nimmt einen ruhigen Ton an. »Als wir an diesem Morgen in deine Wohnung einbrachen, hatten wir klare Befehle.«

Das Blut verlässt meinen Kopf, und mir wird schwindelig. Rhett war sich sicher, dass wir nicht lebend herauskommen würden, weder Charlie noch ich. Oh mein Gott. Gabriel war nicht nur für Charlie da. Er wollte uns beide töten. Ich speichere die Informationen in meinem Hinterkopf ab, um mich später damit zu befassen. Allein.

»Ich weiß nicht, warum Gabriel seine Meinung geändert hat, aber ich versichere dir, das ist noch nie passiert.«

Mein Lachen ist gezwungen. »Meine Mutter hat immer gesagt, dass ich einen Schutzengel habe. Vielleicht hatte sie recht.«

»Vielleicht fühlst du dich ein wenig besser, wenn du weißt, dass Gabriel mich gut bluten lassen hat, weil ich deinen Hund getötet habe.«

»An dem Tag, als du mit einer gebrochenen Nase aus dem Fitnessstudio kamst.«

»Yep. Ich würde viel besser schlafen, wenn ich dir diesen Hund besorgen darf.«

Der Blick, mit dem er mich anschaut, ist so reumütig, dass mein Mitgefühl über meine Rache wegen Puff siegt. Ich kann verstehen, warum er es getan hat. Es macht es nicht richtig oder besser, aber ich befinde mich nicht in einer Position, in der ich eine Entschuldigung abschlagen könnte. Ich suche immer noch nach Vergebung für das, was Charlie passiert ist. Ich wische mir die Hände an meiner Schürze ab und denke über seinen Vorschlag nach. Ein anderes Lebewesen wird mich nur verletzlicher machen, als ich es bereits bin, denn das ist es, was passiert, wenn man Gefühle für jemanden oder etwas hat.

»Ich möchte keinen Hund. Ich möchte, dass du mich trainierst.«

Er schaut mich an, als hätte ich den Verstand verloren. »Was?«

»Bring mir Selbstverteidigung bei. Wir können im Fitnessraum üben.«

»Gabriel wird mich umbringen.«

»Nicht, wenn er nichts davon weiß. Wir können es tun, wenn er nicht da ist.«

»Das ist eine verrückte Idee, Valentina.«

»Ist es das? Hast du schon mal hilflos dagestanden,

während Männer dir das Geld abgenommen haben, für das du dir den Arsch aufgerissen hast? Wurdest du jemals festgehalten und missbraucht, unfähig, irgendetwas dagegen zu tun?«

Er wendet seine Augen ab, da er mich nicht mehr ansehen kann.

»Bitte, Rhett. Ich werde es nicht gegen irgendjemanden in diesem Haus verwenden. Ich bin nicht dumm. Ich will mich einfach nicht länger hilflos fühlen.«

Er schluckt. »Bitte mich um irgendwas anderes. Wenn Gabriel herausfindet …«

»Das wird er nicht, es sei denn, du sagst es ihm.«

Er schaut mich wieder an, und ein Krieg tobt in seinen Augen. Schließlich siegen seine Schuldgefühle. »Okay, aber kein Wort zu niemandem, nicht einmal zu Quincy.«

»In Ordnung.«

Er richtet sich vom Tresen auf, aber seine Schultern hängen nach unten. »Ich werde dich wissen lassen, wenn die Luft rein ist.«

»Vielen Dank.«

»Betrachte uns als quitt.« Es liegt ein Hauch von Besorgnis und sogar Angst in seinem Gesichtsausdruck, als er aus dem Raum geht.

Gabriel

Der Bericht von Anton bestätigt nur das, was ich bereits weiß. Niemand weiß etwas über Valentinas Vergewaltigung. Ich lasse den Stift auf meinen Schreibtisch fallen und reibe meine müden Augen. Ich bin nicht überrascht, dass Marvin nicht zur Polizei gegangen ist. Seine Familie wurde beschämt. Er hätte das Verbrechen, das die Unschuld seiner Tochter geraubt hat, dadurch gerächt, dass er den Verantwortlichen tötete. Da er im selben Jahr starb, in dem sie angegriffen wurde, bin ich mir nicht sicher, ob er dazu gekommen ist. Ist das der Grund, warum Lambert seine versprochene Verlobte im Stich gelassen hat? Weil sie verdorbene Ware war? Ich werde den Bastard finden, der sie vergewaltigt hat, aber im Moment habe ich eine andere Priorität – Magdas Drohung.

Man sollte nie Magda unterschätzen. Ich weiß besser als jeder andere, wozu sie fähig ist. Wenn ich Valentina nicht töte, wird *sie* es tun, und als Strafe für meinen Ungehorsam wird sie es auf eine Weise tun, die mich verletzen wird. Ich bin nicht zurückhaltend, was meine Gewohnheiten angeht. Meine Mutter weiß, dass ficken für mich ein Hobby ist. Sie weiß, dass ich territorial bin und der besitzergreifendste Bastard auf Erden. Sie kennt mich gut genug, um zu verstehen, dass der Gedanke an die Hände eines anderen Mannes an Valentina mich in die Knie zwingen wird, besonders nach dem, was ich Diogo angetan habe. Valentinas Tod ist ein Gedanke, den ich nicht ertragen kann. Wenn Magda die Arbeit für mich zu Ende bringen muss, wird Valentina höchstwahrscheinlich eine Gruppenvergewaltigung erleiden, gefolgt von einem schrecklichen und langsamen Tod durch Folter. Ich muss einen Weg finden, sie zu behalten, aber ich kann sie nirgendwo verstecken, wo Magdas Netzwerk von Geschäftspartnern sie nicht finden wird. Und dann gibt es Charlie. Was soll ich mit ihm machen? Wo kann ich ihn in Sicherheit bringen? Ich habe einen Deal mit Valentina gemacht, und da ich weiß, wie viel Charlie ihr bedeutet, habe ich vor, den Deal in Ehren zu halten. Jedes Problem hat eine Lösung. Ich muss nur lange genug suchen.

Da ich nur wenig Zeit habe, sollte ich nach einem Weg suchen, mein schönes Spielzeug zu behalten, nicht meine Arbeitstür zuschlagen und wie ein verrückter Mann den Flur entlangzulaufen, nur damit meine Schritte mich dorthin führen, wohin sie es immer tun, zu Valentinas Zimmer. Es ist spät. Magda und Carly sind längst zu Bett gegangen, aber ich habe immer noch ein wachsames Auge.

Nur ein paar Minuten. Ich brauche eine Pause, um einen klaren Kopf zu bekommen. Auf der Suche nach unwahrscheinlichen Lösungen, um Magdas Versprechen zu entkommen, drehe ich mich im Kreis wie ein Hund, der seinen eigenen Schwanz jagt. Ich muss sie halten, sie sehen, sie schmecken und sie einatmen, um die nagende Angst zu beruhigen, sie zu verlieren.

Als ich in ihr Schlafzimmer gehe, tritt sie aus dem Badezimmer, und ihre Haare sind nass und ihr Körper feucht. Sie bleibt im Türrahmen stehen. Die Bandage ist trocken. Gut. Das Letzte, was ich will, sind noch mehr Sorgen. Ich brauche sie zu sehr.

Für einige Sekunden blicken wir uns an und warten darauf, wer zuerst wegschaut, warten darauf, dass der andere den ersten Schritt macht. Es gibt Millionen Dinge, die ich mit ihr tun kann. Ich sollte sie bestrafen, weil sie mir heute Morgen die kalte Schulter gezeigt hat, aber ich werde sie nicht so anfassen, wenn sie verletzt ist. Ich habe mich noch nicht entschieden, als sie die Lücke zwischen uns schließt und ihren zarten Körper vor mich stellt wie einen verwundbaren weißen Bauern auf die Bahn des schwarzen Springers. Diese Position ist eine physische Erinnerung an den Machtunterschied zwischen uns. Ich kann sie auf das Bett werfen und ihre Muschi essen, ich kann jedes Loch in ihrem Körper ficken oder sie küssen, bis sie nicht mehr atmen kann. Sie gehört mir, und ich kann mit ihr tun, was ich will. Ich habe mein Aussehen mehr als kompensiert, indem ich ein Meister der körperlichen Lust wurde. Ich kann ihr kein hübsches Gesicht geben, aber ich kann sie dazu bringen, mit Orgasmen zu schreien, bis kein Lufthauch mehr in ihren Lungen ist.

Ihre Hände greifen nach meinem Hemd. Ich bin neugierig. Wird sie mich ausziehen? Sie greift die Stoffkanten über dem ersten Knopf und reißt sie auseinander. Verfickte Scheiße. Ich höre ein Reißen, und gleichzeitig fliegen Knöpfe durch die Luft. Sie stellt sich auf ihre Zehenspitzen, um das Hemd über meine Schultern zu schieben, aber die Ärmel bleiben an meinen Oberarmen hängen. Sie gibt ihre Bemühungen mit dem Hemd auf und konzentriert sich stattdessen auf meinen Gürtel, indem ihre Finger sich mit der Schnalle befassen.

Mein Herz schlägt wie die Hufe dieses dunklen Pferdes, das sie entfesselt hat, und ich habe Angst, dass das Tier sie zerquetschen wird, wenn es seiner Leidenschaft freien Lauf lässt, aber ich bin zu schwach, um sie aufzuhalten. Schließlich gelingt es ihr, das Leder aus den Schlaufen meines Hosenbundes zu ziehen, und sie faltet es doppelt, bevor sie es mir in die Hand drückt. Ich kann in ihren Augen sehen, was sie von mir will. Das Braun ihrer Iris ist schlammig und trüb wie ein Damm nach einem Erdrutsch.

Unter normalen Umständen würde ich sie fesseln und ihr geben, was sie will, ihr den Hintern versohlen, während ich sie ficke, aber es war keine normale Woche. Als ich mich nicht bewege, nimmt sie meine Eier in ihre Hände und drückt sie durch die Hose. Ihre Zunge ist heiß und nass auf meinem Bauch und leckt mir eine Linie geschmolzener Lava auf die Brust. Ihre kleinen Zähne klammern sich an meine Brustwarze. Ich zucke, als sie zubeißt. Verdammt. Sie lässt los, um in meinen Brustmuskel zu beißen, und dann zieht sie sich zurück, um die Abdrücke zu betrachten, die sie auf meiner Haut hinterlassen hat. Ihre Hände schlingen sich um meinen Hals und ziehen mich bis zu ihren Lippen hinunter. Ihr Biss in meine Unterlippe lässt Blut fließen. Ihre Fingernägel graben sich in meine Kopfhaut. Sie küsst mich, als sei sie verrückt geworden, stöhnt und reibt ihren Körper gegen meinen.

So plötzlich, wie sie mich gepackt hat, lässt sie los und lässt sich mit geöffneten Oberschenkeln auf das Bett zurückfallen. Ihre Muschi ist bereit für mich, nass und geschwollen. Ich folge ihr, als hätte sie mich an einer kurzen Leine, aber bevor ich sie weiter spreizen kann, rollt sie sich herum, stellt sich auf ihre Knie und bietet mir ihren Arsch und ihre Pussy an. Es ist ein Anblick, so verlockend, dass ich fast den Verstand verliere. Ich nehme meine Augen nicht vom sauber rasierten Dreieck zwischen ihren Beinen, als ich meine Schuhe ausziehe und fast den Reißverschluss zerreiße, um aus meiner Hose zu kommen. Ich brauche nicht mehr als eine Sekunde, um meine Socken auszuziehen. Ich halte ihre Hüften fest, ziehe sie an den Rand des Bettes und platziere sie dort, wo ich sie brauche.

»Nimm mich, Gabriel. Nimm mich hart.« Ich bin dabei, genau das zu tun, als sie sagt: »Mach, dass es wehtut. Mach, dass es richtig wehtut.«

Meine Lust kommt zum Stillstand. Es macht mich an, ihr wehzutun, aber ihr Schmerz bringt uns beiden letztendlich Lust. Ich benutze Schmerzen, um ihren Körper zu trainieren, damit er mich braucht, aber ich werde ihr nicht erlauben, körperliche Schmerzen zu benutzen, um ihren Gefühlen zu entkommen. Das ist für Monster wie mich reserviert, und ich habe nicht die Absicht, sie in ein Monster zu verwandeln. Ich brauche sie süß und unschuldig. Ich brauche sie als die, die sie ist.

Sie schaut mich über ihre Schulter an. »Gabriel.«

Ihr Schrei ist ein Flehen, während ihre Augen voller Furcht sind – Angst, dass ich ihr nicht gehorchen werde. Es gibt nicht viele Dinge, die ich ihr verweigern würde, aber das hier werde ich ihr nicht geben.

»Gabriel!«

Ihre winzige Hand legt sich um meinen Schaft. Ich bin so hart, dass ich kaum den Druck ihrer Finger spüre, als sie mich zu ihrem Arschloch führt. Ich weiß, wie sich ein Arschfick ohne richtige Vorbereitung für eine Frau anfühlt. Ich habe meine Geliebten dazu gebracht, mir jede Empfindung detailliert zu beschreiben. Die Tatsache, dass sie das will, zeigt mir, wie sehr sie innerlich verletzt ist.

»Fick mich endlich, wenn du ein Mann bist.«

Ich weiß, was sie versucht. »Provokation wird bei mir nicht funktionieren, meine Schöne.«

Ich lege meinen Arm um ihre Taille und schiebe sie auf die Matratze. Als ich mich auf die Seite lege, nehme ich ihren Körper mit und drücke sie an meine Brust.

»Fick dich, Gabriel!«

Sie wehrt sich ernsthaft und versucht, sich zu befreien, aber ich halte sie in meinen Armen gefangen.

»Lass mich gehen.«

Ich halte sie an Ort und Stelle und küsse sanft ihren Nacken.

»Nein! Wage es nicht.«

Ich küsse ihr Ohr, ihr Haar und ihre Schläfe mit einer weichen Berührung meiner Lippen. »Du bist so schön, Valentina. Habe ich dir das jemals gesagt?«

Ihre Stimme bricht. »Bitte tu das nicht.«

Ich lege mein Bein über ihre tretenden Beine und halte sie fest, während ich ihren Oberkörper in die Matratze drücke, um ihre Wirbelsäule zu küssen. Schluchzer lassen ihren Körper erbeben, aber ich küsse jeden Wirbel und arbeite mich zur Kurve ihres Pos herunter und wieder nach oben.

»Nicht so«, ruft sie. »Nicht sanft. Nicht so, als würde ich dir etwas bedeuten.«

Ich gebe ihr all die Zärtlichkeit, zu der ich fähig bin, streiche mit meinen Fingern über ihren festen Arsch und zwischen ihre Beine, um ihre Falten zu prüfen. Sie ist nass. Immer bereit für mich, so wie ich es ihr antrainiert habe. Als ich meinen Schwanz zu ihrem Eingang führe, fängt sie wieder an, gegen mich zu kämpfen, wackelt mit ihrem Oberkörper und tritt mit ihren Beinen. Alles, was ich tun kann, ist, ihre Schultern mit meinen Armen nach unten zu drücken und ihre Beine zwischen meinen gefangen zu halten, während ich in ihren feuchten Körper eindringe, Zentimeter für Zentimeter, bis sie mich ganz aufgenommen hat. Sie ist so heiß und eng, dass mir schwindelig wird. Mit ihren zusammengedrückten Schenkeln ist die Reibung zu stark. Mit jedem Stoß riskiere ich es, wie ein unerfahrener Jugendlicher zu kommen.

»Ich hasse dich.« Ihre Worte werden durch das Kissen gedämpft, aber ihr Körper bewegt sich bereits mit meinem. »Warum kannst du es nicht tun? Warum tust du mir nicht weh?«

Ich werde ihr nicht die Luft abschneiden, ich werde

meinen Schwanz nicht in ihrem Arsch vergraben und ich werde meinen Gürtel nicht benutzen. Es ist meine Aufgabe, ihre Bedürfnisse zu verstehen, und was sie jetzt braucht, ist, geliebt zu werden.

»Warum hast du mich nicht getötet, Gabriel?«

Ich gefriere. »Wovon sprichst du?«

Sie wendet ihr Gesicht zur Seite. »Rhett hat es mir gesagt.«

Dieser Ficker.

»Deshalb hat er meinen Hund erschossen«, flüstert sie. »Wir sollten nicht lebend herauskommen.«

Ich fange wieder an, mich zu bewegen, und versuche, sie mit unserer Lust zum Schweigen zu bringen, aber sie lässt das Thema nicht fallen.

Es sind Tränen in ihrer Stimme. »Warum, Gabriel? Sag es mir, verdammt noch mal.«

»Weil ich dich wollte«, knirsche ich heraus.

Sie drückt ihren Arsch gegen meinen Unterleib. »Ist es das? Du brauchtest einen Fick?«

Ich stoße tiefer, und sie stöhnt auf. »Du weißt, warum.«

»Du hast mein Leben verschont, um mich zu deiner Hure zu machen.«

»Nicht meine Hure.« Ich küsse die weiche, goldene Haut ihrer Schulter. »Mein Eigentum.«

»Was ist der Unterschied?«, fragt sie bitter.

»Der Unterschied ist, dass Eigentum gehört.« Ich finde ihre Lippen, küsse sie, als wäre sie meins, und versuche ihr zu zeigen, dass ich sie, so sehr ich sie auch trainiert habe, um mich zu brauchen, genauso brauche.

Diesmal widersteht sie der Sanftheit meiner Berührung nicht. Sie küsst mich zurück, und unser Rhythmus ist langsam und ehrfürchtig. Ich gleite mit meinem Körper über ihren, und die Feuchtigkeit meiner schweißbedeckten Haut schwächt die Reibung. Die Bewegung treibt meinen Schaft tiefer hinein. Ich spüre sie auf jedem Zentimeter von mir. Ein tiefes Stöhnen entweicht meiner Brust.

Verdammt, das ist das Paradies. Meine Eier ziehen sich in meine Leiste hoch, und scharfe Nadeln dringen in die Basis meiner Wirbelsäule ein. Scheiße, noch nicht. Ich will durchhalten. Ich halte einen Moment lang inne, um das Vergnügen hinauszuzögern. Ich fahre mit meinen Händen über ihr Haar und ihre Schultern, über die weichen Kurven, wo ihre Brüste flach gegen die Matratze gedrückt werden. Sie ist weich und nachgiebig und so viel Frau. Ich genieße es, in ihren Körper einzudringen und ihre Geheimnisse und Gefühle zu den meinen zu machen. Ich schiebe mich hinein, so tief ich kann, bis mein Schwanz auf eine Barriere trifft. Ein leises Keuchen entweicht ihren Lippen. Ich muss gegen ihren Gebärmutterhals drücken. Vorsichtig ziehe ich mich zurück und stoße erneut zu. Sie wirft ihren Kopf zurück und wimmert, ihr Stöhnen wechselt von Trotzschreien zu Verlangen. Nur ein bisschen tiefer, und ich würde den Ort in ihrem Körper berühren, wo Wunder geschehen, wo ein Kind aus einem Samenkorn in ihrem Schoß wachsen kann. Das Einzige, was schöner ist als eine Frau, ist eine schwangere Frau. Wenn dein Samen in ihrem

Mutterleib Wurzeln schlägt und ihre Brüste durch das Wunder des neuen Lebens praller werden, während ihr Bauch sich mit deinem Kind ausdehnt, möchtest du sie lieben und sie mit dem Kind nehmen, das zwischen euch wächst. Valentina wird mich mit der Reinheit ihrer Schönheit verängstigen, wenn die Mutterschaft sie verändert.

Mein Körper spannt sich mit einer aufbauenden Entladung an, die so stark ist, dass sie schmerzt. Als ich explodiere, breitet sich in meinem Kopf eine Idee aus. Während ich mich in ihrem Körper entleere, finde ich die Antwort, nach der ich gesucht habe. Ich weiß, wie man sie unwiderruflich rettet.

Es ist verdorben und unmoralisch.

Es ist zweifelhaft.

Es ist perfekt.

14

Gabriel

Es dauert einen Tag, bis mein Arzt die Placebo-Pille liefert. Während er hier ist, nutze ich die Gelegenheit, ihm zu erklären, was ich für den Hausbesuch nächste Woche brauche.

Ab dem nächsten Monat wird Valentina nicht geschützt sein. Ich bin ein Arschloch, aber schwanger zu werden ist ihre einzige Hoffnung. Die einzige Linie, die Magda nie überschreiten wird, ist, die Mutter ihres Enkelkindes zu töten. Ich bin nicht naiv genug, um zu glauben, dass Valentina jemals ein Baby mit mir haben will. Sie darf nie erfahren, dass ich die Wahl aus ihren Händen genommen habe. Es wird leichter für sie zu akzeptieren sein, wenn sie denkt, dass es ein Unfall war.

Schwanger zu sein wird schwer auf ihr lasten. Ich

mache mir keine Illusionen über die Psyche von schwangeren Frauen. Sylvia verabscheute jede Minute der Schwangerschaft. Sie hasste das, was die Schwangerschaft ihrem Körper angetan hat. Meine Mutter lässt nie eine Gelegenheit verstreichen, mich daran zu erinnern, wie sehr sie gelitten hat, als sie mich zur Welt brachte. Magda zufolge war der Schmerz, mich zu gebären, schlimmer als Folter. Sie mochte es außerdem nicht, während der Schwangerschaft nicht so agil oder beweglich zu sein wie sonst. Sie bekam Krampfadern und Rückenschmerzen, die sie in den Wahnsinn trieben. Das einzige Mal, dass Magda mit Sylvia sympathisierte, war, als diese mit Carly schwanger war. Ja, es wird kein einfacher Weg sein, vor allem nicht für eine junge Frau, die ihr Studium noch nicht abgeschlossen hat. Ich will nicht einmal über unseren Altersunterschied nachdenken. Ich fahre eine höllisch holprige Straße hinunter und reiße eine junge Frau gegen ihr Wissen und ihren Willen mit. Verdorbener kann man nicht sein.

Nach meinem Morgenworkout im Fitnessraum dusche ich und schließe mich in mein Arbeitszimmer ein, um die Finanzberichte durchzugehen. Ich bin noch keine zehn Minuten in die Arbeit vertieft, als mein Telefon klingelt. Der Name meines CFO erscheint auf dem Bildschirm.

»Harry, was kann ich für Sie tun?«

»Ich habe gerade einen Anruf von der UNISA bekommen. Miss Haynes hat aufgehört.«

»Was?« Ich habe ihn laut und deutlich gehört, aber das ergibt keinen Sinn. »Ich bin nicht sicher, dass ich das richtig verstehe.«

»Möchten Sie das Stipendium zurückziehen oder sind Sie bereit, einen anderen Studenten in Betracht zu ziehen?«

»Ich rufe Sie gleich zurück.« Ich beende den Anruf und rufe Aletta Cavendish an. »Ich habe gerade erfahren, dass Valentina ihr Studium abgebrochen hat.«

»Oh. Ich dachte, sie hätte es Ihnen gesagt.«

Natürlich hat sie das nicht. Sie weiß nicht, dass ich von ihrem Studium weiß. »Hat sie gesagt, warum?«

»Nur, dass sich ihre Prioritäten geändert haben.«

»Ist es zu spät, ihren Abbruch rückgängig zu machen?«

»Ich kann es eine Weile zurückhalten, aber nicht lange. Ihre Arbeiten sind überfällig, und die Prüfungen stehen in weniger als zwei Wochen an. Es hilft nicht, dass sie bereits einen Test nicht bestanden hat.«

»Ich weiß, wie sehr sie diesen Abschluss will. Geben Sie mir die Chance, mit ihr zu sprechen.«

»Ich hoffe, dass Sie ihre Meinung ändern können.«

»Das werde ich.«

»Dann werde ich auf Ihren Anruf warten.«

Ich lege auf und lehne mich in meinem Stuhl zurück. Also, das ist es, was Valentina aufgefressen hat. Rhett erzählte mir, dass sie sogar den Welpen abgelehnt hat, den er ihr angeboten hat. Wenn sie noch ein paar Wochen länger durchhält, wird sich alles ändern.

FÜR DEN REST DES TAGES GEHE ICH SPUREN ZU Valentinas Vergewaltigung nach, aber die Türen schließen sich vor meinem Gesicht, wohin ich auch gehe. Es ist eine sinnlose Bemühung, die mich unruhig und erschöpft zurücklässt. Als ich am späten Nachmittag nach Hause komme, befinde ich mich in einen Zustand, der Quincy nach unserem Kampftraining im Fitnessstudio mit einer blutenden Lippe zurücklässt. Als ich mich dusche, braut sich ein Gewitter am Horizont zusammen und taucht den Himmel dort in ein ominöses, violettes Licht mit einem Hauch von Gold, wo die Sonne die dunklen Massen durchdringt. Als Magda zum Abendessen nach unten kommt, kündigt sie an, dass wir einen Überraschungsgast haben. Sylvia sitzt neben Carly, ihr blondes Haar ist zu einem französischen Zopf geflochten, und ein jungfräuliches weißes Kleid klebt wie ein Handschuh an ihrem Körper. Sie hat abgenommen.

»Gabriel.« Sie begrüßt mich mit einem kurzen Nicken und einem kalten Lächeln.

Ich küsse meine Ex-Frau auf die Wange. »Du siehst wie immer wunderschön aus.«

Sie berührt ihre Diamantkette, ein Geschenk von mir zu unserem ersten Hochzeitstag. »Vielen Dank.«

Ich setze mich hin und fange an, den Wein einzugießen. Ich werde ein paar Gläser benötigen. »Was verdanken wir den Besuch?«

»Nichts. Ich brauche keinen Grund, um meine

Tochter zu besuchen, oder?«

Über den Tisch hinweg treffen sich unsere Blicke für eine nonverbale Schlacht. Meiner wird von ihrem weggerissen, als Valentina mit den Vorspeisen hereinkommt. Das Verhalten meines Dienstmädchens ist professionell, während sie uns bedient, aber mir entgeht nicht die Art und Weise, wie Sylvia sie anstarrt.

»Ich gehe nach dem Abendessen zu Sebastian«, sagt Carly und holt meine Aufmerksamkeit zu sich zurück.

Ich nicke, als Valentina mit dem Spargel neben mir steht. »Ich kann mich nicht erinnern, dass du gefragt hast.«

»Ich habe bereits Ja gesagt.« Sylvia legt die Serviette über ihren Schoß und fordert mich heraus, ihr zu widersprechen.

Der Grund für Sylvias Besuch wird mir plötzlich klar.

»Ich mag den Jungen immer noch nicht.« Magda schaut Carly eindringlich an. »Er ist nicht unser Typ.«

»Oma«, stöhnt Carly. »Das geht dich nichts an.«

Ich bin zu müde, um mich heute Abend damit zu befassen. »Hüte deine Zunge, junge Dame. So wirst du nicht mit deiner Großmutter sprechen.«

»Sie hat angefangen«, schmollt Carly und verschränkt ihre Arme.

Magda schnaubt. »Was kannst du aus einer Beziehung mit ihm gewinnen? Wer sind seine Eltern? Durchschnittliche Arbeiter mit einem Textilgeschäft, also nichts Großes.«

»Sie hat nicht darum gebeten, ihn zu heiraten«, sagt

Sylvia. »Wie auch immer, sie ist meine Tochter. Du hast kein Mitspracherecht.«

»Unsere Tochter«, erinnere ich sie.

Magda nimmt ihre Gabel in die Hand. »Wir werden uns nicht am Tisch darüber streiten.«

»Das tun wir nicht«, sagt Sylvia überfreundlich. »Die Entscheidung ist bereits getroffen.«

»Es geht nicht um den Jungen«, sage ich. »Es geht darum, hinter meinem Rücken zu handeln, ohne mich zu fragen.«

»Wie ich schon sagte«, fügt Sylvia mit Nachdruck hinzu, »sie hat mich gefragt.«

Ausnahmsweise stimme ich Magda zu. Dies ist kein Kampf, der hier ausgetragen werden muss. Ich werde nach dem Essen mit Sylvia über ihre heimlichen Praktiken mit Carly sprechen.

»Nun«, Sylvias Schultern richten sich gerade auf, »das wäre dann ja erledigt.« Sie streichelt Carlys Hand mit mehr Zuneigung, als ich je gesehen habe, wenn sie mit unserer Tochter zu tun hatte.

Irgendetwas ist mit Sylvia los. Sie hasst Armut so sehr wie Magda, was Sebastian auf ihren Radar von geeigneten Kandidaten gebracht hat.

Der Rest des Essens ist angespannt. Ich bin erleichtert, als die Tortur vorüber ist. Sebastians Mutter kommt mit ihrem Sohn vorbei, um Carly abzuholen, und lehnt unseren angebotenen Drink freundlich ab. Von der Veranda aus sehe ich zu, wie Sylvia sich von Carly verabschiedet.

»Sei um elf zurück«, rufe ich und werfe Sebastian

einen Blick zu, der ihm sagt, dass er sich nicht mit mir anlegen soll.

Als das Auto wegfährt, kommt Sylvia die Treppe hoch und reicht mir ihre Jacke, damit ich sie über ihre Schultern lege. »Einen schönen Abend noch, Gab. Du kannst wieder dein Dienstmädchen ficken gehen.«

Ich ergreife ihr Handgelenk. »Es ist das letzte Mal, dass du mich so nennst, und das letzte Mal, dass du eine abfällige Bemerkung über meine Dienstmädchen machst.«

Sie reißt ihren Arm aus meinem Griff und zischt: »Wir werden sehen, wie gut deine Zukunft sich entwickeln wird«, und dann geht sie mit steifem Rücken zu ihrem Sportwagen. Sie winkt durch das Fenster, bevor sie mit quietschenden Reifen losfährt.

Es gab eine Zeit, zu der sie mich Gab nannte. Es war eine Zeit, in der ich ihr vertraute und glaubte, dass sie wirkliche Gefühle für mich hat. Sie ist eine verdammt gute Schauspielerin.

»Das hat man davon, wenn man diese Hure heiratet«, sagt Magda hinter mir.

Ich schaue über meine Schulter und sehe, dass sie von der Türschwelle aus alles beobachtet hat. »Es wäre gut, wenn du jetzt nichts weiter sagen würdest.«

Sie lacht nur auf, als sie sich umdreht und im Haus verschwindet.

Im Salon gieße ich mir einen Drink ein und warte eine Stunde. Ich kann auf keinen Fall ins Bett gehen, bevor Carly zu Hause ist. Ich rufe die Küche an.

Valentinas Stimme ertönt aus der Gegensprechanlage. »Ja?«

»Komm in die Lounge.«

Fünf Minuten später betritt sie den Raum und betrachtet misstrauisch, wie ich im Sessel sitze.

»Komm, setz dich zu mir.« Ich strecke meine Hand nach ihr aus.

Anstatt sich auf meinen Schoß zu setzen, wie ich es mir gewünscht hätte, bleibt sie am Rand meines Sitzes stehen und macht es sich auf dem Teppich zu meinen Füßen bequem. Ich drücke ihren Kopf gegen meinen Oberschenkel und streichele ihr seidiges Haar. So, wie sie meinen Schmerz akzeptiert hat, lernt sie, meine Zärtlichkeiten zu akzeptieren. Ich genieße unseren ruhigen Moment, aber es gibt zwei wichtige Themen, die ich ansprechen muss. Ich habe nicht mehr den Luxus, darauf zu warten, dass sie sich mir anvertraut. Ich habe es aufgegeben, auf ihr Vertrauen zu hoffen.

»Warum hast du das Studium abgebrochen?«

Ihr Körper versteift sich. Sie braucht einen Moment, um zu antworten. »Wie hast du es herausgefunden?«

»Spielt das eine Rolle?«

»Du hast recht«, flüstert sie. »Ich will es nicht wissen.«

»Du wirst zurückgehen.«

Sie streckt ihren Kopf ruckartig hoch, um mich anzusehen. »Nein. Ich habe es mir gut überlegt. Ich will mich nicht schon wieder damit auseinandersetzen.«

Ich umfasse ihr Haar mit meiner Faust. »Du wirst zurückgehen.«

»Gabriel.« Ihre Augen füllen sich mit Tränen. »Bitte.«

»Marie wird zurückkommen. Die Dinge werden sich wieder normalisieren.« Das ist eine Lüge, aber ich kann ihr nicht sagen, wie ich plane, ihre Situation zu ändern.

»Die Dinge werden für mich nie normal sein.«

Das stimmt, aber sie akzeptiert es besser. Sie wird alles nehmen, was ich ihr geben will. Meine Hand strafft sich in ihren Haaren. »Du wirst morgen anrufen und deinen Ausstieg zurückziehen.«

»Warum?«, flüstert sie.

Denn trotz allem will ich immer noch, dass sie glücklich ist. »Du wirst mir gehorchen, wie du es versprochen hast.«

Schmerz flackert in ihren Augen auf. »Drohst du mir etwa?«

»Ich bin die größte verdammte Bedrohung deines Lebens.«

Ihre Unterlippe beginnt zu zittern. »Natürlich. Wie könnte ich das vergessen?«

Meine Hand sehnt sich danach, ihren Arsch zu bläuen. Hätte sie ihre Verletzung nicht, würde sie jetzt mit ihrem Höschen um ihre Knöchel über meinem Schoß liegen.

»Reize mich nicht, Valentina. Du tust, was ich sage, ohne es in Frage zu stellen, denn ich weiß, was du brauchst, und es ist mein Job, es dir zu geben.«

Dieselbe Akzeptanz, mit der sie sich meinen Peitschenhieben und dem Ficken unterwirft, erscheint auf ihrem Gesicht. Es ist nicht so sehr eine Wahl als vielmehr das Verstehen, dass es keine Wahl gibt.

»Gutes Mädchen.«

Ich beuge mich nach unten, um sie zu küssen, und schmecke die Süße ihrer Unterwerfung, während ihre Lippen unter mir zittern. Wenn ich mich nicht zurückziehe, nehme ich sie gleich hier in der Lounge, und ich habe noch viel zu sagen.

»Es gibt noch etwas anderes, was du für mich tun wirst.« Ich beobachte ihr Gesicht genau, während ich meine nächsten Worte wähle. »Du wirst mir von dem Mann erzählen, der dich vergewaltigt hat.«

Panik flammt in ihren Augen auf. Ihre Wangen erblassen, und ihre Lippen teilen sich. Einen Moment lang starrt sie mich nur an. Aus ihrer Reaktion geht klar hervor, dass sie nie mit jemandem darüber gesprochen hat, zumindest nicht im heilenden Sinne.

»Wem hast du es erzählt?«

Sie schluckt. »Es war vor langer Zeit …«

Ich ziehe sanft an ihren Haaren. »Das habe ich nicht gefragt. Wem hast du es erzählt?«

»Meiner … meiner … niemandem.«

»Lass es mich für dich umformulieren. Wer weiß oder wusste es?«

»Meine Familie.«

»Wer in deiner Familie?«

»Meine Mutter, mein Vater und mein Bruder.«

»Sonst niemand?«

Sie schüttelt den Kopf.

»Sie sind nicht mit dir zu einem Arzt, zur Polizei, zu einem Therapeuten gegangen?«

»Meine Mutter hat mir die Pille danach besorgt.«

Ich weiß schon, warum. Ihre Familie hatte versucht, die Schande zu begraben. Was ich brauche, sind Details, so dass ich den Ficker aufspüren kann.

»Fang damit an, mir zu sagen, wo du warst, als es passiert ist.«

Ein Schluchzen entweicht ihr. »Ich will das nicht aufwühlen.«

Ich lockere meine Finger in ihrem Haar und lasse sie an den langen Strähnen hinuntergleiten. »Ich bin für dich da, Baby. Du wirst das nicht allein durchmachen.«

»Ich kann das nicht tun.«

Sie versucht aufzustehen, aber ich drücke sie herunter. Wenn ich die Wahrheit herausfinden könnte, ohne dass sie das durchmachen müsste, würde ich es tun, aber ich bin in einer Sackgasse.

»Du musst nicht ins Detail gehen. Betrachte es als einen Film. Betrachte es von außen. Zurück zu den Szenen: Sag mir, wo du warst.«

»Gabriel, nein.« Sie geht auf die Knie und umklammert meine Oberschenkel. »Bitte, ich flehe dich an.«

Fast gebe ich nach. Valentina auf den Knien vor mir, bettelnd, ist mehr, als ich verkraften kann, aber sie muss heilen, oder sie wird nie frei sein. Der Mann, der ihre Jungfräulichkeit gestohlen hat, wird immer ein Stück von ihr besitzen, solange sie es in sich einschließt, und der Ficker verdient ihren Seelenfrieden und Schmerz nicht. Ich drücke ihr Gesicht in meinen Schoß und fahre mit meinen Fingern durch ihr Haar.

Ich wappne mich und sage ihr mit strenger Stimme: »Fang am Anfang an.«

Sie reibt ihre Wange an meinem Oberschenkel. Eine große Träne rollt unter ihren langen Wimpern hervor, und die Nässe dringt durch den Stoff meiner Hose. Sie leckt ihre Lippen und öffnet und schließt sie zweimal, bevor sie ein Wort herausbekommt.

»Mom hat mich geschickt, um Dad sein Abendessen zu bringen. Er hat lange gearbeitet.«

»Wohin?«

»In die Werkstatt.«

»War es dunkel?«

Sie denkt eine Weile nach. »Es war immer noch hell. Ich glaube, es war vor sechs, weil es direkt nach der Nachmittags-Sitcom war.«

»Gut. Mach weiter.«

Sie schluckt wieder. »Ein Auto kam angefahren.«

»Was für ein Auto?«

Ihr ganzer Körper versteift. »Ich erinnere mich nicht.«

»Achte nicht auf deine Gefühle, Baby. Sag mir einfach, wer das Auto gefahren hat.«

»Ich-ich weiß nicht. Ich weiß nur, dass sie alt waren.«

Sie? Sie hat gesagt, dass nur ein Mann sie vergewaltigt hat. »Wie viele?«

»Fünf. Sechs. Ich denke sechs. Ich hatte Angst. Ich wollte sie nicht ansehen. Ich habe auf den Boden geschaut.«

»Nicht fühlen.« Ich wische mit meinem Daumen über die Tränen, die über ihre Wange laufen. »Was haben sie gesagt?«

»Ich kann mich nicht daran erinnern. Ich glaube nicht, dass sie viel gesagt haben. Einer packte meinen Arm. Papas Essensbox fiel auf den Boden. Seine Brote fielen heraus. Ich erinnere mich, dass ich daran gedacht habe, wie wütend er sein würde, wenn Sand auf ihnen wäre.«

»Mach weiter«, sage ich, als sie schweigt, und streiche dabei mit meiner Hand über ihren Rücken.

»Sie lachten. Sie haben viel gelacht.«

Wut kocht in mir hoch. Ich fühle mich, als würde etwas zerbrechen.

»Sie haben mich mitgenommen.«

»Wohin?«

Sie blinzelt. »Ich weiß nicht.«

»Haben sie dich mit dem Auto mitgenommen? Haben sie dich reingeholt?«

»Nein. Sie zogen mich in das Gebäude. Eine Bar.«

»Kannst du dich an den Namen erinnern?«

»Ich habe ihn nicht gesehen.«

Wenn sie zu Fuß unterwegs war, war es nicht weit von ihrem Zuhause entfernt. »Vielleicht hast du es gesehen, als du später dort vorbeigegangen bist.«

»Ich bin diese Straße nie wieder entlanggegangen.«

»Wie sah sie innen aus?«

»Es war dunkel. Rauch. Es roch nach Zigarettenrauch. Es gab einen Tresen und Barhocker und ein Neonschild über dem Spiegel, glaube ich. Es gab ein Hinterzimmer mit einem Billardtisch.«

»Waren noch andere Leute in der Bar?«

»Ein Mann hinter dem Tresen. Ich erinnere mich an ihn, weil ich um Hilfe schrie, aber er sich abwandte.«

»Wie sah er aus?«

»Fett. Glatzköpfig. Da-das ist alles, an was ich mich erinnere.«

»Du machst das gut, Süße. Wohin haben sie dich gebracht?«

Sie fängt an zu zittern, und ihr schwacher Körper erschaudert zwischen meinen Knien. »In den Hinterraum.«

»Das ist ein Film. Das geschieht nicht mit dir. Kannst du das sehen?«

»Sie rissen mir die Kleider vom Leib und hielten mich fest.«

Genug. Ich kann es nicht ertragen, aber ich kann auch nicht aufhören. »Wie sah er aus?«

»Ich hatte meine Augen geschlossen. Ich konnte nicht hinsehen.«

»Nur der eine?«

»Ja«, sagt sie kleinlaut.

Ich schiebe meine Wut beiseite. »Was geschah danach?«

»Sie haben mich liegenlassen.«

»Wie bist du nach Hause gekommen?«

»Ich wachte in einer Gasse auf. Es war dunkel.«

»Du bist aufgewacht?«

»Sie haben mich zusammengeschlagen. Ich muss das Bewusstsein verloren haben.«

Gott steh mir bei, ich werde ihre Glieder aus ihren Körpern reißen und sie dazu bringen, ihre Schwänze zu schlucken, bevor ich sie bei lebendigem Leib häute.

»Ich habe versucht, zu gehen, aber ich war verletzt und blutete. Ich kam nicht weit. Dann hat mich mein Bruder gefunden. Als ich nicht nach Hause kam, machte sich meine Mutter Sorgen. Sie rief meinen Vater an. Sie begannen, mich zu suchen.«

»Er hat dich nach Hause gebracht?«

Sie nickt und atmet zittrig aus. »Meine Mutter hat meine Wunden behandelt. Ich blieb zu Hause, bis alle Verletzungen verschwunden waren. Mein Vater sagte, er würde die schuldigen Männer finden.«

»Hat er?«

»Ich weiß es nicht. Ich wollte mich nicht erinnern. Ich wollte nicht fragen.«

»Kannst du dich an das Datum erinnern, Valentina?«

»Dreizehnter Februar.«

Zwei Monate später starb ihr Vater in dem Autounfall, und ihr Bruder erlitt einen Hirnschaden. Die Mafia, die angeblich ihre Familie sein sollte, hat sie zurückgewiesen, und hier ist sie, auf den Knien vor mir. Ich schiebe meine Hände unter ihre Arme und hebe sie auf meinen Schoß, wobei ich ihren Kopf an meine Brust lege.

»Sie werden bezahlen.«

Die Anspannung in ihrem zarten Körper lässt etwas nach, als sie in meinen Armen liegt, so dass ich sie beruhigen und beschützen kann.

Ich küsse sie auf den Kopf. »Ich werde nicht zulassen, dass dir jemals wieder jemand wehtut.«

Zum ersten Mal in meinem Leben habe ich keine Lust, das Kuscheln weiter auszudehnen, bin zufrieden, eine Frau in meinen Armen zu halten. Ihr Kraft und Schutz zu geben ist eine größere Befriedigung für mich als das Hochgefühl durch Sex. Noch besser ist, dass sie mir erlaubt, mich um sie zu kümmern, der Mann für sie zu sein, der ich noch nie für eine Frau sein konnte.

Wir sitzen eine lange Zeit so zusammen. Mein einziger Wunsch ist es, sie nach oben zu tragen und sie auf mein Bett zu legen, um sie bis zum Morgengrauen festzuhalten, aber es ist fast elf Uhr, und Carly wird bald zu Hause sein.

Mein Gedanke ist kaum gedacht, als die Haustür schwungvoll geöffnet wird und Carly schluchzend und weinend durch sie hindurchfliegt und die Treppe hinaufläuft. Valentina zuckt in meinen Armen hoch. Sie huscht so schnell von meinem Schoß, wie ich versuche, mit meinem nutzlosen Bein auf die Füße zu kommen. Sie schaut mich mit großen Augen an, und die Besorgnis steht ihr ins Gesicht geschrieben.

»Sie hat uns nicht gesehen«, sage ich.

Ich muss Valentina verlassen, um meiner Tochter

nachzugehen. Wenn dieser hübsche College-Schwachkopf sie angefasst hat, wird er bekommen, was er verdient. Auf dem Treppenabsatz höre ich, wie ihre Tür zuschlägt. Meine Hüfte schmerzt, als ich zu ihrem Schlafzimmer eile.

»Carly?«, rufe ich und klopfe an die Tür.

»Geh weg.«

Ich versuche es mit dem Türgriff. Die Tür ist verschlossen. Ihr Schluchzen dringt durch das Holz zu mir.

»Öffne die Tür, Carly.«

»Ich habe gesagt, du sollst weggehen!«

»Wenn du diese Tür nicht sofort öffnest, breche ich sie auf.«

»Das ist mir egal. Das interessiert mich nicht.«

»Carly!« Ich bin eher besorgt als wütend, aber es ist der Zorn, der in meiner Stimme durchklingt. »Du hast drei Sekunden.«

»Fahr zur Hölle.«

Das reicht. Ich gehe ein paar Schritte zurück und bereite mich auf den Aufprall vor. Ich bin dabei, mein Gewicht gegen die Tür zu werfen, als Valentina die Treppe hochgelaufen kommt.

»Gabriel!« Sie ergreift meinen Arm. »Was hast du vor?«

»Halt dich hier raus.«

»Du wirst ihr Angst einjagen.«

Es ist das Flehen in ihren Augen, das mich zum Innehalten bringt. Ich will Carly keine Angst einjagen, aber meine väterlichen Instinkte laufen auf

Hochtouren.

Ich fahre mir mit den Händen durch die Haare. »Irgendetwas stimmt nicht.«

Meine Sorge wird auf Valentinas Gesicht gespiegelt. Vielleicht ist es das Thema, das wir kurz vor Carlys turbulenten Auftritt besprochen haben, aber wir denken dasselbe.

Valentina geht zur Tür und klopft sanft an. »Carly? Geht es dir gut? Dein Vater macht sich wirklich Sorgen um dich. Bitte kommt raus und sprich mit ihm, bevor er etwas Dummes tut.«

Ein Schluckauf und prustendes Lachen sind von innen zu hören.

Lachen ist gut. Was auch immer passiert ist, kann nicht so schlimm sein.

»Ich habe keine Lust, das Chaos aufzuräumen, das er gleich anrichten wird«, fährt Valentina fort, »ganz zu schweigen von der Tatsache, dass du dich deiner Großmutter stellen müsstest, wenn er sie mit dem Lärm aufweckt.«

Magda zu erwähnen hat Erfolg. Schritte nähern sich der Tür. Der Schlüssel wird herumgedreht. Die Tür öffnet sich einen Spalt, und Carlys verweintes Gesicht mit unter den Augen verschmierter schwarzer Wimperntusche und zerzausten Haaren erscheint am Rahmen. Ich muss Zähne, Hände und Muskeln zusammenpressen, um die Tür nicht aufzustoßen und in ihr Zimmer zu marschieren.

Carly schnieft und schaut zwischen Valentina und

mir hin und her. »Ich will nicht darüber sprechen, Dad. Geh schlafen.«

»Nicht, bis du mir sagst, was los ist.«

»Nichts.«

Ich zeige auf ihr Gesicht, »Das sieht nicht nach nichts aus.«

»Du wirst es nicht verstehen!«

Es sind Zeiten wie diese, in denen ich Sylvia mit einer unfairen Heftigkeit dafür hasse, dass sie uns verlassen hat. »Ich werde mein Bestes versuchen.«

»Nein danke.« Sie fügt sarkastisch hinzu: »Kann ich jetzt schlafen gehen?«

»Schön. Ich werde zu Sebastian fahren müssen.«

»Dad!« Frische Tränen bilden sich in ihren Augen.

Ich kann es nicht ertragen, ihre Tränen zu sehen. Ich gehe nach vorn und öffne meine Arme für eine Umarmung, aber sie tritt einen Schritt zurück und beginnt, die Tür zu schließen. Erst als ich stehen bleibe, lässt sie die Tür los.

»Kann ich mit dir reden, Valentina?«

Valentina wirft mir einen fragenden Blick zu. Ich weise sie mit einer Kopfbewegung an, dem Wunsch nachzukommen. Ich bin verzweifelt. Ich werde alle Maßnahmen ergreifen, um Carly dazu zu bringen, sich zu öffnen.

»Sicher.« Valentina räuspert sich. »Willst du in deinem Zimmer reden?«

Carly ergreift sie am Arm und zieht sie hinein, bevor sich die Tür hinter ihnen schließt.

Warum bin ich von Frauen umgeben, die mir das Leben schwer machen wollen? Ich gehe in mein Arbeitszimmer und aktiviere das Sicherheitssystem. Zur Sicherheit meiner Familie ist jeder Raum im Haus mit versteckten Mikrofonen ausgestattet. Man weiß nie. Es ist weniger als unehrenhaft, das Gespräch meiner Tochter mit Valentina zu belauschen, aber nur ein Vater wird verstehen, wie ich mich fühle. Ich schenke mir einen Whiskey ein und setze mich hinter meinen Schreibtisch.

Carlys Stimme ertönt über die Lautsprecher. »Wir haben uns gestritten.«

»Oh, Carly. Das tut mir leid, Süße. Streits passieren, weißt du?«

»Nicht diese Art von Streits.«

»War er gemein zu dir?«

»Nicht wirklich. Eigentlich war er sehr höflich. Ich verstehe es einfach nicht. Ich verstehe Jungs nicht.«

»Was hat er getan, das dich so aufgeregt hat?«

»Er hat mit mir Schluss gemacht.«

»Oh. Ich wusste nicht, dass es schon so ernst war.«

»Er hat mich bei unserem ersten Date gefragt.«

»Dann macht er wenige Wochen später Schluss?«

»Er hat jemand anders kennengelernt. Er hat mich betrogen. Er hat mich angelogen.«

»Das muss sehr wehtun.«

»Er meinte, ich sei zu mädchenhaft für ihn. Ich bin so gedemütigt. Ich hasse ihn.«

»So solltest du es nicht sehen. Wenn jemand dich nicht so mag, wie du bist, ist das nichts, wovon man sich gedemütigt fühlen müsste.«

»Er ist ein erstklassiger Idiot. Er datet Tammy Marais.«

»Ich kenne Tammy nicht, aber ich weiß, dass du schön und klug bist. Du bist auch noch sehr jung. Du hast noch viel Zeit, den richtigen Mann kennenzulernen.«

»Woher weißt du, dass ich jemanden treffen werde? Was ist, wenn niemand für mich da draußen ist?«

»Es gibt viele gute Männer da draußen.«

»Wie kann ich sicherstellen, dass sie mich mögen?«

»Indem du du selbst bist.«

»Hattest du viele Freunde? Hast du jetzt einen?«

»Ich bin nicht ausgegangen.«

»Warum nicht? Magst du keine Männer?«

»Ich war beschäftigt. Ich hatte mein Studium und einen Job.«

»Tut es dir leid, jetzt, wo du alt bist?«

Valentina lacht leise. »Ich bin nicht so alt.«

»Tut es dir leid?«

»Manchmal, aber es ist sinnlos, über Dinge zu weinen, die wir nicht ändern können.«

»Ich will ihn zurück, Valentina. Sag mir, was ich machen soll.«

»Willst du meine Meinung hören? Er hat es nicht verdient, dich wiederzubekommen.«

»Wenn du keine Erfahrung mit Männern hast, woher weiß ich, dass ich deinem Rat vertrauen kann?«

»Du musst mir nicht vertrauen. Vertraue dir. Ich bin sicher, dass du weißt, dass du mehr wert bist als Lügen und Betrug.«

»Da hast du recht. Ich bin mehr wert als Tammy Mäusehaar.«

»Und elegante junge Damen sind nicht gehässig.«

Carly kichert. »Du bist keine lustige Gesellschaft. Ich kann mit dir nicht tratschen.«

»Siehst du? Du fühlst dich schon besser.«

»Ich denke schon. Danke, dass du … äh … die Dinge ins rechte Licht gerückt hast.«

»Gern geschehen. Wie wäre es mit heißer Schokolade mit Marshmallows?«

»Meine Mutter würde das nicht gutheißen.«

»Heiße Schokolade *ohne* Marshmallows?«

»Ich glaube schon, solange ich dadurch nicht an Gewicht zunehme.«

»Du bist ein dürres Ding. Du musst dir keine Sorgen wegen einer heißen Schokolade machen.«

»Okay. Bringst du sie mir auf mein Zimmer?«

»Nur, wenn du deinem Vater gute Nacht sagst. Er macht sich Sorgen, weil er dich liebt.«

»Ich weiß. Es ist nur … ich kann mit ihm nicht über Jungen reden. Er würde sich aufregen.«

»Sag ihm, wie du dich fühlst. Wenn er dich versteht, wird er mehr Geduld haben.«

»Wirst du für mich mit ihm reden, so wie du es getan hast, als ich mit Sebastian ausgehen wollte?«

»Ich denke, du kannst ganz alleine mit ihm fertigwerden.«

»Danke, Val.«

»Gern geschehen. Geh zu deinem Vater. Ich stelle deine Schokolade auf deinen Nachttisch.«

Ich schalte die Sicherheitsverbindung ab und lege meine Fingerspitzen vor meinem Gesicht aufeinander. Valentina hatte die ganze Zeit über recht. Es war nicht nötig, sich darüber aufzuregen, dass Carly mit Sebastian ausgeht. Das Problem hat sich von allein gelöst. Valentina war heute Abend gut zu Carly. Ich würde ihr meine einzige Tochter jederzeit anvertrauen.

15

Valentina

Nachdem ich Gabriel von meiner Vergewaltigung erzählt habe, wurde er besitzergreifender als je zuvor, aber er hat mir auch eine Last von den Schultern genommen. Der Rat meiner Eltern war, so zu tun, als ob dieser Tag nie stattgefunden hätte, und bis Gabriel wusste niemand genau, was passiert war. Meine Mutter wollte die Details nicht hören. Sie wollte mir den Schmerz ersparen, sie erneut zu durchleben. Ich hätte mich Charlie anvertraut, aber ich hatte keine Gelegenheit. Nach dem Übergriff haben meine Eltern alles in ihrer Macht Stehende getan, um mir eine Freude zu machen. Als ich sagte, dass ich Lust auf Schokoladenkuchen hätte, lud mein Vater Charlie und mich ins Auto, und dann passierte der Unfall, der unser Leben für immer veränderte.

Gabriel ruft mich jeden Abend nach dem Essen in

sein Arbeitszimmer. Ich sitze zu seinen Füßen mit meinem Kopf auf seinem Oberschenkel, während er meine Arbeiten liest und kommentiert oder die Nachrichten schaut, während er mein Haar streichelt. Danach nimmt er mich, je nachdem, wie er meine Bedürfnisse und meine Stimmung interpretiert. Manchmal ist es zärtlich und manchmal hart. Ich genieße alles, was er mir gibt, und brauche seinen Körper mit einer Intensität, die nicht nachlässt, egal wie oft er mich pro Nacht kommen lässt.

In meinem Leben geht es bergauf. Seit Carly mir von ihrer Trennung von Sebastian erzählt hat, ist unsere Beziehung besser geworden. Aletta sagte, wenn ich meine Arbeiten einreiche, wird sie meine Abmeldung vom Studium zurückhalten und mir eine zweite Chance für meinen Traum geben. Ich kann nach neun Jahren immer noch etwas anderes sein als ein Dienstmädchen. Mit dem Stipendium habe ich mehr Geld, das ich für Charlie und Kris ausgeben kann. Ich kann es mir sogar leisten, sie am Sonntag zum Mittagessen einzuladen. Ich wähle ein Restaurant in Rosebank, in der Nähe von El Toro, einem Feinkostladen, in dem Marie früher immer spanische Chorizo gekauft hat. Magda hat mir gesagt, dass ich am Montag Paella machen soll, und sie will nur diese spezielle Wurst in dem Gericht. Da El Toro nicht liefert, kann ich meine Bestellung gleich abholen, während ich Kris und Charlie verwöhne.

Wir bekommen einen Tisch auf der Terrasse im Roma's und bestellen Spaghetti mit Jakobsmuscheln in

Basilikumcreme. Charlie arbeitet sich durch seinen zweiten Coke Float. Seine Augen leuchten, und seine Wangen haben eine gesunde Farbe. Er hat sogar ein wenig von seinen Rettungsringen verloren.

»Seine Veränderung ist bemerkenswert, Kris.«

Sie nimmt einen Schluck von ihrem Wein. »Er ist ein guter Dog Walker. Außerdem spart mir das eine Menge Zeit.«

»Es macht mich glücklich, ihn so zu sehen. Ich wünschte, ich könnte mehr tun.«

»Also, was ist mit dem Mittagessen?«, fragt sie nach dem Essen, direkt wie immer.

»Ich habe gute Nachrichten. Die Universität gewährte mir ein volles Stipendium.«

»Ich dachte, du seist ausgestiegen.«

»Das bin ich, aber Gabriel hat gesagt, dass Marie bald wieder zur Arbeit kommen sollte. Ich werde wieder Zeit haben, um zu studieren, und mit dem vollen Stipendium brauche ich mir keine Sorgen um den Geldausfall zu machen.«

Sie lehnt sich zurück und verschränkt ihre Arme. »Was läuft zwischen euch beiden, Val?«

»Nichts.« Ich nehme meine Serviette und reiße kleine Stücke ab. »Warum?«

Ich kann niemandem sagen, was hinter den verschlossenen Türen in Gabriels Haus passiert. Vor allem nicht Kris. Sie würde es nicht verstehen. Zur Hölle, manchmal verstehe *ich* es nicht.

»Er war in der Praxis.«

Ich gefriere. »Warum?«

»Anscheinend, um Katzen- und Hundefutter zu kaufen. Er hat mir einen Dauerauftrag gegeben!«

»Das hat er mir nicht gesagt.«

»Du schläfst mit ihm, nicht wahr?«

Ich reiße mir den Kopf hoch und schaue Charlie an, aber er ist in seinen Drink vertieft. Ich kann ihr nicht ins Gesicht lügen, also sage ich nichts.

»Er ist ein Kredithai, und du stehst neun Jahre in seiner Schuld. Willst du wissen, was ich denke? Ich glaube, du bist sein Sexspielzeug. Sein Lieblingsspielzeug. Im Moment kleidet er dich ein – ja, ich habe die Pakete gesehen, die er zu mir nach Hause gebracht hat –, und er deckt deine Rechnungen. Hey, ich beklage mich nicht. Ich brauche das Geschäft. Alles, was ich sage, ist, dass du dich nicht in ihn verlieben sollst.«

Ich schaue weg, genau auf eine Mutter und einen Vater, die mit einem süßen, kleinen Mädchen zu Mittag essen. »So ist das nicht.«

»Wie ist es dann? Führst du ihm ein französisches Dienstmädchenkostüm vor? Ist das seine Phantasie?«

Ich werfe ihr einen strafenden Blick zu. »Hör auf damit.«

»Jedem Junge wird irgendwann sein Spielzeug langweilig, sogar sein Lieblingsspielzeug.«

»Ich habe keine Wahl«, sage ich mit gesenkter Stimme. »Er ist nicht durch und durch schlecht, Kris. Ich glaube, er gibt sich große Mühe, mich gut zu behandeln.«

Sie lehnt sich nach vorn. »Er ist ein verdammter

Killer. Ein Verbrecher. *Der Brecher,* Val. Muss ich dich daran erinnern, *wie* er Menschen tötet?«

»Nein.«

»Mach ihn nicht harmloser, als er ist, nur weil er nett zu dir ist. Vergiss nie, wer er ist. Wichtiger noch, vergiss nie, wer *du* bist und was du für ihn bist.«

»Was bin ich?«

»Eine Rückzahlung von Schulden. Du bist ein Sklave.«

»Nenn es, wie du willst, aber ich habe einen Deal gemacht, um Charlies Leben zu retten. Ich werde eine Sklavin oder eine Hure sein, mir den Arsch aufreißen und meine Finger bis auf die Knochen wundarbeiten, um ihn zu beschützen.«

»Was ist mit *deinem* Leben?«

Kris kennt meine Geschichte nicht. Sie weiß nicht, dass Charlie mich in der Gosse auflas, wo ich zerstört zum Sterben zurückgelassen worden war, und mich mehr als zwei Meilen nach Hause trug. Sie weiß nicht, dass er neben meinem Bett saß und meine Hand jede Nacht nach dem Überfall hielt, als ich zu ängstlich war, meine Augen zum Schlafen zu schließen.

»Ich habe eine Wahl getroffen, Kris. Ich habe Gabriel Louw ein Versprechen gegeben. Man bricht seine Versprechen gegenüber Gabriel nicht. Lass es gut sein, ja? Ich gebe mein Bestes.«

»Herrgott, Val. Wenn das hier dein Bestes ist, dann bist du ein Desaster. Du hast dir den Finger abgeschnitten, um Himmels willen.« Sie wischt sich mit einer Hand über die Stirn. »Wie soll das funktionieren?«

»Nach neun Jahren gehe ich weg, suche mir einen Job, ein schönes Haus für Charlie und mich und falle dir nicht mehr zur Last.«

»Du fällst mir nicht zur Last, aber ich mache mir Sorgen um dich.«

»Ich weiß.« Ich schiebe meinen Stuhl zurück, weil ich dringend Luft brauche. »Ich gehe kurz mit Charlie spazieren.«

»Ich werde Nachtisch bestellen. Tiramisu?«

»Klingt gut. Komm schon, Charlie.« Ich nehme den Arm meines Bruders und überquere den Rosebank Square, um auf dem Gehweg an den Ladenfronten vorbeizuschlendern. Charlie hält an, um jedes Fenster anzustarren. Es sind nicht so sehr die Objekte, die er mag, als die Farben.

»Charlie?«

Er zeigt auf ein rotes Fahrrad im Sportgeschäft. »Scha-schau.«

»Was?« Ich will, dass er es sagt. Ich will wissen, was in seinem Kopf vorgeht.

»Hü-hübsch.«

»Was ist hübsch?«

»Scha-schau.« Er zeigt wieder darauf und wird langsam frustriert.

»Das Fahrrad?«

Er ist schon weitergegangen und steht vor einem Regal mit bunten Fahrradhelmen.

»Ma-mag.«

»Welcher?«

Er kreist mit seinen Schultern, wie er es tut, wenn er genervt ist, und geht dann zügig weiter.

Ich renne, um ihn einzuholen, und ergreife seine Hand. »Erinnerst du dich daran, wie du mich immer von der Schule nach Hause gebracht hast?«

Er eilt die Straße entlang. Sobald Charlie auf einer Mission ist, ist es schwierig, ihn abzulenken. Er konzentriert sich voll und ganz auf eine Aufgabe und wird nicht aufhören, bis er das erreicht hat, was er sich vorgenommen hat. Ich sehne mich nach der Verbindung, die wir einmal hatten. Ich will meinen Bruder zurückhaben, ihn sich selbst zurückgeben, aber er ist in seiner eigenen Welt, und ich frage mich manchmal, ob ich überhaupt ein Teil davon bin.

Wir halten vor einem roten Ferrari, der am Straßenrand parkt. Das ist es, was seine Aufmerksamkeit erregte. Als er seine Hand ausstreckt, um die glänzende Karosserie zu berühren, ziehe ich sie schnell zurück.

»Fass das Auto nicht an. Was habe ich über das Anfassen von Dingen gesagt, die nicht uns gehören?«

»Schon gut«, sagt eine Männerstimme.

Ich drehe mich herum, um herauszufinden, woher die Stimme kommt. Der Mann, der uns gegenübersteht, hat blondes Haar und ein gebräuntes Gesicht mit freundlichen, grünen Augen.

»Du kannst es anfassen, wenn du willst«, sagt er zu Charlie. »Es gehört mir.«

Der Mann ist so schön wie sein Auto. Es ist die Art von sündiger Schönheit, die eine Frau dazu bringt, ihren männlichen Begleiter auf einer Party zu vergessen.

Ich ziehe an Charlies Hand. »Wir sollten gehen.«

»Ich kann ihn auf eine Spritztour mitnehmen, wenn du willst.«

»Spri-Spritztour.«

»Ähm, danke«, ich streiche mein Haar hinter mein Ohr, »aber meine Freundin wartet auf uns.«

»Schade.« Er streckt seine Hand aus. »Ich bin Michael.«

Ich greife zögerlich zu, aber bevor ich mich entscheiden kann, legt er seine breite Handfläche um meine und drückt sie zusammen. Als ich nichts sage, schenkt er mir ein amüsiertes Lächeln.

»Dein Name?«

»Valentina.«

»Ein hübscher Name.« Er lässt mich los und schüttelt Charlies Hand. »Du hast einen guten Geschmack, äh …« Er hebt eine Augenbraue an und wartet.

»Charlie«, sage ich.

»Freut mich, euch beide kennenzulernen. Vielleicht können wir über diese Spritztour reden. Wenn du mir deine Nummer gibst, kann ich anrufen, wenn dir das recht ist.«

»Unser Nachtisch ist da!« Das Wort *Nachtisch* wird Charlies Aufmerksamkeit erregen. »Aber trotzdem vielen Dank.«

Charlie lässt sich von mir über den Platz zurück zu unserem Tisch führen.

»Wer ist das?«, fragt Kris.

»Ich weiß es nicht. Charlie hat sein Auto gefallen.«

»Dito.« Sie winkt mit dem Löffel in Richtung des Tellers vor mir. »Haut rein. Es ist köstlich.«

Es fällt mir schwer, mich von Charlie zu verabschieden. Zumindest scheint er glücklich zu sein. Ich lasse mich von diesem Gedanken beruhigen, als ich die Straße überquere, um zu Gabriels wartendem Jaguar zu gelangen. Es ist Rhett, der aussteigt.

»Hi«, sage ich überrascht. Gabriel hatte mir gesagt, dass er mich abholen würde.

»Gabriel ist beschäftigt«, sagt er mit einem Augenzwinkern und hält mir die Tür auf.

Ich warte, bis wir uns in den Verkehr eingeordnet haben und frage: »Wo ist er?«

»Geschäfte.«

Ein Schauer überkommt mich. Bricht er jemandes Knochen? Tötet er jemanden?

Rhett schaut mich von der Seite an. »Frag lieber nicht.«

»Das wollte ich auch nicht.« Ich blicke durch das Fenster, um seinem stechenden Blick zu entkommen.

»Auf der anderen Seite«, fährt er fröhlich fort, »bedeutet das, dass wir trainieren können.«

Ich drehe mich schnell wieder zu ihm um. »Wirklich?«

»Er wird bis spät beschäftigt sein.«

Meine Laune steigt. Ich muss lernen, wie ich mich

wehren kann. Gabriel wird nicht für immer da sein, um mich zu beschützen. Wie Kris sagte, kann er von seinem neuen Spielzeug früher oder später gelangweilt sein.

Rhett schaltet und beschleunigt, als wir auf die Autobahn fahren. »Warum das traurige Gesicht? Geht es deinem Bruder gut?«

»Sonntagsblues.« Ich versuche zu lächeln, aber es ist eine schwache Leistung.

Wir reden für den Rest des Weges nicht mehr. Zu Hause ziehe ich meine Shorts und ein T-Shirt an und gehe zu Rhett ins Fitnessstudio. Es ist seltsam, hier zu sein, aus eigenem, freiem Willen. Die Turnhalle stellt für mich einen Ort der erotischen Schmerzen und des tief sitzenden Vergnügens dar. Mein Körper reagiert auf den Gedanken, indem er Feuchtigkeit zu meinen Falten schickt. Ich schüttele meinen Kopf und bewege meine Finger, um die unwillkommene Erregung über die Erinnerung an das, was Gabriel hier mit mir gemacht hat, zu vertreiben.

»Bereit?« Rhett geht um mich herum wie ein Boxer, der seinen Gegner misst.

»Gib mir alles.«

Er lacht. »Du bist lustig.«

Ich schleudere herum und schlage ihm in den Bauch. »So lustig?«

Meine Knöchel tun weh, und er zuckt nicht einmal. Bevor ich weiß, was passiert, tritt er mir mit einem schnellen Schwung seines Beines die Füße weg und lässt mich mit einem Knall auf meinem Arsch landen.

»Dieser Move ist was für Kinder, Kleine. Du hast noch einen weiten Weg vor dir, bevor ich mich nicht mehr zurückhalten muss.«

»Okay, Kleiner.« Ich strecke meine Hand aus, damit er mir helfen kann.

Er lacht über die abwertende Bezeichnung. Als er mich halb hochgezogen hat, ziehe ich ihn hart nach unten und benutze den Schwung, um ihn auf den Boden zu ziehen. Er macht eine anmutige Schulterrolle und schlägt sein Bein über mich und drückt mich mit dem Gesicht nach unten auf die Matte.

Er lacht auf. »Du hast Temperament, das muss ich dir lassen, Kleine.«

Er steht auf und zieht mich an meinem Arm hoch. »Wir fangen mit ein paar einfachen Verteidigungsschritten an, und wenn du die beherrschst, bringe ich dir bei, wie man die Stärke eines Angreifers nutzt, um ihn zu schlagen.«

In der Sekunde, in der ich aufstehe, trete ich gegen seine Füße, wie er es mit mir getan hat, aber er fängt mein Bein ab und hält mich fest.

»Du lernst schnell, und du hast mehr Mut als Verstand, aber lass dich von mir unterrichten. Ich will dir nicht wehtun.«

Ich hüpfe auf einem Bein herum, um mein Gleichgewicht zu halten. »Es braucht ein bisschen mehr als das.«

»Wie gesagt, mehr Mut als Verstand. Du bist klein. Du musst lernen, clever zu kämpfen.«

»Okay.«

Er lässt mich los. »Bereit?«

Die nächste Stunde lang trainiert er mich. Als er mit mir fertig ist, schwitze ich ohne Ende.

»Geh besser duschen. Gabriel wird bald zu Hause sein.«

»Ich möchte lernen, eine Waffe zu benutzen.«

Er stützt seine Hände auf seine Hüften und sieht mich an. »Valentina.«

»Dort draußen lauert eine große, böse Welt. Ich werde nicht ewig hier leben.«

Nach einem Moment seufzt er und schüttelt den Kopf. »Wer A sagt, muss auch B sagen.«

Ich bin mit meinem Fortschritt zufrieden. Endlich komme ich aus meiner verwundbaren Blase heraus. Es ist gerade genug Zeit zum Duschen, bevor Gabriel mein Zimmer betritt.

Er geht auf mich zu und hält an meinem Rücken an. »Wie war dein Wochenende?«

»Gut.«

Er schiebt meine Haare zur Seite und küsst meinen Hals. »Wir haben am Dienstag eine Dinnerparty im Haus. Es wird eine lange Nacht werden.«

»Okay. Denkst du an ein bestimmtes Menü?«

»Magda wird dich informieren. Es ist ihr wichtig.« Mehr braucht er nicht zu sagen. Er will, dass ich mich von meiner besten Seite zeige. »Vergiss deine Nachsorge morgen nicht.«

Ich versorge die Wunde penibel, aber sie ist immer noch rot und geschwollen.

Er legt seine Arme um meine Taille und zieht

meinen Rücken gegen seine Brust. »Bück dich und leg deine Hände an die Wand.«

Sein Tonfall ist abgeschnitten, so, als wenn er verzweifelt ist und nicht warten kann. Mein Körper wird herrlich warm und nass. Ich biege meinen Rücken und halte mich an der Wand fest. Er hebt meinen Rock über meine Taille und zieht mir den Slip herunter. Das metallische Klingen seines Gürtels ertönt im Raum, gefolgt von dem kratzenden Zug seines Reißverschlusses. Sein Schwanz drückt gegen meine Falten. Ohne Vorwarnung stürzt er sich nach vorne und dringt hart in mich ein. Mein Rücken wölbt sich durch die Reibung.

»Scheiße, Valentina.« Er hält still, entweder, um meinem Körper Zeit zu geben, sich um seinen zu großen Penis auszudehnen, oder um seine Kontrolle wiederzuerlangen.

»Nimm mich, wie du willst«, keuche ich, da ich nicht mehr lange stillhalten kann.

»Oh, das werde ich.«

Er packt meine Hüften mit seinen Händen, zieht sich fast völlig zurück und stößt schwungvoll wieder hinein. Lust breitet sich wellenförmig in meinem Unterleib aus. Er bringt mich ohne Umschweife zum Höhepunkt, indem er mich hart fickt. Ich komme explosionsartig, genau wie er. Er stöhnt und macht weiter, bis sein Schwanz zu weich ist, um in mir zu bleiben. Erst als sein Schaft herausrutscht, geht er auf die Knie und saugt meinen Kitzler in seinen Mund. Es ist unmöglich, so schnell noch einmal zu kommen, aber er ist unerbittlich. Er hat seine Zähne an meinem Kitzler und seine Finger in meiner Muschi und meinem Arsch. Unsere Laute mischen sich so lange, bis nur noch die einzigartige Verschmelzung unseres Stöhnens im Raum zu hören ist. Er lässt mich erneut mit seinem Mund kommen und treibt mich an den Rand des Vergnügens. Meine Beine können mein Gewicht nicht tragen. Als ich zusammenbreche, fängt er mich an der Taille auf und trägt mich ins Bett. Er hält mich, bis es draußen dunkel ist, und dann fickt er mich auf meinem Rücken und auf meinen Händen und Knien, bis meine Kehle vom Schreien heiser ist. Mein Körper ist erschöpft. Mehr kann ich ihm nicht geben, aber ich will mehr von ihm. Ich bin unersättlich, und er ist schuld.

Als er mich verlässt, schmerzt mein Herz wegen etwas, was ich nicht benennen kann. Ich liege im Dunkeln, bis ich es nicht mehr ertragen kann. Es gibt nur eine Alternative. Ich schleiche mich durch das dunkle Haus zu seinem Zimmer. Er steht im Türrahmen und wartet, als hätte er gewusst, dass ich kommen würde. Ich springe in seine Arme und klammere mich an ihn. Ich erkenne mich selbst nicht wieder, verstehe diese Frau nicht, die ohne ihren Peiniger nicht atmen kann. Er schlingt seine Arme um meinen Arsch, um mich hochzuhalten, und küsst mich lang und zärtlich. Sanft legt er mich auf das Bett und zieht mich an seine Brust. Erst dann fühle ich mich sicher und glücklich und falle ich in einen erschöpften Schlaf.

Der Arzttermin ist am nächsten Tag um vier Uhr. Als ich mich fertig mache, ruft Gabriel mich auf der internen Leitung an und bestellt mich in sein Zimmer. Wenn wir nicht bald losfahren, kommen wir zu spät. Warum will er mich jetzt sehen? Bevor ich anklopfen kann, öffnet er die Tür. Ich erstarre mit meiner Hand mitten in der Luft. Auf der Liege ist ein Einwegtuch ausgelegt, daneben steht eine Trage mit Monitoren und Scannern. Derselbe Arzt wie zuvor, Samuel Engelbrecht, wartet im Zimmer. Ich schaue Gabriel an, um nach Antworten zu suchen, aber er sagt nichts. Er zieht mich nur hinein und schließt die Tür.

»Ziehen Sie sich aus und legen Sie sich hin«, sagt der Arzt.

Ich hatte angenommen, dass ich zu dem Arzt gehen würde, der mich in der Klinik operiert hat, und was Gabriels Arzt verlangt, ergibt keinen Sinn. »Ich muss mich ausziehen, damit Sie meinen Finger untersuchen können?«

Gabriel nimmt meine Hand. »Nach dem, was du mir erzählt hast, will ich sichergehen, dass es dir gut geht. Du könntest innere Verletzungen erlitten haben, von denen du nichts weißt.«

Die Röte breitet sich von meinem Hals aus und erwärmt meine Wangen. »Warum hast du mir das nicht erzählt?«

»Ich wollte dich nicht stressen.«

Ich ziehe meine Hand aus seiner. »Das ist nicht nötig.«

Sein Blick wird hart. »Zieh deine Sachen aus, oder ich erledige das für dich.«

Ich bin so gedemütigt, dass ich nicht weiß, wo ich hinschauen soll. Ich bezweifle nicht, dass Gabriel seine Drohung wahrmachen wird. Wütende Tränen brennen in meinen Augen, als ich ihnen den Rücken zudrehe und meine Turnschuhe, Uniform und Unterwäsche ausziehe. Ich lege meine Kleider über die Armlehne des Stuhls und lege mich auf die Liege.

Der Doktor nähert sich mit einer Sonde. »Winkeln Sie Ihre Beine an.«

Ich tue das widerwillig und vermeide es, Gabriel in die Augen zu schauen. Der Arzt zieht ein Kondom über die Sonde, beschmiert es mit Gel und führt es sanft in meine Vagina. Der Scanner erwacht piepend zum Leben. Er sagt nichts, als er mich untersucht. Er nickt nur Gabriel zu, als er die Sonde herauszieht. Mein Bauch kommt als Nächstes dran. Ich bin mir nicht sicher, wonach er sucht, und ich kann mir nicht erklären, warum Gabriel wissen will, ob die Vergewaltigung meinen Körper beschädigt hat. Nach dem Ultraschall misst der Arzt meinen Blutdruck und wiegt mich. Erst als er eine Nadel an den Arm führt, fange ich wieder an zu protestieren.

»Was ist das?«

Gabriel nimmt mein Handgelenk und streicht mit seinen Daumen über meine Pulsadern. »Es ist ein Vitaminschub.«

»Ich brauche das nicht.«

»Ich habe dir bereits gesagt, dass ich für deine Gesundheit verantwortlich bin.«

Seine Stimme klingt leicht stählern. Er wird mich festhalten, wenn es sein muss. Ich habe keine andere Wahl, als die Injektion und das, was auch immer darin ist, zu akzeptieren.

Nach der Injektion darf ich mich anziehen und mich auf das Bett setzen, damit der Arzt meinen Finger untersuchen kann. Sein Gesicht ist ausdruckslos, aber er starrt eine lange Zeit lang auf die Wunde.

»Ich werde ein stärkeres Antibiotikum verschreiben. Ich will Sie jeden Tag sehen.«

»Was ist los?«

»Eine kleine Infektion«, sagt er, als ob er mit einem Kind spricht. »Sie müssen stillhalten. Benutzen Sie die Hand nicht.«

Ich hatte sie fest verbunden, als ich mit Rhett gekämpft habe, und wir waren vorsichtig. Ich bin auch vorsichtig mit der Hausarbeit.

Der Arzt schaut Gabriel an. »Denken Sie, dass Sie sie irgendwie für ein paar Wochen ruhig halten können?«

Die Kieferhaltung von Gabriel reicht aus, um uns die Antwort zu geben. Magda wird es nie zulassen.

»Also gut.« Der Arzt fängt an, seine Ausrüstung einzusammeln. »Morgen um die gleiche Zeit?«

»Ja«, sagt Gabriel.

Als er weg ist, nehme ich meinen ganzen Mut

zusammen, um mit Gabriel über die Untersuchung zu reden. »Warum?«

»Ich will nicht die Antworten wiederholen, die ich dir schon gegeben habe.«

»Wird er seinen Apparat nicht mitnehmen?« Ich zeige auf die Trage mit den Monitoren.

»Es wird eine Weile hierbleiben.«

»Was hast du vor, Gabriel?«

Er nimmt mein Gesicht in seine Hände. »Auf dich aufpassen.«

Als er meinen Kopf an seine Brust zieht, kann ich nicht widerstehen. Ich kann nur an ihm schmelzen, mich von seinem unregelmäßigen Herzschlag verführen lassen und denken, dass er sich tatsächlich für mehr als meinen Körper interessiert.

Aus der sorgfältigen Menüplanung geht hervor, dass das Abendessen am Dienstagabend für Magda wichtig ist. Sie hat sich Kaviarmousse als Vorspeise, Lachs und Spinat-Crumble als Hauptgang und süßes Gebäck zum Nachtisch ausgesucht. Ich koche besonders sorgsam und achte darauf, dass ich nichts tue, was unser Geschäft gefährdet. Ich drehe mein Haar im Nacken zu einem hübschen Knoten und schrubbe meine Nägel, die von dem Curry, mit dem ich oft koche, orangefarbene Flecken haben. Die Mousse ist gerade fertig, als Magda die Glocke läutet, damit ich serviere. Ich balanciere ein Tablett auf der einen Hand, während ich die Schwenktür zum Esszimmer mit meiner Schulter aufdrücke. Als ich aufblicke, erstarre ich. Der Mann, der Gabriel gegenübersitzt, ist der aus Rosebank, der mit dem Ferrari. Neben ihm sitzt eine hübsche Rothaarige mit Sommersprossen auf der Nase.

»Valentina!« Michael springt auf seine Füße und hält mir die Tür auf.

Gabriel versteift. Magdas Mundwinkel gehen nach unten, und ihre Pitbull-Augen fallen beinahe heraus.

»Ihr kennt euch?«, fragt Gabriel, und seine eisblauen Augen verengen sich, als er mich anschaut.

»Wir haben uns am Sonntag getroffen.« Michael setzt sich wieder auf seinen Platz. »Sie wollte mir ihre Nummer nicht geben.« Er nimmt die Hand der Rothaarigen und lächelt. »Scheint so, als ob die gute Fee des Schicksals immer noch ihren Job macht.«

»Valentina steht nicht zur Verfügung«, antwortet Gabriel kalt. Er dreht sich wieder zu mir. »Wo genau habt ihr euch getroffen?«

Ich räuspere mich. »In Rosebank.«

»Was hast du da gemacht?«

Was ich in meiner Freizeit mache, geht ihn nichts an, und seine eifersüchtige Reaktion ist ungerechtfertigt und unvernünftig, aber Magda kann mir immer noch eine Kugel in den Kopf jagen, wenn ich widerspreche oder einen Löffel fallen lasse, also antworte ich gehorsam. »Ich bin zu El Toro gefahren, um Chorizo zu kaufen.«

»Ich bin zu El Toro gefahren, um eine Flasche von

Magdas Lieblingswein zu holen«, sagt Michael. »Verstehst du? Göttliche Fügung.«

»Sie ist unter deinem Niveau«, sagt Magda. »Wir haben sie aus Berea.«

Ich gehe um den Tisch herum und bediene die Leute, die über mich reden, als ob ich nicht im Raum wäre. Ich will die Mousse auf ihren Schoß werfen. *Charlie. Denk an Charlie.*

»Es ist mir egal, woher sie kommt«, sagt die Frau. »Wir sind nicht versnobt.«

Sie hat einen Diamanten wie einen Felsen an ihrem Ringfinger. Sie muss Michaels Frau sein. Stehen sie auf Dreier? Ich kann nicht schnell genug aus dem Raum kommen. In der Küche atme ich ein und aus, um meinen Zorn zu kontrollieren. Ich habe es satt, als Stück Fleisch angesehen zu werden.

Für den Rest des Abendessens steigt mein Stressniveau jedes Mal, wenn ich in den Speisesaal gehe. Michael starrt mich offen an, während seine Frau mir Komplimente über meinen Körper macht. Magda ist vor Ärger rot im Gesicht. Derjenige, der mir am meisten Angst macht, ist Gabriel. Er schweigt. Schweigen ist nie gut.

Als ich die Pasteten in der Lounge serviere, schmerzt mein Magen vor Anspannung. Meine Hoffnung auf Flucht wird zerstört, als Gabriel mich zurückruft, als ich kurz vor dem Ausgang stehe.

»Valentina«. Seine Stimme klingt autoritär. »Komm her.«

Vier Augenpaare betrachten mich. Magda sitzt in

einem Sessel an der kurzen Seite des Couchtisches. Ihr Blick ist spöttisch und gleichzeitig hoffnungsvoll. Sie hofft, dass ich mich widersetzen werde. Es wäre eine Freude für sie, die Konsequenzen zu sehen. Michael schaut mit unverhohlener Neugier zu, während seine Frau einen Schimmer von Aufregung in den Augen hat. Gabriels und mein Blick kreuzen sich. Als wortlose Anweisung nimmt er ein Kissen aus dem Sessel und wirft es neben seinen Füßen auf den Boden. Ich habe keine Wahl. Ich gehe zu ihm hinüber, und mein Magen zieht sich mit jedem Schritt weiter zusammen. Wie ich es schon so oft getan habe, setze ich mich neben ihn auf den Boden. Ein lobendes Lächeln erwärmt sein Gesicht. Er sieht mich an, als ob er niemand anderen sieht. Er legt seine Hand auf meine Wange und neigt meinen Kopf, bis er an seinem Oberschenkel ruht. Dann ist unser kurzer privater Moment vorbei. Gabriel setzt sein Gespräch geschäftsmäßig fort, während er abwesend mit meinen Haaren spielt.

Magda sieht aus wie ein aufgeblasener Drache, der gleich Feuer spucken wird. Michael und seine Frau sind offensichtlich an diese Art von Verhalten gewöhnt. Mein Platz auf dem Boden, während Gabriel mich streichelt, zieht keine besondere Aufmerksamkeit auf sich, abgesehen von den gelegentlichen neidischen Blicken, die Michael Gabriel zuwirft.

Während sie über einen Mietvertrag für neue Geschäftsräume diskutieren, flößt mir Gabriel Champagner ein. Als das Tablett mit dem süßen Gebäck herumgereicht wird, nimmt er sich Zeit, die Auswahl zu betrachten, und wählt einen Mille-Feuille, den er mir in den Mund schiebt. Sein Daumen bleibt länger als nötig auf meiner Zunge liegen. Nachdem ich gekaut und geschluckt habe, wischt er die Glasur aus meinem Mundwinkel, bevor er seinen Finger sauberleckt und dem seine volle Aufmerksamkeit widmet. Als er auf mich herabblickt, sehe ich ein Lächeln in seinen Augen. Wir teilen erneut einen Moment, in dem die anderen drei Personen im Raum nicht existieren.

Nach dem Dessert tauscht er den Champagner gegen Whiskey. Ich bin kein großer Trinker. Da sich bereits mein Kopf vom Champagner dreht, schüttele ich den Kopf, als er das Glas an meine Lippen drückt, aber seine Finger ziehen sich in meinem Haar zusammen und meinen Kopf zurück, bis sich mein Hals nach hinten biegt. Er nimmt einen Schluck aus dem Glas und führt seinen Mund zu meinem. Ich verstehe seine Absicht erst, als er seine Zunge zwischen meine Lippen schiebt, sie aufzwingt und mir den Whiskey direkt aus seinem Mund einflößt. Ich sauge und schlucke vor Schock und Überraschung. Er hält meinen Kopf fest, um mit seiner Zunge über meine Unterlippe zu fahren und sie sauberzulecken. Erst dann lässt er meine Haare los. Mein Gesicht glüht vor Verlegenheit. Sollten Mr. und Mrs. Michael das schockierend finden, zeigen sie es zumindest nicht. Nur Magda rutscht auf ihrem Sitz herum. Als Gabriel mir das Glas zum zweiten Mal an die Lippen führt, öffne ich sie, ohne zu zögern. Vor seiner Mutter und seinen Freunden zwangsgefüttert zu werden ist keine Erfahrung, die ich wiederholen möchte. Es ist, als ob Gabriel etwas deutlich machen will, indem er sein Besitzrecht demonstriert.

Am Ende des Abends, und drei Gläser Champagner und einen Whiskey später, bin ich von einem drehenden Kopf zu mehr als beschwipst übergegangen. Ich bekomme mit, was um mich herum passiert, aber ich sehe doppelt, und meine Nase ist taub. Ich bin außerdem extrem träge. Ich bin dankbar, als Michael aufsteht und sagt, dass sie jetzt gehen werden.

Er schlendert zu uns herüber. »Darf ich die Dame küssen, Gabriel?«

Gabriel legt eine große Hand auf meine Schulter. »Das darfst du nicht.«

Michael zieht aus Spaß ein enttäuschtes Gesicht. »Ich verstehe. Ich würde mich genauso verhalten, wenn sie meine wäre. Wenn ich das sehe, sehne ich mich wieder nach einer devoten Frau.«

»Sie ist nicht devot«, sagt Magda beißend. »Sie ist Eigentum.«

Michael seufzt und hat kaum einen Blick für Magda übrig. Seine Augen finden meine. »Noch besser.«

Michaels Frau durchquert den Raum, um ihren Kopf auf seine Schulter zu lehnen. »Wenn du jemals genug von ihr hast, Gabriel, lass es uns wissen. Ich werde ihr gerne eine Stelle anbieten.«

»Das wird nicht passieren«, sagt Gabriel mit dünnen Lippen. »Sie ist zu wertvoll für mich.«

»Du meinst, dass ihre Schulden zu hoch sind«,

korrigiert Magda, und ihr Blick sagt Gabriel etwas, was ich nicht verstehe.

Michael klopft auf Gabriels Schulter. »Gute Nacht, Gabriel. Nächstes Mal ist das Essen bei uns zu Hause.« Er schaut mich an. »Du solltest es mitbringen, dein …«

Eigentum. Spielzeug. Vierhunderttausend-Rand-Wertpapier.

»Unser Dienstmädchen«, sagt Magda.

Gabriel steht auf. »Ich bringe euch zur Tür.« Er spricht mich mit einem einzigen Befehl an. »Bleib.«

Während Gabriel und Magda ihre Gäste verabschieden, bleibe ich dort, wo ich bin, so wie Gabriel es befohlen hat. Mein Kopf dreht sich, und ich bin heute Abend nicht in der Stimmung für Bestrafung. Als sie wiederkommen, sind Gabriels Schultern angespannt, und Magdas Mund ist zu einer harten Linie gezogen.

»Gute Nacht, Magda«, sagt er spitz.

Magda ist nicht so leicht zu entlassen. »Du hast mich beschämt. Ich werde ein solches Verhalten vor unseren Gästen nicht tolerieren.«

Gabriel grinst. »Sie haben auf mich nicht verlegen gewirkt.«

»Ich erinnere dich daran, dass das hier *mein* Haus ist.«

»Du hast darauf bestanden, dass wir hier leben.«

»Aus Sicherheitsgründen. Es gibt hundert oder mehr Leute, die deinen Kopf auf einem Silbertablett sehen wollen.«

»Das stimmt. Es ist einfacher, uns alle unter einem Dach zu beschützen. Das bedeutet aber nicht, dass du mir sagen kannst, was ich tun soll. Wie du selbst gesagt hast, bin ich keine zwölf mehr.«

Ihre Nasenlöcher beben. »Beschäftigst du dich mit dem, worüber wir geredet haben?«

»Das tue ich.«

»Wie lange?«

»Bald.«

Sie betrachtet ihn einen Moment lang schweigend. Ich bin halb erleichtert, als sie aus dem Zimmer stolziert. Die andere Hälfte von mir ist angespannt, jetzt, da ich mit Gabriel allein bin. Seine Stimmung ist düster. Wird er mich bestrafen? Er hält mir eine Hand hin und zieht mich hoch. Meine Beine sind steif, weil ich stundenlang in der gleichen Position gesessen habe, und ich stolpere und falle gegen seine Brust.

»Tut mir leid«, murmle ich. Oh Gott. Meine Zunge ist schwer.

Er setzt mich mit seinen Händen auf meinen Hüften hin und testet mein Gleichgewicht, bevor er loslässt. Als ich es schaffe, zu stehen, ohne umzufallen, tritt er zur Seite und zeigt auf die Tür. Ich interpretiere das als mein Stichwort, zu gehen, und mache ein paar Schritte, aber ich muss mich an den Möbeln festhalten, um gerade zu gehen. Ich schaffe es nicht zum Sofa, bevor mich seine Hände aufhalten. Mit einem Arm um meine Schultern und dem anderen unter meinen Knien nimmt er mich hoch und trägt mich zur Treppe.

»Die Küche«, protestiere ich und zeige in die entgegengesetzte Richtung.

Seine tiefe Stimme dröhnt in seiner Brust. »Die Küche kann warten.«

Vor seinem Schlafzimmer dreht er seinen Türknauf herum. Sobald die Tür aufschwingt, trägt er mich hinein und tritt sie zu. Die medizinische Ausrüstung ist immer noch da. Ich frage mich vage, wann der Arzt sie abholen wird.

Er legt mich auf das Bett und zieht zuerst mich und dann sich selbst aus. Sein Körper ist hart und rau, die unterbrochenen Linien und tiefen Narben ergänzen seine verbotene männliche Schönheit. Er klettert über mich und fixiert meine Arme über meinen Kopf. Der Alkohol löst meine Hemmungen. Das ist keine gute Idee. Ich kann Dinge tun und sagen, die ich morgen früh bereuen werde.

»Gabriel.« Sein Name ertönt als bedürftiges Keuchen heraus. »Ich glaube, ich bin betrunken.«

»Gut. Eine betrunkene Frau lügt nie.«

Er bewegt sich nach unten und nimmt meinen Nippel in den Mund. Ich wölbe mich auf und schreie, als eine Lustwelle durch meinen Körper fährt.

Er leckt über die harte Spitze. »Findest du ihn attraktiv?«

Seine raue Zunge löst Gänsehaut bei mir aus. Ich verdrehe meinen Hals, um ihn anzusehen. »W-was?«

Er leckt die andere Brustwarze, bevor er sie tief in seinen Mund saugt.

»Oh, Gott! Gabriel.« Ich falle keuchend zurück.

»Michael. Findest du ihn attraktiv?«

Er nimmt meine Handgelenke in eine Hand und

bewegt die andere zwischen meinen Beinen, trennt meine Falten und streichelt meinen Kitzler. Meine Hüften heben sich ihm entgegen, aber er nimmt seine Hand weg.

»Antworte mir, Valentina.«

Ich keuche, als er die Spitze seines Daumens auf meine Klitoris drückt. »Ja. Ja, er ist sehr hübsch.«

Sein Gesicht verzerrt sich mit einer Mischung aus Schmerz und Akzeptanz, so als ob er die Antwort wüsste, sich aber selbst bestrafen wollte, indem er sie hörte. Es ist eine ungewöhnliche Demonstration von Gefühlen. Er ist ein offenes Buch, als er mich anstarrt, vielleicht weil er glaubt, dass ich unkoordiniert bin, aber der Alkohol schärft mein Bewusstsein und meine Sinne. Merkwürdigerweise zieht sich meine Angst in die entlegensten Winkel meines Geistes zurück und lässt mich alles andere wahrnehmen: die Gefühle, die zwischen uns fließen, und vor allem seinen Finger, während er mich öffnet und eine Fingerkuppe in meine Nässe schiebt, um mich langsam mit seinem Finger zu nehmen.

»Möchtest du, dass er dich fickt?«

Ich runzele die Stirn und versuche, mir Michael an Gabriels Stelle vorzustellen. Die Vorstellung, dass mich ein anderer Mann berührt, erfüllt mich mit Abscheu. »Nein.«

»Du kannst ehrlich sein. Ich werde dich nicht für die Wahrheit bestrafen.«

Ich spanne meine inneren Muskeln fest an, weil ich seinen Finger tiefer hineinziehen möchte, und reibe mein Geschlecht gegen seine Handfläche. »Verstehst du nicht, was du mit mir gemacht hast? Ich will *dich*, Gabriel.«

Der Schmerz in seinen Augen lässt nicht nach. Ich sehe Erleichterung, aber die Trauer lässt harte Linien in seinem Gesicht erscheinen, die seine harten Züge betonen. Die Schatten des Raumes verbergen das Narbengewebe auf seiner Wange, aber nicht das düstere Licht seiner eisblauen Augen, als er mich anstarrt. Für mich ist er perfekt. Ich liebe die strengen Linien, die seine ungewöhnliche maskuline Schönheit ausmachen, und sogar die Trauer, die permanent in sein Gesicht eingebrannt ist. Da ich ihn anfassen muss, versuche ich, mich aus seinem Griff zu lösen, aber er strafft ihn.

»Bitte, Gabriel.« Ich flehe ihn mit meinen Augen, meiner Stimme und meinen Hüften an.

Er stöhnt, während ich meinen Unterkörper drehe und seine Hand zwischen uns einsperre. Langsam entspannt sich der Druck seiner Finger auf meinen Handgelenken, so dass ich meine Hand an sein Gesicht heben kann. Ich bedecke seine Wange mit meiner Hand und streiche mit dem Daumen über die verheerende Landkarte, die seine Narben formt. Es ist beängstigend, ihn anzusehen, aber wenn man den Mut hat, zu schauen, wirklich zu schauen, dann ist die Kraft der Schönheit, die unter der physischen Zerstörung liegt, umwerfend. Ich habe auch die Schönheit in ihm gesehen. Er ist ein guter Vater für Carly, und er gibt mir viel mehr, als er nimmt, auch wenn ich nichts anderes als Eigentum für ihn bin.

»Ich will nur dich«, flüstere ich.

Für einen Moment lehnt er sich in meine Berührung und streicht seine narbigen Wangen über meine Handfläche, doch dann wendet er seinen Kopf ab, so dass sein Gesicht der Dunkelheit zugewandt ist.

»Gabriel.« Ich stöhne aus Protest.

Er spreizt meine Beine weiter und positioniert seinen Schwanz an meinem Eingang.

»Gabriel.«

Ich sage seinen Namen und versuche, ihn zu mir zurückzubringen, um den Moment einzufangen, den wir verloren haben, aber er stützt sich auf seine Arme und vergrößert den Abstand zwischen uns. Die einzige Verbindung zwischen uns ist sein Schwanz, der brutal in meinen Körper stößt. Schmerz breitet sich in mir aus. Er zieht sich zurück und wiederholt es, dehnt mich aus und verbrennt mich mit diesem dumpfen Schmerz, der mir sagt, dass er zu grob ist. Er fickt mich so hart, dass er meinen Körper zum Kopfteil hochschiebt. Immer und immer wieder prügelt er in mich ein, und alles, was ich tun kann, ist, meine Beine und Arme um ihn zu wickeln und ihn festzuhalten, während ich ihm alles gebe, was ich habe. Mit jedem Stoß knurrt er, während er sein Gesicht von mir fernhält. Er hat mich noch nie zuvor so brutal genommen, und selbst wenn es wehtut, schwelgt meine Seele in seinem Besitz. Im Moment kümmert es mich nicht, dass ich Eigentum bin. Es ist mir egal, dass ich ein

Preisschild und ein leerer Körper bin. Ich will einfach nur die seine sein.

»Nur dich«, sage ich.

Er spießt mich noch härter auf, sein Stöhnen wird lauter, und er bestraft mich für etwas, was ich nicht verstehe. Je rauer er mich behandelt, desto weicher forme ich meinen Körper um ihn herum.

»Nur deine.«

Er knurrt und fährt mit so viel Kraft in mich hinein, dass ich Angst habe, dass er mich zerbrechen wird.

»Verdammt noch mal, Valentina. Wage es nicht, zu lügen. Nicht darüber.«

»Ich will die deine sein.«

Er packt mein Gesicht zwischen seinen Handflächen und dreht mir ruckartig seinen Kopf zu, um unsere Nasen auf einen Zentimeter Abstand zusammenzuführen, ohne das harte Tempo seiner Hüften zu verlangsamen. »Schau auf dieses Gesicht. Schau mich an!«

»Ich *schaue* dich bereits an.«

Die Wut verzerrt sein Gesicht zu einer furchterregenden Maske. Seine Nasenlöcher beben, und Feuchtigkeit schimmert in seinen Augen. »Hör auf damit.«

»Deine.«

Er stößt einen rauen Schrei aus und reibt seinen Unterleib gegen meinen. Als er seinen Kopf zurückwirft, beißt er die Zähne zusammen und schneidet die Geräusche ab, während die flüssige Hitze meinen Körper füllt. Er zittert bei seiner Entladung, und sein Körper ist schweißüberströmt. Ich brauche ihn. Er hat ein Loch in mein Herz gemacht, und nur er kann es heilen. Ich schlinge meine Arme um seinen Hals und ziehe ihn für einen Kuss herunter, aber er löst meine Handgelenke und legt meine Arme neben meinen Körper. Er berührt mit seiner Stirn nur für einen sehr kurzen Augenblick meine, bevor er sich auf einen Ellbogen stützt, um mich anzusehen. Unsere Augen bleiben geschlossen, als er seinen Schwanz herausrutschen lässt, um den leeren Raum mit seinen Fingern zu füllen. Mit seinem Erguss schmiert er meine Klitoris ein und bringt mich zu einem schnellen Orgasmus, während er mich beobachtet.

Als die Nachbeben nachlassen, nimmt er mich mit unter die Dusche und wäscht mich. Da ich zu schwach bin, um auf meinen Füßen zu stehen, setzt er sich auf die Bank, während ich ihn umarme und meinen Kopf auf seiner Brust ablege. Das Wasser brennt an meinen Geschlechtsteilen, und ich zucke zusammen, als er mich da unten einseift. Er trocknet uns ab, trägt mich zurück in sein Bett, und dann verschwindet er wieder im Badezimmer. Als er zurückkommt, reicht er mir ein Glas Wasser und eine Tablette.

Ich sehe mir die weiße Pille an. »Was ist das?«

»Paracetamol. Du wirst es brauchen, wenn du nicht mit Kopfschmerzen aufwachen willst.«

Er legt mir die Pille auf die Zunge und lässt mich das ganze Wasser trinken. Das Bett gibt nach, als er sich hinter mich legt und mich an seine Brust zieht.

»Ich sollte gehen«, sage ich schläfrig.

»Ich habe den Wecker auf fünf gestellt.« Er küsst meine Schulter. »Ruh dich aus.«

Ich kuschle mich näher an ihn und genieße die Wärme seiner Umarmung. Auch wenn es nur für ein paar Stunden ist, nehme ich, was ich bekommen kann. Ich bin es gewohnt, von Abfall zu leben.

Ich bin fast eingeschlafen, als mich seine Stimme aus dem Schlaf reißt.

»Es gab mal eine Katze.«

Ich liege still und warte darauf, dass er weitermacht.

»Sie war ein Kätzchen. Nichts Besonderes. Nur eine Straßenkatze, aber für mich war sie wunderschön. Sie hatte ein weiches Fell, war schwarz wie die Nacht und hatte Augen wie gelbe Monde. Die Katze tauchte aus heiterem Himmel im Haus meines besten Freundes auf. Er nannte sie Blackie. Von diesem Tag an folgte Blackie immer meinem Freund. Sie blieb in seinem Zimmer und schlief auf seinem Bett.«

Seine Brust dehnt sich durch einen Atemzug aus. »Ich war eifersüchtig auf ihn. Ich wollte, dass die Katze in *mein* Haus kommt. Ich wollte, dass sie *mir* folgt, aber sie tat es nicht, also schmuggelte ich Fischstücke und Steaks zu seinem Haus und lockte sie durch sein Schlafzimmerfenster. Sie fraß das Essen, aber sie wollte mir nicht nach Hause folgen. Eines Tages, als mein Freund beim Rugby-Training war, ging ich zu seinem Haus und nahm mir die Katze. Ich schloss Blackie in meinem Zimmer ein und versteckte sie vor Magda und unseren Dienstmädchen. Ich machte ein Bett für sie in meinem Schrank, und ich fütterte sie mit Leckereien, die mein Freund sich für sie nie hätte leisten können. Ich hielt sie für zwei Wochen eingesperrt. Ich dachte, dann hätte sie ihr neues, luxuriöseres Zuhause angenommen.«

»Was ist passiert?«

»An dem Tag, als ich sie rausließ, lief sie direkt zum Haus meines Freundes zurück.« Er streichelt meinen Arm eine Weile, dann sagt er leise: »Er dachte, sie wäre weggelaufen, wie ein Streuner.«

»Hat sie weiter bei ihm gelebt?«

»Ich weiß es nicht. Ich habe nach diesem Tag aufgehört, sein Freund zu sein.«

»Warum?«

»Ich konnte es nicht ertragen, diese Katze anzuschauen.«

Was will er mir sagen? Ich drehe mich in seinen Armen um, um ihn anzusehen.

Er küsst sanft meine Lippen. »Wenn du etwas freilässt, kommt es nicht zu dir zurück, egal, wie gut du es behandelst.«

Ein großes Unbehagen breitet sich in meinem Bauch aus. Erzählt er mir gerade, dass er mich nicht gehen lassen wird?

»Schlaf.« Er küsst mich wieder, und der sanfte Akt kollidiert mit dem Schmerz in meinem Körper, der an seine frühere Rauheit erinnert. »Du wirst morgen müde sein.«

Ich schließe die Augen, um meine turbulenten Gefühle vor ihm zu verbergen. Seine Geschichte schockiert mich. Sie sagt mir drei Dinge. Erstens, er wird sich nehmen, was er will. Zweitens, er glaubt nicht, dass er Liebe verdient. Drittens, er wird mich so lange behalten, wie er meinen Körper will. Was mich mehr schockiert, ist, dass ich mich danach sehne, ihm zu vertrauen. Solange er Charlie und mein Leben in seinen Händen hält, kann ich das nicht. Zum ersten Mal denke ich, dass er sich nicht an unseren Deal halten wird. Er wird mich nicht befreien wie das schwarze Kätzchen. Ein Mann wie Gabriel wiederholt denselben Fehler nicht noch einmal. Das hat er mir mit seiner Geschichte gesagt. Tränen sammeln sich hinter meinen geschlossenen Augenlidern. Ich drehe ihm wieder den Rücken zu, damit ich sie leise in sein Kissen vergießen kann. Er lässt mir keine Wahl. Wenn er mich nicht gehen lässt, wenn ich Charlies Schulden beglichen habe, muss ich weglaufen.

16

Gabriel

Lange bevor der Wecker losgeht, wache ich auf, ziehe Valentinas weichen, warmen Körper näher an mich und denke über die letzte Nacht nach. Valentina betrunken zu machen war nicht geplant. Es ist zu früh für sie, um schwanger zu werden, also riskiere ich weder ihr Wohlbefinden noch das des sich entwickelnden Fötus. Die Idee kam mir in den Sinn, während Michael sie mit seinen Augen fickte. Sylvia war immer brutal ehrlich gewesen, wenn sie zu viel getrunken hatte. So fand ich heraus, dass sie mich nie geliebt hat. Das hätte keine Überraschung sein sollen. Ich wäre nicht so leichtgläubig gewesen, wenn ich nicht verzweifelt nach einer Frau gesucht hätte, die ich mein Eigen nennen konnte.

Ja, die Wahrheit kommt heraus, wenn eine Frau betrunken ist, und im Gegensatz zu Männern flüstert sie keine Lügen in leidenschaftlichen Momenten. Wenn eine Frau nur eine Sekunde vor dem Kommen ist, dann sieht man ihre wahren Gefühle in ihren Augen. Valentina braucht mich. Das ist es, was ich ihr beibringen wollte. Wie das Kätzchen habe ich sie mit Lust und Orgasmen angelockt, sie bis an ihre Grenzen und darüber hinaus gebracht und dafür gesorgt, dass kein anderer Mann ihr jemals geben kann, was ich kann, denn kein anderer Mann wird die Eier haben, sie zu verletzen, um sie stärker kommen zu lassen. Warum bin ich dann enttäuscht? Frauen wollen mich für mein Geld, für Sex oder für die Sicherheit, die mit einer Verbindung zu mir einhergeht. Valentina will mich, weil ich es so geplant habe. Es ist zu viel, zu hoffen, dass sie mich jemals meinetwillen haben will. Mädchen wie sie wollen Männer wie Michael und Quincy. Es liegt in ihrer Natur. Es gibt nichts, was ich gegen die Natur tun kann, außer sie so zu drehen, zu zwingen und zu biegen, wie ich sie haben will. Wenn ich sie für immer zu meiner Gefangenen machen muss, dann soll es so sein. Bald wird sie mit Blut an mich gebunden sein. Unser Kind wird eine Verbindung sein, die sie niemals brechen kann.

Um fünf Uhr verdränge ich meine bitteren Gedanken, schalte den Wecker aus und beginne mit der traurigen Aufgabe, sie zu wecken. Wenn ich könnte, hätte ich sie schlafend in meinem Bett zurückgelassen. Ich liebe es, sie in meinem Bett zu haben. Sie stöhnt, als ich ihr Haar über die Schulter streiche, um die anmutige Kurve zu küssen.

»Wach auf, meine Schöne.«

»Gabriel.« Ihre Stimme ist schläfrig.

Mit großem Bedauern schlage ich die Decke zurück und lasse die frische Morgenluft unsere Körper kühlen. Gänsehaut überzieht ihre Arme. Sie dreht sich auf den Rücken, reibt sich die Augen und streckt sich.

»Wie spät ist es?«

Ich schalte die Nachttischlampe ein. »Fünf.«

Sie setzt sich auf und schwingt ihre Beine über den Bettrand. Ihr Rücken ist ein perfektes Porträt einer zarten Wirbelsäule, die mit seidiger Haut überzogen ist.

Sie schaut mich schüchtern über ihre Schultern an. »Darf ich bitte dein Badezimmer benutzen? Bei allem, was ich gestern Abend getrunken habe, schaffe ich es nicht zu meinem.«

»Bitte.« Ich will, dass sie alles anfasst, was mir gehört. Der Gedanke, dass ihre Finger über die Gegenstände, die mir gehören, fahren, löst das gleiche Prickeln auf meiner Haut aus, als hätte sie *mich* berührt.

Ihre schlanke Hand streicht über die Matratze, als sie aufsteht. Sie nimmt mein T-Shirt vom Stuhl und zieht es an. Wärme erfüllt meine Brust, als ich sehe, dass sie mein Kleidungsstück trägt. Als sie die Badezimmertür hinter sich schließt, stehe ich auf, um mir meine Kleidung für den Tag herauszusuchen, aber halte abrupt inne. Auf dem Laken sind Blutflecken. Es ist nicht viel, nur ein paar Tropfen, aber es reicht, um mir zu sagen, dass ich sie wieder verletzt habe.

Ich ziehe ruckartig und mit einem finsteren Blick einen Anzug von einem Kleiderbügel. Gott weiß, ich verdiene nichts so Schönes und Vollkommenes wie sie, aber ich kann sie nicht gehen lassen.

Die Badezimmertür öffnet sich wieder, und Valentina kommt heraus. Ihre Wangen sind blass, und unter ihren Augen zeichnen sich dunkle Augenringe ab. Sie lächelt mich an, als sie mit kleinen Schritten den Raum durchquert. Bevor sie die Tür erreicht, schneide ich ihr den Weg ab. Ich lege meinen Arm um ihre Taille, ziehe sie an mich heran und bedecke ihr Geschlecht sanft mit meiner freien Hand.

»Bist du in Ordnung?«

Sie zuckt bei meiner Berührung zusammen. »Ich bin einfach nur müde.«

Wut auf mich selbst brennt in meiner Brust. »Wir gehen heute früh ins Bett.«

Sie nickt mir leicht zu. »Ich gehe besser, bevor Carly oder Magda aufwachen.«

Widerwillig ziehe ich meine Hand zurück. »Ich habe dich verletzt.«

»Das wolltest du doch.«

»Aber nicht so. Du hättest es mir sagen sollen.«

Sie schaut mir in die Augen. »Nein, Gabriel. Du wolltest das, was ich versucht habe dir zu sagen, nicht hören.« Ohne ein weiteres Wort geht sie leise aus meinem Zimmer.

Ich lasse sie gehen, weil ich keine andere Wahl habe. Ich lasse den Anzug liegen, ziehe meine Trainingsausrüstung an und gehe ins Fitnessstudio, um so lange mit meinen Fäusten auf den Boxsack einzuschlagen, bis sie bluten.

Es wird mitten im Sommer schneien. Carly frühstückt mit uns. Sie ist ungewöhnlich gesprächig, sogar so sehr, dass Magda mit ihrem Kaffee in ihr Arbeitszimmer flüchtet.

»Dad«, sagt sie nach einem außergewöhnlich langen Bericht über ihre Schulwoche, »Ich muss dir etwas sagen.«

Mir dreht sich der Magen um. Das, was auf mich zukommt, werde ich nicht mögen. Ich wappne mich, während ich schweigend mit einem stoischen Gesicht warte.

»Ich habe beschlossen, wieder bei Mama einzuziehen.«

Der Schlag trifft mich genau zwischen die Augen. Ich weiß nicht, was ich erwartet habe, aber das hier nicht. Ich senke die Tasse und atme tief ein, um mich zu beruhigen. Sylvias unerwartete Besuche und die schnelle Erlaubnis, Carly zu Dates gehen zu lassen, ergeben plötzlich Sinn.

Ich achte darauf, dass meine Stimme ruhig bleibt. »Was war der Auslöser für die plötzliche Entscheidung?«

»Mama vermisst mich.«

Die Schuldkarte ist eine schmutzige Karte, die Sylvia spielt. »Du musst keine übereilte Entscheidung treffen. Warum überlegst du es dir nicht ein wenig?«

»Ich habe schon lange darüber nachgedacht. Es ist ja nicht so, dass du mich nur jedes zweite Wochenende sehen wirst. Ich kann dich besuchen, wann immer ich will.«

»Natürlich. Dein Zimmer wird immer hier sein.«

»Danke, Dad.«

Es hat keinen Sinn, mit Carly zu streiten, sobald sie sich entschieden hat. Sie kommt in dieser Hinsicht nach mir. Ich traue Sylvia nicht zu, eine Mutter zu sein. Sie hat mir immer nur bewiesen, dass sie zu diesem Job nicht fähig ist, und ich mag Sylvias neuen Freund nicht. Alles, was ich tun kann, ist, für Carly da zu sein, wenn sie mich braucht.

»Du bist nicht sauer?«, fragt sie.

»Natürlich nicht.« Enttäuscht, traurig, aber ich bin nicht sauer auf meine Tochter.

»Ich packe heute einige meiner Sachen ein. Mama holt mich heute Abend ab. Wirst du hier sein, um mich zu verabschieden?«

So schnell? »Natürlich.« Der Tag, der schlecht begonnen hat, wird um einige Schattierungen grauer. »Lass mich wissen, wenn du Hilfe brauchst.«

»Danke, aber ich brauche nichts.«

Da ich nicht in der Lage bin, meine Gefühle zurückzuhalten, schiebe ich meinen Stuhl zurück. »Ich werde dich nach der Schule abholen.«

»Ähm, Papa?«

Ich warte darauf, dass sie spricht.

»Ein paar Mädchen aus meiner Klasse und ich gehen nach der Schule zu Mugg & Bean.«

»Wer fährt?«

»Mama.«

»Wir sehen uns, bevor du gehst.« Ich gehe zur Tür, bevor sie die Qualen sieht, die ich in meinen Augen spüre.

»Schönen Tag noch«, ruft sie mir nach.

Einfach so wird meine Tochter, mein kostbares Geschenk von Sylvia, aus meinem Haus gerissen.

Was ich brauche, ist ein Kampf. Ich nehme Rhett mit, um durch Valentinas alte Nachbarschaft zu fahren. Die Chancen, die Bar zu finden, die sie erwähnte, sind gering. Viele der alten Plätze existieren nicht mehr. Die Nachbarschaft hat sich, wie so viele andere auch, in eine Jauchegrube des Verbrechens verwandelt. Die Gebäude sind baufällig. Einige sind bis auf die Grundmauern zerfallen. Ich habe den Stadtplan von vor zwölf Jahren von der Gemeinde angefordert, aber wie der Rest der Regierung ist sie ein korrupter Haufen ungebildeter Beamter. Mit dem Zusammenbruch des Systems sind die Aufzeichnungen längst ersetzt worden. Es ist ein Witz, dass dieses Land noch funktioniert. Es sind Leute wie ich und der Rest der Schlägertypen auf der Straße, die die Fäden ziehen. Politiker sind nur die Marionetten. Es gibt eine Million Möglichkeiten, zur Hölle zu fahren, und ich habe sie alle verdient.

Keiner der alten Leute, die die Nachbarschaft kannten, ist übriggeblieben. Die Kumpane meines Vaters, die vor langer Zeit Geld für ihn einkassiert haben, sind verschwunden. Steven starb an einem Herzinfarkt mit einer Hose um die Knöchel beim Pissen. Dawie hat den Löffel abgegeben, als er die Vordertreppe hinunterfiel und sich das Genick brach. Barney ging auf die altmodische Art und Weise nieder, als er in seinem Vorgarten erschossen wurde. Mickey starb an Krebs, und Conrad fing Aids von den Huren ein, die er gefickt hat. Der Tod meines Vaters, der friedlich im Schlaf von uns ging, ist der sanfteste und ereignisloseste von allen, im Gegensatz zu dem gewalttätigen Lebensstil, den er führte. Wie wird mein Ende sein? Werde ich für das *Geschäft* sterben, mit einer Kugel im Kopf, oder wie mein Vater im Bett?

Rhett hält am Straßenrand an und nickt zu dem zerfallenen Haus mit den fehlenden Dachziegeln. »Das hier?«

»Ja.« Ich entsichere meine Pistole und schiebe sie in den Hosenbund. »Gehen wir.«

Lambert öffnet die Tür, bevor ich durch das Unkraut in seinem Vorgarten schlendern konnte.

»Gabriel.« Er lacht nervös. »Sie erwecken einen falschen Eindruck bei mir, wenn Sie mich andauernd besuchen.«

Ich fordere ihn mit einer Geste auf, einzutreten. Rhett und ich folgen. Durch das feste Klicken der Tür, als ich sie schließe, spannt sich Lambert an. Seine gelbe Haut wird blass.

»Was kann ich für Sie tun?«

Ich hasse seinen Slang, aber ich schlucke meine

Beleidigungen hinunter. »Erzählen Sie mir von der Bar, die hier in der Nähe war.«

»Die Bar?« Seine Schultern entspannen sichtbar.

»Neonschild, kahler Barkeeper, Billardtisch hinten.«

Er kratzt sich am Kopf und denkt eine Weile nach. »Ah,« sagt er nach einem Moment, »das wird das Porto sein, aber der Ort existiert nicht mehr.« Er grinst. »Sie werden nicht viel anderes finden als die Hausbesetzer, die dort leben.«

»Wer ist der Besitzer?«

»Bigfoot Jack.«

Bei dem Namen klingelt es. Mein Vater erwähnte ihn ein- oder zweimal.

»Wo kann ich ihn finden?«

»Auf dem Friedhof.«

Scheiße. Noch eine Sackgasse. »Wer hat ihn beschützt?« Jeder in der Nachbarschaft stand unter dem Schutz von jemandem. Sonst hätte er nicht überleben können.

»Die jüdischen Jungs von Kensington.«

»Juden? Auf portugiesischem Gebiet?«

»Seine Frau ist Jüdin. Der Big Boss hatte einen Deal mit den Porras gemacht, um Bigfoot aus der Schlinge zu schneiden. Warum willst du das alles wissen?«

»Ich schreibe ein Geschichtsbuch«, sage ich trocken.

Seine Nase kräuselt sich und vergräbt seine winzigen Schweineaugen zwischen faltigen Hautschichten. »Du verarschst mich.«

Der Typ ist wirklich dumm.

»Wo kann ich die Ehefrau finden?«

»Sie wird Ihnen nichts nützen. Sophia hat Alzheimer. Sie kann eine Ameise nicht von einer Fliege unterscheiden.«

Das hilft auch nicht. Ich wische mit einer Hand über mein Gesicht.

Lambert zappelt nervös und verlagert sein Gewicht von einem Fuß auf den anderen. »Möchten Sie ein Bier?«

»Komm.« Ich nicke Rhett zu und mache mich auf den Weg zurück zum Auto.

Als wir eingestiegen sind, dreht sich mein Leibwächter zu mir um. »Wollen Sie mir sagen, was los ist?«

»Ich brauche Lamberts Telefonaufzeichnungen.«

»Ich werde Anton anrufen.«

»Das habe ich bereits. Sie wurden gelöscht.«

»Ab wann?«

Ich gebe ihm das Datum, an dem ich Valentinas Beinahe-Ehemann zum ersten Mal aufgesucht habe.

»Ich kenne einen Hacker bei Vodacom, der diskret ist. Ich werde ihn anrufen und sehen, was er tun kann.«

Während ich fahre, ruft er seinen Kontaktmann an. Bevor ich in unsere Einfahrt fahre, hat er eine Nummer für mich besorgt. Ich parke und gebe die Nummern, die er laut vorliest, in mein Telefon ein. Schon bei der vierten Ziffer weiß ich, wem die Nummer gehört. Als ich die letzte Ziffer eingebe, erscheint Magdas Name auf dem Display.

Ich schleudere die Tür auf und mache mich mit großen Schritten auf den Weg zum Haus.

»Gabriel!« Rhett springt aus dem Auto und rennt hinter mir her.

»Halt dich da raus«, rufe ich zurück.

Ich finde Magda in ihrem Arbeitszimmer. »Warum hat Lambert Roos dich angerufen?«

Sie lehnt sich zurück und betrachtet mich über den Rand ihrer Brille. »Er wollte wissen, warum wir in seinem Gebiet herumschnüffeln.« Sie überkreuzt ihre Arme. »Warum tun wir das, Gabriel?«

»Kanntest du Bigfoot Jack?«

»Nicht persönlich, aber jeder im Geschäft weiß, wer Jack war.«

»Was weißt du über ihn?«

»Genauso viel wie du – nicht viel. Woher kommt dieses plötzliche Interesse an Bigfoot?«

»Ich versuche, Valentinas Geschichte zusammenzufügen, aber alles endet in Sackgassen.«

»Warum?«

»Weil sie mich interessiert.«

»Gewöhn dich nicht an sie, Gabriel. Ich habe dich bereits gewarnt.«

»Das hast du.«

»Tust du es?«

»Was?«

»An ihr hängen?«

»Ich glaube nicht, dass ich zu einer Bindung fähig bin.«

»Du warst schon immer ein weicher Junge, zu weich für das, was nötig ist.«

»Was erwartest du, Magda?«

»Mach deinen Job.«

»Du meinst, sie töten.«

»Wie abgesprochen.«

Ich stimme dem überhaupt nicht zu, aber ich bekomme eine Nachricht von Rhett, in der er mir mitteilt, dass der Arzt gekommen ist. Ich befehle ihm, oben zu warten, und suche Valentina. Sie geht eine Runde mit Bruno und Quincy, und sie zusammen zu sehen, wie sie sich freundschaftlich unterhalten, lässt meine Reizbarkeit eskalieren.

»Hey«, sagt sie, als sie mich sieht.

Ihr warmes Lächeln kühlt sich ab, als sie meine explosive Laune sieht.

»Der Arzt wartet«, sage ich.

Als er meinen Ton hört, murmelt Quincy einen Gruß und verabschiedet sich.

»Ich weiß. Ich habe vorgeschlagen, dass wir anfangen sollten, aber er bestand darauf, auf dich zu warten«, erzählt sie mir.

»Jetzt bin ich hier, also lass uns gehen.«

In meinem Zimmer sage ich dem Arzt, dass er die gleichen Untersuchungen von gestern wiederholen soll. Gestern wollte ich sicherstellen, dass Valentina keine inneren Verletzungen erlitten hat, die sie daran hindern könnten, Kinder zu bekommen. Heute muss ich wissen, dass ich sie nicht verletzt habe.

»Schon wieder?«, sagt er, und seine Stimme verrät nicht, was er denkt.

Ich ziehe meine Augenbrauen in die Höhe. Ich bezahle ihm genug, damit er keine Fragen stellt.

Er wendet sich Valentina zu. »Sie wissen, was zu tun ist, meine Liebe.«

»Ich verstehe nicht ganz.«

»Tu es, Valentina«, sage ich härter, als ich es beabsichtigt habe.

Sie zuckt bei meinem Ton zusammen, aber gehorcht. Erst wenn der Arzt mir sagt, dass es ihr gut geht, entspanne ich mich. Ich hatte ihn angewiesen, ihr gestern eine Fruchtbarkeitsbehandlung zu injizieren, um ihre Chancen auf eine Schwangerschaft zu erhöhen. Sie wird in einer Woche ihren Eisprung haben, und mein Samen wird morgens, nachmittags und abends in ihr sein, bis es klappt.

Ich halte ihr ihr Kleid hin, damit sie hineinsteigen kann, und knöpfe es vorne zu, bevor ich sie zurück zur Liege führe. Der Arzt rollt die Bandage an ihrem Daumen ab und legt eine entzündete, rote Wunde frei. Ich brauche seine Bestätigung nicht, um zu wissen, dass die Antibiotika nicht helfen. Valentina auch nicht.

Sie sieht mich mit großen Augen an. »Ich hatte gehofft, dass es heute besser ist.«

Der Arzt schaut mich ernst an. »Sie muss in die Klinik gehen. Jetzt.«

Meine Welt kommt an diesem Tag zum dritten Mal zum Stillstand. Ich nehme Valentinas Hand in meine.

Ihre Handfläche ist kalt und feucht. »Besteht die Gefahr, dass sie ihren Daumen verliert?«

»Ich weiß es nicht. Ich bin kein Chirurg.« Er zieht die medizinischen Handschuhe aus und wirft sie in den Mülleimer. »Soll ich einen Krankenwagen rufen?«

»Nein.« Ich drücke ihre Finger. »Ich werde sie fahren.«

Ich bringe Quincy dazu, uns zu fahren, damit ich mit Valentina hinten sitzen und meinen Arm um ihre Schultern legen kann. Ihr Körper ist angespannt, aber sie lehnt sich in meine Berührung, als ich ihr Kinn ergreife, um ihre Lippen zu küssen. Von den Schlägen weiß ich, dass ihre Schmerzgrenze niedrig ist. Deshalb war sie heute Morgen so blass. Ich möchte ihr sagen, dass alles gut wird, aber es gibt schon genug Lügen zwischen uns, und ich weiß es einfach nicht.

Auf dem Weg ins Krankenhaus rufe ich meinen Versicherungsmakler an und veranlasse ihn, die Voranmeldung in der Klinik zu organisieren. Um fünf Uhr ist Rushhour, aber Quincy kennt die Nebenstraßen und schafft es, uns in etwas mehr als dreißig Minuten dorthin zu bringen. Da Valentina bereits angemeldet ist, gehen wir direkt in einem Untersuchungsraum, wo ein junger Chirurg auf uns wartet. Er wirft einen Blick auf ihren Finger und ordnet Tests an.

»Was werden Sie jetzt tun?«, frage ich angespannt.

»Eins nach dem anderen. Zuerst müssen wir auf die Testergebnisse warten.«

»Wie lange wird das dauern?«

»Eine Stunde, vielleicht neunzig Minuten. Wir

haben das Labor vor Ort, und ich habe die Tests als dringend angefordert. Ich kann Ihnen ein Privatzimmer besorgen, wo Sie es sich bequem machen können, oder Sie können in der Cafeteria warten.«

»Besorgen Sie uns bitte ein Zimmer.« Ich kann Menschenmassen nicht ausstehen, und ich bezweifle, dass Valentina in der Stimmung für Krankenhauskaffee ist.

Eine Krankenschwester bringt uns zu einem Zimmer mit hellgelben Wänden und einem Einzelbett mit blauer Tagesdecke. Quincy bezieht eine Position an der Tür, während ich Valentina zum Bett führe, damit sie sich hinlegt. Ich überprüfe die Uhrzeit auf meinem Handy. Es ist fast sechs. Ich bin gerade dabei, es mir wieder in die Tasche zu stecken, als es klingelt. Carlys Name erscheint auf dem Bildschirm.

»Entschuldige mich bitte.« Ich drücke einen Kuss auf Valentinas Schläfen und gehe in eine Ecke des Zimmers. »Hallo Prinzessin. Wo bist du?«

»Ich bin zu Hause. Wo bist du?«

»Im Krankenhaus.«

»Was ist denn los?«

»Ich musste Valentina hierherbringen. Ihre Wunde hat sich entzündet.«

»Oh nein. Sag ihr, ich hoffe, dass alles gut wird. Du, Mama ist hier. Rhett lädt gerade meine Sachen in den Wagen.«

»Jetzt schon?« Ich schaue zu Valentina. »Wann fahrt ihr?«

»Wir können nicht lange warten. Mama hat etwas vor. Ich kann nächste Woche vorbeischauen.«

Ich bin in zwei Teile zerrissen. Ich will Carly nicht gehen lassen, ohne mich zu verabschieden, aber ich will Valentina auch nicht verlassen.

Valentina hüpft aus dem Bett und legt ihre Hand auf meine Schulter. »Carly?«, flüstert sie.

Ich nicke.

»Geh«, sagt sie. »Ich komme hier allein zurecht.«

»Gib mir eine Minute, Carly.« Ich lege den Anruf in die Warteschleife. »Ich gehe hier nicht weg. Nicht jetzt.«

»Quincy ist hier. Du hast gehört, was der Arzt gesagt hat. Es kann eine Stunde oder länger dauern. Verabschiede dich von deiner Tochter. Ich bin ein großes Mädchen. Es ist nur eine Infektion. Sie werden mir starke Medikamente geben, und dann wird es mir besser gehen.«

Ich starre auf ihr Gesicht, ihre vollen Lippen und ihre traurigen, dunklen Augen. Rational hat das, was sie sagt, Sinn, aber ich kann es nicht über mich bringen, Carly zu sagen, dass ich in dreißig Minuten zu Hause bin.

»Mach.«, drängt sie. »Deine Tochter zieht aus deinem Haus aus. Du wirst sie doch nicht gehen lassen, ohne dort zu sein?«

Ich massiere die Nasenwurzel und brauche eine Sekunde, um meine Entscheidung zu treffen, bevor ich den Anruf wieder aufnehme. »Ich werde in dreißig Minuten zu Hause sein.«

»Okay«, sagt Carly strahlend. »Ich werde auf dich warten.«

Ich drücke Valentina einen harten Kuss auf die Lippen. Es liegt mir auf der Zunge, ihr zu sagen, dass ich sie liebe, aber ich schlucke die Worte gerade rechtzeitig zurück. Ein erschrockener Schauer läuft mir über den Rücken. Was zum Teufel stimmt nicht mit mir? Der Gedanke kam mir aus dem Nichts in den Sinn. Gewohnheit. Es muss Gewohnheit sein. Immer, wenn ich Sylvia in einer schwierigen Situation verlassen musste, musste ich ihr meine Gefühle versichern. Ich gehe zur Tür und sage: »Ich komme später wieder.«

Ihr Lächeln ist warm und unbeschwert. Es ist ein Lächeln, das beruhigen soll. Ich entkomme den Gefühlen, die auf mich herabstürzen, indem ich sie in diesem Krankenzimmer zurücklasse, während ich nach draußen fliehe.

»Bleib bei ihr«, sage ich zu Quincy, »und ruf mich an, wenn es etwas Neues gibt. Alles, was sie braucht, alles, gib es ihr, ohne zu zögern.«

»Ja, Chef.«

»Gib mir die Autoschlüssel. Ich fahre zum Haus, aber ich werde so schnell wie möglich zurück sein.«

Er fischt die Schlüssel aus der Tasche und reicht sie mir.

»Beweg dich nicht von dieser Tür weg. Sorge für ihre Sicherheit.«

Er zieht seine Jacke zur Seite und zeigt mir die Waffe in seinem Hosenbund.

Ich verlasse das Krankenhaus mit gemischten Gefühlen. Wenn Sylvia vernünftig wäre, hätte ich sie gebeten, zu warten, aber das ist sie nicht, und sie wird besonders schwierig sein, wenn Valentina involviert ist.

Der Verkehr ist ein Albtraum. Ich brauche mehr als fünfundvierzig Minuten, um nach Hause zu kommen. Sylvia und Carly warten draußen neben Sylvias überladenem Cabrio.

»Dad!« Carly rennt zu mir, als ich aus dem Auto steige. »Ich wusste, dass du kommen würdest. Ich hab' es dir gesagt, Mom.«

Sie lässt sich von mir umarmen, ein seltenes Ereignis. Ich schaue auf die Kisten und Koffer, die auf dem Rücksitz des Mercedes gestapelt sind. »Wow, wann hast du all das Zeug angehäuft?«

Sie stößt mir einen Ellbogen in die Rippen. »Du solltest es wissen. Du hast dafür bezahlt.«

»Kannst du das überhaupt alles tragen?«

»Es sind nicht nur Kleider«, sagt sie empört. »Es gibt auch Bücher.«

»Wie viele, zehn?«

Sylvia kommt in einem eng anliegenden, rosafarbenen Kostüm mit einem Bleistiftrock zu uns. »Wir müssen los.«

»Carly, wenn du irgendetwas brauchst …«

»… werde ich dich anrufen.«

»Nicht mehr als eine Stunde pro Tag am Telefon, und keine Verabredungen ohne meine Erlaubnis.«

»Gabriel.« Sylvia sieht mich streng an. »Ich bin ihre

Mutter. Ich bin in der Lage, diese Entscheidungen zu treffen.«

»Aber wir werden sie zusammen treffen.«

Sie geht weg und tut ihr Bestes, um vor Carly nicht kurz angebunden aufzutreten. »Sie wird erwachsen. Akzeptiere es.«

Ich werde mich nicht mit Sylvia streiten. Nicht heute. Ich küsse Carlys Wange. »Ich liebe dich, Prinzessin. Das weißt du doch, oder?«

Sie wischt sich mit der Handfläche über die Wange. »Ey, Papa! Seit wann bist du so sentimental?«

»Seitdem mein kleines Mädchen erwachsen wird.« Zuerst wollte ich *auszieht* sagen, aber ich will nicht, dass sie ein schlechtes Gewissen bekommt, weil sie Zeit mit ihrer Mutter verbringt.

»Hör auf damit.« Sie schlägt leicht auf meinen Arm. »Du wirst mich zum Weinen bringen, und ich möchte nicht, dass meine Mascara verläuft.«

»Carly.« Sylvia fängt an, mit dem Fuß zu klopfen.

Die beiden Frauen gehen zum Auto und steigen ein. Als das Fahrzeug durch das Tor fährt, überkommt mich ein Gefühl der Verzweiflung. Das Haus ist leer und leblos. Sein Umriss steht wie ein großer, weißer Elefant hinter mir. Der Pool, der Garten, die Fernseher, alles war für Carly. Es ist, als wäre ein Stück von mir mit meiner Tochter gegangen.

Mein Handy vibriert in meiner Tasche und lenkt meine Aufmerksamkeit zurück in die Gegenwart. Ich habe eine SMS von Quincy bekommen.

Valentina ist im OP.

17

Valentina

Ich wache in einem Krankenhausbett auf, und ein Teil von mir fehlt. Es ist nicht das Ende der Welt, einen Daumen zu verlieren. Schlimmeres kann passieren, aber ich werde nie wieder Nadel und Faden halten. Um Tierarzt zu werden, braucht man alle Finger. Es geschah zu schnell, als dass ich es verarbeiten konnte. Zwanzig Minuten, nachdem Gabriel gegangen war, kam der Arzt mit den Neuigkeiten zurück. Der Finger, den sie angenäht hatten, ist nicht angewachsen. Ich hatte Wundbrand in meinem Daumen. Um die Ausbreitung der Infektion zu stoppen, musste er über dem Fingerknöchel amputiert werden. Eine Viertelstunde später wurde ich in den Operationssaal gefahren.

Die Tür öffnet sich, und eine Krankenschwester kommt herein. »Sie sind wach.« Sie schaut auf die

Aufzeichnungen am Fußende des Bettes und stellt den Tropf an meinem Arm ein. »Sind Sie bereit für Besucher? Mr. Louw möchte Sie sehen.«

Das bin ich nicht. Ich möchte allein sein, um zu verarbeiten, was passiert ist.

»Drücken Sie den Knopf, wenn Sie Schmerzen haben.« Sie hinterlässt einen Rufknopf in Reichweite meiner guten Hand und ruft fröhlich durch die Tür: »Sie können sie jetzt sehen.«

Als Gabriel hereinkommt, zerbricht mein Herz. Sein Haar ist unordentlich und sein Hemd zerknittert, so als ob er die ganze Nacht darin geschlafen hat. Die Haut unter seinen Augen ist bläulich. Er humpelt zu meinem Bett, und sein Gesicht ist eine unlesbare Maske. Trotz seines großen Körpers und all dieser Muskeln sieht er äußerst verwundbar aus. Ein tiefes Bedürfnis, ihn zu beruhigen, bringt mich dazu, nach seiner Wange zu greifen.

»Wie spät ist es?«

»Kurz nach sechs.« Er fügt hinzu: »Morgens.«

»Warst du die ganze Nacht hier?«

»Natürlich.«

»Das hättest du nicht tun müssen.«

Er sagt nichts, aber sein Gesicht verzieht sich plötzlich gequält.

»Es ist nur ein Daumen«, sage ich.

Er ergreift meine Finger und drückt so fest zu, dass es schmerzt. Als ich aufschreie, lässt er los und scheint unsicher zu sein, was er mit meiner Hand machen soll. Schließlich legt er sie auf die Bettdecke.

»Du bist nicht der Einzige, der prahlen kann. Ich habe jetzt meine eigene Narbe.«

»Ich habe bereits mit dem Arzt über eine Prothese gesprochen.«

»Ich will keinen künstlichen Daumen.«

»Warum nicht? Er wird natürlich aussehen.«

»Er wird nicht funktionieren.«

»Nein.« Er vermeidet Augenkontakt. »Das wird er nicht.«

»Mir ist egal, wie ich aussehe.« Als seine Augen sich verdunkeln, versuche ich es mit Humor. »Verdammt, ich werde niemals trampen können.«

Ein Lächeln hellt seinen dunklen Gesichtsausdruck auf. »Das musst du nicht. Du hast ja mich.«

Nicht für immer.

Er fährt mit seinem Finger an meinem Kiefer entlang. »Es gibt andere Dinge. Tierarzthelfer. Krankenpflegerin.«

Es ist, als würde man mir sagen, dass es andere Männer gibt als ihn.

»Ja«, sage ich leise, »es gibt noch andere Dinge.«

Die Zeit verfliegt in den nächsten Wochen. Weihnachten kommt und geht. Ich habe ein ruhiges Mittagessen mit Kris und Charlie. Anstatt uns gegenseitig Geschenke zu kaufen, spenden wir Geld an eine Wohltätigkeitsorganisation für streunende Tiere. Gabriel, Sylvia, Carly und Magda hatten eine Party mit ihren Kollegen und Freunden. Magda hatte Caterer angeheuert, also war meine Hilfe nicht nötig. Gabriel hat mir zu Weihnachten einen Spa-Gutschein gegeben, der jede erdenkliche Verwöhnbehandlung beinhaltet. Mein Geschenk an ihn war verdorbener. Er bat mich darum, mich zu fesseln und dabei zu filmen, wie er mich schlägt und fickt. Er brauchte meine Erlaubnis nicht, aber mein freier Wille war das Geschenk, das er wollte. Es war eine andere Art, mehr Unterwerfung von mir zu verlangen, mich tiefer in die Dunkelheit zu stürzen, in der wir sind. Danach hat er es mit mir angesehen. Es hat das perverse Wesen, das ich geworden bin, angemacht, und die Belohnung für meine Reaktion war ein zarter, langsamer Sexmarathon.

Das Haus ist ruhig ohne Carly. Sie kommt jedes zweite Wochenende für ein paar Stunden zu Besuch. Ich weiß, dass Gabriel sie vermisst. Nach Neujahr wird das Haus noch ruhiger, als Magda nach Kapstadt aufbricht. Ich weiß nicht, was sie dort macht, und ich frage auch nicht. Gabriel ist oft geschäftlich unterwegs und lässt mich allein in der Villa. Gabriel, Quincy und Rhett behandeln mich wie eine Invalide und tragen den Waschkorb und alles andere, was ich leicht hochnehmen könnte. Bei manchen Aufgaben wechsele ich auf die linke Hand. Andere schaffe ich mit vier Fingern.

Marie kommt mit Sprachproblemen zurück zur Arbeit und ist noch kürzer angebunden als zuvor. Als ihr der tägliche Weg von Ihrer Wohnung zur Arbeit zu viel wird, zieht sie in ein Schlafzimmer im Haus ein.

Ich habe den starken Verdacht, dass sie für Magda spioniert. Sie beobachtet mich wie ein Falke. Deshalb verbringe ich immer noch keine ganzen Nächte in Gabriels Bett, obwohl Magda und Carly nicht da sind. Einige Nächte kommt er zu mir, und andere gehe ich zu ihm. Wenn wir zusammen sind, bin ich sein Sex-Objekt. Sein Haustier. Wenn Magda mit ins Spiel kommt, bin ich Eigentum. Gabriel achtet darauf, die Zuneigung abzuschwächen, die er mir privat zeigt, wenn Marie oder Magda in der Nähe sind.

Kris ist sehr hilfsbereit. Sie sagte, dass ich mich immer noch in die Praxis einkaufen kann, auch wenn wir beide wissen, dass ich es mir nie leisten kann, das mit dem Gehalt eines Dienstmädchens oder einer Tierarzthelferin zu bezahlen. Aletta war traurig, als ich ihr die Nachricht überbrachte. Kurz darauf teilte sie mir mit, dass sie das Stipendium an einen anderen bedürftigen Studenten vergeben haben. Charlie hat sich sehr an das Ausführen der Hunde gewöhnt. Er nimmt sich die Aufgabe zu Herzen, und die Verantwortung scheint ihm gutzutun.

Nur mir geht es nicht gut. Nicht, was meinen Körper betrifft. Meine Untersuchungsergebnisse sind gut. Der Arzt sagt, die Infektion hat sich nicht ausgebreitet. Ich stecke in Gabriels Haus fest, bin seinem Willen ausgesetzt, auch wenn ich nicht behaupten kann, dass er mich misshandelt. Mittlerweile sehne ich mich nach den Schlägen und Gürtelhieben. Er kauft mir Essen und Kleidung. Alles, was ich will, muss ich nur erwähnen, und ich werde es am nächsten Tag in meinem Zimmer finden. Es ist, als ob er versucht, den Verlust meiner Träume und die dunklen Bedürfnisse, denen er mich unterwirft, durch materielle Entschädigung wiedergutzumachen. Seine Geschenke reichen von Kosmetika über Bücher bis hin zu einem neuen iPhone.

Sex mit Gabriel ist immer explosiv, auch wenn er sanft ist. In letzter Zeit gibt es eine Menge Zärtlichkeit. Deshalb kann ich meine wachsende Traurigkeit nicht verstehen. Je netter er sich mir gegenüber verhält, desto trauriger fühle ich mich. Ich kann den Mann in meinem Bett nicht mit dem Mann zusammenbringen, der Charlies Zukunft in seinen Händen hält. Ich will beide hassen, aber ich weiß es besser. Es ist lange her, dass ich nur Lust für Gabriel empfunden habe. Ich habe Gefühle für ihn, und ich hasse es, dass es so ist.

Wie immer nimmt Gabriel meine Laune wahr. In dieser Nacht arrangiert er meinen nackten Körper auf der Matratze, damit er mich anschauen kann. Er umschließt meine Brust sanft und streichelt mit seinem Daumen über meine Brustwarze.

»Autsch.« Das Gefühl ist fast zu viel, um es zu ertragen.

Er testet das Gewicht meiner Brust und wirft mir einen nachdenklichen Blick zu. »Du bist kurz davor, deine Periode zu bekommen.«

Er sieht beinahe enttäuscht aus. Es ist ja nicht so, als hätte er mich während meiner Periode noch nie genommen. Ich verstehe seine wortlose Niedergeschlagenheit nicht.

»Ja.« Ich drehe mich auf die Seite, mit dem Gesicht zur Wand, und bin erleichtert, den Grund für meine depressiven Gefühle zu verstehen. Es ist nur ein starker Schub von PMS.

Er reibt eine Handfläche über meinen Bauch und drückt seinen Schwanz zwischen meine Beine. »Ich werde sanft sein.« Ohne meine Zustimmung abzuwarten, dreht er mich auf den Bauch und legt sich zwischen meine Schenkel. »Öffne dich für mich, meine Schöne.«

Ich öffne meine Beine und gebe ihm den Anblick, den er will. Er streichelt und reizt mich lange, bis seine Finger von meiner Nässe durchtränkt sind. Erst dann schiebt er sich langsam und leicht hinein. Und dann trifft mich eine Erkenntnis. Seitdem ich aus dem Krankenhaus zurück bin, hat er mich nur von hinten genommen. Wie konnte ich das vorher übersehen? Er hat mich gegen die Wand gefickt, auf seinem Schreibtisch, in seinem Sessel, im Pool und an einer Vielzahl anderer, kreativer Orte, aber mein Hintern wurde immer gegen seine Leiste gedrückt, mein Gesicht schaute von ihm weg. Liegt es an mir? Findet er mich unattraktiv? Ich drehe mich unter ihm und fange an, mich zu winden.

»Valentina.«

»Lass mich hoch.«

Ich habe es nicht erwartet, aber er gibt meiner Bitte nach. Er betrachtet mich achtsam, als ich die Positionen wechsle und ihn auf den Rücken drehe.

»Was hast du vor?«

»Dich ansehen.«

»Warum?«, sagt er mit einem gequälten Ausdruck.

»Weil ich es mag.«

Ich sinke auf seinem Schwanz nach unten und nehme ihn in die Tiefe meines Körpers auf. Ich lasse die Lust auf meinem Gesicht widerspiegeln und lasse ihn sehen, was er mit mir macht, während ich mich bewege, und meine Nervenenden für ihn lebendig werden.

»Das musst du nicht«, sagt er.

»Schaust du mich gerne an?«

»Du weißt, dass ich das tue.«

»Dann hör auf zu reden und fick mich.«

Es ist, als ob ein Damm in ihm bricht. Er knurrt und umfasst meine Hüften, hält mich an Ort und Stelle, während er in mich eindringt und zu dem Höhepunkt führt, zu dem ich möchte.

Als sich mein Körper zusammenzieht, schreit er seinen Höhepunkt heraus. Es ist das schnellste Mal, das wir seit der Woche, in der er angefangen hat, mich zu ficken, zusammen gekommen sind. Ich lege meinen Körper auf seine Brust und behalte ihn in mir. Ich wünschte, ich könnte so bleiben, aber ich bin nicht naiv genug, zu glauben, dass das so bleiben wird. Es bedeutet ihm nichts. Er hat mir gegenüber keine emotionale Verpflichtung. Er kann jede ficken, die er will, ohne Erklärung.

»Gabriel?«

Er streichelt über meinen Rücken. »Ja, meine Schöne?«

»Fickst du auch andere Frauen?«

Seine Hand hört auf, sich zu bewegen. »Warum?«

Ich zucke mit den Schultern. »Brauche ich keine Tests für Geschlechtskrankheiten?«

Die Liebkosung geht weiter. »Es gibt nur dich, Valentina. Das habe ich dir schon einmal gesagt.«

»Das ist schon lange her. Das hätte sich ändern können.«

»Ich gebe dir Bescheid, wenn es so weit ist.«

Mein Herz fühlt sich an, als wäre es gerade in einen Mixer geraten. Es kann sich ändern. Ich hatte recht. Ich schlucke meine Tränen hinunter und ärgere mich über meine irrationalen Gefühle. Ich habe kein Recht, mehr von zu ihm erwarten. Es ist meine eigene verdammte, dumme Schuld, dass ich mich in meinen Peiniger verliebt habe.

DREI WOCHEN SPÄTER NEHME ICH MEIN GEHEIMES Training mit Rhett wieder auf. Mein amputierter Daumen ist so weit abgeheilt, um anstrengendere Übungen machen zu können. Ich bin außer Form, auch wenn ich versucht habe, fit zu bleiben, indem ich das Laufband in der Turnhalle benutzt habe. Er wirft mich jedes Mal auf den Boden, so dass ich mit meinem Arsch auf der Matte lande. Während unseres Trainings am Donnerstagabend, als Gabriel geschäftlich unterwegs ist, breche ich in frustrierte Tränen aus.

Rhett sieht mich entsetzt an. »Habe ich dir wehgetan?«

»Nein.« Ich wische über meinen Wangen. »Ich bin nur emotional.«

Meine verdammte Periode hat noch nicht begonnen. Je früher das geschieht, desto eher komme ich aus diesem depressiven Zustand raus.

Er hält mir eine Hand hin, um mich hochzuziehen. Kaum stehe ich, da steigt mir das Abendessen wieder im Hals hoch. Ich eile zum Badezimmer und schaffe es bis zur Toilette, kurz bevor sich mein Magen leert. Rhett rennt hinter mir her und bleibt neben der Toilette stehen.

Trockenes Würgen lässt meinen Körper erzittern und treibt mir Tränen in die Augen.

»Oh Gott, Valentina.« Er nimmt einen Stapel an Papierhandtüchern und reicht ihn mir. »Bist du in Ordnung?«

»Mir geht es gut.«

Ich fühle mich etwas besser, spüle mein Gesicht ab und wasche mir die Hände.

Er berührt meinen Arm. »Bist du …?«

»Nein.« Ich schüttele meinen Kopf. »Ich bin nicht krank.«

»Ich meinte, bist du schwanger?«

Meine Lippen öffnen sich vor Schreck. Das Blut fließt direkt von meinem Kopf in meine Füße und mir wird schwindelig. »Nein, natürlich nicht.«

Ich habe nie meine Pille vergessen. Ich bin allerdings etwas spät dran. Oh Gott. Was wäre, wenn? Gabriel wird mich töten.

Unmöglich.

Ich bin vorsichtig gewesen.

Ich nehme ein weiteres Handtuch aus dem Spender und wische mir den Mund ab, wobei ich bemerke, wie sehr meine Hände zittern. »Ich denke, wir machen Schluss für heute.«

»Kann ich dir etwas bringen?«

»Nein danke. Ich muss nur früh ins Bett, um Schlaf nachzuholen.«

Er sieht mir, ohne ein Wort zu sagen, dabei zu, wie ich gehe.

Nach einer Dusche krieche ich ins Bett, aber ich schließe kein Auge. Es ist spät, als Gabriel zurückkehrt. Er zieht sich aus und steigt neben mir ins Bett. Ich bin nass für ihn, aber er lässt sich Zeit, um meine Falten zu lecken und zu reizen. Er hört nicht auf, bis ich zweimal gekommen bin, und erst dann fickt er mich. Die Art und Weise, wie er meinen Körper liebt, ist unglaublich, aber mein Kopf ist abwesend. Mein Verstand sucht nach Lösungen für Probleme, deren Existenz ich noch nicht einmal bestätigt habe.

»Wo bist du?«, fragt er schließlich und küsst meine Brüste.

»Es tut mir leid. Ich bin einfach nur müde.«

Er bedeckt meinen Körper mit Küssen, den ganzen Weg von meinem Bauch bis zu meinen Füßen. Er ist so sanft, dass ich weinen möchte.

Als er mich den ganzen Weg bis zum Hals hochgeküsst hat, umarmt er mich fest und sagt: »Schlaf ein.«

Nach dem Frühstück gehe ich in den Angestelltenbereich. Rhett sitzt auf der Veranda und trinkt seinen Kaffee. Er steht auf, als er mich sieht.

»Du siehst scheiße aus.«

»Danke.« Ich schenke ihm ein schiefes Lächeln. »Kannst du mir bitte einen Gefallen tun?«

»Alles.« Er stellt den Becher auf dem Geländer ab.

»Kannst du bitte für mich in die Apotheke gehen?«

Sein Blick ist mitleidig. »In Ordnung.«

»Gabriel darf es nicht wissen. Hast du mich verstanden?«

»Valentina.«

Er geht die Treppe hinunter und greift nach mir, aber ich ziehe mich zurück.

»Er darf es nicht wissen, Rhett, solange ich es nicht mit Sicherheit weiß.«

Er schluckt und nickt. »Ich bin gleich wieder da.«

Kurze Zeit später sitze ich auf dem Toilettensitz und starre auf die beiden blauen Linien auf dem Streifen.

Positiv.

Ich erwarte Gabriels Baby.

Eine Mischung von Gefühlen rauscht durch mich hindurch. Ich bin fassungslos vor Verwunderung. Ich bin auch krank vor Angst. Wird er mir die Schuld geben? Er wird wütend sein. Schlimmer noch, er wird denken, dass ich es absichtlich getan habe, um ihn in eine Falle zu locken. Gabriel wird nie ein Baby mit einer Frau wollen, die sein Eigentum ist. Ich habe nichts dagegen, ein Kind allein großzuziehen. Gabriel muss mir nicht einen Cent geben. Ich erwarte keine Unterstützung von ihm, aber was ist, wenn er nicht will, dass ich dieses Baby bekomme? Was, wenn er mich zu einer Abtreibung zwingt? Wenn er mich in eine Klinik fährt, gibt es nichts, was ich tun kann, um ihn aufzuhalten. Ich gehöre ihm immer noch, und jetzt gehört ihm auch das Baby, das in mir heranwächst.

Es gibt nur eine Sache, die ich tun kann, um das kleine Leben in mir zu retten. Ich packe schnell eine Tasche, und meine Hände zittern so sehr, dass ich mein Handy zweimal fallen lasse. Ich wickele den Schwangerschaftstest in eine Plastiktüte und werfe ihn draußen in den Müll, wo niemand hinschaut. Nur Rhett wird es vermuten, aber bis Gabriel ihn damit konfrontiert, bin ich schon lange weg.

In Gabriels Arbeitszimmer schreibe ich eine kurze Nachricht.

Ich kann mein Versprechen nicht halten. Ich hoffe, du wirst mir verzeihen.

Ich lasse sie auf seinem Schreibtisch liegen und ziehe die Tür zu, weil ich weiß, dass Marie nicht in sein Arbeitszimmer kommt. Dann rufe ich ein Privattaxi. Es wird ein Vermögen kosten, aber ich kann es mir nicht leisten, einen Minivan zu nehmen. Ich muss schnell verschwinden. Rhett ist vor kurzem mit Gabriel weggegangen, und Quincy geht gerade mit Bruno spazieren. Ich gehe mit einem Winken an den Wachen am Tor vorbei, habe meine Tasche über meiner Schulter hängen und verhalte mich so normal wie möglich. Sie haben mich nur einmal dabei gesehen, dass ich das Anwesen zu Fuß verlassen habe, aber ich verlasse es regelmäßig genug, damit sie mich nicht aufhalten.

Einen Block vom Haus entfernt warte ich kurz. Zwei Minuten später hält das Taxi an der Straßenecke an, die ich dem Fahrer als Abholadresse gegeben habe.

»Bitte fahren Sie. Schnell.«

Ich schaue nicht zurück, als der Fahrer davonfährt. Ich lege meine Hände auf meinen Bauch und starre geradeaus.

Das muss ich.

Für mein Baby.

LESEPROBEN

Vielen Dank, dass Sie dieses Buch gelesen haben! Die Geschichte von Valentina und Gabriel geht in *Ein Leben lang*. Besuchen Sie greyeaglepublications.com/de/ um Ihr Exemplar noch heute zu bestellen!

Möchten Sie benachrichtigt werden, wenn unser nächstes Buch voller knisternder Leidenschaft erscheint? Besuchen Sie greyeaglepublications.com/de und melden Sie sich für unseren Newsletter an.

Wenn Ihnen dieses Buch gefallen hat, könnte Ihnen auch *Twist Me - Verschleppt*, eine dunkle Liebestrilogie von Anna Zaires, gefallen. Besuchen Sie www.annazaires.com/book-series/deutsch/ um Ihr Exemplar noch heute zu bestellen, oder blättern um, um einen spannenden Auszug zu lesen!

AUSZUG AUS TWIST ME - VERSCHLEPPT VON ANNA ZAIRES

Entführt und auf eine einsame Insel verschleppt.

Ich hätte niemals gedacht, dass mir so etwas passiert. Ich hätte mir niemals vorstellen können, dass eine zufällige Begegnung kurz vor meinem achtzehnten Geburtstag mein Leben völlig umkrempeln würde.

Jetzt gehöre ich ihm. Julian. Dem Mann, der genauso rücksichtslos wie gutaussehend ist – dem Mann, dessen Berührungen mich brennen lassen. Ein Mann, dessen Zärtlichkeit ich verstörender finde, als seine Grausamkeit.

Mein Entführer ist ein Rätsel für mich. Ich weiß nicht, wer er ist, oder warum er mich verschleppt hat. In ihm ist eine Dunkelheit – eine Dunkelheit, die mir genauso Angst macht, wie sie mich anzieht.

Mein Name ist Nora Leston und das ist meine Geschichte.

Jetzt ist schon Abend. Mit jeder Minute, die vergeht, werde ich ängstlicher bei dem Gedanken daran, meinen Peiniger wiederzusehen.

Ich kann mich nicht länger auf den Roman konzentrieren, den ich gerade gelesen habe. Ich lege ihn weg und drehe Runden in dem Zimmer.

Ich habe die Sachen an, die Beth mir vorhin gegeben hat. Es ist keine Kleidung, die ich mir selber ausgesucht hätte, aber sie ist besser als ein Bademantel. Ein sexy Spitzenhöschen und einen dazu passenden BH als Unterwäsche. Ein hübsches blaues Sommerkleid zum vorne zuknöpfen. Alles passt mir verdächtig gut. Hat er mich schon eine ganze Weile verfolgt? Hat er alles über mich herausgefunden, einschließlich meiner Kleidergröße?

Mir wird schlecht bei dem Gedanken daran.

Ich versuche, nicht darüber nachzudenken, was noch alles passieren kann, aber das ist unmöglich. Ich weiß nicht warum ich mir so sicher bin, dass er heute Nacht zu mir kommen wird. Es ist natürlich möglich, dass er einen ganzen Harem voller Frauen hier auf dieser Insel festhält und jede nur einmal die Woche besucht, wie das die Sultane damals taten.

Und trotzdem weiß ich irgendwie, dass er bald hier sein würde. Die letzte Nacht hatte lediglich seinen

Appetit angeregt. Ich weiß, dass er noch nicht mit mir fertig ist, noch lange nicht.

Endlich geht die Tür auf.

Er kommt herein, als würde ihm dies alles hier gehören. Was es natürlich auch tut.

Und wieder bin ich von seiner männlichen Schönheit beeindruckt. Mit so einem Gesicht hätte er ein Model oder ein Filmstar sein können. Wenn es auf dieser Welt Gerechtigkeit gäbe, wäre er klein oder hätte einen anderen Makel, der von seinem Gesicht ablenken würde.

Hat er aber nicht. Sein Körper ist groß und muskulös, mit perfekten Proportionen. Ich erinnere mich daran, wie es ist, ihn in mir zu haben und fühle ein unwillkommenes Aufflackern von Erregung.

Er trägt wieder Jeans und T-Shirt. Diesmal ein graues. Er scheint eine Vorliebe für schlichte Kleidung zu haben und das ist clever von ihm. So kommt sein Aussehen am besten zur Geltung.

Er lächelt mich an. Mit diesem Lächeln, dass ihn wie einen gefallenen Engel aussehen lässt – dunkel und verführerisch. »Hallo Nora.«

Ich weiß nicht, was ich ihm sagen soll, also platze ich mit dem ersten heraus, das mir in den Sinn kommt. »Wie lange wirst du mich hier fest halten?«

Er legt seinen Kopf leicht zur Seite. »Hier in diesem Raum? Oder auf der Insel?«

»Beides«

»Beth wird dir morgen die Umgebung zeigen und mit dir schwimmen gehen, falls du Lust dazu hast«, sagt er und kommt dabei immer näher. »Du wirst nicht mehr eingesperrt sein, außer du machst Dummheiten.«

»Wie zum Beispiel?« frage ich und mein Herz klopft, als er neben mir stehen bleibt und seine Hand hebt, um mein Haar zu berühren.

»Versuchen, dir oder Beth etwas anzutun.« Seine Stimme war sanft und sein Blick hypnotisierend als er zu mir hinuntersieht. Die Art und Weise, wie er mein Haar berührt, war sonderbar entspannend.

Ich zwinkere, um seinen Zauber zu brechen. »Und was ist mit der Insel? Wie lange wirst du mich hier festhalten?«

Seine Hand streichelt jetzt mein Gesicht und fährt an meiner Wange entlang. Ich erwische mich dabei, wie ich mich seiner Berührung hingebe, wie eine Katze, die gekrault wird, und versteife augenblicklich.

Seine Lippen verziehen sich zu einem wissenden Lächeln. Dieser Bastard weiß genau welche Wirkung er auf mich hat. »Eine lange Zeit, hoffe ich«, sagt er.

Aus irgendeinem Grund bin ich nicht überrascht. Er würde sich nicht die Umstände gemacht haben, mich bis hierherzubringen, wenn er mich nur einige Male ficken wollte. Ich habe Angst, aber bin nicht wirklich verwundert.

Ich nehme all meinen Mut zusammen und frage die nächste logische Frage. »Warum hast du mich entführt?«

Das Lächeln verschwindet aus seinem Gesicht. Er antwortet nicht, sondern schaut mich nur mit einem undurchschaubaren melancholischen Blick an.

Ich fange an zu zittern. »Wirst du mich töten?«

»Nein, Nora, ich werde dich nicht töten.«

Seine Verneinung beruhigt mich, auch wenn er mich gerade anlügen könnte. Ich bin ein kleines bisschen ruhiger, aber es gibt da noch eine weitere Sache, die ich unbedingt wissen muss. »Wirst du mir wehtun?«

Einen Moment lang antwortet er wieder nicht. Etwas Dunkles flackert kurz in seinen Augen auf. »Wahrscheinlich«, sagt er ruhig.

Und dann beugt er sich hinunter und küsst mich, mit seinen warmen Lippen weich und zärtlich auf meine.

Eine Sekunde lang stehe ich stocksteif da, ohne irgendeine Reaktion. Ich glaube ihm. Ich weiß, dass er mir die Wahrheit sagt, wenn er behauptet, dass er mir wehtun wird. Er hat etwas an sich, das mir Angst Macht – das mir schon von Anfang an Angst gemacht hat.

Er ist überhaupt nicht wie die Jungs, mit denen ich Verabredungen hatte. Er ist zu allem fähig.

Und ich bin ihm völlig ausgeliefert.

Ich denke darüber nach, mich zu wehren. Das wäre das Normale, was man in meiner Situation machen würde. Das wäre mutig.

Und trotzdem mache ich es nicht.

Ich kann die dunklen Abgründe in ihm fühlen. Irgendetwas stimmt mit ihm nicht. Seine äußere Schönheit verbirgt etwas Grauenvolles im Inneren.

Ich möchte diese Dunkelheit nicht entfesseln. Ich weiß nicht, was passieren wird, wenn ich es tue.

Also stehe ich bewegungslos in seiner Umarmung und lasse mich von ihm küssen. Und als er mich aufhebt und zum Bett trägt, versuche ich überhaupt nicht, etwas dagegen zu machen.

Stattdessen schließe ich meine Augen und gebe mich den Empfindungen hin.

Alle drei Bücher der Trilogie *Verschleppt* sind jetzt erhältlich. Besuchen Sie www.annazaires.com/book-series/deutsch/ um Ihr Exemplar noch heute zu bestellen!

ÜBER DIE AUTORIN

Charmaine Pauls wurde in Bloemfontein, Südafrika geboren. Sie studierte Kommunikationswissenschaften an der Universität Potchefstroom und schlug eine vielseitige Karriere in den Bereichen Journalismus, Public Relations, Werbung, Kommunikation, Fotografie, Grafikdesign und Markenmarketing ein. Das Schreiben ist seit jeher ein wichtiger Bestandteil ihrer Berufe gewesen.

Nachdem sie mit ihrem französischen Ehemann nach Chile gezogen war, erfüllte sie sich ihren Wunsch, sich hauptberuflich dem kreativen Schreiben zu widmen. Charmaine hat seit 2011 mehr als fünfzehn Romane sowie mehrere Kurzgeschichten und Artikel veröffentlicht. Zwei ihrer Kurzgeschichten wurden von der International Society of Literary Fellows in Zusammenarbeit mit dem International Research Council on African Literature and Culture für die Veröffentlichung in einer afrikanischen Anthologie aus dem ganzen Kontinent ausgewählt.

Wenn sie nicht gerade schreibt, reist und liest sie und rettet gerne Katzen. Charmaine lebt derzeit mit ihrem Mann und ihren Kindern in Montpellier. In ihrem Haushalt wird eine Mischung aus Afrikaans, Englisch, Französisch und Spanisch gesprochen.

33717111R00278

Printed in Poland
by Amazon Fulfillment
Poland Sp. z o.o., Wrocław